ALTA TENSÃO

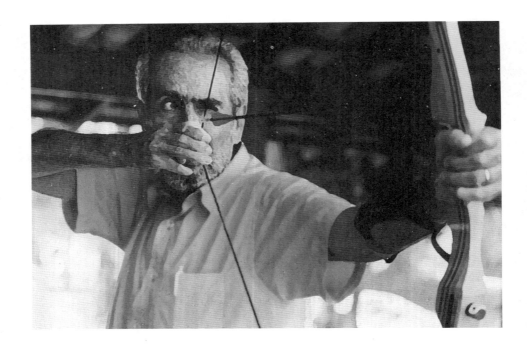

O ARQUEIRO

GERALDO JORDÃO PEREIRA (1938-2008) começou sua carreira aos 17 anos, quando foi trabalhar com seu pai, o célebre editor José Olympio, publicando obras marcantes como *O menino do dedo verde*, de Maurice Druon, e *Minha vida*, de Charles Chaplin.

Em 1976, fundou a Editora Salamandra com o propósito de formar uma nova geração de leitores e acabou criando um dos catálogos infantis mais premiados do Brasil. Em 1992, fugindo de sua linha editorial, lançou *Muitas vidas, muitos mestres*, de Brian Weiss, livro que deu origem à Editora Sextante.

Fã de histórias de suspense, Geraldo descobriu *O Código Da Vinci* antes mesmo de ele ser lançado nos Estados Unidos. A aposta em ficção, que não era o foco da Sextante, foi certeira: o título se transformou em um dos maiores fenômenos editoriais de todos os tempos.

Mas não foi só aos livros que se dedicou. Com seu desejo de ajudar o próximo, Geraldo desenvolveu diversos projetos sociais que se tornaram sua grande paixão.

Com a missão de publicar histórias empolgantes, tornar os livros cada vez mais acessíveis e despertar o amor pela leitura, a Editora Arqueiro é uma homenagem a esta figura extraordinária, capaz de enxergar mais além, mirar nas coisas verdadeiramente importantes e não perder o idealismo e a esperança diante dos desafios e contratempos da vida.

ALTA TENSÃO
HARLAN COBEN

Título original: *Live Wire*

Copyright © 2011 por Harlan Coben
Copyright da tradução © 2011 por Editora Arqueiro Ltda.

Todos os direitos reservados.
Nenhuma parte deste livro pode ser utilizada ou reproduzida sob
quaisquer meios existentes sem autorização por escrito dos editores.

tradução: Fernanda Abreu

preparo de originais: Sheila Til

revisão: Gypsi Canetti e Milena Vargas

projeto gráfico e diagramação: Valéria Teixeira

capa: Elmo Rosa

imagem de capa: Vertyr/ Shutterstock

impressão e acabamento: Cromosete Gráfica e Editora Ltda.

CIP-BRASIL. CATALOGAÇÃO NA PUBLICAÇÃO
SINDICATO NACIONAL DOS EDITORES DE LIVROS, RJ

C586a	Coben, Harlan
	Alta tensão/ Harlan Coben; tradução de Fernanda Abreu.
	São Paulo: Arqueiro, 2019.
	272 p.; 16 x 23 cm
	Tradução de: Live wire
	ISBN 978-85-8041-979-5
	1. Ficção americana. I. Abreu, Fernanda. II. Título.
19-56593	CDD: 813
	CDU: 82-3(73)

Todos os direitos reservados, no Brasil, por
Editora Arqueiro Ltda.
Rua Funchal, 538 – conjuntos 52 e 54 – Vila Olímpia
04551-060 – São Paulo – SP
Tel.: (11) 3868-4492 – Fax: (11) 3862-5818
E-mail: atendimento@editoraarqueiro.com.br
www.editoraarqueiro.com.br

Para Anne,
porque o melhor ainda está por vir

1

CERTA VEZ UM AMIGO DISSERA a Myron que a mais terrível verdade ainda é melhor que a mais bela mentira.

Era nisso que Myron pensava, olhando para o pai na cama do hospital. Estava tendo um flashback da última vez em que mentira para ele, 16 anos antes, uma mentira que havia causado desolação e mágoa e iniciara uma onda de destruição que, tragicamente, culminava ali.

Os olhos de seu pai permaneciam fechados; a respiração, pesada e irregular. Parecia haver tubos por toda parte. Myron observou o braço do pai. Lembrou-se do tempo em que era menino e ia visitá-lo na fábrica em Newark, de como o pai puxava as mangas da camisa para trabalhar em sua mesa gigantesca. Na época, era um braço musculoso, que ficava apertado nas dobras do tecido como se elas fossem um torniquete. Agora os músculos pareciam ter perdido densidade, ter murchado com o passar dos anos. O peito largo que tantas vezes fizera Myron se sentir tão protegido continuava ali, mas estava frágil e dava a impressão de que a caixa torácica poderia quebrar ao menor peso, como se fosse formada por gravetos. O rosto tinha a barba por fazer, mas, em vez da sombra causada pelo crescimento dos pelos, havia manchas cinzentas e, ao redor do queixo, a pele pendia frouxa como uma capa excessivamente larga.

A mãe de Myron – esposa de Al Bolitar nos últimos 43 anos – estava sentada junto à cama. Segurava a mão do marido, a dela trêmula por causa da doença de Parkinson. Sua fragilidade também era assustadora. Quando jovem, tinha sido uma das pioneiras do feminismo. Havia queimado sutiãs com Gloria Steinem e usado camisetas com dizeres como "Lugar de mulher é em casa… e na Câmara e no Senado". Agora ali estavam os dois, Ellen e Al Bolitar ("Nós somos o casal El-Al", a mãe costumava brincar, "igual à empresa de aviação israelense."), ambos consumidos pelo avançar da idade, mas ainda aguentando, muito mais afortunados do que a grande maioria dos casais idosos – ainda que a sorte, no fim das contas, fosse aquilo.

Deus tem mesmo senso de humor.

– Então – disse a mãe de Myron bem baixinho –, estamos combinados?

Myron não respondeu. A mais bela mentira versus a mais terrível verdade. Ele devia ter aprendido a lição há 16 anos, com a última mentira que contara àquele grande homem, a quem amava mais do que a qualquer outro. Mas não,

não era tão simples assim. A mais horrenda verdade podia ser devastadora. Podia virar o mundo de cabeça para baixo.

Podia até matar.

Assim, quando as pálpebras de seu pai se abriram com um tremor, quando o homem a quem Myron mais estimava no mundo ergueu os olhos para o filho mais velho com uma incompreensão suplicante e quase infantil, Myron olhou para a mãe e aquiesceu devagar. Então reprimiu as lágrimas e se preparou para contar ao pai a mentira final.

2

Seis dias antes

— MYRON, POR FAVOR, preciso da sua ajuda.

Para ele, parecia um delírio: a donzela em perigo adentrava sua sala rebolando, deslumbrante e curvilínea, como uma personagem dos filmes de Humphrey Bogart. Bem, tirando o fato de o rebolado lembrar o andar de uma pata e as curvas delinearem o oitavo mês de gestação da deslumbrante donzela. Isso meio que arruinava qualquer fantasia.

Seu nome era Suzze Trevantino, ou Suzze T., como ficara conhecida a estrela do tênis agora aposentada. Nos campeonatos, Suzze era sempre a *bad girl* provocante, mais notória por suas roupas ousadas, piercings e tatuagens do que por suas jogadas. Mesmo assim, tinha vencido um torneio importante e ganhado uma fortuna fazendo anúncios publicitários. Entre outros contratos, era a porta-voz (Myron adorava esse eufemismo) da rede de bares de topless La-La-Latte, sucesso entre os universitários por causa do "leitinho extra". Bons tempos aqueles.

Myron abriu os braços.

– Estou ao seu dispor, Suzze, 24 horas por dia, sete dias por semana. Você sabe disso.

Estavam no escritório da Park Avenue, sede da MB Representações. O M era de Myron e o B, de Bolitar. O "representações" era pelo fato de a agência representar atletas, atores e escritores. Sim, nós somos criativos.

– É só me dizer o que eu posso fazer.

Suzze começou a andar de um lado para o outro.

– Não sei muito bem por onde começar – disse ela.

Myron estava prestes a dizer algo quando ela ergueu a mão, fazendo-o parar.

– Se ousar dizer "comece pelo começo", eu arranco uma das suas bolas.

– Só uma?

– Você está noivo. Tenho que pensar na coitada da sua futura esposa.

Os passos dela se transformaram em algo mais parecido com uma marcha militar, aumentando tanto em velocidade e força que Myron teve medo de que ela entrasse em trabalho de parto ali mesmo, na sua sala recém-reformada.

– Ei, o carpete – disse ele. – É novo.

Suzze franziu o cenho, andou mais um pouco pela sala e começou a roer as unhas pintadas com um esmalte chamativo.

– Suzze?

Ela parou. Seus olhares se cruzaram.

– Fale comigo – disse ele.

– Você se lembra de quando nos conhecemos?

Myron fez que sim com a cabeça. Havia sido poucos meses depois de ele ter terminado a faculdade de direito. Estava começando seu negócio e a firma ainda se chamava MB Representações Esportivas, porque na época Myron agenciava apenas atletas. O "esportivas" havia saído do nome depois que ele começou a representar celebridades, atores, escritores e outros expoentes das artes.

Sim, nossa criatividade já despontava naquela época.

– Claro que lembro – respondeu ele.

– Eu era muito louca, não era?

– Você era um grande talento do tênis.

– E muito louca. Deixe de ser vaselina.

Myron ergueu as mãos, rendido:

– Você tinha 18 anos.

– Não, 17.

– Que seja.

Ele teve uma rápida lembrança de Suzze ao sol: cabelos louros presos em um rabo de cavalo, sorriso malicioso, uma direita tão forte que ela parecia estar com raiva da bola.

– Você tinha acabado de virar profissional. Os adolescentes penduravam pôsteres seus no quarto. Todo mundo esperava que você fosse derrotar as lendas do esporte num piscar de olhos. E a pressão dos seus pais era enorme. É um milagre você ter sobrevivido.

– Verdade.

– Qual é o problema, então?

Suzze baixou os olhos para a própria barriga como se ela houvesse acabado de surgir.

– Eu estou grávida.

– Bom, é, dá para ver.

– A vida é boa, sabe? – continuou ela, a voz assumindo um tom suave, sonhador. – Depois de todos esses anos em que eu fui muito louca... conheci Lex. As músicas dele nunca estiveram tão boas como agora. Minha academia de tênis vai de vento em popa. E, bom, está tudo indo tão bem.

Myron aguardou. Os olhos dela continuavam pregados na própria barriga, ninando-a como se já fosse o bebê – o que, de certa forma, era. Ele tentou manter a conversa fluindo:

– Você gosta da ideia de estar grávida?

– De carregar um bebê na barriga?

– É.

Ela deu de ombros.

– Não posso dizer que fique radiante. Na verdade, estou louca para que o parto chegue logo. Mas isso é mesmo interessante. Algumas mulheres adoram estar grávidas.

– E você, não?

– Tenho a sensação de que alguém estacionou uma escavadeira na minha bexiga. Acho que as mulheres gostam de estar grávidas porque se sentem especiais por isso. Como se virassem uma celebridade. A maioria delas passa a vida inteira sem receber muita atenção mas, quando está grávida, é tratada como rainha. Pode parecer um comentário maldoso, mas as grávidas gostam dessa atenção. Entende o que eu quero dizer?

– Acho que sim.

– Já tive a minha cota de atenção na vida, eu acho.

Ela se aproximou da janela e olhou para fora por alguns instantes. Então tornou a se virar para ele.

– Aliás, você reparou como meus peitos estão enormes?

– Bem... – Myron começou a dizer, mas resolveu que seria melhor ficar calado.

– Pensando melhor, talvez você devesse entrar em contato com a La-La-Latte e acertar uma nova sessão de fotos.

– Tiradas de ângulos estratégicos?

– Isso. Talvez as belezocas aqui possam render uma ótima nova campanha.

Ela segurou os seios, para o caso de Myron não estar entendendo exatamente a que belezocas estava se referindo.

– O que você acha? – concluiu ela.

– Acho que você está fugindo do assunto – respondeu Myron.

Os olhos dela ficaram marejados.

– Estou tão feliz – ela começou.

– É, bom, eu entendo que isso possa ser um problema.

Isso a fez sorrir.

– Consegui acalmar meus demônios. Cheguei até a fazer as pazes com a minha mãe. Lex e eu não poderíamos estar mais prontos para este filho. Quero que os demônios continuem longe.

Myron se sentou mais ereto na cadeira.

– Você não voltou a usar drogas, voltou?

– Meu Deus, claro que não. Não estou falando desse tipo de demônio. Lex e eu já viramos essa página.

Lex Ryder, marido de Suzze, era uma das metades da banda/dupla musical HorsePower – a metade bem mais apagada, para falar a verdade, se comparada ao incrível carisma do parceiro, Gabriel Wire. Apesar de atormentado, o marido de Suzze era um bom músico, mas sempre estaria para Gabriel como John Oates para Daryl Hall, Andrew Ridgeley para George Michael ou as outras Pussycat Dolls para Nicole Scherz-não sei das quantas.

– De que demônios você está falando, então?

Suzze levou a mão até dentro da bolsa e sacou uma folha que, do outro lado da mesa, parecia uma fotografia. Observou-a durante alguns segundos e a entregou a Myron.

Ele deu uma olhada rápida na imagem e ficou esperando que ela falasse. No fim, só para dizer alguma coisa, afirmou o óbvio:

– É o ultrassom do seu bebê.

– É. Vinte e oito semanas.

Mais silêncio. Myron tornou a quebrá-lo.

– Tem alguma coisa errada com a criança?

– Não, ele é perfeito.

– Ele?

Suzze T. abriu um sorriso.

– Vou ter um garotão.

– Que legal.

– É. Ah, um dos motivos que me fez vir aqui... Lex e eu temos conversado sobre isso. Nós dois queremos que você seja o padrinho.

– Eu?

– É.

Myron não disse nada.

– E então?

Agora quem estava com os olhos marejados era ele.

– Seria uma honra.

– Está chorando?

Myron não respondeu.

– Você é mesmo uma mocinha – disse ela.

– Qual é o problema, Suzze?

– Talvez não seja nada – ela começou a dizer. Mas então arrematou: – Acho que alguém está tentando me destruir.

Myron não tirava os olhos do ultrassom.

– Como?

Então ela lhe mostrou. As três palavras que iriam ecoar dolorosamente em seu coração durante muito, muito tempo.

3

UMA HORA MAIS TARDE, Windsor Horne Lockwood III – conhecido como Win pelas pessoas que o temiam (categoria que incluía quase todo mundo) – entrou na sala de Myron com seu passo largo e cadenciado. Win tinha um caminhar muito exuberante, como se estivesse sempre vestindo cartola preta e fraque e girando uma bengala na mão. Em vez disso, estava usando uma gravata da Lilly Pulitzer verde e rosa, um blazer azul com um brasão e uma calça cáqui com um vinco tão marcado que seria capaz de cortar. Calçava mocassins sem meia e parecia ter acabado de voltar de um passeio no veleiro *Berço de Ouro*.

– Suzze T. esteve aqui – disse Myron.

Win aquiesceu, projetando o maxilar.

– Cruzei com ela na entrada.

– Ela parecia abalada?

– Não reparei – disse Win, sentando-se. – Os peitos dela estão enormes – completou ele.

Win.

– Ela está com um problema – disse Myron.

Win se recostou na cadeira e cruzou as pernas com a desenvoltura habitual.

– Elabore.

Myron girou o monitor para que Win pudesse olhar a tela. Uma hora antes, Suzze T. tinha feito um gesto semelhante. Ele pensou naquelas três palavras. Sozinhas eram praticamente inofensivas, mas tudo na vida depende do contexto. E, naquela situação, as três palavras faziam a sala congelar.

Win apertou os olhos em direção ao monitor e levou a mão até o bolso interno do paletó, sacando seus óculos de leitura. Havia cerca de um mês que começara a usar óculos e, embora Myron achasse impossível, eles faziam seu amigo parecer ainda mais esnobe e pretensioso. E também deixavam Myron deprimido. Win e ele não eram velhos – longe disso – mas, para citar a analogia com o golfe usada por Win na primeira vez em que havia lhe mostrado os óculos: "Agora estamos oficialmente no último *nine* da vida."

– Isso é uma página do Facebook? – perguntou Win.

– É. Suzze a utiliza para promover a academia de tênis.

Win chegou um pouco mais perto.

– E isso é o ultrassom dela?

– É.

– E como é que um ultrassom vai promover uma academia de tênis?

– Foi o que perguntei. Ela disse que é preciso dar um toque pessoal. As pessoas não querem simplesmente ler textos promocionais.

Win franziu a testa.

– Então ela vai e posta o ultrassom de um feto? – disse, erguendo os olhos da tela. – Faz sentido para você?

Na verdade, não fazia. E mais uma vez – com Win usando seus óculos de leitura e os dois resmungando sobre o admirável mundo novo das redes sociais – Myron se sentiu velho.

– Dê uma olhada nos comentários – disse Myron.

Win lhe lançou um olhar sem qualquer emoção.

– As pessoas comentam um ultrassom?

– Ande logo, leia.

Win leu. Myron ficou esperando. Tinha praticamente decorado aquela página. Havia 26 comentários sobre a foto, em sua maioria votos de felicidades. A mãe de Suzze, uma criatura do mal que não perdia uma chance de aparecer, havia escrito GENTE, VOU SER VOVÓ! URRU!, uma moça chamada Amy tinha comentado AI, QUE GRACINHA!!! e um baterista que costumava tocar com a HorsePower brincara dizendo PARECE COM O PAI! ;). Um sujeito chamado Kelvin havia postado um PARABÉNS!! E uma Tami perguntara PARA QUANDO É O BEBÊ, QUERIDA?.

Win parou faltando três comentários para o fim.

– Engraçadinho.

– Qual deles?

– Um bosta em forma de gente chamado Erik escreveu... – Win começou a dizer. Então parou, limpou a garganta e chegou mais perto do monitor. – "O seu bebê parece um cavalo-marinho!" E depois disso o palhaço colocou um "KKK".

– Não é ele o problema de Suzze.

Win não se acalmou.

– Mesmo assim talvez esse Erik mereça uma visita.

– Continue a ler.

– Está bem.

A expressão facial de Win raramente mudava. Ele havia sido treinado, tanto como profissional quanto como militar, a não demonstrar o que sentia. Mesmo assim, alguns segundos depois, Myron percebeu uma sombra no olhar de seu velho amigo. Win ergueu os olhos. Myron balançou a cabeça, confirmando.

As três palavras estavam bem ali, no final da página, em um comentário feito por "A. Abeona", um nome que nada significava para ele. A foto do perfil era algum tipo de símbolo, talvez um ideograma. E ali, em maiúsculas, sem pontuação, estavam as três palavras tão simples e, no entanto, tão violentas:

"NÃO É DELE"

Silêncio.

Win então comentou:

– Putz.

– Pois é.

Win tirou os óculos.

– Será que eu preciso fazer a pergunta óbvia?

– Que pergunta?

– Isso é verdade?

– Suzze jura que o pai é Lex.

– E nós acreditamos nela?

– Sim – disse Myron. – Faz diferença?

– Para mim, do ponto de vista moral, não. Quer saber a minha teoria? Isso é obra de algum maluco assexuado.

Myron balançou a cabeça.

– O grande benefício da internet: todo mundo pode se manifestar – disse ele. – O grande mal dela: todo mundo pode se manifestar.

– A fortaleza dos covardes e anônimos – concordou Win. – Suzze devia apagar esse *post* antes de Lex ver.

– Tarde demais. Isso é parte do problema. Lex meio que fugiu.

– Entendi – disse Win. – E ela quer que nós o encontremos?

– É, e que o levemos de volta para casa.

– Encontrar um astro do rock não deve ser muito complicado – disse Win. – E qual é a outra parte do problema?

– Ela quer saber quem escreveu o comentário.

– A identidade secreta do Sr. Maluco Assexuado?

– Suzze acha que é mais do que isso. Que alguém está mesmo querendo lhe fazer mal.

Win balançou a cabeça.

– É um maluco assexuado – disse ele.

– Escrever "não é dele"? Que coisa mais doentia!

– Um maluco assexuado *doente*. Você não lê de vez em quando as bobagens que as pessoas escrevem na internet? É só acessar qualquer notícia em qualquer lugar e ver os "comentários" – ele fez as aspas com os dedos – racistas, homofóbicos e paranoicos que elas adicionam. É de deixar qualquer um fora de si.

– Eu sei, mas prometi que verei o que posso fazer.

Win suspirou, tornou a pôr os óculos e se inclinou na direção do monitor.

– A pessoa que postou o comentário é uma tal de A. Abeona. Podemos supor que se trata de um pseudônimo?

– Sim. Abeona é o nome de uma deusa romana. Não faço ideia do que significa o A.

– E a foto do perfil? Que símbolo é esse?

– Sei lá.

– Você perguntou a Suzze?

– Perguntei. Ela disse que não fazia a menor ideia. Parece um ideograma chinês.

– Quem sabe conseguimos encontrar alguém para traduzir?

Win se recostou na cadeira e uniu as pontas dos dedos das duas mãos, formando uma pirâmide.

– Você reparou no horário em que o comentário foi postado?

Myron fez que sim com a cabeça.

– Três e dezessete da manhã.

– Bem tarde.

– Era o que eu estava pensando – disse Myron. – Nas redes sociais, isso deve equivaler a mandar mensagens para o celular de alguém quando se está bêbado.

– Um ex-namorado problemático – comentou Win.

– E existe algum outro tipo de ex?

– E, se bem me lembro da juventude desregrada de Suzze, deve haver vários candidatos... Isso para ser sutil.

– Mas ninguém que ela imagine ser capaz de fazer uma coisa dessas.

Win seguiu encarando o monitor.

– Qual vai ser nosso primeiro passo, então?

– Está falando sério?

– Como assim?

Myron pôs-se a andar por sua sala recém-reformada. Os cartazes de peças da Broadway e as referências a Batman tinham desaparecido. Haviam sido retirados durante a pintura e Myron não tinha certeza se queria colocá-los de volta. O mesmo acontecera com seus troféus e prêmios da época do basquete – os anéis recebidos pelos campeonatos universitários, os certificados que a revista *Parade* concedia aos melhores atletas do ensino médio, seu troféu de jogador universitário do ano – todos agora ausentes, com uma única exceção.

Pouco antes de sua primeira partida profissional pelo Boston Celtics, quando seu sonho estava enfim virando realidade, Myron sofrera uma séria lesão no joelho. A *Sports Illustrated* colocara uma foto de Myron na capa com a manchete SERÁ O FIM?. E embora a matéria não respondesse à pergunta, a resposta acabara sendo um sonoro SIM!. Myron não sabia ao certo por que mantinha essa capa emoldurada na parede. Quando alguém lhe perguntava, ele dizia que era um lembrete a qualquer *superstar* do esporte que entrasse em sua sala, para que visse como tudo podia acabar de uma hora para outra. Mas no fundo ele desconfiava de que o motivo fosse um pouco maior.

– Essa não é a sua reação habitual – disse Myron.

– É mesmo?

– Em geral, nessa hora você me lembra de que eu sou agente, não detetive particular, e tenta me convencer de que não há motivos para entrar nessa, porque não vai trazer qualquer benefício financeiro para o escritório.

Win não disse nada.

– Aí você fala que eu tenho complexo de herói e que só me sinto completo quando salvo alguém. E finalmente, ou melhor, recentemente, você diz que minha interferência acabou causando mais mal do que bem e que feri ou mesmo matei talvez mais pessoas do que consegui salvar.

Win deu um bocejo.

– Por favor, diga que já vai chegar ao ponto.

– Achei que estivesse sendo claro, mas é o seguinte: por que é que você de repente está disposto, animado até, a participar dessa missão, quando no passado...

– No passado eu sempre ajudei, não ajudei? – interrompeu Win.

– Na maior parte do tempo, sim.

Win ergueu os olhos e bateu no queixo com o dedo indicador.

– Como posso explicar?

Ele ficou em silêncio, pensou um pouco, balançou a cabeça.

– Temos uma tendência a acreditar que as coisas boas vão durar para sempre – começou Win. – É a nossa natureza. Os Beatles, por exemplo. Ah, eles vão existir para sempre. *Família Soprano*: este seriado nunca vai ser tirado do ar. A série de romances do Philip Roth protagonizada por Nathan Zuckerman. Shows do Bruce Springsteen. As coisas boas são raras. Precisamos valorizá-las, porque elas sempre acabam cedo demais.

Win se levantou e começou a andar em direção à porta. Antes de sair da sala, olhou para trás.

– Estar nisso com você é uma dessas coisas boas – disse ele.

4

NÃO FOI MUITO DIFÍCIL encontrar Lex Ryder.

Às onze da noite, Esperanza Diaz, sócia de Myron na MB Representações, ligou para ele:

– Lex acabou de usar o cartão de crédito na Three Downing.

Como de costume, Myron estava dormindo no apartamento de Win, em um dos tantos quartos de hóspedes livres no imóvel, que ficava no edifício Dakota, na esquina da Rua 72 com a Central Park Oeste. O prédio fora construído em 1884, o que ficava patente em sua estrutura, cheia de beirais, sacadas, arremates, frontões, balaustradas, meias cúpulas, ferro fundido, arcos, grades rebuscadas, águas-furtadas – uma mistura bizarra que, por algum mistério insondável, em vez de parecer opressora, era harmoniosa e estranhamente perfeita. Parecia uma fortaleza, linda e escura, e causava uma maravilhosa e inexplicável depressão.

– Onde fica isso? – perguntou Myron.

– Você não conhece a Three Downing? – indagou Esperanza.

– Deveria conhecer?

– Deve ser a boate mais badalada de Nova York no momento. É frequentada por *rappers*, até o Diddy, por supermodelos e o pessoal da moda, esse tipo de gente. Fica em Chelsea.

– Sei.

– Estou decepcionada – comentou Esperanza.

– Por quê?

– Um cara da *night* como você não conhece os lugares *in* da cidade.

– Quando Diddy e eu vamos para a balada, a gente usa a limusine branca compridona e entra por garagens subterrâneas. Nunca sei os nomes dos lugares.

– Ou então ter ficado noivo está acabando com o seu estilo – disse Esperanza.

– Quer ir até lá buscá-lo?

– Já estou de pijama.

– Cara da *night*, sei. O pijama é de pezinho?

Myron tornou a verificar o relógio. Podia estar no centro antes da meia-noite.

– Estou saindo.

– Win está em casa? – perguntou Esperanza.

– Não, ele ainda não chegou.

– Então você vai sozinho?

– Está com medo de deixar um gato feito eu sozinho em uma boate?

– Estou com medo de não deixarem você entrar. Encontro você lá em meia hora, na entrada da Rua 17. Vista-se para impressionar.

Esperanza desligou. Myron estava surpreso. Sua amiga, ex-baladeira bissexual de plantão, não saía à noite desde que tivera o filho. Depois de mais de uma década levando um estilo de vida noturno e tão liberal que teria causado inveja ao próprio Calígula, Esperanza tinha parado com tudo, virado a esposa de um hétero convicto, Tom, e tido um filho chamado Hector. Passara de Lindsay Lohan a Carol Brady em quatro segundos e meio. Mas ela sempre levara o trabalho a sério – agora tinha uma participação de 49% na MB Representações e, com todas as viagens de Myron nos últimos tempos, havia carregado a empresa nas costas.

Myron examinou seu guarda-roupa e pensou no que deveria usar em um lugar da moda. Era para se vestir para impressionar, então optou pela alternativa consagrada – calça jeans, blazer azul e mocassim caro, um look casual chique –, principalmente porque era a única roupa sua que preencheria os requisitos necessários. Na verdade, havia pouca coisa em seu armário que fugisse da combinação jeans/blazer e que não fosse um terno propriamente dito, a menos que a intenção fosse ficar parecido com um vendedor de loja de eletrônicos.

Pegou um táxi na Central Park Oeste. Dizem que os taxistas de Manhattan são todos estrangeiros e mal sabem falar inglês. Pode até ser verdade, mas já fazia pelo menos cinco anos que Myron não conversava com um motorista de táxi. Isso porque, apesar das leis recentes, todos, absolutamente todos os taxistas da cidade de Nova York usavam fones de ouvido com Bluetooth 24 horas por dia, sete dias por semana, e, enquanto dirigiam, falavam ao celular em suas línguas maternas. Deixando de lado a falta de educação dessa atitude, Myron sempre se perguntava quem na vida desses homens iria querer passar o dia inteiro ao telefone com eles. Nesse sentido, dava para pensar que eles eram caras de muita sorte.

Myron havia imaginado que fosse deparar com uma fila comprida, uma corda de veludo e coisas do tipo, mas, quando o táxi chegou perto do endereço na Rua 17, não viu qualquer sinal de que houvesse uma boate ali. Por fim, percebeu que o "Three" – "três" – significava terceiro andar e que "Downing" era o nome do prédio altíssimo à sua frente. Alguém tinha cursado a escola MB Representações de Nomes Literais para Estabelecimentos.

O elevador chegou ao terceiro andar. Logo que as portas se abriram, Myron sentiu no peito a batida forte do grave. A longa fila de gente desesperada para entrar surgia de cara. Supostamente, as pessoas vão a boates assim para se divertir, mas a verdade é que a maioria só fica na fila a noite toda, até acabar voltando para casa com um desagradável lembrete de que ainda não é *cool* o suficiente para dividir a mesa com a galerinha descolada. Os VIPs passam a frente delas sem sequer olhar para o lado e de alguma forma isso as faz querer entrar mais ainda. Havia uma corda de veludo, é claro, para demarcar o perímetro da plebe, que era protegida por três seguranças bombados de cabeça raspada e com a devida cara de mau.

Myron se dirigiu a eles com seu melhor andar *à la* Win.

– Oi, pessoal.

Os seguranças o ignoraram solenemente. O mais alto dos três usava um terno preto sem camisa. Sem camisa. Terno sem camisa. Tinha o peito bem depilado e exibia um decote digno de um metrossexual. Estava lidando com um grupo de meninas que talvez fossem maiores de idade, talvez não. Todas usavam saltos altos demais – com certeza estavam na moda – que lhes davam um andar mais trôpego do que sedutor. Seus vestidos eram tão curtos que elas poderiam ser detidas por atentado ao pudor, mas na verdade não eram nada incomum.

O segurança as examinava como em um teste de elenco. As meninas posavam e sorriam. Myron quase pensou que fossem abrir a boca para ele vistoriar seus dentes.

– Vocês três, tudo bem – disse-lhes o Decotado. – Mas essa sua amiga está fortinha demais.

A amiga fortinha, que devia vestir no máximo 38, começou a chorar. Suas três amigas magras pré-inanição se juntaram em círculo para discutir se deveriam ou não entrar sem ela. A menina saiu correndo, soluçando. As outras deram de ombros e entraram. Os três seguranças sorriram, cruéis.

– Parabéns – disse Myron.

Os sorrisos cruéis se viraram na sua direção. Decotado cruzou olhares com Myron, desafiando-o. Myron retribuiu e não desviou os olhos. Decotado olhou Myron de cima a baixo e, sem dúvida, achou que ele não estava vestido adequadamente.

– Bela roupa – disse o Decotado. – Está indo contestar uma multa no Departamento de Trânsito?

Seus dois colegas, ambos vestidos com camisetas da Ed Hardy tão justas que pareciam torniquetes, gostaram da piada.

– Tem razão – disse Myron, apontando para o decote. – Eu devia ter deixado a camisa em casa.

O segurança à esquerda de Myron formou um Ó de surpresa com a boca.

Decotado estendeu o polegar.

– Fim da fila, camarada. Pensando bem, melhor ir logo embora.

– Eu vim encontrar Lex Ryder.

– Quem disse que ele está aqui?

– Eu.

– E você é?

– Myron Bolitar.

Silêncio. Um dos seguranças piscou. Myron quase gritou: "Arrá, piscou!", mas se conteve.

– Sou o agente dele.

– Seu nome não está na lista – disse o Decotado.

– E nós não sabemos quem você é – acrescentou Ó de Surpresa.

– Sendo assim... – O terceiro segurança acenou com cinco dedos grossos. – Passar bem.

– Que ironia – disse Myron.

– O quê?

– Será que vocês não entendem a ironia? – perguntou Myron. – Trabalham como porteiros de um lugar onde ninguém nunca os deixaria entrar... e, apesar disso, em vez de entenderem esse fato e agirem como seres humanos, usam esse seu sentimento de inferioridade para se comportarem como babacas.

Mais olhos piscando. Então todos os três leões de chácara avançaram em sua direção, uma gigantesca muralha de músculos. Myron sentiu o sangue correr nas veias. Seus dedos se curvaram, fechando os punhos. Ele os relaxou e tentou controlar a respiração. Os seguranças chegaram mais perto. Myron não recuou. Decotado, o líder, se inclinou na direção dele.

– É melhor você ir andando agora, rapaz.

– Por quê? Por acaso estou meio fortinho? Aliás, falando sério, esta calça jeans deixa minha bunda grande? Pode falar.

A longa fila de pessoas querendo entrar se calou ao ouvir. Os seguranças se entreolharam. Myron repreendeu a si mesmo. Aquilo não estava ajudando em nada. Ele tinha ido lá para buscar Lex, não para puxar briga com um bando de cabeça de esteroides.

Decotado sorriu e falou:

– Ora, ora, parece que temos um engraçadinho aqui.

– É – disse Ó de Surpresa. – Muito engraçado. Rá, rá.

– É – concordou o terceiro. – Você é mesmo engraçado, não é, palhaço?

– Bom, modéstia à parte – respondeu Myron –, também sou um cantor muito talentoso. Em geral começo cantando "The Tears of a Clown", do Smokey Robinson, sabe qual? "Não deixe minha expressão feliz passar a impressão errada", depois continuo com uma versão despojada de "Lady", mais para Kenny Rogers do que para Lionel Richie. Ninguém consegue conter as lágrimas.

Decotado se inclinou mais para perto da orelha de Myron enquanto seus colegas aguardavam.

– Você sabe que vamos ter que chutar você daqui, não sabe?

– E você sabe que tomar bomba faz o saco murchar, não sabe? – rebateu Myron.

Então, atrás dele, Esperanza falou:

– Ele está comigo, Kyle.

Myron se virou, viu Esperanza e conseguiu se controlar para não dizer "uau" em voz alta, mas não foi fácil. Já fazia 20 anos que ele a conhecia, que trabalhava lado a lado com ela, e às vezes, quando você vê alguém todos os dias e fica amigo dessa pessoa, simplesmente esquece quanto ela é incrivelmente bonita.

Quando os dois se conheceram, Esperanza era uma profissional de luta livre que usava roupas minúsculas e era conhecida como Pequena Pocahontas. Linda, ágil e absurdamente gostosa, deixara de ser a sensação da ANIL (Associação Nossas Incríveis Lutadoras) para se tornar assistente particular de Myron enquanto cursava a faculdade de direito à noite. Tinha crescido na empresa, por assim dizer, e agora era sócia na MB Representações.

O rosto de Kyle Decotado se abriu em um sorriso.

– Poca? É você mesma, garota? Que delícia... Se fosse um doce, eu lambia inteiro.

– Quanta delicadeza, Kyle – disse Myron, balançando a cabeça.

Esperanza levantou o rosto para ganhar um beijo de Kyle.

– Prazer em vê-lo, também – disse ela.

– Há quanto tempo, Poca.

A beleza morena de Esperanza evocava imagens de céus enluarados, passeios noturnos pela praia, oliveiras sacudidas por uma leve brisa. Ela estava usando brincos de argola. Seus longos cabelos pretos sempre exibiam uma desordem perfeita. A blusa branca meio transparente tinha sido ajustada por uma divindade generosa. Talvez estivesse com um botão a mais aberto, mas caía bem.

Os três seguranças recuaram. Um deles soltou a corda de veludo. Esperanza o recompensou com um sorriso ofuscante. Quando Myron foi entrando atrás dela, Kyle Decotado se posicionou de forma a lhe dar um esbarrão. Myron contraiu o corpo para garantir que Kyle recebesse a maior parte do impacto.

– Homens – sussurrou Esperanza.

– Nosso papo ainda não terminou, cara – sussurrou Kyle para Myron.

– Vamos almoçar juntos – disse Myron. – Quem sabe pegamos a matinê de um musical da Broadway?

Enquanto eles entravam, Esperanza olhou para Myron de relance e balançou a cabeça.

– O que foi?

– Falei para se vestir para impressionar. Você parece que está indo à reunião de pais e professores de um aluno da sexta série.

Myron apontou para os próprios pés:

– Com mocassins Ferragamo?

– E por que você estava puxando briga com aqueles brutamontes?

– Ele chamou uma menina de fortinha.

– E você quis salvá-la?

– Bem, não. Mas ele disse isso bem na cara dela. "As suas amigas podem entrar, mas você, não, porque está fortinha." Que tipo de pessoa faz uma coisa dessas?

O ambiente principal da boate era escuro, com detalhes em neon. Em um dos cantos havia televisores de tela grande porque, afinal de contas, supôs Myron, quando alguém vai a uma boate, na verdade o que quer fazer é ficar vendo televisão. O sistema de som, mais ou menos do mesmo tamanho e dimensões do equipamento usado em um show do The Who em um estádio, agredia os ouvidos. O DJ estava tocando *house music*, prática na qual o "talentoso" artista destrói uma música normalmente razoável acrescentando a ela algum tipo de baixo sintetizado ou batida eletrônica. Havia ainda um show de lasers, algo que Myron achava estar fora de moda desde a turnê do Blue Öyster Cult em 1979. Um enxame de jovens magérrimas se extasiava com os efeitos especiais da pista de dança que expelia fumaça, como se isso não pudesse ser visto na rua, perto de qualquer caminhão.

Myron tentou gritar mais alto do que a música, mas foi inútil. Esperanza o conduziu até uma área mais tranquila – equipada, surpreendentemente, com terminais de acesso à internet. Todos ocupados. Myron balançou a cabeça outra vez. Ir a uma boate para ficar na internet? Ele se virou de novo para a pista de dança. Sob a luz esfumaçada, as mulheres eram quase todas bonitas, embora muito jovens, vestidas mais como se estivessem brincando de ser adultas do que como se fossem de fato. A maioria tinha o celular na mão e digitava mensagens de texto com os dedos magros, todas dançando com uma languidez que beirava o coma.

Esperanza exibia um sorrisinho no rosto.

– O que foi? – indagou Myron.

Ela acenou em direção ao lado direito da pista.

– Olhe só a bunda daquela garota de vermelho.

Myron olhou para as nádegas que dançavam dentro de um vestido vermelho e se lembrou da letra de uma música de Alejandro Escovedo em que ele dizia gostar mais da mulher quando ela ia embora. Fazia tempo que Myron não ouvia Esperanza falar assim.

– Bonita – disse Myron.

– Bonita?

– Espetacular?

Esperanza balançou a cabeça, ainda sorrindo.

– Se eu pego uma bundinha dessas...

Uma imagem surgiu na cabeça de Myron quando ele olhou para a jovem que dançava de uma forma um tanto erótica e depois para Esperanza. Ele se forçou a fazê-la desaparecer imediatamente. Há pensamentos que é melhor não ter quando você precisa se concentrar em outras questões.

– Tenho certeza de que seu marido iria adorar.

– Estou casada, não morta. Ainda posso olhar.

Myron observou o rosto de Esperanza, viu a empolgação nele e teve a estranha sensação de que ela estava de volta ao seu habitat. Dois anos antes, quando o filho nascera, Esperanza havia entrado imediatamente no modo mamãe. De uma hora para outra, sua mesa de trabalho ficara povoada por um pot-pourri de imagens clássicas: Hector com o coelhinho da Páscoa, Hector com Papai Noel, Hector com personagens da Disney e andando nos brinquedos de um parque. Suas melhores roupas de trabalho muitas vezes exibiam manchas de golfada de neném e, em vez de escondê-las, ela adorava contar como a tal mancha tinha ido parar ali. Fazia amizade com mães que antigamente teriam lhe causado repulsa e conversava sobre carrinhos de bebê, escolas, funcionamento intestinal e as idades em que seus rebentos tinham começado a engatinhar/andar/falar. Todo o seu mundo, como o de muitas mães antes dela – e, sim, isso é uma afirmação um tanto sexista –, havia se reduzido à pequena forma representada pelo corpinho de um bebê.

– Mas onde Lex poderia estar? – perguntou Myron.

– Provavelmente em uma das salas VIP.

– Como é que vamos entrar lá?

– Vou abrir mais um botão da blusa – respondeu Esperanza. – Sério, me deixe tentar sozinha um minuto. Vá dar uma olhada no banheiro. Aposto 20 pratas que você não consegue fazer xixi no mictório.

– O quê?

– Aceite a aposta e vá lá – disse ela, apontando para a direita.

Myron deu de ombros e entrou no banheiro. O ambiente era preto, todo de mármore escuro. Ele se aproximou do mictório e entendeu na mesma hora o que Esperanza queria dizer. Os mictórios ficavam de frente para uma enorme parede de espelho falso, como as das salas de interrogatório da polícia. Em suma, dava para ver tudo na pista de dança. As lânguidas mulheres dançavam literalmente a poucos metros dele e algumas usavam o espelho para retocar o visual, sem saber (ou sabendo muito bem) que estavam encarando um homem que tentava se aliviar.

Ele saiu do banheiro. Esperanza tinha a mão estendida com a palma para cima. Myron depositou ali uma nota de 20 dólares.

– Pelo visto seu xixi ainda é tímido.

– O banheiro feminino é assim também?

– Nem te conto.

– E agora?

Esperanza espichou o queixo na direção de um homem de cabelos jogados para trás cheios de gel que vinha deslizando em sua direção. Myron o imaginou preenchendo uma ficha para procurar emprego – *nome: Riquinho Europeu, sobrenome: Baixo Nível* – e observou o chão atrás dele. Talvez houvesse um rastro de gosma.

Riquinho Europeu sorriu com seus dentes de furão.

– Poca, *mi amor*.

– Anton – disse ela, deixando que ele beijasse sua mão com um entusiasmo um pouco excessivo.

Myron temeu que ele pudesse usar os dentes de furão para morder a pele até chegar aos ossos de sua amiga.

– Você continua uma criatura magnífica, Poca.

Ele falava com um sotaque engraçado, talvez húngaro, talvez árabe, que parecia criado sob medida para um esquete de humor. Anton tinha a barba por fazer e os pelos de sua face reluziam de forma desagradável. A boate parecia uma caverna, mas, ainda assim, ele usava óculos escuros.

– Este é Anton – apresentou Esperanza. – Ele disse que Lex está no serviço de garrafa.

– Ah – disse Myron, sem fazer a menor ideia do que fosse o serviço de garrafa.

– Por aqui – disse Anton.

Eles passaram pelo mar de corpos. Esperanza seguia na frente. Myron se divertiu vendo todos os pescoços se virarem para uma segunda avaliação quando a viam. Conforme eles continuaram a atravessar a multidão, algumas mulheres cruzaram olhares com Myron e o encararam, embora não tão frequentemente quanto teria acontecido dois ou cinco anos antes. Ele teve a sensação de ser um lançador de beisebol de idade já avançada que precisava daquele radar específico para saber que suas jogadas estavam perdendo a potência. Ou talvez fosse outra coisa. Talvez as mulheres simplesmente sentissem que Myron agora estava comprometido, que tinha sido tirado do mercado pela linda Terese Collins e, portanto, não podia mais ser tratado como um simples colírio para os olhos.

É, pensou Myron. *Com certeza* é isso.

Anton usou a própria chave e abriu uma porta que dava para outro ambiente – e, pelo jeito, para outra época. Enquanto a boate em si era moderna, reluzente, cheia de ângulos pontiagudos e superfícies lisas, aquela sala VIP parecia um bordel dos Estados Unidos da época colonial. Sofás bordô macios, candelabros de cristal, sancas de couro no teto, velas acesas nas paredes. Uma das paredes da sala também tinha um espelho falso, para os VIPs poderem observar as moças dançando e talvez convidar uma ou duas a se juntarem a eles. Mulheres que pareciam atrizes pornô, com próteses de silicone generosas, corpetes e espartilhos de época circulavam carregando garrafas de champanhe. Myron entendeu o porquê do nome "serviço de garrafa".

– Está olhando para todas as garrafas? – perguntou Esperanza.

– Ahã, com atenção.

Esperanza aquiesceu e sorriu para uma garçonete particularmente bem-fornida que usava um corselete preto.

– Hum... Até eu aceitaria um serviço de garrafa, se é que você me entende.

Myron refletiu sobre o assunto. Então disse:

– Na verdade, não entendo, não. Vocês duas são mulheres. Não sei se entendi direito a referência a garrafas.

– Meu Deus, como você é literal.

– Você me perguntou se eu estava olhando para todas as garrafas. Por quê?

– Porque essas moças estão servindo champanhe Cristal – disse Esperanza.

– E daí?

– Quantas garrafas você está vendo?

Myron olhou em volta.

– Sei lá, umas 9 ou 10.

– Cada garrafa dessas custa 8 mil dólares, sem contar a gorjeta.

Myron levou a mão ao peito, fingindo um ataque cardíaco. Então viu Lex Ryder esparramado em um sofá com um grupo de beldades. Todos os outros homens na sala VIP tinham pinta de músicos ou *roadies* em idade avançada: longos cabelos ondulados, bandanas, barba e bigode, braços musculosos, barrigas flácidas. Myron abriu caminho entre eles.

– Oi, Lex.

A cabeça de Lex pendeu para o lado. Ele olhou para cima e gritou, em um volume exagerado:

– Myron!

Lex tentou se levantar, mas não conseguiu, então Myron lhe estendeu a mão. Ele a segurou, ficou de pé e abraçou Myron com o entusiasmo sentimentaloide que os homens exibem quando bebem demais.

– Cara, como é bom ver você.

A HorsePower tinha começado como uma banda de fundo de quintal em Melbourne, Austrália, onde Lex e Gabriel nasceram. O nome era inspirado no sobrenome de Lex, Ryder, que foneticamente significava "cavaleiro", e no sobrenome de Gabriel, Wire, que significava "fio": daí HorsePower, "cavalo-vapor", como a unidade de medida de potência. No entanto, desde o primeiro dia, Gabriel se tornara o astro da dupla. Não havia dúvidas de que ele possuía uma linda voz, era bonito e dotado de um carisma quase sobrenatural – e, além de tudo, tinha também aquele quê indescritível que alça um ídolo à condição de lenda.

Myron volta e meia pensava em como devia ser difícil para Lex – ou para qualquer um – viver sob essa sombra. É claro que Lex também era rico e famoso. Tecnicamente falando, todas as músicas eram produções conjuntas da dupla, embora Myron, que controlava as finanças deles, soubesse que a parte de Lex era de 25% e a de Gabriel, 75%. E é claro que as mulheres o paqueravam e os homens queriam ser seus amigos, mas Lex era também o motivo de zombaria preferido de todo fim de noite, o final de todas as piadas sobre como um coadjuvante podia chegar ao ponto de ser quase desnecessário.

A HorsePower ainda era uma banda importante, talvez mais do que nunca, embora Gabriel Wire tivesse saído de cena depois de um trágico escândalo fazia mais de 15 anos. Com exceção de algumas fotos de *paparazzi* e muitos boatos, Wire praticamente não dera sinal de vida durante todo esse tempo – nenhuma turnê, nenhuma entrevista, nenhuma matéria na imprensa, nenhuma aparição em público. E todo esse segredo só deixava o público ainda mais ávido por ele.

– Acho que está na hora de ir para casa, Lex.

– Ah, Myron – respondeu Lex, com uma voz arrastada que Myron torceu para que significasse apenas uso de álcool. – Deixa disso. Nós estamos nos divertindo. Não estamos nos divertindo, pessoal?

As pessoas em volta fizeram ruídos diversos expressando sua concordância. Myron olhou ao redor. Talvez tivesse visto um ou dois daqueles caras antes, mas o único que conhecia com certeza era Buzz, guarda-costas/assistente pessoal de Lex havia muito tempo. Buzz cruzou olhares com Myron e deu de ombros, como quem diz: o que se há de fazer?

Lex passou o braço ao redor de Myron, laçando-o pelo pescoço como a alça de uma câmera fotográfica.

– Sente-se, amigão. Vamos tomar um drinque, relaxar, desestressar.

– Suzze está preocupada com você.

– Está mesmo? – retrucou Lex, arqueando uma das sobrancelhas. – E mandou o garoto de recados dela vir me buscar?

– Tecnicamente falando, também sou o seu garoto de recados, Lex.

– Ah, os agentes. A mais mercenária das profissões.

Lex estava usando uma calça preta e um colete de couro negro. Parecia ter acabado de fazer compras em uma loja especializada em roupas de roqueiro. Seus cabelos, agora grisalhos, estavam cortados bem curtos. Deixando-se despencar de volta no sofá, ele repetiu:

– Sente-se, Myron.

– Por que não vamos dar uma volta, Lex?

– Você não é o meu garoto de recados também? Eu disse para sentar.

Ele tinha certa razão. Myron encontrou um lugar no sofá e se deixou cair devagar, afundando nas almofadas. Lex girou um botão à sua direita e diminuiu o volume da música. Alguém estendeu uma taça de champanhe a Myron e derramou um pouco do líquido dentro.

A maioria das mulheres de corselete – um *look* que, convenhamos, funciona independentemente da época – havia desaparecido sem fazer muito alarde, como se houvessem se fundido nas paredes. Esperanza estava de papo com a garçonete que tinha chamado sua atenção antes. Os outros homens da sala observavam a paquera com o mesmo fascínio de homens das cavernas vendo fogo pela primeira vez.

Buzz fumava algo com cheiro, hum, estranho. Olhou para Myron pronto para lhe passar o cigarro, mas Myron fez que não com a cabeça e virou-se para Lex, que estava recostado nas almofadas como se tivesse tomado um relaxante muscular.

– Suzze mostrou o *post* para você? – perguntou ele.

– Mostrou.

– E o que você acha, Myron?

– Acho que é um maluco qualquer fazendo uma brincadeira.

Lex sorveu um grande gole de champanhe.

– Acha mesmo?

– Acho – respondeu Myron –, mas, seja como for, estamos no século XXI.

– Como assim?

– Isso não é nada de mais. Se estiver tão preocupado assim, pode pedir um teste de DNA e ter certeza quanto à paternidade.

Lex aquiesceu devagar antes de tomar outro gole. Myron tentou não pensar como agente, mas a garrafa tinha capacidade para 750ml, mais ou menos 25 doses de 30ml, o que, considerando 8 mil dólares por garrafa, equivalia a 320 dólares por dose.

– Ouvi dizer que você agora está noivo – disse Lex.

– É.

– Vamos brindar a isso.

– Ou tomar só um golinho. Vai sair mais em conta.

– Relaxe, Myron. Eu sou podre de rico.

Era verdade. Os dois brindaram.

– Então, Lex, por que está chateado?

Lex ignorou a pergunta.

– Por que é que eu ainda não conheço a sua futura esposa?

– É uma longa história.

– Onde ela está agora?

– Fora do país – Myron respondeu, vagamente.

– Posso lhe dar um conselho em relação ao casamento?

– Que tal: "Não acredite em boatos idiotas da internet sobre paternidade"?

Lex sorriu.

– Boa.

– Que nada.

– Mas o meu conselho é o seguinte: sejam sinceros um com o outro. Totalmente sinceros.

Myron aguardou. Quando Lex não disse nada, perguntou:

– Só isso?

– Esperava algo mais profundo?

Myron deu de ombros.

– É, mais ou menos.

– Tem uma música que eu adoro – disse Lex. – Ela diz: "O coração é como um paraquedas." Sabe por quê?

– Acho que a letra fala sobre a mente ser parecida com um paraquedas: só funciona quando aberta.

– Não, conheço essa aí também, mas a minha é melhor: "Seu coração é como um paraquedas: só abre quando você cai." – disse, sorrindo. – Muito boa, né?

– É, sim.

– Todos nós temos amigos na vida, tipo, bem, olhe só esses meus amigos aqui. Eu adoro esses caras, apronto todas com eles, nós conversamos sobre o tempo, sobre esporte e sobre mulher, mas, se eu passasse um ano sem encontrá-los, ou até mesmo se nunca mais os visse na vida, não faria muita diferença. É assim com a maioria das pessoas que conhecemos.

Ele tomou outro gole de champanhe. A porta atrás deles se abriu e um grupo de mulheres entrou dando risadinhas. Lex balançou a cabeça e elas tornaram a desaparecer porta afora.

– Aí – continuou ele –, de vez em quando, você tem um amigo de verdade. Como o Buzz. Nós conversamos sobre tudo. Conhecemos a verdade um do outro, cada defeito doentio ou perverso. Você tem amigos assim?

– Esperanza sabe que meu xixi é tímido – disse Myron.

– O quê?

– Nada. Continue. Sei do que você está falando.

– Então, amigos de verdade. Você deixa que eles saibam o que há de pior dentro da sua cabeça. Tudo o que há de mais repugnante.

Lex se sentou, agora embalado pelos pensamentos.

– E sabe o que é mais estranho nesse tipo de relação? Sabe o que acontece quando você se abre totalmente e deixa o outro ver que você é uma pessoa decadente?

Myron fez que não com a cabeça.

– O seu amigo gosta ainda mais de você. Com todas as outras pessoas, você arma uma fachada e esconde as coisas ruins para que elas gostem de você. Mas com os amigos de verdade você revela seu pior lado e isso acaba conquistando o afeto deles. É quando deixamos cair a fachada que conseguimos nos conectar aos outros. Então eu pergunto a você, Myron: por que não fazemos isso com todo mundo?

– Sinto que você já vai me dar a resposta.

– Quem me dera eu soubesse.

Lex tornou a se recostar, tomou um gole grande e inclinou a cabeça, pensativo.

– O negócio é o seguinte: por definição, a fachada é uma mentira. Na maior parte do tempo, isso não tem problema. Mas se você não se abrir para a pessoa que mais ama, se não mostrar suas falhas, nunca vai conseguir uma ligação verdadeira com ela, porque isso é esconder segredos. E os segredos apodrecem e destroem tudo.

A porta tornou a se abrir. Quatro mulheres e dois homens entraram cambaleando, dando risadinhas, sorrindo e segurando um champanhe de preço indecente.

– E que segredos você está escondendo de Suzze? – quis saber Myron.

Lex só fez balançar a cabeça.

– É uma via de mão dupla, parceiro.

– Que segredos Suzze está escondendo de você, então?

Lex não respondeu. Estava olhando para o outro lado da sala. Myron se virou para acompanhar seu olhar.

E foi então que a viu.

Ou pelo menos pensou ter visto. Foi questão de um piscar de olhos, naquela sala cheia de fumaça e iluminada por velas. Havia 16 anos que Myron não a via, desde aquela noite de nevasca. Lembrava-se da barriga inchada, das lágrimas no rosto, do sangue entre os dedos dela. Não acompanhava as notícias, mas, pelo que sabia, os dois estavam morando em algum lugar da América do Sul.

Seus olhares se cruzaram por um segundo, não mais do que isso. E, por mais impossível que parecesse, Myron teve certeza de que era ela.

– Kitty?

Sua voz foi abafada pela música, mas Kitty não hesitou. Seus olhos se arregalaram um pouco – de medo, talvez – e então ela virou as costas e saiu correndo. Myron tentou se levantar depressa, mas o sofá macio demais atrapalhou seus movimentos. Quando conseguiu, Kitty Bolitar – sua cunhada, a mulher que havia tirado tanta coisa dele – já tinha saído porta afora.

5

MYRON SAIU CORRENDO atrás dela.

Quando chegou à saída da sala VIP, uma imagem lhe veio à cabeça: Myron aos 11 anos e seu irmão Brad aos 6, com seus cachos incontroláveis, ambos no quarto que dividiam, jogando basquete. A cesta era feita de um papelão fino e a bola não passava de uma espuma redonda. O aro ficava preso ao alto da porta do armário por duas ventosas laranja que eles precisavam lamber para fazê-las aderir. Os irmãos passavam horas jogando, inventando partidas e atribuindo apelidos e personalidades um ao outro. Havia Sam Cestinha, Jim do Pulo e Lenny Saltador. Como Myron era o mais velho, controlava a brincadeira toda, inventando um universo de faz de conta com jogadores do bem e do mal, fortes emoções e jogos eletrizantes com pontos decisivos marcados no último segundo. No entanto, na maioria das vezes, deixava Brad ganhar. À noite, quando os dois se deitavam em seu beliche – Myron na cama de cima, Brad na de baixo –, ficavam recapitulando as partidas no escuro, como comentaristas televisivos em uma mesa-redonda.

Lembrar isso foi como levar uma facada no coração.

– O que houve? – perguntou Esperanza, ao ver sua pressa.

– Kitty.

– O quê?

Não tinha tempo para explicar. Atravessou a porta de volta à boate. A música era ensurdecedora. Seu lado velho se perguntou como alguém poderia gostar de fazer social onde era impossível ouvir qualquer coisa que as outras pessoas dissessem. Mas na verdade todos os seus pensamentos agora estavam concentrados em alcançar Kitty.

Myron era um homem alto: tinha 1,93 metro e, se ficasse na ponta dos pés, podia olhar por cima de quase todo mundo na boate. Não viu nem sinal daquela que talvez fosse Kitty. Que roupa ela estava usando? Uma blusa azul-turquesa. Começou a procurar clarões azul-turquesa.

Lá. De costas para ele. Encaminhando-se para a saída.

Myron tinha de se apressar. Foi gritando desculpas enquanto tentava passar pela multidão, mas havia gente de mais. A luz estroboscópica e os lasers também não estavam ajudando. Kitty. Que diabos ela estaria fazendo ali? Anos antes, também fora uma menina prodígio do tênis e havia treinado com Suzze. Elas haviam se conhecido assim. Era possível que as duas tivessem retomado contato, é claro, mas será que isso explicava por que Kitty estaria ali naquela noite, dentro daquela boate, sem o irmão de Myron?

Ou será que Brad também estava ali?

Ele começou a andar mais depressa. Tentou não esbarrar em ninguém, mas foi impossível. Houve olhares tortos e gritos de "Ei!" ou "Está indo tirar a mãe da forca?", mas Myron os ignorou e seguiu em frente. Aquilo tudo começava a lhe dar a impressão de estar em um sonho, um daqueles em que você corre mas não consegue sair do lugar, em que os seus pés de repente ficam pesados demais e você luta para movê-los.

– Ai! – reclamou uma garota, com um grito agudo. – Você pisou no meu pé, seu imbecil!

– Desculpe – disse Myron, ainda tentando passar.

Alguém lançou sua mão imensa sobre o ombro de Myron e o fez virar. Outra pessoa o empurrou por trás, com força, quase derrubando-o no chão. Myron recuperou o equilíbrio e deparou com o que poderia ter sido o elenco de um programa comemorativo do décimo aniversário de algum *reality show*. Um festival de bronzeados artificiais, sobrancelhas feitas, peitos depilados, músculos à mostra e cabelos modelados com gel. Os homens exibiam o sorriso mau dos fortões, algo que não parece combinar com alguém que se preocupa tanto com a aparência. Um soco na cara machucaria qualquer um deles, mas bagunçar seu cabelo significaria uma dor insuportável.

Eram quatro, cinco, talvez seis – era difícil contar, quando todos pareciam pertencer à mesma massa viscosa e desagradável com cheiro forte de loção pós--barba – e estavam animados com a chance de provar a própria masculinidade defendendo a honra do pé de uma garota qualquer.

Mesmo assim, Myron continuou diplomático.

– Foi mal, parceiros – falou. – É que é uma emergência.

– Ué, cadê o incêndio que você vai apagar? – replicou um dos imbecis. – Está vendo algum incêndio aqui, Vinny?

– É, cadê o incêndio? – emendou Vinny. – Não estou vendo incêndio nenhum. Você está, Slap?

Antes de Slap poder se pronunciar, Myron disse:

– Tá bom, já entendi. Não tem incêndio nenhum. Olhem, desculpem mesmo, mas estou com muita pressa.

Mas Slap não podia ficar de fora:

– Não, eu também não estou vendo incêndio nenhum.

Não havia tempo para aquilo. Myron começou a avançar – que droga, nem sinal de Kitty –, mas os homens se aproximaram mais. O primeiro imbecil, ainda com a mão no ombro de Myron, começou a apertá-lo.

– Peça desculpas para a Sandra.

– Que parte de "desculpem mesmo" vocês não entenderam?

– Para a Sandra – repetiu o rapaz.

Myron se virou para a garota que, a julgar pelo vestido que estava usando e pelas suas companhias masculinas, nunca tinha recebido atenção suficiente do pai. Sacudiu o ombro para se livrar daquela mão desagradável.

– Desculpe, Sandra.

Myron disse isso porque era o melhor a fazer. Tentar selar a paz e seguir em frente. Mas ele sabia. Dava para ver no vermelho dos rostos daqueles caras, em seus olhos úmidos. Os hormônios haviam sido liberados. Assim, quando tornou a se virar para o sujeito que tinha lhe dado o primeiro empurrão, Myron não se surpreendeu por ver o punho fechado que voava em direção a seu rosto.

Em geral, brigas duram poucos segundos – e esses segundos são regidos por três coisas: confusão, caos e pânico. Portanto, quando as pessoas veem um punho fechado vindo na sua direção, é natural terem uma reação exagerada. Tentam se abaixar o máximo possível ou então jogam o corpo para trás. É um erro. Quando você se coloca em uma posição que prejudica seu equilíbrio ou faz seu oponente sair de seu campo de visão, é claro que acaba correndo mais perigo. É por isso que os bons lutadores muitas vezes ficam golpeando sem parar – não necessariamente para acertar o oponente, mas para fazê-lo se colocar em uma posição mais vulnerável.

Assim, Myron fez um movimento bem pequeno para evitar o soco – deslocou-se uns poucos centímetros. Sua mão direita já estava no ar. Não é preciso repelir o punho com força, como em um movimento de caratê. Basta desviar sua trajetória um pouquinho. E foi isso que ele fez. O objetivo era simples: derrubar o cara com o mínimo de alarde ou danos.

Myron juntou o indicador e o dedo médio da mesma mão que havia mudado a trajetória do soco e, num movimento rápido, cravou-os na base da garganta do adversário, bem na parte macia e oca. O golpe foi perfeito. O garoto do *reality show* soltou um ruído gorgolejante e, por instinto, levou as duas mãos ao pescoço, ficando totalmente desprotegido. Em uma luta normal, se é que isso existe, Myron o teria derrubado naquele exato momento. Mas não era isso que ele queria. Só queria ir embora.

Assim, sem nem mesmo pensar em um próximo golpe, Myron começou a passar pelo sujeito, tentando se afastar dali o mais depressa possível. Mas agora todas as suas saídas estavam bloqueadas. Os clientes da boate lotada haviam chegado mais perto, atraídos pelo cheiro de briga e pelo desejo primitivo de ver um ser humano sendo atacado e ferido.

Outra mão se esticou e o segurou pelo ombro. Myron a afastou. Alguém mergulhou em direção a suas pernas e o agarrou pelos tornozelos, tentando derrubá-lo. Myron dobrou os joelhos, apoiou-se com um braço no chão e, com a mão livre, golpeou o nariz do agressor, que largou suas pernas imediatamente. A música então parou. Alguém soltou um grito. Pessoas caíram no chão.

Aquilo não estava nada bom.

Confusão, caos e pânico. Em uma boate lotada, essas três coisas se espalham ao mesmo tempo em que se amplificam. A pessoa é empurrada, entra em pânico e desfere um soco a esmo. As que estão perto recuam. Aquelas que vinham observando tudo em relativa segurança de repente se percebem no meio da confusão. Então começam a fugir e saem empurrando os outros. O lugar vira um pandemônio.

Alguém acertou Myron na nuca. Ele se virou. Outra pessoa o acertou na barriga. Sua mão se estendeu instintivamente para segurar o pulso do adversário. É possível aprender as melhores técnicas de luta e ser treinado pelos maiores lutadores, mas não há como incutir reflexos rápidos. Como dizem os jogadores de basquete, "é impossível ensinar altura". Também é impossível ensinar alguém a ter reflexos, talento esportivo ou instinto competitivo, por mais que os pais tentem.

De modo que Myron Bolitar, o superatleta, era capaz de interceptar um punho no meio de um golpe. Puxou o homem na sua direção e, usando a energia do mesmo movimento, acertou seu rosto com o antebraço.

O homem desabou.

Mais gritos se fizeram ouvir. O pânico aumentou. Myron se virou e, no meio das pessoas que corriam, viu junto à porta a mulher que poderia ser Kitty. Começou a ir em sua direção, mas ela desapareceu atrás de um recém-surgido grupo de leões de chácara, incluindo dois dos caras que tinham dificultado sua entrada. Os seguranças – e eles agora eram muitos – avançaram direto para cima dele.

Xiii.

– Opa, parceiros, calma lá.

Myron ergueu as mãos para mostrar que não queria brigar com eles. Os seguranças continuaram a chegar perto. Ele manteve as mãos erguidas.

– Quem começou foi outro cara – tentou ele.

Um deles tentou agarrá-lo por trás, o golpe mais amador possível. Com calma, Myron se esquivou do abraço e disse:

– Acabou, tá bom? Já...

Três outros seguranças o derrubaram com força. Myron caiu no chão com um baque. Um dos caras da porta subiu em cima dele. Alguém chutou as pernas de Myron. O cara que estava por cima tentou apertar sua garganta com o antebraço bombado. Myron encolheu o queixo para impedi-lo. O cara tentou com mais afinco, aproximando o rosto o suficiente para Myron poder sentir seu bafo de cachorro-quente. Outro chute. O rosto chegou mais perto. Myron rolou o corpo com força, acertando o rosto do segurança com o cotovelo. O homem soltou um palavrão e recuou.

Quando Myron começou a se levantar, sentiu algo duro e metálico pressionar a parte inferior de sua caixa torácica. Teve um décimo de segundo, talvez dois, para imaginar o que poderia ser. Então seu coração explodiu.

Pelo menos foi essa a sensação que ele teve. Parecia que alguma coisa dentro de seu peito havia acabado de voar pelos ares, como se alguém tivesse colocado fios desencapados em cada terminação nervosa, causando uma convulsão total de seu corpo. Suas pernas bambearam. Seus braços ficaram inertes, incapazes de oferecer qualquer resistência.

Uma Taser.

Myron desabou no chão feito um peixe jogado sobre o deque. Ergueu os olhos e viu Kyle Decotado sorrindo para ele. O segurança soltou o gatilho da pistola de choque. A dor cessou, mas só por um instante. Com os colegas formando um círculo à sua volta para que ninguém na boate testemunhasse o que ele estava fazendo, Kyle tornou a encostar a Taser na parte inferior da caixa torácica de Myron e lhe deu outro choque. O grito de Myron foi abafado pela mão de alguém sobre sua boca.

– Dois milhões de volts – sussurrou Kyle.

Myron sabia alguma coisa sobre pistolas de choque e Tasers. Você só pode manter o gatilho apertado por alguns segundos, não mais do que isso, para incapacitar sem ferir gravemente. Mas Kyle, com aquele sorriso demente estampado no rosto, não soltou o gatilho. Manteve-o apertado. A dor aumentou até se tornar insuportável. O corpo inteiro de Myron começou a tremer e se convulsionar. Kyle manteve o dedo no gatilho. Até mesmo um dos seguranças disse:

– Kyle?

Mas Decotado manteve o gatilho apertado até os olhos de Myron revirarem nas órbitas e tudo se tornar escuridão.

6

DEPOIS DE UM INTERVALO que deve ter sido de poucos segundos, Myron sentiu alguém levantá-lo do chão e carregá-lo por cima do ombro como faria um bombeiro. Seus olhos continuavam fechados e o corpo, mole. Estava quase perdendo os sentidos, mas ainda tinha consciência de onde estava e dos acontecimentos ao redor. Suas terminações nervosas estavam em frangalhos. Ele se sentia exausto, trêmulo. O homem que o carregava era alto e musculoso. Ele ouviu a música da boate recomeçar e uma voz anunciar pelo sistema de som:

– Aí, galera, acabou o show de horrores! Vamos voltar para a festa!

Myron não se mexeu, apenas se deixou carregar pelo homem. Não resistiu. Usou aquele tempo para avaliar a situação, recuperar-se e começar a planejar. Uma porta se abriu e se fechou, abafando a música. Myron pôde sentir a luz mais forte através das pálpebras fechadas.

O homem alto que o estava carregando falou:

– Agora é só jogar o cara lá fora, não é, Kyle? Acho que ele já levou o suficiente, não é?

Era a mesma voz que tinha dito "Kyle?" quando Myron estava levando o choque. Tinha um tom quase imperceptível de medo. Myron não gostou disso.

– Ponha ele no chão, Brian – disse Kyle.

Brian obedeceu com surpreendente delicadeza. Deitado no chão frio, com os olhos ainda fechados, Myron fez uns cálculos rápidos e planejou seus próximos passos: ficar de olhos fechados, fingindo que havia perdido totalmente os sentidos, e depois esgueirar a mão para dentro do bolso, em direção ao BlackBerry.

Na década de 1990, quando os celulares estavam começando a se tornar onipresentes, Myron e Win tinham desenvolvido seu próprio modo de comunicação tecnológica, capaz de lhes salvar a vida: quando um deles estava em apuros (leia-se: Myron), chamava o primeiro número de discagem rápida do celular e o outro (leia-se: Win) atendia, colocava o próprio aparelho em MUDO, ficava escutando e, se possível, ia socorrer ou pelo menos tentar ajudar o amigo. Na época, 15 anos antes, isso era um truque de última geração. Hoje em dia, era mais ou menos tão moderno quanto o videocassete.

Isso os levou, claro, a querer aprimorar a técnica. Agora, com os avanços de ponta, Myron e Win podiam proteger um ao outro de forma muito mais eficiente. Um dos especialistas em tecnologia de Win tinha incrementado seus BlackBerrys de modo que funcionassem como rádio via satélite entre os dois mesmo em lugares onde não havia sinal de celular. Os aparelhos tinham, ainda, sistemas de gravação de áudio e vídeo e um GPS que lhes permitia saber exatamente onde o outro estava, a qualquer momento e com uma margem de erro de um metro e meio – e tudo isso podia ser ativado apertando um simples botão.

Era esse o objetivo da mão que se esgueirava em direção ao bolso. De olhos fechados, ele simulou um grunhido para justificar o movimento que fazia tentando chegar um pouco mais perto...

– Por acaso está procurando isto aqui?

Era Kyle Decotado. Myron piscou e abriu os olhos. O piso da sala era de fórmica, com uma cor entre o marrom e o vermelho. As paredes tinham a mesma cor. Havia uma mesa e, em cima dela, o que parecia uma caixa de lenços de papel. Nenhum outro móvel. Myron olhou na direção de Kyle. O segurança estava sorrindo.

Também estava segurando o BlackBerry de Myron.

– Obrigado – disse Myron. – Estava procurando isso aí. Pode jogar para cá.

– Ah, acho que não vai dar.

Havia três outros seguranças na sala, todos de cabeça raspada, todos grandalhões do tipo tomo-anabolizante-e-malho-pra-caramba. Myron viu um que parecia um pouco assustado e deduziu que fosse o que o carregara. O assustado falou:

– É melhor eu voltar lá para a frente e ver se está tudo OK.

– Faça isso, Brian – disse Kyle.

– Sério, a amiga dele, aquela lutadora gostosa, sabe que ele está aqui.

– Não se preocupe com ela – disse Kyle.

– Eu me preocuparia – disse Myron.

– Como é?

Myron tentou se sentar.

– Você não assiste muito à televisão, não é, Kyle? Sabe aquela parte do seriado em que eles fazem uma triangulação do sinal do celular para encontrar o sujeito? Bom, é justamente o que está acontecendo aqui. Não sei quanto tempo mais vai levar, mas...

Ainda com o BlackBerry erguido e com uma expressão agora mais do que confiante, Kyle apertou o botão de desligar e o aparelho se apagou.

– O que você estava dizendo?

Myron não respondeu. O Grandão Assustado saiu da sala.

– Primeiro – disse Kyle, jogando a carteira de Myron de volta para ele – gostaria de pedir que acompanhem o Sr. Bolitar para fora do estabelecimento, por favor. Solicitamos ao senhor que nunca mais volte aqui.

– Mesmo se eu prometer vir sem camisa?

– Meus dois colegas vão acompanhar o senhor até a porta dos fundos.

Deixá-lo ir embora era um final inesperado. Myron resolveu se deixar levar para ver se as coisas seriam mesmo tão fáceis assim. Estava um pouco incrédulo, para não dizer outra coisa. Os dois homens ajudaram Myron a se levantar.

– E o meu BlackBerry?

– Vai recebê-lo de volta quando sair do recinto – respondeu Kyle.

Um dos homens segurou o braço direito de Myron e o outro, o esquerdo. Os dois o guiaram pelo corredor. Kyle os seguiu e fechou a porta atrás deles. Quando todos já estavam fora da sala, Kyle falou:

– Muito bem, ótimo, isso deve bastar. Podem levá-lo de volta para dentro.

Myron franziu a testa. Kyle tornou a abrir a porta. Os dois homens o seguraram com mais força e começaram a arrastá-lo de volta para a salinha. Quando Myron tentou resistir, Kyle lhe mostrou a pistola de choque.

– Quer levar mais 2 milhões de volts?

Myron não quis. Tornou a entrar na salinha marrom.

– O que está acontecendo?

– Essa última parte foi só fachada – disse Kyle. – Por favor, vá até aquele canto ali.

Quando Myron não obedeceu, ele lhe mostrou a pistola de choque. Myron foi recuando devagar, sem dar as costas para Kyle. Os três seguranças andaram em direção à mesa. Então, da pequena caixa que havia sobre ela, retiraram luvas cirúrgicas e começaram a calçá-las.

– Deixem-me dizer uma coisa, só para ficar bem claro – disse Myron. – Essas luvas de borracha estão me dando tesão. Eu vou ter que ficar de quatro?

– Mecanismo de defesa – disse Kyle, colocando as luvas com um entusiasmo um tanto excessivo.

– Como é?

– Você está usando o humor como um mecanismo de defesa. Quanto mais medo a pessoa sente, mais ela fala.

Além de segurança, o cara era terapeuta, pensou Myron, talvez comprovando a teoria de Kyle.

– Então deixe-me explicar a situação de modo que até você consiga entender – disse Kyle com uma voz cadenciada. – Nós chamamos isto aqui de sala da surra. Por isso a cor marrom. O sangue fica camuflado, como você logo vai descobrir.

Kyle parou de falar e sorriu. Myron não se mexeu.

– Nós acabamos de gravar você saindo desta sala. Como talvez já tenha adivinhado, a câmera agora está desligada. Então o registro oficial é o seguinte: você foi embora por livre e espontânea vontade, mais ou menos intacto. Também temos testemunhas para afirmar que você as agrediu, que a nossa reação foi proporcional à ameaça que você representava e que foi você quem causou todo o distúrbio. Temos clientes antigos e funcionários da boate dispostos a dar praticamente qualquer testemunho que pedirmos. Ninguém vai confirmar nada do que você disser. Alguma pergunta?

– Só uma – respondeu Myron. – Você usou mesmo a palavra "distúrbio"?

Kyle manteve o sorriso.

– Mecanismo de defesa – repetiu ele.

Os três homens se espalharam pela sala, os punhos contraídos e os músculos preparados. Myron chegou um pouco mais perto do canto.

– Então, Kyle, qual é o seu plano? – perguntou Myron.

– É bem simples, Myron. Nós vamos machucar você. Quanto, vai depender do seu grau de resistência. Na melhor das hipóteses, você vai parar no hospital e passar algum tempo mijando sangue. Talvez tenha um osso quebrado ou dois. Mas você vai sobreviver e, provavelmente, se recuperar. Agora, se resistir, eu vou usar a pistola de choque para paralisar você. Vai doer muito. E aí a sua surra vai ser mais demorada e mais violenta. Estou sendo claro o bastante?

Eles começaram a chegar mais perto. Seus dedos se flexionaram. Um deles estalou o pescoço. Kyle Decotado tirou o paletó.

– Não quero que fique sujo – explicou ele. – De sangue, essas coisas.

Myron apontou mais para baixo.

– E a calça?

Kyle flexionou os músculos para fazer os peitorais dançarem.

– Não se preocupe com a calça.

– Ah, mas eu estou preocupado, sim – disse Myron.

Enquanto os homens chegavam mais perto, Myron sorriu e cruzou os braços. O movimento fez os três seguranças pararem. Ele então disse:

– Eu já lhe contei sobre o meu BlackBerry novo? Sobre o GPS nele? E o rádio via satélite? Tudo isso funciona apertando o mesmo botão.

– Seu BlackBerry está desligado – disse Kyle.

Myron balançou a cabeça e fez um barulho de buzina, como se tivesse acabado de ouvir a resposta errada em um programa de auditório. A voz de Win saiu do alto-falante do aparelho, metálica:

– Não, Kyle. Acho que não está, não.

Os três homens pararam.

– Deixe-me explicar a situação de modo que até você consiga entender – disse Myron, fazendo sua melhor imitação da fala cadenciada de Kyle. – Sabe qual botão é preciso apertar para ativar todas essas funções ultramodernas? Isso mesmo: o botão de desligar. Resumindo, tudo o que foi dito aqui está gravado. Além do mais, o GPS está ligado. Win, você está muito longe?

– Estou entrando na boate agora. Também ativei a função de conferência. Esperanza está escutando esta conversa no silencioso. Esperanza?

O silencioso foi desativado. A música da boate começou a sair pelo alto-falante do telefone.

– Estou ao lado da porta lateral pela qual eles levaram Myron. Ah, e sabe o que mais? Encontrei um velho amigo meu aqui na boate, um agente da polícia chamado Roland Dimonte. Rolly, diga oi para o meu amigo Kyle.

– Oi, bundão. É melhor eu ver a cara feia do Bolitar intacta aqui fora em 30 segundos.

Levou apenas 20.

◆ ◆ ◆

– Podia não ser ela – disse Myron.

Já eram duas da manhã quando ele e Win chegaram ao edifício Dakota. Os dois estavam em um cômodo que os ricos chamam de "estúdio", equipado com móveis de madeira Luís Alguma Coisa, bustos de mármore, um grande globo antigo e estantes repletas de primeiras edições de livros raros encadernadas em couro. Myron estava sentado em uma cadeira bordô que tinha botões dourados no braço. Quando as coisas na boate se acalmaram, Kitty já havia desaparecido, se é que estivera lá. Lex e Buzz também tinham sumido.

Win abriu o falso painel de primeiras edições da estante e revelou uma geladeira. Pegou um achocolatado e o arremessou para o amigo. Myron pegou a caixinha, leu a instrução, "agite antes de beber", e obedeceu. Win abriu o decanter e se serviu uma dose de um conhaque chique chamado The Last Drop – "a última gota", nome interessante.

– Eu posso ter me enganado – disse Myron.

Win ergueu a taça de conhaque e examinou a bebida contra a luz.

– Afinal de contas, já faz 16 anos, não é? O cabelo dela era de outra cor. A boate estava escura e eu só a vi por um segundo. Então, na verdade, levando tudo em consideração, talvez não seja ela.

– Talvez não *fosse* ela – corrigiu Win. – Pretérito imperfeito do subjuntivo. Win.

– E, sim, era Kitty – completou ele.

– Como é que você sabe?

– Eu o conheço bem. Você não comete esse tipo de erro. Outros, sim, mas não esse.

Win tomou um gole do conhaque. Myron bebeu um pouco do achocolatado. Um néctar geladinho, doce e cremoso. Três anos antes, Myron praticamente havia aberto mão daquela bebida, sua preferida, em troca de cafés chiques que destroem a parede do estômago. Ao voltar para casa depois de todo o sufoco que passara fora do país, tinha recuperado o velho hábito, mais por causa da sensação reconfortante que isso lhe proporcionava do que pelo sabor da bebida em si. Agora era de novo um fã de achocolatado em caixinha.

– Por um lado, não faz diferença – disse Myron. – Kitty já não é parte da minha vida há muito tempo.

Win balançou a cabeça.

– E por outro lado...?

Brad. Era esse o outro lado, o primeiro lado, todos os lados. A oportunidade de ver o irmão caçula depois de tantos anos e talvez se reconciliar com ele. Myron se remexeu na cadeira, pensativo. Win ficou olhando sem dizer nada. Depois de algum tempo, Myron falou:

– Não pode ser coincidência. Kitty na mesma boate que Lex... Na mesma sala VIP, até.

– Parece improvável – concordou Win. – Qual vai ser nosso próximo passo, então?

– Encontrar Lex. Encontrar Kitty.

Myron ficou encarando a embalagem do achocolatado e se perguntou o que seria "soro de leite". A mente humana é especialista em fugir de questões dolorosas. Ela se esquiva, divaga, se prende a informações irrelevantes de caixinhas de achocolatado, tudo na esperança de evitar o inevitável. Myron lembrou-se da primeira vez em que havia provado aquela bebida, na casa de Livingston que agora lhe pertencia, e em como Brad sempre queria beber o mesmo, fazer tudo igual ao irmão mais velho.

Pensou no tempo em que treinava arremessos na tabela de basquete do quintal, deixando os rebotes para Brad. Myron havia passado muitas horas lá, fazendo arremessos, inventando jogadas, recebendo passes de Brad, tornando a arremessar a bola, horas e horas de treino. Embora não se arrependesse de nenhum instante daqueles, tinha de refletir sobre as próprias prioridades – sobre as prioridades da maioria dos atletas de alto nível. Aquilo a que todos admiram, a chamada "dedicação exclusiva", na verdade está mais para "autocentrismo obsessivo". Por que exatamente isso seria uma qualidade admirável?

Um barulho de despertador – um *ringtone* realmente irritante – os interrompeu. Myron relanceou os olhos para o aparelho e tirou o som dele.

– Pode atender – disse Win, levantando-se. – Eu tenho um compromisso, mesmo.

– Às duas e meia da manhã? Vai me dizer o nome dela?

Win sorriu.

– Quem sabe depois?

◆ ◆ ◆

Por causa da demanda pelo único computador da região, sete e meia da manhã em Angola – duas e meia na Costa Leste dos Estados Unidos – era praticamente o único horário em que Myron conseguia ficar sozinho com a noiva, mesmo que fosse apenas de um ponto de vista tecnológico.

Myron ligou seu computador, entrou no Skype e aguardou. Instantes depois, uma caixinha de vídeo surgiu na tela e Terese Collins apareceu. Sentiu uma urgência inebriante e o peito leve.

– Meu Deus, como você é linda – disse a ela.

– Bom começo.

– Eu sempre começo dizendo isso.

– E sempre funciona.

Terese estava linda, sentada diante da escrivaninha com uma blusa branca, as mãos unidas para que ele pudesse ver a aliança de noivado em seu dedo, os cabelos agora castanhos – ela era loura – presos em um rabo de cavalo.

Depois de alguns minutos, Myron disse:

– Fui ver um cliente esta noite.

– Quem?

– Lex Ryder.

– O outro cara da HorsePower?

– Eu gosto dele. É um cara legal. De qualquer forma, eu ia dizer é que ele me falou que o segredo de um bom casamento é ser franco.

– Eu te amo – disse ela.

– Eu também te amo.

– Não queria interromper, mas adoro poder dizer isso desse jeito, sem rodeios. Nunca tive um relacionamento assim antes. Estou meio velha para isso.

– Vamos ter 18 anos eternamente. Vamos estar sempre esperando a vida começar – disse Myron.

– Que cafona.

– Você adora uma cafonice.

– É verdade. Mas quer dizer que Lex Ryder falou que nós temos que ser francos. E não somos?

– Não sei. Ele tem uma teoria interessante. Disse que devemos revelar nossos defeitos, tudo o que há de ruim, porque de alguma forma isso nos torna mais humanos e nos aproxima.

Myron lhe contou mais alguns detalhes da conversa. Quando terminou de falar, Terese disse:

– Faz sentido.

– Eu conheço o que há de ruim em você? – perguntou ele.

– Myron, você se lembra do que falei naquele quarto de hotel em Paris?

Silêncio. Ele lembrava.

– Então, sim – disse ela com uma voz suave. – Você conhece o que há de pior em mim.

– É, acho que conheço mesmo.

Ele se remexeu na cadeira, tentando ficar bem de frente para a câmera e olhar nos olhos dela.

– Não tenho certeza se você conhece todos os meus.

– Defeitos? – indagou ela, fingindo-se chocada. – Que defeitos?

– Para começo de conversa, meu xixi é tímido.

– E você acha que eu não sei?

Ele deu uma risada um pouco forçada.

– Myron?

– O quê?

– Eu te amo. Mal posso esperar para ser sua mulher. Você é um homem bom, talvez o melhor que eu já tenha conhecido. A verdade não vai mudar isso. Sabe essas coisas que você não está me contando? Pode ser que elas estraguem o relacionamento, seja lá o que Lex tenha dito. Ou pode ser que não. Às vezes as pessoas exageram no valor que dão à sinceridade. Não precisa se torturar. Aconteça o que acontecer, vou continuar amando você.

Myron se recostou na cadeira.

– Você tem noção de quanto é maravilhosa?

– Não estou nem aí. Diga de novo quanto sou linda, porque isso, sim, eu adoro.

7

ERAM QUATRO DA MANHÃ e a Three Downing estava fechando.

Win ficou olhando os clientes saírem cambaleantes da boate, piscando por causa da iluminação de Manhattan. Aguardou. Depois de alguns minutos, viu o homem alto que tinha usado a pistola de choque em Myron. Estava pondo alguém para fora da boate como se fosse um saco de roupa suja. Win manteve a calma. Pensou em um passado não muito distante, quando Myron tinha sumido por várias semanas, durante as quais provavelmente fora torturado, e ele, Win, não pudera ajudar o amigo tampouco vingá-lo depois. Win se lembrou daquela terrível sensação de impotência. Não se sentia assim desde a juventude nos subúrbios ricos da Pensilvânia, desde os tempos em que era atormentado e espancado por pessoas que o detestavam a troco de nada. Na época, tinha jurado nunca mais se sentir assim. Depois havia tomado suas providências. A regra continuava valendo.

Quando alguém o machuca, você revida. Retaliação maciça. Mas direcionada. Myron nem sempre concordava com isso. Tudo bem. Eram o melhor amigo um do outro. Seriam capazes de matar em nome dessa amizade. Só que eram pessoas diferentes.

– Oi, Kyle – chamou Win.

Kyle ergueu os olhos e fez uma cara de mau.

– Tem um minuto para uma conversa em particular? – perguntou Win.

– Está de brincadeira comigo?

– Em geral eu adoro uma piada, sou praticamente um comediante, mas não, Kyle, hoje não estou de brincadeira. Gostaria de conversar em particular com você.

Kyle passou a língua pelos lábios.

– Sem celulares dessa vez?

– Sem celulares. E sem pistolas de choque.

Kyle olhou em volta para se assegurar de que a barra estava limpa.

– E aquele policial já foi embora?

– Há muito tempo.

– Só você e eu, então?

– Só você e eu – repetiu Win. – Na verdade, meus mamilos estão ficando duros só de pensar nisso.

Kyle chegou mais perto.

– Não estou nem aí para quem você conhece, seu playboy – disse Kyle. – Vou quebrar a sua cara bonito.

Win sorriu e, com um gesto, chamou Kyle.

– Nossa, mal posso esperar.

◆ ◆ ◆

O sono costumava ser um refúgio para Myron.

Mas isso fora antes. Agora ele passava horas deitado encarando o teto, com medo de fechar os olhos e ser transportado de volta ao lugar que deveria esquecer. Ele sabia que precisava tratar disso – fazer terapia, algo assim –, mas sabia também que provavelmente não faria. Poderia parecer clichê dizer isso, mas de certa forma Terese era uma cura. Quando dormia com ela, os terrores noturnos não apareciam.

Quando o despertador tocou, a primeira coisa que lhe veio à cabeça foi aquela em que pensava quando fora para a cama: Brad. Estranho. Passavam-se dias, semanas, às vezes meses sem que ele pensasse no irmão. A briga dos dois funcionava mais ou menos como a dor de uma perda. É comum, em momentos difíceis, as pessoas dizerem que o tempo cura todas as feridas. Conversa fiada. Na verdade, você fica arrasado, se entrega ao sofrimento e chora até achar que não vai conseguir parar nunca mais – e então chega a um ponto em que o instinto de sobrevivência assume o controle. E você para. Simplesmente não quer nem consegue se permitir mais "entrar em contato" com a dor, porque ela é grande demais. Você a bloqueia. Você a renega. Mas na verdade não se cura.

Ver Kitty tinha mandado a negação às favas e feito a mente de Myron disparar. E agora? Simples: era só conversar com as duas pessoas que podiam lhe dar alguma informação sobre o irmão e a cunhada. Pegou o telefone e ligou para sua casa em Livingston. Seus pais moravam em Boca Raton, mas estavam passando a semana lá.

Sua mãe atendeu.

– Alô?

– Oi, mãe – disse Myron. – Tudo bem?

– Tudo ótimo, querido. E você?

A voz dela soava quase frágil demais, como se a resposta errada pudesse despedaçar seu coração.

– Tudo ótimo também.

Ele pensou em ir direto ao ponto e perguntar sobre Brad, mas achou melhor usar um pouco de tato.

– Estava pensando em levar você e papai para jantar fora hoje à noite.

– Não no Nero's – disse ela. – Não quero ir lá.

– Tudo bem.

– Não estou com vontade de comer comida italiana. O Nero's é italiano.

– Tudo bem, não vamos ao Nero's, então.

– Você já teve isso?

– Isso o quê?

– Ficou sem vontade de comer determinado tipo de comida? Do jeito que eu estou agora. Simplesmente não quero comida italiana.

– Já entendi. Então que tipo de comida você gostaria de comer?

– Pode ser chinesa? Não gosto dos restaurantes chineses lá da Flórida. São gordurosos demais.

– Claro. Que tal irmos ao Baumgart's?

– Ah, eu adoro o frango *kung pao* lá do Baumgart's. Mas isso lá é nome de restaurante chinês? Parece uma delicatéssen judaica.

– E antigamente era – disse Myron.

– Sério?

Ele já tinha explicado para ela a origem do nome pelo menos umas 10 vezes.

– Mãe, estou com um pouco de pressa. Passo aí em casa às seis. Avise papai.

– Claro. Cuide-se, querido.

A mesma fragilidade outra vez. Ele lhe disse para se cuidar também e desligou. Depois decidiu mandar uma mensagem de texto para o pai confirmando o jantar. Sentia-se mal com isso, como se estivesse traindo a mãe, mas a memória dela andava muito... Bem, já não dava mais para ignorar o problema.

Myron tomou uma ducha rápida e se vestiu. Desde que voltara de Angola – e porque Esperanza havia sido bastante incisiva ao dar a sugestão –, ia trabalhar a pé de manhã. Entrou no Central Park pela Rua 72 Oeste e seguiu na direção sul. Esperanza adorava caminhar, mas Myron nunca havia sido adepto disso. Não era o tipo de pessoa que consegue arejar a cabeça, acalmar os nervos, encontrar a paz ou qualquer outra coisa com o simples ato de pôr um pé na frente do outro. Mas Esperanza o havia convencido de que andar faria bem à sua cabeça e o obrigara a prometer que tentaria por pelo menos três semanas. Infelizmente, ela estava errada, embora talvez ele não houvesse tentado com afinco suficiente. Myron passava a maior parte da caminhada com o Bluetooth grudado na orelha, conversando com clientes e gesticulando feito um louco, igual a... bem, igual à maioria dos outros frequentadores do parque. Mas sentia-se bem, mais "ele mesmo", fazendo várias coisas ao mesmo tempo. Assim, com esse pensamento em mente, enfiou o Bluetooth no ouvido e ligou para Suzze T. Ela atendeu no primeiro toque.

– Encontraram Lex? – perguntou Suzze.

– Encontramos. E depois o perdemos. Já ouviu falar em uma boate chamada Three Downing?

– Claro que já.

Claro.

– Bom, Lex estava lá ontem à noite.

Myron explicou como o havia encontrado na sala VIP.

– Ele começou um papo sobre segredos que apodrecem e sobre falta de franqueza.

– Você disse a ele que o *post* não era verdade?

– Disse.

– E o que ele respondeu?

– Nós meio que fomos interrompidos.

Era um dia de sol. Myron passou pelas crianças que brincavam no chafariz do parquinho. Talvez até existisse alguma criança mais feliz do que aquelas, mas ele duvidava.

– Preciso lhe fazer uma pergunta.

– Eu já disse. O filho é dele.

– Não é isso. Ontem à noite, na tal boate, eu poderia jurar que vi Kitty.

Silêncio.

Myron parou de andar.

– Suzze?

– Oi.

– Quando foi a última vez em que você a viu? – perguntou Myron.

– Quanto tempo faz que ela foi com seu irmão?

– Dezesseis anos.

– Então a resposta é 16 anos.

– O que significa que foi só a minha imaginação?

– Não foi isso que eu disse. Na verdade, aposto que era ela.

– Pode me explicar melhor?

– Você está perto de algum computador? – quis saber Suzze.

– Não. Estou indo para o escritório a pé como um idiota. Devo chegar daqui a uns cinco minutos.

– Deixa para lá. Você pode pegar um táxi e dar uma passada na academia? Tem uma coisa que quero mostrar a você, de qualquer forma.

– Quando?

– Estou começando uma aula daqui a pouco. Pode ser em uma hora?

– Combinado.

– Myron?

– Ahn?

– Como o Lex estava?

– Ele me pareceu bem.

– Estou com uma sensação ruim. Acho que vou fazer uma grande besteira.

– Não vai, não.

– É isso que eu sempre faço, Myron.

– Não desta vez. Seu agente não vai deixar.

– Não vai deixar – repetiu ela, e ele quase pôde vê-la sacudindo a cabeça. – Se fosse qualquer outra pessoa dizendo isso, eu iria pensar que é a maior bobagem que já escutei. Mas vindo de você... não, desculpe, é mesmo uma bobagem.

– Encontro você daqui a uma hora.

Myron acelerou o passo, entrou no edifício Lock-Horne – sim, o nome completo de Win era Windsor Horne Lockwood e, como dizem, era só somar dois e dois – e pegou o elevador. As portas davam diretamente na sala de espera da MB Representações. Às vezes, quando alguma criança apertava o botão errado, se assustava com a imagem que surgia no 12º andar.

Big Cyndi. A incrível recepcionista da MB Representações.

– Bom dia, Sr. Bolitar! – exclamou ela com o mesmo guincho agudo de uma garotinha que tivesse visto seu ídolo *teen*.

Big Cyndi tinha 1,95 metro e havia terminado recentemente uma dieta "desintoxicante" de quatro dias, à base de sucos, que a deixara com 140 quilos. Suas mãos eram do tamanho de uma almofada pequena. A cabeça parecia um bloco de concreto.

– Oi, Big Cyndi.

Ela insistia que Myron a chamasse assim, nunca apenas de Cyndi nem de, ahn, Big e, embora já o conhecesse havia muitos anos, preferia ser mais formal e chamá-lo de Sr. Bolitar. Dava para perceber que ela estava se sentindo melhor. A dieta vinha prejudicando seu alto-astral costumeiro. Ultimamente, ela rosnava mais do que falava. Sua maquiagem, em geral uma pequena amostra do manto de mil cores de José, havia adquirido tons áridos de preto e branco, produzindo um resultado entre o gótico dos anos 1990 e o estilo Kiss dos 1970. Agora, como sempre, a maquiagem parecia ter sido aplicada colocando-se uma caixa com 64 lápis de cera sobre seu rosto e acendendo uma lâmpada para fazê-los derreter.

Big Cyndi se levantou com um pulo e, embora Myron já não ficasse mais chocado com suas roupas – como macacões de lycra e tomara que caia –, a desse dia quase o fez dar um passo para trás. O vestido podia ser de chiffon, mas dava a impressão de que ela havia tentado enrolar o corpo todo em serpentinas de carnaval. O tecido parecia uma faixa de papel crepom com um tom cor-de-rosa arroxeado. Começava acima dos seios e ia se enrolando pelo tronco até abaixo do quadril, terminando cedo demais bem no início das coxas. Havia pedaços pendurados e rasgos que lembravam a roupa de Bruce Banner depois de se transformar no Incrível Hulk. Ela sorriu para ele e girou apoiada em uma perna só, fazendo a Terra tremer. Na região lombar, perto do cóccix, havia uma abertura em forma de diamante.

– Gostou? – perguntou ela.

– Acho que sim.

Big Cyndi tornou a se virar de frente para ele, levou as mãos ao quadril coberto de papel crepom e fez um biquinho.

– "Acha"?

– Está lindo.

– Fui eu mesma que criei.

– Você tem muito talento.

– Acha que Terese vai gostar?

Myron abriu a boca, conteve-se e tornou a fechá-la. Xi...

– Surpresa! – gritou Big Cyndi. – Desenhei este vestido para as madrinhas. Vai ser o meu presente para vocês dois.

– Nós ainda nem marcamos a data.

– A moda verdadeira resiste ao teste do tempo, Sr. Bolitar. Mas estou muito feliz que tenha gostado. Quase escolhi uma cor de espuma do mar, mas acho rosa-shocking mais quente. E sou uma pessoa de tons quentes. Acho que Terese também, o senhor não acha?

– Acho, sim – concordou Myron. – Ela tem tudo a ver com rosa-shocking.

Big Cyndi abriu para ele o sorriso vagaroso – dentes diminutos revelando-se em uma boca imensa – que fazia as crianças gritarem. Ele sorriu de volta. Meu Deus, como adorava aquela mulher imensa e maluca.

Myron apontou para a porta à esquerda.

– Esperanza já chegou?

– Já, sim, Sr. Bolitar. Quer que eu avise que o senhor está aqui?

– Não precisa, obrigado.

– Poderia fazer o favor de avisar que daqui a cinco minutos eu vou à sala dela ajustar o vestido?

– Pode deixar.

Myron deu uma leve batida na porta e entrou. Esperanza estava sentada diante de sua mesa usando o vestido rosa-shocking. Nela, com os rasgos estrategicamente posicionados, a roupa fazia pensar mais em Raquel Welch em *Um milhão de anos antes de Cristo*. Ele segurou uma risadinha.

– Se fizer *um* comentário, é um homem morto – ameaçou Esperanza.

– Comentário, *eu*? – respondeu Myron, sentando-se. – Só acho que talvez a cor de espuma do mar caísse melhor em você. Você não é uma pessoa de tons quentes.

– Temos uma reunião ao meio-dia – disse ela.

– A essa hora eu já vou estar de volta e espero que você tenha trocado de roupa. Alguma movimentação nos cartões do Lex?

– Nada.

Ela não ergueu o rosto. Manteve os olhos na mesa, examinando documentos com uma concentração exagerada.

– E aí? – perguntou Myron, tentando soar blasé. – A que horas chegou em casa ontem?

– Não se preocupe, papai. Voltei para casa dentro do horário que combinamos.

– Não foi isso que eu quis dizer.

– É claro que foi.

Myron olhou para a sucessão de fotografias de família sobre a mesa dela, todas chavões, mas todas verdadeiras.

– Quer conversar sobre isso?

– Não, doutor, obrigada.

– Tá bom.

– E pare de me olhar com essa cara de moralista. Eu não fiz nada ontem à noite a não ser paquerar.

– Não estou aqui para julgar ninguém.

– Não, mas está julgando mesmo assim. Para onde vai?

– Para a academia de tênis de Suzze. Viu o Win?

– Acho que ele ainda não chegou.

Myron pegou um táxi para o oeste, em direção ao rio Hudson. A Academia de Tênis Suzze T. ficava perto de Chelsea Piers, dentro do que parecia – e talvez fosse mesmo – uma gigantesca bola branca. Quando você entrava, a pressão do ar usado para inflar a bola fazia seus ouvidos estalarem.

Eram quatro quadras ao todo, todas cheias de jovens mulheres/adolescentes/meninas jogando tênis com instrutores. Suzze estava na quadra um, grávida de oito meses e tudo, dando instruções sobre como se aproximar da rede a duas adolescentes louras, bronzeadas e de rabo de cavalo. Na quadra dois, alunas treinavam *forehands*, na quadra três, *backhands* e na quatro, saques. Bambolês nos cantos da linha de serviço serviam de alvos. Suzze viu Myron e gesticulou pedindo que ele esperasse um instante.

Myron voltou para a sala de espera com vista para as quadras. Lá estavam as mães, todas usando roupas brancas de tênis. O tênis é o único esporte em que os espectadores se vestem igual aos atletas, como se de repente alguém fosse chamá-los na arquibancada para jogar. No entanto – e Myron sabia que isso era politicamente incorreto –, havia algo de apetitoso em mães vestidas com roupas de tênis. Então ele olhou. Não ficou encarando. Era elegante demais para isso. Mas olhou assim mesmo.

O desejo, se é que era isso mesmo, logo se dissipou. As mães observavam as filhas com uma intensidade excessiva. Parecia que suas vidas dependiam de cada lance. Ao olhar para Suzze através da ampla janela e vê-la rir junto com uma das alunas, ele se lembrou da mãe da própria Suzze, que usava palavras como "decidida" e "focada" para disfarçar o que deveria ter sido rotulado de "crueldade natural". Há quem diga que esse tipo de mãe ou pai passa dos limites porque está vivendo através dos filhos. Myron não acreditava nisso, achava que eles nunca seriam tão insensíveis consigo mesmos. A mãe de Suzze queria criar uma tenista, ponto final, e para ela a melhor forma de alcançar esse objetivo era destruir qualquer outra coisa que pudesse dar alegria à filha ou aumentar sua autoestima, era torná-la totalmente dependente do sucesso que obtinha com a raquete. Se você vencer o oponente é porque tem talento. Se perder é porque é uma inútil. A mãe fizera mais do que lhe negar amor. Ela lhe negara a chance de conhecer o amor-próprio.

Myron tinha sido criado em uma época em que as pessoas colocavam a culpa de todos os seus problemas nos pais. Muitas delas não passavam de resmungonas que não ousariam assumir as rédeas da própria vida. Botavam defeito em tudo e em todos, menos em si mesmas. Mas o caso de Suzze T. era outro. Ele tinha visto seu tormento, tinha acompanhado os anos de luta, as tentativas de se rebelar contra tudo o que tivesse a ver com o tênis, o amor pelo esporte misturado ao desejo de jogar tudo para o alto.

Para Suzze, a quadra havia se tornado ao mesmo tempo sua câmara de tortura e seu único refúgio, duas coisas difíceis de conciliar. Depois de algum tempo, como era praticamente inevitável, o resultado foram as drogas e um comportamento autodestrutivo, até que finalmente ela mesma, que poderia, com certa razão, ter se entregado ao jogo da culpa, se olhou no espelho e encontrou a resposta.

Myron sentou-se e pôs-se a folhear uma revista de tênis. Cinco minutos depois, as meninas começaram a sair das quadras. Seus sorrisos desapareciam quando elas saíam de dentro da bolha pressurizada, as cabeças baixando diante do peso dos olhares das mães. Suzze veio logo depois. Uma das mães a deteve, mas ela cortou a conversa. Sem diminuir o passo, passou por Myron fazendo um gesto para que a seguisse. Um alvo em movimento, pensou ele. Mais difícil de ser interceptado pelos pais e mães.

Ela entrou em sua sala e fechou a porta atrás de Myron.

– Não está dando certo – disse Suzze.

– O que não está dando certo?

– A academia.

– Parece bastante cheia – disse Myron.

Suzze se deixou cair na cadeira diante da mesa.

– Quando comecei, achava que nosso conceito era incrível: uma academia de tênis para jogadoras de alto nível que também as deixaria respirar, viver e ter mais equilíbrio. Meus argumentos eram óbvios, que um ambiente assim as tornaria pessoas mais bem adaptadas, mais felizes, mas, a longo prazo, também faria delas jogadoras melhores.

– E?

– Bom, como é que se define o que é "a longo prazo"? Mas a verdade é que meu conceito não está dando certo. Elas não estão jogando melhor. Crianças obstinadas e sem interesse algum por artes, teatro, música ou amigos: são essas que viram as melhores atletas. Aquelas cujo único desejo é aniquilar, destruir, não ter misericórdia: são essas pessoas que ganham.

– Você acredita mesmo nisso?

– E você não?

Myron não disse nada.

– E os pais também percebem. Suas filhas são mais felizes aqui. Não ficam esgotadas tão rápido como seria nos centros de treinamento mais intensivos, mas é para lá que as melhores jogadoras estão indo.

– Isso é pensar a curto prazo – disse Myron.

– Pode até ser. Mas, se elas chegarem ao limite da exaustão aos 25 anos, bom, de toda forma isso já é uma idade avançada na carreira. Elas têm que ganhar agora. Nós entendemos isso, não é, Myron? Fomos abençoados do ponto de vista atlético, mas, sem aquele instinto assassino, aquela parte que torna a pessoa um grande competidor, ainda que não um grande ser humano, é difícil fazer parte da elite.

– Você está dizendo então que nós éramos assim? – perguntou Myron.

– Não, eu tinha a minha mãe.

– E eu?

Suzze sorriu.

– Eu me lembro de você jogando pela Duke na final do campeonato da liga universitária. A expressão no seu rosto... você preferia morrer a perder a partida.

Por alguns segundos, ninguém disse nada. Myron ficou olhando para os troféus de tênis, aquelas bugigangas reluzentes que representavam o sucesso de Suzze. Por fim, ela perguntou:

– Você viu mesmo Kitty ontem à noite?

– Vi.

– E o seu irmão?

Myron fez que não com a cabeça.

– Pode ser que Brad estivesse lá, mas não o vi.

– Está pensando a mesma coisa que eu? – perguntou Suzze.

Myron se remexeu na cadeira.

– Você acha que foi Kitty quem postou o "não é dele"?

– Estou pensando nessa possibilidade – respondeu Suzze.

– Não vamos tirar conclusões precipitadas. Você disse que queria me mostrar uma coisa. Sobre Kitty.

– Foi.

Ela começou a morder o lábio, algo que Myron não a via fazer há anos. Ele aguardou, dando-lhe um pouco de tempo e de espaço.

– Ontem, depois da nossa conversa, comecei a procurar.

– Procurar o quê?

– Sei lá, Myron – respondeu ela, uma leve impaciência transparecendo. – Alguma coisa, uma pista, não sei.

– Entendi.

Suzze começou a digitar no computador.

– Aí comecei a olhar minha Fan Page do Facebook, onde postaram a mentira. Você sabe alguma coisa sobre como as pessoas se tornam suas fãs?

– Imagino que elas simplesmente cliquem em "curtir".

– Isso. Então resolvi fazer o que você tinha sugerido. Comecei a procurar ex-namorados, rivais do tênis, músicos demitidos... alguém que pudesse querer nos prejudicar.

– E?

Suzze continuava digitando.

– E comecei a olhar as pessoas que tinham curtido recentemente a Fan Page. Bom, eu agora tenho 45 mil fãs, então levou algum tempo. Mas acabei encontrando...

Ela deu um clique no mouse e aguardou.

– Pronto, aqui. Acabei encontrando este perfil de uma pessoa que se inscreveu três semanas atrás. Achei bem estranho, principalmente depois do que você me contou sobre ontem à noite.

Ela fez um gesto para Myron, que se levantou e deu a volta na mesa para ver o que havia na tela do computador. Mas na verdade não ficou tão surpreso assim ao ler o nome em destaque no alto da página.

Kitty Hammer Bolitar.

8

KITTY HAMMER BOLITAR.

De volta à privacidade de seu escritório, Myron examinou com mais atenção a página do Facebook. Quando viu a foto do perfil, não teve dúvidas: era mesmo sua cunhada. Mais velha, com certeza. Um pouco mais madura. O rosto ainda tinha um aspecto atrevido, atraente, a beleza de sua época de tenista um pouco endurecida. Passou alguns instantes encarando a foto e tentou reprimir o ódio que vinha à tona sempre que pensava nela.

Kitty Hammer Bolitar.

Esperanza entrou e sentou-se ao seu lado sem dizer nada. Outra pessoa teria pensado que Myron iria preferir ficar sozinho. Mas Esperanza o conhecia bem demais. Ela olhou para a tela.

– Nossa primeira cliente – falou.

– Pois é – disse Myron. – Você a viu na boate ontem à noite?

– Não. Ouvi você chamar o nome dela, mas quando me virei ela já tinha ido embora.

Kitty tinha 43 amigos. Myron leu os *posts* do mural. Eram poucos. Algumas pessoas que jogavam Mafia Wars, Farmville ou promoviam enquetes.

– Em primeiro lugar – disse ele –, vamos checar a lista dos amigos dela e ver se há alguém que conhecemos.

– O.k.

Myron clicou em um álbum de fotos chamado BRAD E KITTY – UMA HISTÓRIA DE AMOR. Então começou a olhar as fotos, com Esperanza ao seu lado. Durante um longo tempo, nenhum dos dois disse nada. Myron apenas clicava, olhava, clicava. Uma vida inteira. Era isso que ele estava vendo. Costumava rir de redes sociais, não as entendia, e vivia pensando em todas as coisas estranhas e quase perversas relacionadas a elas, mas o que estava vendo ali, o que desfilava na sua frente, clique após clique, era nada mais nada menos do que uma vida inteira ou, no caso, duas.

As vidas de seu irmão e de Kitty.

Myron viu Brad e Kitty envelhecendo. Havia fotos em uma duna de areia na Namíbia, fazendo caminhadas pelos cânions da Catalunha, visitando a Ilha de Páscoa, ajudando os habitantes de Cuzco, praticando *cliff diving* na Itália, fazendo mochilão pela Tasmânia, participando de escavações arqueológicas no Tibete. Em algumas imagens, como naquelas em que apareciam com moradores de aldeias em Mianmar, Kitty e Brad estavam vestidos com roupas típicas. Em outras, usavam bermuda cargo e camisa de malha. Quase sempre estavam de mochila. Brad e Kitty muitas vezes posavam de rosto colado, o sorriso de um quase se fundindo com o do outro. Os cabelos de Brad eram sempre uma confusão de caracóis castanhos, às vezes tão compridos e indisciplinados que pareciam os de um rastafári. Brad não tinha mudado muito. Myron achou que talvez o nariz estivesse um pouco mais torto – ou talvez ele estivesse apenas projetando no irmão algo referente a ele.

Kitty havia emagrecido. Seu corpo agora tinha um aspecto ao mesmo tempo musculoso e frágil. Myron seguiu clicando. A verdade – uma verdade que deveria tê-lo deixado feliz – era que Brad e Kitty estavam radiantes em todas as fotos.

– Eles parecem bem felizes – comentou Esperanza, como se estivesse lendo seus pensamentos.

– É.

– Mas são fotos de férias. Não querem dizer nada – emendou ela.

– Isso não são férias – disse Myron. – É a vida deles.

Natal em Serra Leoa. Dia de Ação de Graças em Sitka, no Alasca. Outra festividade qualquer no Laos. No campo em que deveria ter informado seu endereço, Kitty havia escrito "Recantos desconhecidos do planeta Terra" e no campo da profissão: "ex-prodígio do tênis infeliz e atual nômade feliz tentando melhorar o mundo". Esperanza apontou para o texto e fingiu enfiar o dedo na garganta para vomitar.

Quando acabaram de olhar o primeiro álbum, Myron voltou para a página de fotos. Havia dois outros álbuns – um se chamava MINHA FAMÍLIA e o outro, A MELHOR COISA DE NOSSAS VIDAS – NOSSO FILHO MICKEY.

– Tudo bem com você? – perguntou Esperanza.

– Tudo.

– Então vamos logo com isso.

Myron clicou no álbum de Mickey e a tela carregou as imagens em miniatura. Ele passou alguns instantes com os olhos fixos na tela e a mão parada sobre o mouse. Esperanza não se mexeu. Então, de maneira quase mecânica, Myron começou a clicar nas fotografias do menino, começando quando Mickey era um recém-nascido e terminando em algum momento recente, quando ele devia ter uns 15 anos. Esperanza se curvou para ver melhor, olhando as imagens passarem, e então, baixinho, sussurrou:

– Ai, meu Deus.

Myron não disse nada.

– Volte – disse ela.

– Para qual?

– Você sabe qual.

Ele obedeceu. Voltou para a fotografia de Mickey jogando basquete. Havia várias imagens dele encestando a bola – no Quênia, na Sérvia, em Israel –, mas numa foto em especial Mickey estava fazendo um lançamento ao mesmo tempo que dava um salto para trás, num arremesso conhecido como *fadeaway jumper*. Tinha o pulso flexionado e a bola estava junto à sua testa. O adversário, mesmo mais alto do que ele, tentava bloquear o arremesso, mas sem sucesso. Mickey sabia saltar, sim, mas sabia também executar o movimento para trás, afastando--se daquela mão esticada para uma posição segura. Myron praticamente pôde ver o suave lançar da bola, a forma como se alçaria ao ar girando para trás no próprio eixo.

– Posso afirmar o óbvio? – perguntou Esperanza.

– Fique à vontade.

– Esse jeito é todo seu. Poderia ser você na foto.

Myron não respondeu.

– Só que na época você fazia aquele permanente ridículo.

– Não era permanente.

– Tá bom, os cachos naturais que sumiram quando você fez 22 anos.

Silêncio.

– Quantos anos ele deve ter agora? – indagou Esperanza.

– Uns 15.

– Parece mais alto do que você.

– Talvez seja.

– Não há dúvida de que é um Bolitar. Tem o seu tipo físico e os olhos do seu pai. Gosto dos olhos do seu pai. Têm alma.

Myron não disse nada. Apenas ficou olhando para as fotos do sobrinho que não conhecia. Tentou organizar as emoções que ricocheteavam dentro dele, então decidiu simplesmente aceitá-las.

– E aí, qual vai ser o seu próximo passo? – perguntou Esperanza.

– Encontrar os três.

– Por quê?

Myron não respondeu. Imaginou que fosse uma pergunta retórica, ou talvez apenas não tivesse uma boa resposta. Depois que Esperanza saiu, ele retornou às fotos de Mickey, dessa vez com mais calma. Ao terminar, clicou no ícone de mensagens. A foto do perfil de Kitty surgiu na tela. Ele digitou, apagou, tornou a digitar. Não encontrava as palavras certas, por mais que tentasse. Além disso, o texto estava ficando longo demais, cheio de explicações, racionalização e especulações psicológicas, com uma quantidade excessiva de "por outro lado". No final, Myron acabou fazendo uma última tentativa com quatro palavras:

Por favor, me perdoe.

Olhou para a mensagem, balançou a cabeça e, então, antes que mudasse de ideia, clicou em ENVIAR.

◆ ◆ ◆

Win não apareceu nesse dia. Seu escritório costumava ficar dois andares acima, em uma enorme sala de canto da Lock-Horne Seguros e Investimentos, mas, quando Myron passou por um período difícil e demasiadamente longo, Win desceu para a MB Representações (tanto no sentido literal quanto no figurado) para ajudar Esperanza e garantir aos clientes que continuavam em boas mãos.

Era comum Win não aparecer no escritório e não dar notícias. Ele sumia bastante – não muito, nos últimos tempos, mas quando sumia, isso costumava ser um mau sinal. Myron ficou tentado a ligar para ele, mas, como Esperanza dizia, ele não era mãe nem dela nem de Win.

O restante do seu dia foi dedicado aos clientes. Um deles estava chateado porque a MB Representações negociara seu passe recentemente. Outro porque não negociara. Uma terceira cliente estava chateada por ter sido forçada a comparecer à pré-estreia de um filme em sedã de luxo, quando haviam lhe prometido uma limusine. Outro estava chateado (notem bem o padrão) porque não conseguia encontrar a chave do quarto de hotel em que estava hospedado em Phoenix.

– Por que é que eles usam essas porcarias desses cartões em vez de uma chave,

Myron? Lembra da época em que as chaves eram enormes e ainda tinham aquelas placas de acrílico penduradas nelas? Essas eu nunca perdia. Daqui para a frente, só me hospede em hotéis com chaves assim, tá?

– Claro – respondeu Myron.

Um bom agente precisava ter múltiplas personalidades – negociador, intermediador, amigo, consultor financeiro (Win cuidava dessa parte quase toda), corretor, assistente pessoal, agente de viagens, relações-públicas, motorista, babá, figura paterna. Mas o que realmente agradava aos clientes era ter um agente mais empolgado com os interesses deles do que eles próprios. Dez anos antes, durante uma negociação tensa com o presidente de um time, um cliente tinha puxado uma conversa com Myron:

"Não estou levando o que ele diz para o lado pessoal."

"Bom, seu agente está."

"É por isso que nunca vou abandonar você", o cliente respondera, com um sorriso.

É um diálogo que resume bem o melhor relacionamento possível entre um agente e seus clientes.

Às seis da tarde, Myron fez a curva já familiar e entrou na rua da sua infância no paraíso de Livingston, Nova Jersey. Como boa parte dos subúrbios em torno de Manhattan, aquela área havia sido considerada zona rural até o início da década de 1960, quando alguém percebeu que ela ficava a menos de uma hora da cidade. Daí para a invasão por residências e famílias foi um pulo. Muitas mansões exageradamente grandes – o maior espaço interno que coubesse dentro de um terreno minúsculo – haviam surgido nos últimos anos, mas por enquanto não na sua rua. Quando Myron parou o carro em frente à segunda casa a partir da esquina, a mesma em que havia morado por quase toda a vida, a porta da frente se abriu e sua mãe foi recebê-lo.

Não fazia muito tempo – uns poucos anos, não mais do que isso –, sua mãe teria corrido pela calçada para lhe dar as boas-vindas, como se estivessem em uma pista de pouso e ele fosse um prisioneiro de guerra voltando para casa. Nesse dia, ela ficou na soleira da porta. Myron beijou seu rosto e lhe deu um abraço apertado. Pôde sentir o leve tremor do Parkinson. Seu pai estava logo atrás dela, paciente e observador como sempre, esperando sua vez. Myron também lhe deu um beijo, porque era assim que se fazia naquela família.

Os dois ficaram muitos felizes em vê-lo e, sim, naquela idade ele não deveria mais ligar para essas coisas, mas ligava, e daí? Seis anos antes, quando o pai enfim se aposentara e o casal decidira se mudar para o sul, para Boca Raton, Myron havia comprado a casa de sua infância. Sim, os adeptos da psiquiatria coçariam o queixo e murmurariam alguma coisa sobre desenvolvimento retardado ou incapacidade para cortar o cordão umbilical, mas Myron considerara a compra uma questão prática. Seus pais usariam muito a casa. Precisariam de um lugar para ficar quando fossem visitá-lo. Além do mais, era um bom investimento e Myron não tinha outros imóveis. Ele poderia ficar no edifício Dakota e ir para lá sempre que quisesse fugir da correria da cidade grande.

Myron Bolitar, mestre em racionalização.

Podia até ser. Recentemente, ele tinha feito algumas mudanças na casa: modernizara os banheiros, pintara as paredes com cores neutras, reformara a cozinha – e, mais importante, para que os pais não precisassem subir e descer escadas, Myron havia transformado o escritório do térreo em uma suíte para eles. Primeira reação de sua mãe: "Isso não vai desvalorizar o imóvel?" Depois de ele lhe garantir que não – embora na verdade não fizesse a menor ideia –, ela se adaptou muito bem ao novo quarto.

A televisão estava ligada.

– O que vocês estão vendo? – perguntou Myron.

– Seu pai e eu não assistimos a mais nada na TV. Usamos aquele aparelho de TVR para gravar os programas.

– PVR – corrigiu seu pai.

– Obrigada, Ed Sullivan. Senhoras e senhores, palmas para nosso querido apresentador. TVR, PVR, é tudo a mesma coisa. Nós gravamos o programa, depois assistimos pulando os comerciais, Myron. Poupa tempo.

Ela bateu com o dedo na própria têmpora, ressaltando a inteligência daquilo.

– Mas a que vocês estavam assistindo, então?

– Eu – respondeu seu pai, enfatizando a palavra – não estava assistindo a nada.

– É, uma pessoa requintada como ele nunca assistiria à TV. E olha que estamos falando do mesmo homem que quer comprar o boxe de DVDs do *Carol Burnett Show* e ainda sente saudades do programa do Dean Martin.

Seu pai só fez dar de ombros.

– Enquanto a sua mãe – prosseguiu ela, deleitando-se com a terceira pessoa – é uma pessoa antenada, muito mais atualizada e assiste a *reality shows*. Pode me processar se quiser, mas é disso que eu gosto. Estou até pensando em escrever uma carta para aquela tal de Kourtney Kardashian. Sabe quem é?

– Finja que eu sei.

– Que fingir, que nada. Você sabe muito bem. Não precisa ter vergonha de dizer. Pena ela ainda estar namorando aquele imbecil alcoólatra que usa aquele terno ridículo em tom pastel. Ela é uma garota bonita. Poderia arrumar alguém muito melhor, você não acha?

Myron esfregou as mãos.

– Quem está com fome?

Eles foram de carro até o Baumgart's e pediram frango *kung pao* e várias entradas. Seus pais antigamente tinham um apetite digno de jogadores de rúgbi em um churrasco, mas agora comiam pouco e mastigavam devagar. De uma hora para outra, tudo neles havia se tornado delicado.

– Quando é que nós vamos conhecer a sua noiva? – quis saber a mãe.

– Em breve.

– Acho que vocês deveriam fazer um festão de casamento. Como Khloe e Lamar.

Myron olhou para o pai com um ar de quem não estava entendendo. Ele explicou:

– Khloe Kardashian.

– Além do mais – prosseguiu sua mãe –, Kris e Bruce conheceram Lamar antes do casamento e ele e Khloe mal se conheciam! Você conhece Terese há quanto tempo? Dez anos?

– Por aí.

– E onde vocês vão morar? – perguntou ela.

– Ellen – disse o pai com aquela voz conhecida.

– O que é que tem? Onde?

– Não sei – respondeu Myron.

– Não quero me intrometer – começou ela, o que nada mais era do que um preâmbulo da intromissão –, mas eu não ficaria com a nossa antiga casa. Quer dizer, não iria morar lá. Seria muito esquisito, a sensação de apego, essas coisas. Vocês precisam de um lugar seu, um lugar novo.

– El... – tentou dizer seu pai.

– Vamos ver como as coisas vão ficar, mãe.

– Só estou dizendo.

Quando terminaram de comer, Myron levou os pais de volta para casa. Sua mãe pediu licença dizendo que estava cansada e queria se deitar um pouco.

– Fiquem conversando vocês – disse ela.

Myron olhou preocupado para o pai, que respondeu com um olhar que dizia para ficar tranquilo. Enquanto a porta se fechava, ele ergueu um dedo no ar. Alguns instantes depois, Myron escutou o som metálico que supôs ser a voz de um dos membros da família Kardashian: "Ai, meu Deus, se esse vestido fosse um pouquinho só mais curto, seria um top."

Seu pai deu de ombros.

– Ela anda obcecada. Mas é uma obsessão inofensiva.

Os dois se encaminharam para o deque de madeira nos fundos da casa. O deque tinha levado quase um ano para ficar pronto e era sólido o bastante para resistir a um *tsunami*. Eles pegaram as cadeiras de varanda com almofadas desbotadas pelo tempo e as posicionaram de frente para o quintal dos fundos, que para Myron sempre seria seu estádio particular. Ele e Brad haviam passado horas jogando ali. A árvore de tronco bifurcado era a primeira base, um pedaço de grama permanentemente queimado era a segunda e a terceira base era uma pedra enterrada no chão. Quando eles acertavam a bola com força, ela ia parar na horta da Sra. Diamond, que aparecia usando seu "vestido de ficar em casa" e gritava para os irmãos não invadirem sua propriedade.

Myron ouviu risadas vindas de uma festa três casas adiante.

– Os Lubetkin estão fazendo um churrasco?

– Os Lubetkin se mudaram faz quatro anos – respondeu seu pai.

– Quem mora lá agora?

– Eu não moro mais aqui – disse o pai, balançando os ombros.

– Mesmo assim. Sempre éramos convidados para todos os churrascos.

– Na nossa época, sim – retrucou o pai. – Quando conhecíamos todos os vizinhos, quando nossos filhos eram pequenos e frequentavam as mesmas escolas e jogavam nos mesmos times. Agora chegou a vez de outras pessoas. É assim que tem de ser. É preciso se desapegar das coisas.

Myron franziu a testa.

– Quem diria. O senhor geralmente é tão sutil.

Seu pai deu uma risadinha.

– Pois é, desculpe. Então vamos aproveitar que eu estou desempenhando este novo papel: o que houve?

Myron pulou a parte do "como é que você sabe?" porque de nada iria adiantar. O pai estava usando uma camisa de golfe, muito embora nunca tivesse praticado o esporte. Os pelos grisalhos do seu peito despontavam do decote em V. Ele desviou os olhos, pois sabia que o filho não gostava muito de olhares intensos.

Myron decidiu ir direto ao assunto.

– Vocês têm recebido notícias de Brad?

Se o pai ficou surpreso por Myron pronunciar esse nome – era a primeira vez que ele o ouvia do filho em mais de 15 anos –, não demonstrou nada. Tomou um gole de chá gelado e fingiu pensar um pouco antes de responder.

– Recebemos um e-mail, deve ter sido há um mês.

– Onde ele estava?

– No Peru.

– E Kitty?

– O que tem ela?

– Estava com ele?

– Imagino que sim – respondeu o pai, virando para encará-lo. – Por quê?

– Acho que vi Kitty ontem à noite em Nova York.

Seu pai tornou a se recostar na cadeira.

– Imagino que seja possível.

– Eles não teriam entrado em contato com vocês se estivessem por aqui?

– Talvez. Posso mandar um e-mail para ele perguntando.

– Faria isso?

– Claro. Não quer me contar a história toda?

Myron contou por alto. Disse que estava procurando Lex Ryder quando vira Kitty. Seu pai ouvia e balançava a cabeça. Quando Myron terminou, ele disse:

– Não costumo receber muitas notícias deles. Às vezes ficam meses sem entrar em contato. Mas ele está bem. O seu irmão. Acho que foi feliz.

– "Foi"?

– Como assim?

– O senhor disse "foi feliz". Por que não disse que ele "é feliz"?

– Os últimos e-mails dele – respondeu seu pai. – Não sei, eles têm andando diferentes. Mais formais, talvez. Ele conta as novidades e só. Mas é bem verdade que não somos muito íntimos. Não me leve a mal. Eu amo o seu irmão. Amo-o tanto quanto amo você. Mas nós não somos particularmente próximos.

Seu pai tomou outro gole de chá gelado.

– Mas antigamente eram – disse Myron.

– Na verdade, não. É claro que, quando ele era jovem, todos nós participávamos mais da vida dele.

– E o que mudou isso?

Seu pai sorriu.

– Para você, a culpada foi Kitty.

Myron não disse nada.

– Você acha que vai ter filhos com Terese? – perguntou seu pai.

A mudança de assunto o surpreendeu. Myron não soube muito bem como responder.

– É um assunto delicado – disse ele devagar.

Terese não podia mais ter filhos. Ele ainda não tinha contado isso aos pais porque, antes de levá-la a bons médicos, nem ele estava pronto para aceitar esse fato. De qualquer forma, não era o momento de abordar a questão.

– Já estamos meio velhos para isso, mas quem sabe?

– Bom, seja como for, deixe eu lhe dizer uma coisa sobre a paternidade, uma coisa que os livros de autoajuda e as revistas de pais e filhos nunca dizem.

Seu pai se virou para ele e chegou mais perto.

– Nós, pais e mães, supervalorizamos nossa importância.

– Está sendo modesto.

– Não estou, não. Eu sei que você considera sua mãe e seu pai incríveis. Fico feliz com isso. Fico mesmo. Talvez para você nós tenhamos sido mesmo, embora você tenha apagado muitas das coisas ruins.

– Como por exemplo?

– Não vou ficar remoendo meus próprios erros. De qualquer forma, isso não vem ao caso. Acho que fomos bons pais. A maioria das pessoas é. A maioria faz o melhor que pode e, se comete erros, é por excesso de zelo. A verdade é que, na melhor das hipóteses, os pais são como mecânicos de automóveis. Nós podemos regular o motor e verificar o nível da água. Podemos trocar peças, checar o óleo, fazer uma revisão geral antes de colocá-lo na estrada. Mas o carro continua sendo o carro. Quando ele chega, já é um Jaguar, um Toyota ou um Prius. Não dá para transformar um Toyota em Jaguar.

Myron fez uma careta.

– Transformar um Toyota em Jaguar?

– Você entendeu. Sei que a comparação não é das melhores. Pensando bem, ela nem serve, porque soa como um juízo de valores, como se o Jaguar fosse melhor do que o Toyota ou algo assim. E não é. É só um carro diferente, com necessidades diferentes. Alguns filhos são tímidos, outros são extrovertidos, alguns gostam de ler, outros são bons atletas... Seja como for, a forma como você cria seus filhos acaba não influenciando tanto. É claro que nós podemos inculcar valores, esse tipo de coisa, mas, quando tentamos mudar o jeito como as coisas são, em geral só fazemos besteira.

– Quando tentam transformar o Toyota em Jaguar? – perguntou Myron.

– Engraçadinho.

Não muito tempo atrás, antes de fugir para Angola e em circunstâncias bem diferentes, Terese havia defendido a mesma tese em uma conversa com ele. A natureza vence a cultura, insistira ela. Ouvir isso dela tinha sido ao mesmo tempo reconfortante e assustador, mas ali, sentado no deque ao lado de seu pai, Myron não concordava tanto assim com a ideia.

– Brad não foi feito para ficar em casa ou criar raízes – disse seu pai. – Ele vivia se coçando para ir embora. O destino dele era viajar por aí. Acho que ele é um nômade, como nossos antepassados. Então sua mãe e eu o deixamos ir. Quando vocês eram crianças, os dois eram atletas incríveis. Você adorava competir. Brad, não. Ele detestava. Isso não o torna melhor nem pior, apenas diferente. Meu Deus, estou exausto. Chega de papo. Imagino que você tenha um motivo muito bom para tentar encontrar seu irmão depois de todos esses anos.

– Tenho, sim.

– Ótimo. Porque, apesar do que eu acabei de falar, a briga entre vocês dois foi uma das maiores tristezas da minha vida. Seria muito bom ver vocês fazerem as pazes.

Silêncio. Um silêncio que foi quebrado pela vibração do celular de Myron. Ao verificar o identificador de chamadas, ele ficou surpreso ao constatar que a ligação era de Roland Dimonte, o agente do Departamento de Polícia de Nova York que o havia ajudado na boate na noite anterior. Dimonte era um amigo/ adversário seu de muito tempo atrás.

– Tenho que atender – disse Myron.

Seu pai gesticulou para ele fazê-lo.

– Alô?

– Bolitar? – vociferou Dimonte. – Pensei que ele tivesse parado com essa merda.

– Ele, quem?

– Você sabe quem. Cadê o maluco do Win?

– Não sei.

– Bom, é melhor encontrar.

– Por quê? O que houve?

– Estamos com um baita problema, foi o que houve. Encontre-o agora.

9

MYRON ESTAVA NO PRONTO-SOCORRO, olhando através do vidro coberto por uma tela de metal. Roland Dimonte estava à sua esquerda. Fedia a fumo de mascar e algo que lembrava loção pós-barba estragada. Apesar de ser nascido e criado em Hell's Kitchen, em Manhattan, Dimonte gostava do look de caubói urbano e, nesse dia, usava uma camisa justa brilhante com botões de pressão e botas tão chamativas que poderiam muito bem ter sido roubadas de uma *cheerleader* de time de futebol americano. Seus cabelos eram uma versão aprimorada de *mullet* ao estilo ex-jogador que vira comentarista de canal de TV local. Myron podia sentir os olhos de Dimonte cravados nele.

Deitado em um dos leitos, com os olhos bem abertos a encarar o teto e tubos saindo de pelo menos três lugares diferentes, estava Kyle Decotado, chefe dos seguranças da boate Three Downing.

– O que aconteceu com ele? – perguntou Myron.

– Várias coisas – respondeu Dimonte. – Mas a principal delas é uma ruptura renal. Segundo o médico, foi causada "por um traumatismo abdominal preciso e intenso", palavras dele. Muita ironia, não acha?

– Como assim, ironia?

– Bom, o nosso amigo vai passar um bom tempo mijando sangue. Talvez você se lembre da noite passada. Foi exatamente isso que a nossa vítima disse que iria acontecer com você.

Dimonte cruzou os braços para acentuar o efeito de suas palavras.

– Você por acaso acha que fui eu quem fez isso?

Dimonte franziu o cenho.

– Será que a gente pode fingir, só por alguns instantes, que não sou um idiota desmiolado qualquer?

Ele estava segurando uma lata vazia de Coca-Cola. Soltou lá dentro uma cusparada de fumo.

– Não, eu não acho que foi você. Nós dois sabemos muito bem quem foi.

Myron meneou o queixo em direção ao leito de hospital.

– O que Kyle disse?

– Que foi assaltado. Que um bando de caras invadiu a boate e o pegou de surpresa. Ele não viu nenhum rosto, não consegue identificá-los e, de toda forma, não quer dar queixa.

– Talvez seja verdade.

– E talvez uma das minhas ex-mulheres ligue dizendo que não preciso mais pagar a pensão.

– O que você quer que eu diga, Rolly?

– Pensei que você o mantivesse sob controle.

– Você não sabe se foi Win.

– Nós dois sabemos que foi Win.

Myron deu um passo para longe do vidro.

– Deixe-me formular a frase de outra maneira. Você não tem nenhuma prova de que tenha sido Win.

– É claro que tenho. O banco que fica em frente à boate tem uma câmera de segurança. Ela filma a área toda. As imagens mostram Win abordando nosso amigo de peitorais avantajados ali. Os dois conversam por alguns segundos, depois entram juntos na boate.

Dimonte parou de falar e desviou os olhos para longe.

– Que estranho – disse ele.

– O quê?

– Win em geral é bem mais precavido. A idade deve estar fazendo com que fique descuidado.

Pouco provável, pensou Myron.

– E as câmeras de segurança dentro da boate?

– O que é que tem?

– Você disse que Win e nosso amigo Kyle entraram de novo na boate. O que as imagens das câmeras internas mostram?

Dimonte tornou a cuspir dentro da lata, esforçando-se para disfarçar o que sua linguagem corporal revelava.

– Ainda estamos examinando as imagens.

– Ahn, será que a gente pode fingir, só por alguns instantes, que não sou um idiota desmiolado qualquer?

– Sumiram, tá? Segundo Kyle, o cara que o surpreendeu deve ter levado as gravações.

– Faz sentido.

– Bolitar, olhe para o estado do cara.

Myron olhou. Os olhos de Kyle continuavam fixos no teto. Estavam marejados.

– Quando nós o encontramos ontem à noite, a Taser que ele usou em você estava caída no chão ao lado dele. As pilhas estavam descarregadas de tanto uso. Ele estava tremendo, quase catatônico. Tinha cagado na calça. Ficou 12 horas sem conseguir articular uma palavra. Mostrei a ele uma foto de Win e ele começou a soluçar tanto que o médico teve de sedá-lo.

Myron tornou a olhar para Kyle. Pensou na Taser, no brilho nos olhos de Kyle ao apertar o gatilho, pensou em como ele mesmo havia chegado perto de ir parar num leito daqueles. Então Myron se virou e olhou para Dimonte. Sua voz saiu sem qualquer entonação.

– Nossa. Realmente. Me. Sinto. Péssimo. Por. Ele.

Dimonte só fez sacudir a cabeça.

– Já posso ir? – perguntou Myron.

– Vai voltar para o apartamento no Dakota?

– Vou.

– Pusemos um agente lá para esperar por Win. Quero ter uma conversinha com ele quando chegar.

◆ ◆ ◆

– Boa noite, Sr. Bolitar.

– Boa noite, Vladimir – cumprimentou Myron ao passar depressa pelo porteiro do Dakota e pelo famoso portão de ferro forjado.

Havia uma viatura parada em frente ao prédio, enviada por Dimonte. Quando Myron chegou ao apartamento de Win, encontrou-o iluminado por luzes baixas. Win estava sentado em sua poltrona *club* com uma taça de conhaque na mão. Myron não se espantou ao vê-lo. Como a maior parte dos prédios com um passado célebre, o Dakota tinha passagens subterrâneas. Uma delas, que Win havia lhe mostrado, começava no subsolo de um arranha-céu perto da Columbus Avenue, outra, um quarteirão ao norte dali, quase no Central Park. Myron tinha certeza de que Vladimir sabia da presença de Win, mas que não diria nada. Não era a polícia quem pagava a gratificação de Natal do porteiro.

– E eu pensando que você tivesse saído ontem à noite atrás de sexo casual – disse Myron. – Agora sei que foi para espancar Kyle.

Win sorriu.

– E quem disse que eu não podia fazer as duas coisas?

– Não tinha a menor necessidade.

– O sexo? Bom, nunca tem, mas isso não chega a ser empecilho para homem nenhum, não é mesmo?

– Muito engraçado.

Win uniu as pontas dos dedos, mantendo as palmas afastadas.

– Você acha que é o primeiro cara que Kyle arrastou para aquela sala marrom ou só o primeiro a se safar sem uma visita ao hospital?

– O cara é mau, e daí?

– O cara é muito mau. Três queixas de espancamento no ano passado e, nos três casos, testemunhas da boate ajudaram a livrar a cara dele.

– Aí você foi e resolveu o assunto.

– É o que eu faço.

– Não é trabalho seu.

– Mas eu gosto muito.

Não adiantava abordar esse assunto agora.

– Dimonte quer falar com você.

– Eu sei. Mas não quero falar com ele. Então meu advogado vai ligar daqui a meia hora e dizer a ele que, a não ser que tenha um mandado de prisão, nós não vamos conversar. Fim de papo.

– Ajudaria alguma coisa se eu dissesse que você não deveria ter feito isso?

– Espere aí – disse Win, começando a fazer sua mímica de músico. – Preciso afinar meu violino primeiro.

– O que exatamente você fez com ele, afinal?

– Eles acharam a Taser? – quis saber Win.

– Acharam.

– Onde?

– Como assim, onde? Ao lado do corpo dele.

– *Ao lado?* – repetiu Win. – Ah. Bom, ele deve ter conseguido ajudar a si mesmo pelo menos um pouco, então.

Silêncio. Myron abriu a geladeira e pegou uma caixinha de achocolatado. O símbolo dos discos Blu-ray quicava na tela da TV.

– Como foi mesmo que Kyle falou? – disse Win, fazendo girar o conhaque dentro da taça, as bochechas muito coradas. – Vai passar algum tempo mijando sangue. Talvez tenha um osso quebrado ou dois. Mas vai se recuperar.

– Só não vai falar.

– Ah, não. Falar ele não vai nunca.

Myron se sentou.

– Você me dá medo.

– Bom, não gosto de me gabar – disse Win.

– Mesmo assim, não foi uma decisão muito sensata.

– Errado. Foi uma decisão muitíssimo sensata.

– Ah, é? Por quê?

– Tem três coisas das quais você precisa se lembrar. Primeiro – Win ergueu um dedo –, nunca machuco inocentes, só pessoas que merecem muito. Kyle pertence a essa categoria. Segundo – outro dedo no ar –, faço isso para nos proteger. Quanto mais medo eu meter nas pessoas, mais seguros estaremos.

Myron quase sorriu.

– Foi por isso que você se deixou filmar por aquela câmera na rua – disse ele. – Queria que todo mundo soubesse que tinha sido você.

– Já disse que não gosto de me gabar, mas sim, é isso. E terceiro – disse Win, erguendo no ar mais um dedo –, sempre faço isso por motivos diferentes de vingança.

– Motivos como justiça?

– Como conseguir informações.

Win pegou o controle remoto e o apontou para a televisão.

– Kyle teve a bondade de me entregar todas as gravações feitas pelas câmeras de segurança ontem à noite. Passei a maior parte do dia examinando as imagens à procura de Kitty e Brad Bolitar.

Opa. Myron se virou para a tela.

– E aí?

– Ainda estou assistindo – disse Win –, mas até agora o negócio não está nada bom.

– Pode explicar?

– Por que explicar quando posso mostrar?

Win serviu uma segunda dose de conhaque e a ofereceu a Myron, que recusou. Win deu de ombros, pôs a taça na mesa ao seu lado e apertou o PLAY no controle remoto. O símbolo que quicava na tela foi substituído pela imagem de uma mulher. Win apertou o PAUSE.

– É a melhor imagem do rosto dela que consegui.

Myron se inclinou para a frente. Uma das coisas mais interessantes a respeito de imagens feitas por câmeras de segurança é que, como os equipamentos ficam muito no alto, raramente se obtêm bons ângulos do rosto das pessoas. Parece contraditório, mas talvez não haja alternativa melhor. Aquela imagem específica estava um pouco borrada, mas bem próxima. Myron supôs que fosse um zoom do rosto dela. De qualquer maneira, não restavam mais dúvidas.

– Muito bem, então sabemos que é Kitty – disse Myron. – E Brad?

– Nenhum sinal dele.

– Então o que há de nada bom no negócio, para usar as suas palavras?

Win pensou um pouco antes de responder.

– Bom, talvez "nada bom" tenha sido uma forma pouco eficaz de apresentar os fatos – disse ele.

– E como é que você deveria ter apresentado os fatos?

Win bateu no queixo com o indicador.

– Muito, muito ruim.

Myron sentiu um calafrio e tornou a se virar para a tela. Win apertou outro botão do controle remoto. A câmera abriu a imagem.

– Kitty entrou na boate às 22h33 com umas 10 outras pessoas. O séquito de Lex, por assim dizer.

Ali estava ela, blusa azul-turquesa, rosto pálido. A câmera era do tipo que tirava fotos a cada dois ou três segundos, produzindo um efeito entrecortado, como daqueles livrinhos de imagens em movimento ou das antigas gravações de vídeo de Babe Ruth correndo pelo campo de beisebol.

– Isso foi gravado em um quartinho anexo à sala VIP às 22h47.

Pouco antes de ele e Esperanza chegarem, pensou Myron.

Win apertou um botão de avanço rápido e chegou a uma imagem congelada. Mais uma vez, o ângulo da câmera era de cima. Era difícil ver o rosto de Kitty. Ela estava com outra mulher e um homem de cabelos compridos presos em um rabo de cavalo. Myron não os reconheceu. O cara do rabo de cavalo tinha alguma coisa na mão. Um cadarço, talvez. Win apertou PLAY e a cena ganhou vida. Kitty estendeu o braço. Rabo de Cavalo chegou mais perto e passou o...

não, não era um cadarço... em volta do bíceps dela e deu um nó. Então deu umas batidinhas no braço dela usando dois dedos e pegou uma seringa. Myron sentiu o coração desabar enquanto, com movimentos precisos, Rabo de Cavalo espetava a agulha no braço de Kitty, pressionava o êmbolo, depois afrouxava o garrote em volta de seu bíceps.

– Nossa – disse Myron. – Isso é novidade até para ela.

– É – concordou Win. – Ela passou de cheiradora de coca a viciada em heroína. Impressionante.

Myron balançou a cabeça. Deveria ter ficado perplexo, mas, lamentavelmente, não ficara. Pensou nas fotografias do Facebook, nos grandes sorrisos, nas viagens em família. Ele havia se enganado. Aquilo não era uma vida. Era uma mentira. Uma grande mentira. Típica de Kitty.

– Myron?

– Hein?

– Essa não é a pior parte – disse Win.

A única resposta de Myron foi olhar para o velho amigo.

– Não vai ser fácil de assistir.

Win não era dado a exageros. Myron tornou a se virar para a TV e esperou Win apertar o PLAY. Sem tirar os olhos da tela, pôs o achocolatado em cima de um descanso de copo e estendeu a mão. Win lhe entregou a dose de conhaque que servira minutos antes. Myron pegou a taça, deu um gole, fechou os olhos e deixou a bebida queimar sua garganta.

– Vou avançar 14 minutos – disse Win. – Resumindo, isso que você vai ver agora aconteceu alguns minutos antes de você esbarrar com ela na sala VIP.

Win finalmente apertou o PLAY. A imagem era a mesma – o pequeno cubículo visto de cima. Mas desta vez havia apenas duas pessoas lá dentro: Kitty e o homem do rabo de cavalo comprido. Os dois estavam conversando. Myron arriscou um olhar breve na direção de Win. O rosto do amigo, como sempre, não deixava transparecer nada. Na tela, Rabo de Cavalo começou a enroscar os dedos nos cabelos de Kitty. Myron apenas olhava. Kitty começou a beijar o pescoço do homem, a descer por seu peito desabotoando sua camisa, até sua cabeça sumir do quadro. O homem deixou a cabeça cair para trás. Havia um sorriso estampado em seu rosto.

– Desligue isso – disse Myron.

Win apertou um botão do controle. A tela ficou preta. Myron fechou os olhos. Uma enorme tristeza e uma raiva profunda percorreram seu corpo com igual intensidade. Suas têmporas começaram a latejar. Ele deixou a cabeça cair entre as mãos. Win agora estava em pé ao seu lado, com a mão no seu ombro. Não disse nada, apenas aguardou. Alguns instantes depois, Myron abriu os olhos e endireitou o corpo.

– Vamos encontrá-la – disse ele. – Custe o que custar, vamos encontrá-la agora.

◆ ◆ ◆

– Nenhum sinal de Lex ainda – disse Esperanza.

Depois de mais uma noite dormindo mal, Myron estava sentado atrás da mesa de seu escritório. Seu corpo inteiro doía. A cabeça latejava. Esperanza estava sentada à sua frente, do outro lado da mesa. Big Cyndi estava apoiada no batente da porta, sorrindo de um jeito que alguém com problemas de visão poderia chamar de comportado. Estava usando uma fantasia de Batgirl roxa cintilante, uma réplica um pouco maior do que a que fora imortalizada pela atriz Yvonne Craig no antigo seriado de TV. O tecido parecia esticado nas costuras. Big Cyndi tinha uma caneta presa atrás de uma orelha e um Bluetooth encaixado na outra.

– Nenhuma movimentação do cartão de crédito – disse Esperanza. – O celular não está sendo usado. Na verdade, pedi até para o nosso velho amigo P.T. rastrear o *smartphone* dele por GPS. Está desligado.

– Certo.

– Também conseguimos um close bastante bom do cara de rabo de cavalo que, ahn, trocou intimidades com Kitty na Three Downing. Big Cyndi vai dar uma passada na boate daqui a algumas horas com a foto e fazer perguntas aos funcionários.

Myron olhou para Big Cyndi. Ela bateu os cílios para ele. Imagine duas tarântulas deitadas de costas pegando um bronze ao sol do deserto.

– Também demos uma checada no seu irmão e em Kitty – prosseguiu Esperanza. – Nada nos Estados Unidos. Nenhum cartão de crédito, nenhuma carteira de motorista, nenhum imóvel, nenhum penhor, nenhuma declaração de imposto, nenhuma multa de estacionamento, nenhuma certidão de casamento ou divórcio, nada.

– Tenho outra ideia – disse Myron. – Vamos dar uma olhada em Buzz.

– O *roadie* de Lex?

– Ele é mais do que um *roadie*. Enfim, o nome de Buzz é Alex I. Khowaylo. Vamos tentar localizar os cartões de crédito e o celular dele. Talvez esteja ligado.

– Com licença – disse Big Cyndi. – Meu telefone está tocando.

Big Cyndi deu uma batidinha em seu Bluetooth e adotou sua voz de recepcionista.

– Pois não, Charlie? Está bem. Sim, obrigada.

Myron sabia que Charlie era o segurança que trabalhava na portaria do prédio. Big Cyndi desligou o Bluetooth e tornou a falar com eles.

– Michael Davis, da Shears, está subindo.

– Você atende? – perguntou-lhe Esperanza.

Myron aquiesceu.

– Pode mandar entrar.

A Shears, junto com a Gillette e a Schick, dominava o mercado de lâminas de barbear. Michael Davis era o vice-presidente de marketing da empresa. Big Cyndi ficou esperando-o junto ao elevador. Os recém-chegados muitas vezes soltavam um arquejo na primeira vez em que o elevador se abria e Big Cyndi surgia em pé do outro lado da porta. Mas Michael, não. Ele mal diminuiu o passo. Foi andando apressado na frente de Big Cyndi, direto para a sala de Myron.

– Estamos com um problema – disse Michael.

Myron abriu os braços.

– Sou todo ouvidos.

– Vamos tirar a Shear Delight Seven do mercado daqui a um mês.

A Shear Delight Seven era uma lâmina de barbear ou, caso você acreditasse no departamento de marketing da Shear, a "mais recente e inovadora tecnologia do barbear", com um "cabo mais ergonômico" (quem é que achava difícil segurar uma lâmina de barbear?), um "estabilizador de lâmina profissional" (Myron não fazia ideia do que isso significava), "sete lâminas de precisão mais finas" (porque as outras lâminas eram grossas e imprecisas) e uma "operação micropulsante" (as lâminas eram móveis).

Eleito melhor *defensive back* do ano pela liga nacional de futebol americano, a NFL, Ricky Sules, também conhecido como Lisinho, era cliente de Myron e estrelava a campanha publicitária da lâmina. A frase que eles vinham trabalhando na mídia era: "Duas vezes mais lisinho." Não parecia fazer muito sentido. Nos comerciais de TV, Ricky fazia a barba sorrindo como se estivesse transando, dizia que a Shear Delight Seven lhe proporcionava o "barbear mais rente e mais confortável possível" e então uma gostosona gemia "hum, que lisinho" e passava a mão no rosto dele. Em suma, o mesmo comercial de lâmina de barbear que as três empresas vinham veiculando desde 1968.

– Ricky e eu tínhamos a impressão de que o produto estava indo muito bem.

– Ah, está sim – disse Davis. – Ou estava. Quer dizer, os resultados vêm sendo excelentes.

– Então qual é o problema?

– O produto funciona bem demais.

Myron olhou para ele, esperando que dissesse mais alguma coisa. Quando não disse, Myron falou:

– E isso agora é um problema?

– Nós vendemos lâminas de barbear.

– Eu sei disso.

– É assim que ganhamos dinheiro. Não ganhamos vendendo os barbeadores em si. Eles, nós praticamente damos de presente. Nós lucramos é vendendo o refil, as lâminas.

– Certo.

– Então precisamos que as pessoas troquem de lâmina, digamos, pelo menos uma vez por semana. Mas a Shear Delight está funcionando melhor do que o esperado. Temos relatos de gente usando a mesma lâmina por seis a oito semanas. Não podemos ficar assim.

– Vocês não podem ter lâminas que funcionem tão bem.

– Exato.

– E por causa disso vão cancelar a campanha toda?

– O quê? Não, claro que não. Nossa empresa ganhou uma enorme aceitação de mercado com esse produto. Os consumidores o adoram. O que vamos fazer é começar a oferecer um produto novo, melhorado. A Shear Delight Seven Plus, com uma nova fita lubrificante que aumenta o conforto, para o melhor barbear da sua vida. Vamos pôr esse produto no mercado devagar. Com o tempo, vamos retirar a Shear Seven e trocá-la pela Plus.

Myron tentou não suspirar.

– E, só para ver se estou entendendo, as lâminas Plus não vão durar tanto tempo quanto as lâminas normais.

– Mas – disse Davis, erguendo um dedo no ar e dando um largo sorriso – o consumidor vai ter uma fita lubrificante. A fita vai tornar o barbear o mais confortável possível. Como um spa para o rosto.

– Um spa em que o refil terá de ser trocado uma vez por semana, em vez de uma vez por mês.

– É um produto maravilhoso. Ricky vai adorar.

Esse era o ponto em que Myron teria feito uma ressalva moral, mas, pensando bem, não valia a pena. Seu trabalho era defender os interesses de seu cliente e, quando o assunto eram anúncios publicitários, isso significava conseguir o máximo de dinheiro possível. Sim, sempre havia questões éticas a considerar. Sim, ele diria a Ricky o que mudava nas lâminas Plus em comparação com o modelo normal. Mas caberia a Ricky decidir e era bem provável que, se a troca significasse mais dinheiro, ele aceitasse – e deveria aceitar. Alguém poderia gastar um tempo enorme criticando isso, argumentando que era uma tentativa de enganar o público por meio da propaganda... mas que produto ou campanha de marketing não fazia a mesmíssima coisa?

– Então – disse Myron – vocês querem contratar Ricky para a campanha do novo produto.

– Contratar? – disse Davis, parecendo profundamente ofendido. – Ele já está contratado.

– Mas agora vocês querem que ele refaça os comerciais. Para as novas lâminas Plus.

– Bom, sim, claro.

– Então calculo – disse Myron – que Ricky deveria ganhar 20% a mais pelo novo comercial.

– Como assim, 20% a mais?

– O valor que ele recebeu para recomendar a Shear Delight Seven, acrescido de 20%.

– O quê? – gritou Davis, levando a mão ao coração como se estivesse infartando. – Está de brincadeira comigo? O comercial é praticamente uma refilmagem do primeiro. Segundo nossos advogados, durante a vigência do contrato, podemos pedir que ele faça novas filmagens sem pagar nenhum centavo.

– Seus advogados estão errados.

– Ora, sejamos razoáveis. Somos pessoas generosas. Mesmo não tendo qualquer obrigação de fazer isso, podemos dar a ele um bônus de 10% sobre o que ele já está recebendo.

– Não é suficiente – disse Myron.

– Você está brincando comigo, não está? Eu conheço você. Você é um cara engraçado, Myron. Está sendo engraçado agora, não está?

– Ricky está feliz com a lâmina do jeito que ela está – disse Myron. – Se vocês quiserem que ele recomende um produto novo, com uma campanha de marketing nova, ele com certeza vai ter que ganhar mais dinheiro.

– Mais? Você ficou maluco?

– Ele ganhou o prêmio Homem do Ano Barbear Perfeito Shears. Isso aumentou seu valor.

– O quê? – rosnou Davis, agora totalmente indignado. – Fomos nós que demos esse prêmio a ele!

E assim foi.

Meia hora depois, quando Michael Davis já tinha ido embora soltando palavrões entre os dentes, Esperanza entrou na sala de Myron.

– Encontrei Buzz, o amigo de Lex.

10

A ILHA DE ADIONA TINHA 8 quilômetros de comprimento, 3,2 quilômetros de extensão e, como Win certa vez afirmou, representava "o epicentro da elite branca e protestante norte-americana". Ficava a apenas seis quilômetros do litoral de Massachusetts. Segundo o censo, 211 pessoas moravam lá. Esse número crescia – é difícil dizer quanto, mas pelo menos umas três ou quatro vezes – durante os meses do verão, quando os clãs de sangue azul de Connecticut, da Filadélfia e de Nova York chegavam de jatinho ou de *ferry*. Recentemente, o campo do clube de golfe de Adiona havia sido eleito um dos 25 melhores do país pela *Golf Magazine*. Isso deixou os sócios do clube mais chateados do que felizes, porque a ilha era seu mundinho particular. Não queriam que ninguém a visitasse ou sequer soubesse da existência dela. Sim, havia um *ferry* "público", mas era pequeno e tinha horários complicados.

Se, ainda assim, você desse um jeito de chegar à ilha, descobriria que as praias e quase todo o seu território eram propriedade particular e vigiada. Só havia um restaurante, o Teapot Lodge, e era mais bar do que restaurante. Havia um hortifrúti, uma mercearia e uma igreja. Nenhum hotel, pousada ou lugar para se hospedar. As mansões, a maioria batizada com nomes bonitinhos, eram ao mesmo tempo espetaculares e discretas. Você poderia comprar uma delas – é um país livre –, mas não seria bem recebido, não teria permissão para "entrar para o clube", não poderia usar as quadras de tênis nem as praias e seria desencorajado a frequentar o Teapot Lodge. Ou você era convidado a ir àquele enclave particular ou aceitava correr o risco de se tornar um pária – e quase ninguém escolhia essa alternativa. A segurança da ilha era garantida mais pelas caretas de reprovação dos conservadores do que pelos guardas de verdade.

Sem nenhum restaurante de verdade, como os abastados faziam para comer? Eles tinham empregados domésticos para preparar suas refeições. Dar jantares para convidados era a regra. Havia praticamente um rodízio: um dia era a vez de Bab, depois vinha uma noite na casa de Fletcher e quem sabe no iate de Conrad na sexta e, bem, sábado era a vez da propriedade de Windsor. Se você veraneava ali – e uma pista disso poderia ser o fato de você usar o verbo "veranear" –, havia grandes chances de seu pai e seu avô também veranearem ali. O ar da ilha vivia saturado de maresia e *eau* de sangue azul.

De um lado e de outro da ilha havia duas propriedades misteriosas isoladas por cercas. Uma delas ficava perto das quadras de tênis de grama e era uma área militar. Ninguém sabia ao certo o que acontecia ali, mas sempre havia boatos sobre operações sigilosas e segredos de Estado.

O outro enclave ficava na ponta ao sul da ilha. O terreno pertencia a Gabriel Wire, excêntrico e ultrarrecluso cantor e líder da banda HorsePower. O complexo residencial de Wire era cercado de segredos – oito hectares e meio protegidos por seguranças e pela mais alta tecnologia em monitoramento. Wire era a exceção na ilha. Parecia gostar de ficar sozinho, isolado, excluído dos outros. Na verdade, pensou Myron, Gabriel Wire fazia questão de que fosse assim.

Com o passar dos anos, caso se acreditasse nos boatos, o sangue azul da ilha havia praticamente aceitado o roqueiro recluso. Alguns afirmavam ter visto Gabriel Wire fazendo compras na mercearia. Outros diziam que ele tinha o hábito de nadar no final da tarde, fosse sozinho ou com alguma mulher lindíssima, em um trecho isolado de praia. Assim como a maior parte das coisas relacionadas a Gabriel Wire, ninguém podia confirmar nada disso.

O único acesso ao complexo de Wire era por uma estrada de terra batida com umas cinco mil placas de MANTENHA DISTÂNCIA e uma guarita de segurança com cancela. Myron ignorou as placas – ele era assim, um maluco que adorava quebrar as regras. Depois de chegar à ilha em um barco particular, havia pegado emprestado o carro de Baxter Lockwood, primo de Win que tinha casa ali: um incrível Wiesmann Roadster MF5 que valia mais de 250 mil dólares. Myron pensou em passar direto e arrebentar a cancela, mas o velho Bax poderia não gostar de ver o carro arranhado.

O segurança ergueu os olhos do livro que estava lendo. Seus cabelos exibiam um corte muito rente, ele usava óculos escuros de aviador e tinha um porte rígido, militar. Myron sacudiu os cinco dedos da mão para ele em um cumprimento jovial e lançou-lhe o seu Sorriso 17 – tímido e charmoso, tipo Matt Damon quando jovem. Totalmente irresistível.

– Dê meia-volta e saia daqui.

Foi a reação do segurança.

Myron cometera um erro. O Sorriso 17 só funcionava com gatas.

– Se fosse mulher, estaria enfeitiçado.

– Pelo seu sorriso? Ah, mas eu estou enfeitiçado. Só que é a minha mente, não dá para ver. Dê meia volta e vá embora daqui.

– Não deveria ligar para a casa e verificar se não estão me esperando?

– Ah, sim.

O segurança levou um telefone imaginário à orelha e simulou uma conversa. Então "desligou" e repetiu:

– Dê meia-volta e saia daqui.

– Vim falar com Lex Ryder.

– Não vai dar.

– Meu nome é Myron Bolitar.

– Devo cair de joelhos?

– Prefiro que levante a cancela.

O guarda largou o livro e pôs-se de pé devagar.

– Não vai dar, Myron.

Myron já esperava alguma coisa desse tipo. Nos últimos 16 anos, desde a morte de uma jovem chamada Alista Snow, só umas poucas pessoas tinham visto Gabriel Wire. Na época da tragédia, a mídia havia se empanturrado de imagens do carismático líder da banda. Houve quem dissesse que ele estava recebendo tratamento especial e que, no mínimo, Gabriel Wire deveria ter sido acusado de homicídio culposo. Mas as testemunhas voltaram atrás e até mesmo o pai de Alista Snow acabou parando de clamar por justiça. Esclarecido ou varrido para debaixo do tapete, o fato era que o incidente havia mudado Gabriel Wire para sempre. Ele saíra de cena e, caso os boatos fossem verdadeiros, passara os dois anos seguintes no Tibete e na Índia antes de retornar aos Estados Unidos cercado por uma névoa de mistério que teria causado inveja a Howard Hughes.

Desde então, Gabriel Wire nunca mais tinha sido visto em público.

Ah, os boatos eram muitos. A vida de Wire agora fazia parte do rol de teorias de conspiração, junto com a farsa da chegada do homem à lua, o assassinato de JFK e aparições de Elvis Presley. Alguns diziam que ele andava disfarçado e circulava livremente, que frequentava cinemas, boates e restaurantes. Outros diziam que tinha feito plástica ou raspado os famosos cabelos encaracolados e que agora usava cavanhaque. Havia quem dissesse que ele simplesmente adorava o isolamento da ilha de Adiona e convidava, com discrição, supermodelos e outras beldades à sua casa. Esse último boato ganhara mais credibilidade quando um jornal de fofocas interceptou uma conversa telefônica entre uma jovem atriz e sua mãe falando sobre o fim de semana da filha "com Gabriel em Adiona" – mas muita gente, inclusive Myron, havia farejado uma bela mentira oportunista: um filme com a atriz estrearia na semana seguinte. Às vezes um *paparazzo* recebia uma dica de que Gabriel estava em algum lugar, mas a fotografia nunca ficava boa o suficiente e era sempre publicada em algum jornal de segunda categoria sob o título SERÁ GABRIEL WIRE? Alguns boatos afirmavam que Wire passava boa parte de seu tempo internado em uma clínica de repouso, enquanto outros insistiam que ele se mantinha longe dos holofotes por pura vaidade: seu lindo rosto havia sido mutilado durante uma briga de bar em Mumbai.

O desaparecimento de Gabriel Wire não significara o fim da HorsePower. Na verdade, o efeito fora o inverso. A lenda de Gabriel Wire só ganhara força, o que não chegava a surpreender. Será que as pessoas iriam se lembrar de Howard Hughes se ele fosse só mais um ricaço? Por acaso os Beatles foram prejudicados pelos boatos sobre a morte de Paul McCartney? Excentricidade estimula as vendas. Juntos, Lex e Gabriel conseguiam manter constante o nível de sua produção musical e, embora não saíssem mais em turnês, as vendas de álbuns compensavam em muito esse fato.

– Não vim aqui ver Gabriel Wire – disse Myron.

– Que bom – respondeu o segurança –, porque nunca ouvi falar nele.

– Preciso falar com Lex Ryder.

– Também não conheço.

– Você se importaria se eu desse um telefonema?

– Depois que der meia-volta e sair, pode até transar com macacos de laboratório se quiser, que não estou nem aí – respondeu o segurança.

Myron olhou para ele. Havia algo de familiar naquele sujeito, mas ele não estava atinando o quê.

– O senhor não é um segurança qualquer.

– Hum – resmungou ele, arqueando uma sobrancelha. – Agora está querendo me enfeitiçar com elogios, além do sorriso?

– Um duplo feitiço.

– Se eu fosse uma gostosona, a esta altura é provável que já estivesse tirando a roupa.

É, com certeza aquele não era um segurança qualquer. Tinha os olhos, os trejeitos e a postura relaxada de um profissional. Alguma coisa ali não estava fazendo sentido.

– Qual é o seu nome? – perguntou Myron.

– Adivinhe o que vou responder. Vamos lá, uma tentativa. Pode chutar qualquer coisa.

– Dê meia-volta e saia daqui?

– Bingo.

Myron resolveu não discutir. Começou a recuar enquanto discretamente tirava do bolso o BlackBerry espião turbinado por Win. A câmera dele tinha um zoom de alta resolução. Ele foi até o final da estrada de acesso, ergueu o aparelho e tirou uma foto rápida do segurança. Então mandou-a por e-mail para Esperanza. Ela saberia o que fazer. Depois disso, ligou para Buzz, que deve ter visto no identificador de chamadas que a ligação era de Myron:

– Não vou dizer onde Lex está.

– Em primeiro lugar, eu vou bem, obrigado – disse Myron. – Agradeço por ter livrado a minha cara na boate ontem à noite.

– Meu trabalho é cuidar de Lex, não de você.

– Em segundo lugar, não precisa me dizer onde Lex está. Vocês dois estão na casa de Wire na ilha de Adiona.

– Como você descobriu?

– Pelo GPS do seu telefone. Na verdade, estou aqui no portão agora.

– O quê? Você já está na ilha?

– É.

– Tanto faz. Não vai poder entrar aqui.

– É mesmo? Eu poderia ligar para Win. Se pensarmos um pouco, vamos arrumar um jeito.

– Cara, você é uma praga mesmo. Olhe aqui, Lex não quer voltar para casa. É um direito dele.

– Bom argumento.

– E você é agente dele, porra. Deveria estar cuidando dos interesses dele, também.

– Outro bom argumento.

– Exato. Você não é nenhum conselheiro matrimonial.

Talvez sim, talvez não.

– Preciso conversar com ele por cinco minutos.

– Gabriel não deixa ninguém entrar. Sério, eu mesmo nem posso sair do chalé de hóspedes.

– Tem um chalé de hóspedes aí?

– Dois. Acho que ele hospeda as meninas em um e as deixa entrar na casa uma de cada vez.

– Meninas?

– O que foi? Prefere "mulheres", acha mais politicamente correto? Ah, Wire continua sendo Wire. E não sei quantos anos elas têm. De qualquer forma, ninguém tem autorização para entrar no estúdio nem na casa principal a não ser por uma espécie de túnel. Isto aqui é de meter medo, Myron.

– Você conhece a minha cunhada?

– Quem é a sua cunhada?

– Kitty Bolitar. Talvez você a conheça como Kitty Hammer. Ela estava com vocês na Three Downing ontem à noite.

– Kitty é sua cunhada?

– É.

Silêncio.

– Buzz?

– Espere um segundo.

Buzz levou mais de um minuto para voltar ao telefone.

– Conhece o Teapot?

– O bar da ilha?

– Lex vai encontrar você lá daqui a meia hora.

◆ ◆ ◆

Myron imaginava que o único bar de uma ilha de ricaços seria parecido com o escritório de Win – madeira escura, couro bordô, tapetes orientais, globo terrestre antigo feito de madeira, decânteres de bebida, cristais, talvez alguns quadros de caçada a raposas. Mas não era o caso. O Teapot Lodge parecia um bar de esquina da parte mais suspeita de Irvington, Nova Jersey. Tudo ali parecia gasto. As janelas estavam lotadas de anúncios de cerveja em neon. Havia serragem no chão e uma barraquinha de pipoca em um dos cantos.

A pequena pista de dança com globo espelhado tocava "Mack the Knife", de Bobby Darin, e estava lotada. A faixa etária dos dançarinos variava de "quase menor de idade" a "já com o pé na cova". Os homens usavam camisas sociais azul-claras com suéteres amarrados nos ombros, ou então os paletós verdes que Myron só tinha visto em campeões de golfe. As mulheres, todas bem conservadas, ainda que sem a ajuda de cirurgia plástica ou Botox, vestiam túnicas cor-de-rosa da Lilly Pulitzer e calças de um branco ofuscante. Tinham as faces coradas por causa do esforço, da bebida e dos casamentos dentro do mesmo grupo social.

Nossa, aquela ilha era mesmo estranha.

"Mack the Knife" foi rapidamente seguida por um dueto de Eminem com Rihanna sobre ver um amor arder em chamas e adorar o jeito como esse amor fica. Pode parecer clichê quando dizem que tem gente que não nasceu para dançar, mas ali ele era incontestável. A música podia até ter mudado, mas não foi possível constatar qualquer alteração nos passos de dança. Tampouco no ritmo – ou na falta dele. Um número excessivo de homens estalava os dedos ao dançar, como se fossem Dean Martin e Frank Sinatra se apresentando em Las Vegas na década de 1960.

O barman de sorriso desconfiado usava topete e tinha entradas pronunciadas na testa.

– Pois não?

– Uma cerveja – pediu Myron.

O barman ficou apenas olhando para ele, aguardando.

– Uma cerveja – repetiu Myron.

– É, eu escutei. Só que nunca ouvi um pedido assim antes.

– Uma cerveja?

– Só com a palavra "cerveja". Em geral as pessoas dizem a marca. Tipo uma Bud, uma Michelob, essas coisas.

– Ah, que cerveja vocês têm?

O barman começou a enumerar cerca de um milhão de marcas. Myron o fez parar ao ouvi-lo dizer Flying Fish Pale Ale, porque gostou do nome. No fim das contas, a cerveja se revelara espetacular, mas Myron não entendia grande coisa do assunto. Foi se sentar a uma mesa reservada perto de um grupo de lindas, ahn, meninas-mulheres. De fato, hoje em dia é difícil avaliar a idade das pessoas. As mulheres estavam falando algum idioma escandinavo – Myron não conseguiria deduzir mais do que isso. Vários dos homens de rosto afogueado as arrastavam para a pista de dança. Eram babás, percebeu Myron, ou, mais precisamente, *au pairs*.

Alguns instantes depois, a porta do bar se abriu com um empurrão. Dois grandalhões entraram pisando forte. Ambos usavam óculos de sol modelo aviador, calça jeans e jaqueta de couro, embora lá fora estivesse fazendo uns 40 graus. Óculos de aviador dentro de um bar escuro – isso é que é se esforçar para bancar um estilo. Um dos homens deu um passo para a esquerda. O outro deu um passo para a direita e meneou a cabeça.

Lex entrou. Parecia constrangido, o que era compreensível. Myron ergueu a mão para um leve aceno. Os dois seguranças começaram a se encaminhar na sua direção, mas Lex os deteve. Eles não pareceram muito contentes com isso, mas ficaram junto à porta. Lex cruzou o bar a passos largos e sentou-se na frente de Myron.

– Homens de Gabriel – disse Lex, explicando-se. – Ele insistiu que viessem comigo.

– Por quê?

– Porque ele é um esquizofrênico que fica mais paranoico a cada dia que passa, só por isso.

– A propósito, quem era o cara no portão?

– Que cara?

Myron descreveu o homem. O rosto de Lex empalideceu.

– Ele estava no portão? Você deve ter feito disparar algum sensor quando entrou. Ele em geral fica lá dentro.

– Quem é ele?

– Não sei. Não é um cara que eu chamaria de simpático.

– Você já o viu antes?

– Sei lá – respondeu Lex, um pouco rápido demais. – Olhe aqui, Gabriel não gosta que eu fique falando dos seguranças dele. Como eu já disse, ele é bem paranoico. Esqueça isso, não é importante.

Tudo bem. Não estava ali para colher informações sobre o estilo de vida de um astro do rock.

– Quer uma bebida?

– Não, nós hoje vamos trabalhar até tarde.

– Por que você está escondido, afinal?

– Não estou escondido. Nós estamos trabalhando. É assim que sempre fazemos. Gabriel e eu trancados sozinhos no estúdio dele. Fazendo música.

Ele olhou de relance para os dois seguranças parrudos.

– O que você está fazendo aqui, Myron? Eu já disse: estou bem. Essa história toda não é da sua conta.

– Não se trata mais só de você e Suzze.

Lex deu um suspiro e se recostou na cadeira. Como muitos roqueiros de certa idade, ele estava ficando mais magro e sua pele parecia a casca ressecada de uma árvore.

– De repente essa história tem a ver com você?

– Quero saber sobre Kitty.

– Cara, não sou babá dela, não.

– Só me diga onde ela está, Lex.

– Não faço a menor ideia.

– Não tem nenhum endereço ou telefone?

Lex fez que não com a cabeça.

– Então como é que ela foi parar na Three Downing com você?

– Não foi só ela – respondeu Lex. – Tinha mais de 10 pessoas com a gente.

– Estou pouco ligando para os outros. O que eu quero saber é como Kitty foi parar lá com vocês.

– Kitty é uma velha amiga – respondeu Lex com um dar de ombros exagerado. – Ela me ligou do nada e disse que estava querendo sair. Eu disse a ela onde estávamos.

Myron olhou para ele.

– Está de brincadeira comigo, certo?

– Como assim?

– Ela ligou para você do nada querendo sair? Faça-me o favor.

– Olhe aqui, Myron, por que está me fazendo essas perguntas? Por que não pergunta ao seu irmão onde ela está?

Silêncio.

– Ah – disse Lex. – Já entendi. Está fazendo isso pelo seu irmão?

– Não.

– Você sabe que eu adoro filosofar, não sabe?

– Sei.

– Aqui está uma filosofia bem simples: relacionamentos são complicados. Principalmente os do coração. Você precisa deixar as pessoas resolverem os próprios problemas.

– Onde ela está, Lex?

– Já disse. Não sei.

– Você perguntou a ela sobre Brad?

– O marido dela? – rebateu Lex, franzindo o cenho. – Agora é a minha vez de perguntar se você está de brincadeira comigo.

Myron pegou uma cópia da imagem do homem do rabo de cavalo feita pela câmera de segurança da boate.

– Kitty estava com este cara aqui na boate. Você o conhece?

Lex deu uma olhada e balançou a cabeça.

– Não.

– Ele estava no seu grupo.

– Não estava, não – respondeu Lex. – Ele suspirou, pegou um guardanapo de papel e começou a rasgá-lo em tiras.

– Lex, me diga o que aconteceu.

– Não aconteceu nada. Quer dizer, nada de mais.

Lex olhou na direção do bar. Um homem rechonchudo usando uma camisa de golfe justa paquerava uma das *au pairs*. A música agora era "Shout", do Tears for Fears, e praticamente todo mundo gritava o título no refrão. Os caras na pista de dança continuavam estalando os dedos.

Myron esperou, dando um tempo a Lex.

– Olhe, Kitty ligou para mim – disse Lex. – Ela disse que estava precisando conversar. Parecia bem desesperada. Você sabe que nós nos conhecemos há muito tempo. Está lembrado daquela época, não está?

Houvera um tempo em que deuses do rock caíam na gandaia com jovens estrelas do tênis. Recém-saído da faculdade de direito e em busca de clientes para sua agência, Myron tinha participado algum tempo disso. Brad também fazia parte do grupo: começaria a faculdade no ano seguinte e estava aproveitando para "estagiar" com o irmão mais velho. Ele começara aquele verão cheio de expectativas e terminara com o coração partido pela namorada e Brad sumindo de sua vida para sempre.

– Estou – disse Myron.

– Achei que Kitty quisesse só dizer um oi. Em nome dos velhos tempos. Sempre me senti mal por causa dela, sabe? A carreira destruída daquele jeito. Acho que estava curioso também. Já faz o que, uns 15 anos que ela abandonou tudo?

– Por aí.

– Então Kitty foi encontrar a gente na boate e eu logo vi que alguma coisa não estava certa.

– Como assim?

– Ela estava tremendo toda e com os olhos vidrados. E, cara, eu sei reconhecer uma crise de abstinência. Suzze e eu já travamos essa guerra. Tem tempo que parei. Não me leve a mal, mas Kitty ainda está usando. Ela não foi à boate me dar um alô. Foi me procurar para arrumar droga. Quando eu disse que não mexia mais com isso, ela me pediu dinheiro. Eu disse não também. Então ela foi procurar em outro lugar.

– Outro lugar?

– É.

– Como assim, outro lugar?

– Cara, que parte você não está entendendo? A equação é simples. Kitty é uma drogada e não pudemos arrumar droga para ela. Assim sendo, ela foi se enturmar com alguém que podia, ahn, quebrar o galho dela.

Myron ergueu a fotografia de Rabo de Cavalo.

– Este cara aqui?

– Imagino que sim.

– E depois?

– Depois nada.

– Você disse que Kitty era uma velha amiga.

– Sim, e daí?

– Então você nem pensou em tentar ajudar?

– Ajudar como? – indagou Lex, erguendo as mãos. – Chamar uma equipe médica à boate e arrastar Kitty à força para uma clínica de reabilitação?

Myron não disse nada.

– Você não sabe como os drogados são.

– Ainda me lembro bem de quando você era um drogado – Myron falou. – Lembro-me de você e Gabriel gastando todo o dinheiro em jogatina e pó.

– Jogatina e pó. Até que é sonoro – disse Lex, sorrindo. – Então por que você nunca nos ajudou?

– Talvez devesse ter ajudado.

– Não, você não poderia ajudar. Cada um tem que encontrar seu próprio caminho.

Myron pensou um pouco sobre isso. Imaginou se não teria sido bom para

Alista Snow se alguém houvesse internado Gabriel Wire. Quase disse isso em voz alta, mas de que adiantaria?

– Você vive querendo consertar as coisas – disse Lex –, mas o mundo tem seu ritmo próprio. Quando alguém interfere, só piora as coisas. Nem sempre a batalha é sua, Myron. Posso dar um exemplo rápido do seu, bom, do seu passado?

– Pode falar – disse Myron, arrependendo-se das palavras no mesmo instante em que saíram de sua boca.

– Quando a gente se conheceu, muito tempo atrás, você tinha uma namorada firme, não é? Jessica não sei das quantas. Aquela escritora.

O arrependimento começou a aumentar.

– E aconteceu alguma coisa ruim entre vocês dois. Não sei o que foi. Você tinha o que, 24, 25 anos?

– Onde você está querendo chegar, Lex?

– Eu era um grande fã de basquete, de modo que conhecia a sua história. Selecionado de primeira para jogar no Boston Celtics. Você estava a caminho de virar um astro, tudo conspirava a seu favor, só que aí, bum, você machucou o joelho durante uma partida antes do começo do campeonato.

Myron fez uma careta.

– E isso para dizer que...?

– Escute um instante, tá? Aí você foi estudar direito em Harvard e depois apareceu nos treinamentos de tênis do Nick para recrutar atletas. Não tinha a menor chance contra empresas como IMG ou TruPro. Sério, quem era você? Mal tinha saído da faculdade. Mas você conseguiu Kitty, a jogadora mais promissora de todas, e quando ela parou, você conseguiu Suzze. Sabe como fez isso?

– Sério, não estou entendendo a relevância dessa história.

– Só me escute mais um pouco. Sabe como?

– Imagino que eu tenha feito uma boa proposta.

– Não. Você conseguiu as duas do mesmo jeito que conseguiu a mim quando fiquei sabendo que estava diversificando os seus clientes. Você é um cara decente, Myron. Dá para ver isso na hora. Tudo bem, você é fera nas reuniões e, vamos ser sinceros, ter Win cuidando das finanças é uma vantagem e tanto. Mas o que distingue você é que nós sabemos que se importa conosco. Sabemos que vai nos salvar se houver algum problema. Sabemos que preferiria perder um braço ou uma perna a roubar um centavo nosso.

– Com todo o respeito, ainda não estou entendendo aonde você quer chegar – disse Myron.

– Então, quando Suzze liga para você porque brigamos, você vem correndo. É esse o seu trabalho. Você é contratado para fazer isso. Mas, a menos que seja esse o caso, que a pessoa seja contratada, tenho outra filosofia: acho que as coisas fazem marola.

– Nossa, posso anotar essa?

Myron simulou os gestos de quem pega uma caneta para rabiscar uma anotação.

– As coisas... fazem... marola. Pronto, anotado.

– Deixe de ser babaca. O que estou dizendo é que as pessoas não deveriam se intrometer na vida das outras, nem com a melhor das intenções. É perigoso e um desrespeito. Quando você teve seus problemas com Jessica, teria gostado se nós todos tentássemos nos intrometer para ajudar?

Myron o fitou com um olhar inexpressivo.

– Você acabou de comparar os meus problemas com uma namorada ao fato de você sumir quando a sua mulher está grávida?

– Só no seguinte quesito: a pessoa precisa ser muito imprudente e, para ser franco, egocêntrica demais para achar que pode fazer uma coisa dessas. Isso que está acontecendo entre mim e Suzze... não é mais da sua conta. Você precisa respeitar.

– Agora que encontrei você e sei que está bem, eu respeito.

– Ótimo. E, a menos que seu irmão ou sua cunhada tenham pedido ajuda, bem, você está se intrometendo em um assunto do coração. E o coração é como uma zona de guerra. Como o que acontece com os soldados que vão lutar no Iraque ou no Afeganistão. Eles acham que vão virar heróis e salvar o mundo, mas na verdade só pioram tudo.

Myron tornou a olhar para ele com uma expressão vazia.

– Você por acaso acabou de comparar a preocupação que sinto em relação à minha cunhada às guerras que o país vem travando no exterior?

– Você está se metendo onde não foi chamado, igualzinho aos Estados Unidos. A vida é um rio e, quando você muda o curso de um rio, se torna responsável pela direção que ele toma.

Um rio. Suspiro.

– Pare com isso, por favor – pediu Myron.

Lex sorriu e se levantou.

– É melhor eu ir andando.

– Então você não faz ideia de onde Kitty está?

Lex deu um suspiro.

– Você não escutou uma palavra do que eu disse.

– Não, eu escutei, sim – disse Myron. – Mas às vezes as pessoas têm problemas. Às vezes elas precisam ser salvas. E às vezes as pessoas que precisam de ajuda não têm coragem de pedir.

Lex aquiesceu.

– Deve ser divino – disse Lex. – Saber reconhecer esses momentos.

– Eu nem sempre acerto.

– Ninguém acerta sempre. É por isso que é melhor deixar para lá. Mas uma coisa eu posso dizer e espero que ajude. Kitty falou que iria embora pela manhã. Ia voltar para o Chile, para o Peru ou algo assim. Então imagino que, se quer ajudar, talvez tenha chegado meio tarde.

11

– Lex está bem – disse Myron.

Suzze e Lex tinham uma cobertura num arranha-céu às margens do rio Hudson, em Jersey City, Nova Jersey. O apartamento ocupava todo o andar, num espaço que caberia uma loja de departamentos. Apesar da hora – já era meia-noite quando ele chegou da ilha de Adiona –, Suzze estava pronta e esperando por ele na varanda. A varanda era um tantinho exagerada: *chaise longue* em estilo Cleópatra, cadeiras forradas com veludo, estátuas gregas, gárgulas francesas e arcos romanos, quando a única coisa de que você precisava e que de fato qualquer um via era a silhueta espetacular de Manhattan.

Myron queria ir direto para casa. Na verdade, agora que Lex estava em segurança, já não havia mais nada sobre o que conversar, mas Suzze lhe dera a impressão de estar muito carente quando ele telefonara. Alguns clientes precisavam ser mimados. Não era o caso de Suzze.

– Conte o que Lex disse.

– Ele está com Gabriel gravando umas canções para o próximo álbum.

Suzze encarou a silhueta de Manhattan através do nevoeiro de verão. Estava segurando uma taça com o que parecia ser vinho. Myron não sabia o que dizer em relação a isso – gravidez e vinho –, então meio que só pigarreou.

– O que foi? – indagou Suzze.

Myron apontou para o copo. A sutileza em pessoa.

– O médico falou que uma taça não tinha problema – disse ela.

– Ah.

– Não me olhe assim.

– Não estou olhando.

Ela continuou a admirar a silhueta de Manhattan atrás do arco da varanda, as mãos na barriga.

– Vamos ter que providenciar uma proteção melhor para esta varanda. Com o bebê a caminho... Nem os meus amigos eu deixo subir aqui quando bebem.

– Boa ideia – disse Myron. Ela estava protelando. Não tinha problema. – Sabe, não entendi muito bem o que está acontecendo com Lex. Ele está agindo de uma forma meio estranha, mas me convenceu de que isso não é da minha conta. Você queria que eu descobrisse se ele estava bem. Eu descobri. Não posso forçá-lo a voltar para casa.

– Eu sei.

– Então o que falta? Eu poderia continuar procurando quem postou o "não é dele"...

– Sei quem postou – interrompeu Suzze.

Isso o deixou surpreso. Ele estudou seu rosto e, quando ela não disse mais nada, perguntou:

– Quem?

– Kitty.

Ela tomou um gole de vinho.

– Tem certeza?

– Tenho.

– Como?

– Quem mais iria querer esse tipo de vingança? – indagou ela.

A umidade pesava sobre Myron como um grosso cobertor. Ele olhou para a barriga de Suzze e imaginou como devia ser carregar aquilo de um lado para o outro com aquele clima.

– Por que ela iria querer se vingar de você?

Suzze ignorou a pergunta.

– Kitty era uma ótima tenista, não era?

– Você também.

– Não tão boa quanto ela. Ela era a melhor que eu já vi. Eu virei profissional, ganhei alguns torneios, fiquei entre as 10 melhores durante quatro anos. Mas Kitty poderia ter sido uma das maiores tenistas do mundo.

Myron balançou a cabeça.

– Isso nunca teria acontecido.

– Por que está dizendo isso?

– Kitty era maluca. Drogas, festas, mentiras, manipulação, narcisismo, tendência autodestrutiva.

– Ela era jovem. Todos nós éramos jovens. Cometemos erros.

Silêncio.

– Suzze?

– O quê?

– Por que você quis conversar comigo hoje?

– Para explicar.

– Explicar o quê?

Ela chegou perto dele, abriu os braços e os jogou em volta de Myron. Ele a segurou firme, sentindo o calor de sua barriga contra o corpo. Foi meio estranho. No entanto, conforme os segundos se passaram, a sensação foi ficando agradável, terapêutica. Suzze apoiou a cabeça no peito de Myron e a manteve ali por algum tempo. Ele apenas continuou a abraçá-la.

Por fim, Suzze disse:

– Lex está errado.

– Em relação a quê?

– Às vezes as pessoas precisam mesmo de ajuda. Eu me lembro das noites em que você ia me resgatar. Você me abraçava deste jeito e me ouvia sem ficar julgando. Talvez você não saiba, mas salvou minha vida umas 100 vezes.

– Eu continuo aqui para ajudar você – disse Myron com uma voz suave. – Diga para mim o que está errado.

Ela não se desgrudou do abraço e manteve o rosto colado em seu peito.

– Kitty e eu estávamos as duas prestes a completar 17 anos. Eu queria muito ganhar o campeonato juvenil. Queria entrar no Aberto. Kitty era minha principal adversária. Quando ela me derrotou em Boston, minha mãe enlouqueceu.

– Eu me lembro – disse Myron.

– Meus pais diziam que valia tudo numa competição. Que as pessoas faziam o que fosse preciso para vencer. Para ter uma vantagem. Já ouviu falar do *home run* que Bobby Thomson fez na final do campeonato nacional de 1951?

A mudança de assunto o deixou confuso.

– Claro que já. O que tem ele?

– Segundo meu pai, ele trapaceou. Thomson. Quer dizer, todos trapaceavam. As pessoas acham que essas coisas só acontecem hoje em dia, com anabolizantes. Mas os jogadores do New York Giants da década de 1950 decifraram os códigos que os Dodgers usavam em suas jogadas e previam cada movimento do adversário. Alguns lançadores desgastavam a bola para ela ganhar efeito. Aquele cara que administrava os Celtics, o que escolheu você para o time, deixava o vestiário do time visitante ficar uma sauna. Talvez isso não seja roubar. Talvez seja só tentar obter vantagem.

– E você tentou obter vantagem?

– É.

– Como?

– Eu espalhei boatos sobre a minha adversária. Fiz com que ela parecesse mais imoral do que era. Tentei deixá-la estressada fora das quadras para que ela não conseguisse se concentrar na hora do jogo. E disse a você que o filho dela provavelmente não era de Brad.

– Você não foi a única a me dizer isso. E eu conhecia Kitty. Não baseei minha opinião no que você me disse. Ela era maluca, não era?

– Eu também.

– Mas você não estava manipulando o meu irmão. Não estava dando esperanças a ele e indo para a cama com um monte de caras.

– Mas não pensei duas vezes antes de contar a você, não foi? – Suzze aninhou a cabeça no peito de Myron. – Sabe o que não contei?

– O quê?

– Que Kitty amava o seu irmão. Um amor verdadeiro e profundo. Quando eles terminaram, o rendimento dela no jogo diminuiu. Ela não conseguia se concentrar. Eu incentivava, dizia a ela para cair na balada. Falava que Brad não era o cara certo, que ela deveria sair e encontrar outra pessoa.

Myron pensou nas fotografias felizes de Kitty, Brad e Mickey no Facebook da cunhada. Imaginou o que poderia ter sido diferente. Tentou se concentrar naquelas imagens felizes, mas a mente só vai aonde quer. E naquele momento a dele estava voltando ao vídeo de Kitty e Rabo de Cavalo na salinha reservada da Three Downing.

– Kitty cometeu erros – disse ele, percebendo a amargura no próprio tom de voz. – O que você disse ou deixou de dizer não fez a menor diferença. Ela mentiu para Brad sobre tudo. Mentiu sobre as drogas. Mentiu sobre o meu papel na ceninha dela. Mentiu até sobre estar tomando pílula.

No entanto, ao pronunciar essa última frase, alguma coisa pareceu não fazer sentido. Kitty estava prestes a virar a próxima Martina Navratilova, Chris Evert, Steffi Graf, Serena ou Venus Williams – e de repente engravidara. Talvez tivesse mesmo sido um acidente, como ela afirmou. Qualquer pessoa que houvesse tido aulas de biologia no ensino médio sabia que a pílula anticoncepcional não é 100% confiável. Mas Myron nunca havia acreditado nessa desculpa.

– Lex sabe de tudo isso? – perguntou ele.

– De tudo? – repetiu ela. Então sorriu. – Não.

– Ele me disse que esse era o grande problema, as pessoas terem segredos. Eles apodrecem e acabam destruindo tudo. Não dá para ter um bom relacionamento sem ser totalmente sincero. É preciso conhecer os segredos do seu parceiro.

– Lex disse isso?

– Disse.

– É muito meigo – disse ela. – Mas ele está errado outra vez.

– Errado como?

– Nenhum relacionamento sobrevive à sinceridade total.

Suzze afastou o rosto do peito dele. Myron sentiu sua camisa molhada e viu as lágrimas nas bochechas dela.

– Todos nós temos segredos, Myron. Você sabe disso tão bem quanto qualquer um.

◆ ◆ ◆

Quando Myron conseguiu chegar ao Dakota, já eram três da manhã. Entrou na internet para ver se Kitty havia respondido ao seu "por favor, me perdoe". Não havia resposta. Então mandou um e-mail para Esperanza pedindo que checasse as listas de passageiros dos voos que haviam saído do JFK e do Newark para a América do Sul. A possibilidade era remota, mas talvez Lex não tivesse mentido para ele – e Kitty não tivesse mentido para Lex. Depois entrou no Skype para ver se Terese estava on-line. Não estava.

Ficou pensando em Terese. Pensou em Jessica Culver, a ex-namorada que Lex havia mencionado. Depois de passar anos dizendo que não queria se casar – os anos que ficara com Myron –, ela havia recentemente se casado com um sujeito que se chamava Stone Norman. Pensar em ex-namoradas, sobretudo aquelas com as quais você quis se casar, costuma não ser uma atividade produtiva, de modo que Myron se forçou a parar.

Meia hora depois, Win chegou em casa. Estava acompanhado por sua namorada mais recente, uma asiática alta com porte de modelo chamada Mee. Havia também uma terceira pessoa, outra asiática incrivelmente bonita que Myron nunca tinha visto antes.

Myron olhou para Win, que ergueu e abaixou as sobrancelhas.

– Oi, Myron – disse Mee.

– Oi, Mee.

– Esta é minha amiga Yu.

Myron reprimiu o suspiro e cumprimentou a outra mulher. Yu meneou a cabeça. Quando as duas saíram da sala, Win sorriu para Myron. Myron só fez sacudir a cabeça.

– Yu?

– Pois é.

Na época em que Win começou a sair com Mee, adorava fazer piadas com o nome dela. "Não quero *Mee* excitar demais. Vou *Mee* divertir. Quando o assunto é sexo, gosto de *Mee* saciar primeiro."

– Yu e Mee?* – perguntou Myron.

Win aquiesceu.

– Incrível, não acha?

– Não. Por onde você andou a noite inteira?

Win chegou mais perto dele e falou, com um tom conspiratório:

– Entre *Yu* e *Mee*...

– O quê?

Win apenas sorriu.

– Ah – exclamou Myron. – Entendi. Boa.

– Anime-se. Antigamente eu só valorizava *Mee*. Mas depois percebi uma coisa. *Yu*, meu amigo, também é importante.

– Ou, hã, no caso, *Yu* e *Mee* ao mesmo tempo.

– Agora você captou o espírito da coisa – disse Win. – Que tal a estada na ilha de Adiona?

– Quer que eu conte agora?

– Diga o que descobriu.

Myron contou. Quando terminou de falar, Win disse:

– Parece-me que o senhor Lex opôs muita resistência.

– Você também teve essa impressão?

– Quando alguém filosofa tanto assim é porque está tentando esconder alguma coisa – concluiu Win.

– Além disso, aquela última frase sobre ela voltar para o Peru ou o Chile pela manhã...

– Foi para confundir você. Com certeza ele quer que você mantenha distância de Kitty.

– Você acha que ele sabe onde ela está?

– Não me surpreenderia.

Myron pensou no que Suzze tinha dito sobre sinceridade e sobre todos terem seus segredos.

– Ah, mais uma coisa – disse Myron, tateando o bolso à procura do Black-Berry. – Tinha um segurança vigiando o portão de Gabriel Wire. Ele me pareceu familiar, mas não consigo me lembrar de onde.

Ele colocou a foto do sujeito na tela e entregou o BlackBerry a Win, que analisou a imagem por alguns instantes.

– Isso também não é nada bom – disse Win.

---

*A pronúncia de "Yu" é igual à de "you" – "você", em inglês – e "Mee" soa como "me", que em inglês pode funcionar como "eu". (N. da T.)

– Está reconhecendo o cara?

– Faz muitos anos que não ouço falar dele – disse Win, devolvendo o Black-Berry. – Mas está me parecendo Evan Crisp. Um profissional de verdade. Dos melhores.

– Para quem ele trabalha?

– Crisp sempre foi freelancer. Os irmãos Ache costumavam chamá-lo quando estavam com problemas mais sérios.

Os irmãos Ache, Herman e Frank, eram dois importantes chefões da máfia das antigas. A Justiça havia conseguido, enfim, tirá-los de cena. Assim como muitos de seus parentes mais velhos, Frank Ache estava cumprindo pena em uma penitenciária federal de segurança máxima, praticamente esquecido. Herman, que a essa altura devia estar com uns 70 anos, tinha conseguido escapar das acusações e usar sua fortuna conquistada ilegalmente para dar um ar de legitimidade a seus negócios.

– Um assassino de aluguel?

– De certa forma – respondeu Win. – As pessoas chamavam Crisp quando precisavam de certa sutileza. Crisp não era o homem indicado se você quisesse alguém para fazer alarde ou começar um tiroteio em algum lugar. Mas, se você precisasse que alguém morresse ou sumisse do mapa sem levantar suspeitas, chamava Crisp.

– E agora ele trabalha na segurança de Gabriel Wire?

– Acho pouco provável – disse Win. – A ilha é pequena. Crisp foi informado da sua chegada na hora em que você pôs os pés nela. Ele ficou à sua espera. Minha teoria é que ele sabia que você iria tirar a foto e nós descobriríamos quem ele é.

– Para colocar medo – disse Myron.

– É.

– Mas nós não nos assustamos tão fácil assim.

– Isso aí – disse Win, revirando os olhos só de leve. – Nós somos mesmo muito machos.

– Tudo bem, então primeiro nós temos aquele *post* estranho no Facebook de Suzze, provavelmente escrito por Kitty. Depois Lex se encontra com Kitty. Nós descobrimos que Crisp trabalha para Wire. Além disso, Lex está escondido na casa de Gabriel Wire e provavelmente mentiu para nós.

– E, quando você soma tudo isso, o resultado é...?

– Lhufas – respondeu Myron.

– Não é à toa que você é o nosso líder.

Win se levantou, serviu-se um conhaque e lançou uma caixinha de achocolatado para Myron. Myron não agitou nem abriu a bebida. Simplesmente ficou com ela na mão.

– O fato de Lex talvez estar mentindo não significa que o teor principal da mensagem dele não seja verdade, é claro.

– Que teor é esse?

– Você se mete na vida dos outros com a melhor das intenções, mas se mete. Seu irmão e Kitty podem estar passando pelo que for, mas talvez isso não lhe diga respeito. Há muitos anos você já não é parte da vida deles.

Myron pensou um pouco nisso.

– Talvez seja culpa minha.

– Ah, faça-me o favor – disse Win.

– Como assim?

– Culpa sua. Quer dizer, por exemplo, que a história que Kitty contou a Brad, sobre você ter passado uma cantada nela, era verdade?

– Não.

Win abriu os braços.

– Então que papo é esse?

– Talvez ela estivesse apenas revidando. Eu disse umas coisas horríveis sobre ela. Acusei-a de ficar cercando Brad e de manipulá-lo. Não acreditei que o bebê fosse dele. Talvez ela estivesse usando a mentira para se defender.

– Já estou chorando – disse Win, começando a tocar seu violino imaginário.

– Não estou defendendo o que ela fez. Mas talvez eu também tenha agido errado.

– Então pense: o que foi errado?

Myron não respondeu.

– Responda, estou esperando – disse Win.

– Você quer que eu diga "me intrometer".

– Muito bem!

– Então talvez esta seja minha oportunidade para me redimir.

Win balançou a cabeça.

– O que foi?

– Como foi que você estragou tudo mesmo? Ah, se intrometendo. E como é que pretende se redimir? Nossa, se intrometendo.

– Então eu deveria simplesmente esquecer o que vi nas imagens daquela câmera?

– É o que eu faria.

Win tomou um grande e demorado gole de conhaque.

– Mas infelizmente sei que você não consegue – emendou Win.

– Então o que vamos fazer?

– O que sempre fazemos. Mas de manhã. Hoje à noite já tenho compromisso.

– Vai ficar novamente entre *Yu* e *Mee*?

– Eu diria "muito bem", mas detesto ser repetitivo.

– Posso dizer uma coisa? – disse Myron, escolhendo as palavras com cuidado. – E não estou querendo julgar ninguém nem dar uma de moralista.

Win cruzou as pernas. Mesmo assim o vinco da calça continuou perfeito.

– Ah, estou louco para ouvir o que vem agora.

– Eu reconheço que Mee já faz parte da sua vida há mais tempo do que qualquer outra mulher de quem possa me lembrar e fico contente que você pareça pelo menos ter refreado seu apetite por prostitutas.

– Prefiro o termo "acompanhantes".

– Tudo bem. Antigamente, o fato de você ser mulherengo, de ser cafajeste...

– Um *libertino* cafajeste – disse Win com um sorriso libertino. – Sempre adorei essa palavra, você não?

– É bem adequada – disse Myron.

– Mas?

– Mas, quando nós tínhamos 20 e poucos, ou mesmo 30 e poucos anos, tudo isso, sei lá, tinha sua graça.

Win aguardou.

Myron encarou a caixinha de achocolatado.

– Deixe para lá.

– E agora você acha que esse comportamento, em um homem da minha idade, está mais para patético – disse Win.

– Não foi isso que eu quis dizer.

– Você acha que eu deveria sossegar um pouco.

– Eu só quero que você seja feliz, Win.

Win abriu os braços.

– É o que eu me desejo também.

Myron fitou-o com um olhar inexpressivo.

– Você está falando é da Mee que está lá no quarto, não é?

O mesmo sorriso libertino.

– Continue amando-me apesar de todos os defeitos.

– Agora é da Mee, com certeza.

Win se levantou da cadeira.

– Não se preocupe, meu velho amigo. Eu sou feliz.

Win começou a avançar em direção à porta do quarto. De repente parou e fechou os olhos, o rosto ganhando uma expressão confusa.

– Mas talvez você tenha certa razão.

– Em que sentido?

– Talvez eu não esteja feliz – disse ele, com uma expressão saudosa e distante no rosto. – Talvez porque você também não esteja.

Myron aguardou e quase deu um suspiro.

– Vá lá. Pode dizer.

– Então talvez seja hora de *Yu*, amigo, ser feliz e fazer *Mee* feliz.

Ele desapareceu no outro cômodo. Myron ainda passou mais um tempo encarando a caixinha de achocolatado. Não houve barulho nenhum. Por sorte, Win havia mandado fazer um isolamento acústico em seu quarto anos antes.

Às sete e meia da manhã, Mee saiu do quarto com os cabelos bagunçados e começou a preparar o café da manhã. Perguntou a Myron se ele queria alguma coisa, mas ele educadamente recusou.

Às oito, seu telefone tocou. Ele verificou o número e viu que era Big Cyndi.

– Bom dia, Sr. Bolitar.

– Bom dia, Big Cyndi.

– O traficante do rabo de cavalo voltou à boate ontem à noite. Eu o segui.

Myron franziu o cenho.

– Com a roupa de Batgirl?

– Estava escuro. E eu disfarcei.

Myron imaginou como seria isso. Felizmente, a imagem desapareceu depressa de sua cabeça.

– Já contei que Yvonne Craig em pessoa me ajudou a fazer essa fantasia?

– Você conhece Yvonne Craig?

– Ah, nós somos velhas amigas. Ela me disse que o tecido era um *stretch* especial. Parece um tecido de modelador, só que não é tão fino quanto lycra nem tão grosso quanto neoprene. Foi muito difícil de encontrar.

– Tenho certeza de que foi mesmo.

– Sabia que Yvonne fez o papel daquela gostosona verde no *Jornada nas Estrelas*?

– Marta, a escrava de Orion – disse Myron, sem conseguir se conter. Então tentou voltar ao assunto. – Mas onde está o nosso traficante agora?

– Dando aulas de francês na escola de ensino médio Thomas Jefferson, em Ridgewood, Nova Jersey.

12

O CEMITÉRIO DAVA PARA o pátio da escola.

Quem teria tido esta ideia brilhante – colocar uma escola cheia de pré-adolescentes do outro lado da rua do lugar de descanso dos mortos? Os alunos passavam por aquele cemitério ou olhavam para ele todo santo dia. Será que ficavam incomodados? Será que isso fazia com que pensassem na própria mortalidade e no fato de que, dali a um tic-tac no relógio da eternidade, eles também envelheceriam e acabariam ali? Ou então, o que era mais provável, seria o cemitério uma ideia abstrata e distante para eles, tão lugar-comum que quase nem lhe davam atenção?

Escola, cemitério. Os extremos da vida.

Big Cyndi, ainda vestida de Batgirl, estava ajoelhada junto a uma lápide, com a cabeça baixa e os ombros curvados. De longe, era possível confundi-la com um Fusca. Quando Myron chegou perto, ela espiou pelo canto do olho e sussurrou:

– Estou disfarçada.

Então recomeçou a soluçar.

– Sabe onde Rabo de Cavalo está?

– Sala 207.

Myron olhou na direção do prédio.

– Um professor de francês do ensino médio traficante de drogas?

– Parece que sim, Sr. Bolitar. Um absurdo, não acha?

– Acho.

– O nome dele é Joel Fishman. Mora em Prospect Park, não muito longe daqui. É casado e tem dois filhos, um menino e uma menina. Faz mais de 20 anos que dá aulas de francês. Praticamente não tem ficha na polícia. Uma multa por dirigir embriagado oito anos atrás. Há seis anos, foi candidato ao conselho municipal.

– Um cidadão-modelo.

– Sim, Sr. Bolitar, um cidadão-modelo.

– Como foi que você conseguiu todas essas informações?

– Primeiro pensei em seduzi-lo para que ele me levasse à casa dele. Sabe como é. Conversas pós-sexo. Mas eu sabia que o senhor seria contra eu me desonrar dessa forma.

– Eu nunca deixaria você usar seu corpo para o mal, Big Cyndi.

– Só para o pecado?

Myron sorriu.

– Exato.

– Então eu o segui depois que ele saiu da boate. Ele voltou de transporte público, no último trem, às 2h17 da manhã. Depois foi a pé até em casa: Beechmore Drive, 74. Passei o endereço para Esperanza.

A partir daí, seria preciso apenas digitar algumas teclas para saber tudo. Bem-vindos à era da computação, meninos e meninas.

– Mais alguma coisa? – perguntou ele.

– Joel Fishman é conhecido como Crush na boate.

Myron balançou a cabeça. *Crush*, entre outras coisas, queria dizer "paixonite".

– E o rabo de cavalo é de mentira. Tipo um aplique.

– Está brincando.

– Não estou, não, Sr. Bolitar. Aposto que ele o usa como disfarce.

– E agora?

– Hoje não tem aula, só reunião de pais e professores. Em geral a segurança é bem reforçada, mas aposto que o senhor poderia entrar fingindo ser pai de um aluno.

Ela ergueu a mão para esconder um sorriso.

– Como diria Esperanza, com esse jeans e esse blazer azul, o senhor engana direitinho.

Myron apontou para os próprios pés.

– De sapato Ferragamo?

Ele atravessou a rua e aguardou até ver um casal andando em direção à porta. Apertou o passo para chegar junto com eles e disse oi como se os conhecesse. Eles o cumprimentaram, fingindo o mesmo. Myron segurou a porta, a mulher entrou, o homem insistiu para Myron entrar depois dela e Myron obedeceu com uma gostosa risada paternal.

E Big Cyndi achava que sabia trabalhar disfarçada.

Havia uma lista de presença e um segurança na recepção. Myron foi até lá e assinou o nome David Pepe, escrevendo o sobrenome de uma forma meio ilegível. Pegou uma etiqueta autocolante para colocar na camisa. Pôs "David" em destaque e embaixo, em letras menores, "pai de Madison". Myron Bolitar, o Homem das Mil Faces, Mestre dos Disfarces.

Dizem que as escolas públicas são sempre iguais, só muda o tamanho. Era verdade naquela escola: piso de linóleo, armários de aço, portas das salas de aula feitas de madeira e janelas protegidas por grades de metal. Ele chegou à sala 207. Um aviso colado no vidro da porta impedia a visão lá de dentro. O cartaz dizia RÉUNION EM COURS. NE PAS DÉRANGER. Myron não falava muito bem francês, mas entendeu que a segunda frase pedia para aguardar.

Ele procurou uma lista com os horários em que os pais seriam atendidos, qualquer coisa do tipo, mas não encontrou nada. Perguntou-se o que deveria fazer. Em frente à maioria das portas havia duas carteiras escolares. Pareciam resistentes e práticas, tão confortáveis quanto uma calcinha fio dental feita de tweed. Myron cogitou esperar sentado em uma delas, mas e se os pais da reunião seguinte aparecessem?

Em vez disso, resolveu andar pelo corredor e ficar de olho na porta. Eram 10h20 da manhã. Supôs que as reuniões durassem 15 ou 30 minutos. Era um palpite, mas provavelmente um bom palpite. Talvez durassem 10. De qualquer forma, a reunião seguinte seria às 10h30. Se ninguém aparecesse até, digamos, 10h28, ele voltaria para a porta e tentaria usar o horário da reunião seguinte.

Myron Bolitar, o grande estrategista.

Mas os pais apareceram, sim, às 10h25, e não pararam de aparecer outros até o meio-dia. Para que ninguém reparasse no fato de ele estar zanzando por ali, quando as reuniões começavam Myron descia e ficava escondido no banheiro ou esperando na escada. Começou a ficar entediado – e notou que a maioria dos pais usava blazer azul e calça jeans. Estava na hora de atualizar seu guarda-roupa.

Por fim, ao meio-dia, pareceu surgir uma oportunidade. Myron ficou esperando junto à porta e sorriu para os pais que saíam da sala. Até ali, Joel Fishman não havia mostrado a cara. Ficava esperando dentro da sala enquanto um casal de pais se sucedia ao outro. Os pais batiam à porta e o professor respondia: "*Entrez*".

Então Myron bateu, mas desta vez não houve resposta. Tornou a bater. Nada ainda. Myron girou a maçaneta e abriu a porta. Fishman estava sentado diante de sua mesa comendo um sanduíche. Havia uma lata de Coca-Cola e um pacote de salgadinhos abertos sobre a mesa. Rabo de Cavalo ficava muito diferente sem o, bem, rabo de cavalo. Usava uma pálida camisa social amarela de mangas curtas, o tecido tão fino que mostrava a camiseta mamãe-sou-forte por baixo. A gravata era uma daquelas da Unicef com estampas de crianças que haviam sido sucesso em 1991. Tinha os cabelos bem curtos e repartidos ao meio. Era o que se esperaria de um professor de francês do ensino médio, não se parecia em nada com um traficante de drogas que trabalhava em boates.

– Pois não? – disse Fishman, obviamente incomodado. – As reuniões com os pais recomeçam à uma da tarde.

Mais um a se deixar enganar pelo disfarce inteligente. Myron apontou para os salgadinhos.

– Bateu uma larica?

– Como é?

– Bateu uma larica? Bagulho dá fome.

– Como é?

– Acabei de fazer uma referência bastante inteligente a... deixa pra lá. Meu nome é Myron Bolitar. Gostaria de lhe fazer algumas perguntas.

– Quem?

– Myron Bolitar.

Silêncio. Mais uma vez, Myron quase emendou com um "ta-rá", mas se conteve. A maturidade um dia chega.

– Eu conheço o senhor? – perguntou Fishman.

– Não.

– Não tenho nenhum aluno com esse sobrenome. A Sra. Parsons também dá aulas de francês. Deve ser ela que o senhor está procurando. Sala 211.

Myron fechou a porta atrás de si.

– Não estou procurando a Sra. Parsons. Estou procurando Crush.

Fishman congelou em plena mastigação. Myron atravessou a sala, pegou a cadeira reservada aos pais, girou-a e sentou-se ao contrário. Pose de macho. Intimidação em pessoa.

– Na maioria dos homens, rabo de cavalo cheira a crise da meia-idade. Mas até que achei que ficou bem em você, Joel.

Fishman engoliu a comida que tinha na boca. Pelo cheiro, atum. No pão integral, constatou Myron. Alface, tomate. Myron se perguntou se ele mesmo o havia preparado ou outra pessoa, depois se perguntou por que ficava se perguntando essas coisas.

Fishman levou a mão lentamente para pegar a Coca-Cola, querendo ganhar tempo, e tomou um gole. Então disse:

– Não sei do que você está falando.

– Pode me fazer um favor? – pediu Myron. – Um favorzinho só, sério. Será que podemos pular a parte das mentiras bobas? Vai poupar um tempo danado. Não quero atrasar os pais que vão chegar à uma hora.

Myron jogou na mesa uma das imagens captadas pela câmera da boate.

Fishman olhou de relance para a fotografia.

– Esse não sou eu.

– É, sim, Crush.

– Esse cara usa um rabo de cavalo.

Myron deu um suspiro.

– Eu só pedi um favorzinho de nada.

– Você é da polícia?

– Não.

– Quando eu pergunto desse jeito, você é obrigado a dizer a verdade – disse ele. Não era bem assim, mas Myron não se deu o trabalho de corrigi-lo. – E lamento, mas está me confundindo com outra pessoa.

Myron teve vontade de estender a mão por cima da mesa e dar um tapa na testa do cara.

– Ontem à noite, na Three Downing, você reparou em uma mulher grandalhona vestida de Batgirl?

Fishman não disse nada, mas não teria sido um bom jogador de pôquer.

– Ela o seguiu até sua casa. Nós sabemos tudo sobre suas visitas à boate, sobre as drogas que você vende, sobre seu...

Foi então que Fishman sacou uma arma da gaveta da mesa.

Esse movimento súbito pegou Myron desprevenido. Um cemitério combina tanto com uma escola quanto um professor puxando uma arma para você dentro de uma sala de aula. Myron tinha cometido um erro, ficara excessivamente confiante e baixara a guarda. Um erro e tanto.

Fishman se inclinou rapidamente por cima da mesa, a arma a poucos centímetros do rosto de Myron.

– Se você se mexer, explodo a porra da sua cabeça.

Quando alguém aponta uma arma para você, parece que o mundo inteiro encolhe até ficar mais ou menos do diâmetro do cano dela. Por alguns instantes, ainda mais se for a primeira vez que alguém põe uma arma de fogo na sua cara, tudo que você consegue ver é aquela abertura. Ela passa a ser o seu mundo. Ela o deixa paralisado. Fatores como espaço, tempo, dimensão e sentidos deixam de fazer parte da sua vida. Tudo o que importa é aquele buraco escuro.

Calma, pensou Myron, tente ganhar tempo.

O resto acontecia em menos de um segundo.

Primeiro, analisar: "Será que ele vai puxar o gatilho?" O olhar de Myron seguiu por cima da arma até os olhos de Fishman. Estavam arregalados e úmidos, assim como sua testa. O dedo estava no gatilho. Sua mão tremia. Além do mais, Fishman tinha apontado uma arma para ele quando havia gente na escola. Bastava somar esses fatores para perceber a dura verdade: aquele homem era doido, portanto, podia de fato lhe dar um tiro.

Segundo: avaliar o adversário. Fishman era um professor do ensino médio casado, pai de dois filhos. Bancar o traficante em uma boate da moda não chegava a mudar isso. As chances de ele ter recebido algum treinamento em luta pareciam remotas. Ele também tinha se mostrado amador ao aproximar tanto a arma do rosto de Myron e se inclinar por cima da mesa daquele jeito, meio desequilibrado.

Terceiro: decidir o que fazer. Planejar seus movimentos. Quando o adversário não está muito próximo, quando se posiciona do outro lado da sala ou mesmo a alguns metros de distância, bem, não resta escolha. Não é possível desarmá-lo, por mais que a pessoa tenha assistido a milhares de filmes de artes marciais no cinema. O jeito é esperar para ver. Essa continuava sendo a primeira alternativa para Myron. Ele de fato podia ficar parado. Seria a reação esperada. Ele poderia tentar convencer Fishman a largar a arma. Afinal de contas, estavam em uma escola e só um doido de pedra – não apenas doido – dispararia ali dentro.

Se você era um homem como Myron, no entanto, um homem que, além de anos de treinamento, tinha os reflexos de um atleta profissional, poderia considerar seriamente a segunda alternativa: desarmar seu adversário. Escolher essa alternativa significa que você não pode hesitar, que é melhor partir para cima do adversário sem demora, antes que ele perceba sua intenção e se afaste ou se prepare. Naquele exato momento, na fração de segundo que ele havia levado para sacar a arma e gritar para Myron não se mexer, Joel Fishman ainda estava despreparado, movido pela adrenalina, o que levou a...

Quarto: executar.

Por mais surpreendente que pareça – ou talvez não –, é mais fácil desarmar um homem com uma arma de fogo do que com uma arma branca. Se você projetar a mão de repente em direção a uma lâmina, pode se cortar. Armas brancas são difíceis de segurar. Então, você tem que tentar pegar o pulso ou o antebraço da pessoa. A margem de erro é muito pequena.

Para Myron, a melhor maneira de desarmar alguém que tivesse uma arma de fogo na mão envolvia duas etapas. Primeiro, antes que Fishman pudesse ter qualquer reação, Myron executou um movimento rápido para sair da linha de tiro. Não é preciso um movimento muito amplo (o que, de toda forma, nunca é possível fazer). Basta uma inclinação rápida – no caso de Myron, para a direita, porque ele era destro. Existem muitas técnicas complexas que você poderia usar num momento desses, dependendo do tipo de arma de fogo do seu adversário. Há quem diga, por exemplo, que segurar o percussor de certas armas com o polegar evita que elas disparem. Myron não apostava nessa técnica, uma vez que ela exigia enorme precisão em um tempo muito curto. Isso sem falar que, enquanto planejava como reagir, você ainda teria de checar se a arma era uma semiautomática, um revólver ou o que fosse.

Myron optava por algo mais simples. Mas, mesmo neste caso, crianças, se vocês não receberam treinamento profissional e não têm condições físicas naturais para a coisa, não tentem fazer isso. Com a mão direita, Myron arrancou a arma de Fishman. Simples assim. Como se estivesse tirando um brinquedo de uma criança bagunceira. Usando sua força, seus reflexos, sua experiência e o elemento surpresa como vantagem, ele levantou a mão depressa e puxou a arma. Depois, já segurando-a, ergueu o cotovelo e golpeou Fishman em cheio no rosto, fazendo--o cair de volta na cadeira.

Myron pulou por cima da mesa, derrubando Fishman de costas no chão. O professor tentou sair da cadeira, mas Myron pulou em cima dele e sentou-se sobre seu peito. Então, usando os joelhos, imobilizou os braços de Fishman no chão, como um irmão mais velho maltratando um menor. Isso é que era voltar aos tempos de escola.

– Ficou maluco? – perguntou Myron.

Não houve resposta. Myron abriu os braços e deu um telefone em Fishman, que gritou de medo e tentou se encolher, indefeso. Myron teve um breve clarão do vídeo com Kitty, de seu sorriso de satisfação, e então lhe deu um soco no rosto com toda a força.

– A arma não está carregada! – gritou Fishman. – Pode olhar! Por favor.

Ainda imobilizando os braços que tentavam se mexer, Myron verificou a arma. Não havia balas. Fishman estava dizendo a verdade. Myron jogou-a do outro lado da sala. Então cerrou o punho para desferir um segundo soco.

Mas a essa altura Fishman já estava soluçando. Não estava apenas chorando, encolhido ou com medo: soluçava de um jeito que raramente se via em um adulto. Myron saiu de cima dele, mantendo-se alerta para o caso de precisar agir – se ele poderia optar por um ataque súbito, o outro também.

Fishman se encolheu em posição fetal. Fechou os punhos, levou-os até os olhos e continuou soluçando. Myron aguardou.

– Desculpe, cara – conseguiu dizer Fishman entre os soluços. – Eu não sei o que estou fazendo. Desculpe, desculpe...

– Você apontou uma arma para mim.

– Eu não sei o que estou fazendo – repetiu ele. – Você não entende. Estou muito ferrado.

– Joel?

Ele não parava de fungar.

– Joel? – chamou Myron de novo, deslizando outra fotografia na direção do homem. – Está vendo a mulher nessa foto?

Fishman continuava tapando os olhos.

A voz de Myron ficou mais firme.

– Olhe para a foto, Joel.

Fishman abaixou as mãos devagar. Seu rosto estava lambuzado de lágrimas e provavelmente de muco. Crush, o traficante de drogas durão de Manhattan, limpou a cara na manga da camisa. Myron tentou esperar que falasse, mas ele só fez encarar a foto.

– Algumas noites atrás, você esteve na Three Downing com essa mulher – disse Myron. – Se começar a dizer que não sabe do que eu estou falando, vou usar meu sapato para espancar você, entendeu bem?

Fishman balançou a cabeça.

– Você se lembra dela, não é?

Ele fechou os olhos.

– Não é o que você está pensando.

– Não estou nem aí para isso. Sabe como ela se chama?

– Não sei se devo dizer.

– Meu sapato, Joel. Posso fazer você falar à força.

Fishman enxugou o rosto e balançou a cabeça.

– Não parece ser o seu estilo.

– Como assim?

– Nada. Só acho que você não vai mais me bater.

Antigamente, pensou Myron, eu teria batido sem pestanejar. Mas agora, bem, Fishman tinha razão. Ele não iria fazer isso.

Ao ver Myron hesitar, Fishman perguntou:

– Você sabe alguma coisa sobre vício?

Merda. Para onde aquela conversa estava indo?

– Sei, Joel. Sei, sim.

– Por experiência pessoal?

– Não. Vai me dizer que é viciado em drogas, Joel?

– Não. Quer dizer, bom, eu uso drogas, claro. Mas na verdade a questão não é essa.

Ele inclinou a cabeça e de repente pareceu um professor fazendo uma pergunta.

– Sabe quando é que os viciados pedem ajuda?

– Quando precisam.

Ele sorriu, parecendo satisfeito. Myron Bolitar, aluno nota 10.

– Justamente. Quando chegam ao fundo do poço. Foi o que acabou de acontecer. Agora eu entendi. Agora sei que tenho um problema e vou procurar ajuda.

Myron estava prestes a fazer um comentário sarcástico, mas se conteve. Quando um sujeito de quem você quer informação começa a falar, o melhor a fazer é incentivá-lo.

– Parece uma decisão muito prudente – comentou Myron, tentando não vomitar.

– Eu tenho dois filhos. Tenho uma mulher incrível. Tome, dê uma olhada.

Quando Fishman começou a enfiar a mão no bolso, Myron pulou para mais perto. Fishman meneou a cabeça, diminuiu a velocidade do gesto e tirou do bolso um molho de chaves, entregando-o a Myron. Era um chaveiro com foto e mostrava uma família que, a julgar pelo fundo, estava em um parque de diversões. A Sra. Fishman era bonita de dar dó. Joel estava ajoelhado entre duas crianças. À sua direita estava uma menininha loura de 5 ou 6 anos com um sorriso tão contagiante que Myron se deu conta de que os cantos de sua boca estavam começando a se levantar. Do outro lado havia um menino, talvez uns dois anos mais novo do que a menina. Tímido, tinha o rosto meio escondido atrás do ombro do pai. À esquerda e à direita da família Fishman posavam um Pernalonga e um Piu-Piu.

Ele devolveu o chaveiro.

– Seus filhos são muito bonitos.

– Obrigado.

Myron se lembrou de algo que o pai tinha lhe dito certa vez: as pessoas têm uma capacidade incrível de estragar as próprias vidas.

Em voz alta, Myron falou:

– Joel, você é um imbecil.

– Eu estou doente – corrigiu Fishman. – Há uma diferença. Mas quero me curar.

– Então prove.

– Como?

– Comece a mostrar que está pronto para essa mudança. Fale sobre a mulher que encontrou três noites atrás.

– Como é que eu sei que você não vai fazer mal a ela?

– Do mesmo jeito que você sabe que não vou espancar você.

Joel Fishman olhou para o chaveiro e recomeçou a chorar.

– Joel?

– É sério, eu quero parar com isso.

– Eu sei que sim.

– E vou parar. Juro por Deus. Vou procurar ajuda. Serei o melhor pai e o melhor marido do mundo. Só preciso de uma chance. Você entende isso, não entende?

Myron estava ficando enjoado.

– Entendo.

– É que... Não me leve a mal. Eu amo a minha vida. Amo minha família e meus filhos. Mas passei 18 anos levantando de manhã, vindo para esta escola e dando aulas de francês para alunos do sexto ao nono ano. Eles detestam as minhas aulas. Nunca prestam atenção. Quando comecei, eu fantasiava que iria ensinar aos jovens o idioma tão bonito que eu amo, mas não foi assim. Tudo que eles querem é ser aprovados. Só isso. Todas as turmas, entra ano, sai ano. Nós ficamos nessa dança. Todo mês, Amy e eu damos um duro danado para fechar as contas. É sempre igual, entende? Todo dia. Entra ano, sai ano. A mesma luta. E como vai ser amanhã? A mesma coisa. Todo dia absolutamente idêntico, até, bom, até eu morrer.

Ele parou e seu olhar se perdeu ao longe.

– Joel?

– Prometa uma coisa – disse Fishman. – Prometa que não vai me dedurar se eu ajudá-lo.

Dedurar. Como se ele fosse um aluno que tivesse colado na prova.

– Por favor, me dê essa chance. Pelos meus filhos.

– Se você contar tudo o que sabe sobre essa mulher, eu não digo nada – garantiu Myron.

– Dê a sua palavra.

– Dou minha palavra.

– Eu a conheci na boate três noites atrás. Ela queria uma parada. Eu arrumei para ela.

– E a "parada" era droga.

– Isso.

– Algo mais?

– Não, só isso.

– Ela disse como se chamava?

– Não.

– E um telefone? Para o caso de ela querer mais?

– Ela não me deu nenhum telefone. É só isso que eu sei. Desculpe.

Myron não acreditou.

– Quanto ela pagou a você?

– Como é?

– Pela droga, Joel. Quanto dinheiro ela deu a você?

Algo mudou na expressão de Fishman. Myron percebeu. O cara estava prestes a mentir.

– Oitocentos dólares – disse o professor.

– Em dinheiro vivo?

– É.

– Ela estava andando com 800 dólares no bolso?

– Não aceito cartão de crédito – disse ele, com um risinho cínico. – É, estava.

– E onde vocês estavam quando ela lhe entregou o dinheiro?

– Na boate.

– Na hora em que você deu a droga para ela?

Os olhos de Joel se estreitaram um pouco.

– Claro.

– Joel?

– O quê?

– Sabe essas fotos que lhe mostrei?

– O que é que tem?

– São imagens feitas pelas câmeras de segurança – disse Myron. – Está me entendendo?

O rosto de Fishman perdeu a cor.

– Para falar de forma bem grosseira, o que eu vi sendo trocados foram fluidos, não dinheiro por mercadoria – disse Myron.

Joel Fishman recomeçou a soluçar. Uniu as mãos em prece, o chaveiro entre os dedos parecendo um rosário.

– Se vai mentir para mim, não vejo motivo para manter minha palavra – disse Myron.

– Você não entende.

De novo aquele papo.

– O que fiz foi uma coisa horrível. Estou envergonhado. Não via motivo para lhe contar essa parte. Isso não muda nada. Não conheço aquela mulher. Não tenho como entrar em contato com ela.

Fishman recomeçou a chorar, agora erguendo o chaveiro com a foto como se quisesse espantar um vampiro e aquilo fosse alho. Myron parou um segundo e avaliou suas alternativas. Então se levantou, atravessou a sala e pôs a arma no bolso.

– Vou entregá-lo à polícia, Joel.

Fishman parou de chorar.

– O quê?

– Não estou acreditando em você.

– Mas estou dizendo a verdade.

Myron deu de ombros e levou a mão à maçaneta da porta.

– E você também não está me ajudando. Isso fazia parte do acordo.

– Mas o que é que eu posso fazer? Eu não sei nada. Por que você vai me punir por isso?

Myron deu de ombros novamente.

– Sou uma pessoa amarga.

Ele girou a maçaneta.

– Espere.

Myron não esperou.

– Ouça o que eu tenho a dizer, tá? Só por um instante.

– Não tenho tempo para isso.

– Promete não dizer nada?

– O que você tem para me oferecer, Joel?

– O celular dela – respondeu Fishman. – Mas prometa que vai cumprir com sua palavra, está bem?

13

– É UM CELULAR PRÉ-PAGO – disse Esperanza. – Não tem como descobrir muita coisa.

Que droga. Myron foi saindo com seu Ford Taurus do estacionamento do cemitério. Big Cyndi estava tão imprensada no banco que parecia que o air bag havia sido acionado. É, um Ford Taurus. Cor externa: Verde Atlantis Metalizado. Quando Myron passava ao volante, as supermodelos desmaiavam de emoção.

– Foi comprado em uma loja da T-Mobile em Edison, Nova Jersey – disse Esperanza. – Pagamento em dinheiro.

Myron começou a dar meia-volta com o carro. Precisaria de mais um favor de Joel Fishman. O velho Crush ficaria encantado com a visita.

– Mais uma coisa – disse Esperanza.

– Estou ouvindo.

– Lembra daquele símbolo esquisito ao lado do *post* que dizia "não é dele"?

– Lembro.

– Como você sugeriu, eu o coloquei em uma página de fãs da HorsePower para ver se alguém sabia alguma coisa a respeito. Uma mulher chamada Evelyn Stackman respondeu, mas não quis falar pelo telefone.

– Por que não?

– Ela não disse. Quer contar pessoalmente.

Myron fez uma careta.

– Só por causa de um símbolo?

– Exatamente.

– Não quer cuidar disso para mim? – perguntou Myron.

– Acho que você não me ouviu direito – disse Esperanza. – Eu disse "ela". Ou seja, há uma mulher relutando em falar.

– Ah – disse Myron. – Então você acha que eu poderia usar minhas artimanhas e meu charme masculino para seduzi-la e obter a informação?

– É – disse Esperanza. – Podemos colocar dessa forma.

– E se ela for gay?

– Pensei que suas artimanhas e seu charme masculino funcionassem independentemente da orientação sexual do alvo.

– Sim, claro. Falha minha.

– Evelyn Stackman mora em Fort Lee. Vou marcar o encontro para hoje à tarde.

Ela desligou o telefone. Myron desligou o motor.

– Venha – disse ele a Big Cyndi. – Vamos fingir que somos pais de um aluno da escola.

– Ai, que divertido.

Então Big Cyndi pareceu pensar melhor no assunto.

– Espere aí. Nós temos um menino ou uma menina?

– O que você prefere?

– Na verdade, tanto faz, contanto que tenha saúde.

Os dois voltaram a entrar na escola. Um casal de pais aguardava do lado de fora da sala. Big Cyndi abordou os dois fingindo que chorava e dizendo que a sua "pequena Sasha" estava com uma "emergência de francês" que só iria levar um segundo. Myron aproveitou a distração para entrar na sala sozinho. Não havia por que deixar Joel ver Big Cyndi e ficar paralisado.

Como era de esperar, Joel Fishman não gostou nada de vê-lo.

– O que você quer agora?

– Preciso que ligue para ela e marque um encontro.

– E para que nós iríamos nos encontrar?

– Que tal... ah, sei lá... fingir que você é um traficante querendo saber se ela precisa de alguma parada?

Joel franziu o cenho. Estava prestes a protestar, mas Myron apenas balançou a cabeça. Joel fez um cálculo rápido e percebeu que a melhor maneira de lidar com a situação era cooperando. Ele sacou o celular. O nome dela estava listado como "Kitty" na agenda – sem sobrenome. Myron manteve o ouvido colado no aparelho. Seu queixo caiu quando ele escutou o "alô" hesitante e nervoso do outro lado da linha. Não havia dúvida: era a voz da cunhada.

Fishman desempenhou seu papel com a perfeição de um sociopata. Perguntou se ela queria se encontrar com ele outra vez. Ela respondeu que sim. Myron meneou a cabeça para Fishman, que falou:

– Tá, beleza, eu passo na sua casa. Onde você mora?

– Não vai dar – disse Kitty.

– Por quê?

E então Kitty sussurrou uma frase que fez o coração de Myron congelar:

– Meu filho está aqui.

Fishman levava jeito para a coisa. Disse que podia marcar outra data ou deixar a "encomenda" em algum lugar, o que ela preferisse, mas Kitty se mostrou igualmente cautelosa. Os dois acabaram combinando um encontro perto do carrossel do shopping Garden State Plaza, em Paramus. Myron olhou para o relógio. Teria tempo suficiente para conversar com Evelyn Stackman sobre o símbolo no *post* e depois encontrar Kitty.

Myron se perguntou o que faria quando isso acontecesse – quando encontrasse Kitty. Será que devia confrontá-la? Ou abordá-la fazendo perguntas de forma delicada? Ou quem sabe não devesse aparecer. Talvez o melhor a fazer fosse mandar Fishman ligar cancelando o encontro depois que ela chegasse, de forma que Myron pudesse segui-la até em casa.

Meia hora depois, Myron estacionou o carro em frente a uma casa simples, de tijolinhos e telhado largo, em uma rua que saía da Lemoine Avenue, em Fort Lee. Big Cyndi ficou no carro mexendo no iPod. Myron subiu o acesso que conduzia à casa. Antes mesmo que apertasse a campainha, Evelyn Stackman já estava com a porta aberta. Parecia ter uns 50 e poucos anos e seus cabelos encaracolados o fizeram pensar em Barbra Streisand no filme *Nasce uma estrela*.

– Sra. Stackman? Sou Myron Bolitar. Obrigado por me receber.

Ela o convidou a entrar. A sala tinha um sofá verde gasto, um piano vertical de cerejeira clara e cartazes de shows da HorsePower. Um deles mostrava a primeira apresentação da banda no Hollywood Bowl, fazia mais de 20 anos. Estava autografado por Lex Ryder e Gabriel Wire. A dedicatória – escrita na caligrafia de Gabriel – dizia: "Para Horace e Evelyn. Vocês são demais."

– Uau – comentou Myron.

– Já me ofereceram 10 mil dólares por esse cartaz. Eu bem que preciso do dinheiro, mas... – disse ela, interrompendo a frase no meio. – Procurei seu nome no Google. Não acompanho basquete, então não o conhecia.

– De qualquer forma, isso já faz muito tempo.

– Mas o senhor agora é empresário de Lex Ryder?

– Agente. É um pouco diferente. Mas, sim, eu trabalho com ele.

Ela pensou um pouco nessa resposta.

– Venha comigo.

Ela o conduziu até os degraus que levavam ao subsolo da casa.

– O fã de verdade era meu marido, Horace.

O porão era bem-acabado, mas tinha um pé-direito tão baixo que Myron quase não conseguia ficar em pé. Estava mobiliado com um futon cinza e um móvel preto de fibra de vidro com uma TV antiga. Fora isso, todo o restante era dedicado à HorsePower. Havia uma mesa dobrável – do tipo que você aumenta puxando as laterais e encaixando um pedaço extra no meio quando precisa de mais lugares – coberta de objetos relacionados à banda: fotografias, capas de discos, pastas com partituras, filipetas de shows, baquetas, palhetas de guitarra, camisetas, bonecos. Myron reconheceu uma camisa preta com botões de pressão.

– Gabriel a usou num show que fizeram em Houston – informou ela.

Havia também duas cadeiras dobráveis e várias fotografias das "aparições de Wire" publicadas pelos tabloides.

– Acho uma pena ele ter se complicado tanto. Depois daquela tragédia toda da Alista Snow, bem, Horace ficou com o coração partido. Ele costumava estudar as imagens de Gabriel feitas pelos *paparazzi*. Horace era engenheiro, sabe? Tinha o maior jeito para matemática e quebra-cabeças.

Ela gesticulou na direção das imagens dos jornais.

– São todas falsas.

– O que quer dizer?

– Horace sempre encontrava um jeito de provar que as fotos na verdade não eram de Gabriel. Como esta aqui. Gabriel Wire tinha uma cicatriz nas costas da mão direita. Horace conseguiu o negativo original e o ampliou. Não havia cicatriz nenhuma. Nesta aqui ele aplicou uma equação matemática, não me peça para explicar como, e concluiu que o homem estava calçando um sapato tamanho 42. Gabriel Wire calça 44.

Myron aquiesceu sem dizer nada.

– Deve parecer estranho. Essa obsessão.

– Não, na verdade não.

– Tem homem que acompanha seu time de futebol, outros gostam de corrida, outros colecionam selos. Horace adorava a HorsePower.

– E a senhora?

Evelyn sorriu.

– Eu acho que era fã da banda. Mas não como Horace. Era algo que nós dois fazíamos juntos. Acampávamos em frente aos locais dos shows. Diminuíamos as luzes de casa e ficávamos escutando as músicas, tentando entender o verdadeiro significado das letras. Pode não parecer muito, mas eu daria qualquer coisa por mais uma noite assim.

Uma sombra atravessou o rosto de Evelyn. Myron se perguntou se deveria fazer a pergunta e então decidiu que sim, talvez devesse.

– O que houve com Horace? – perguntou.

– Morreu em janeiro – respondeu ela, e sua voz saiu um pouco engasgada. – Enfarte. Estava atravessando a rua. As pessoas acharam que ele tivesse sido atropelado. Mas Horace simplesmente caiu na faixa de pedestres e morreu. Assim, do nada. Puf. Tinha só 53 anos. Começamos a namorar no ensino médio. Criamos dois filhos nesta casa. Tínhamos planos para a velhice. Eu havia acabado de me aposentar do emprego nos correios para podermos viajar mais.

Ela lhe lançou um sorriso breve que dizia "o que se há de fazer?" e olhou para o outro lado. Todos nós temos nossos tormentos, cicatrizes e fantasmas. Mas todos nós sorrimos e fingimos que está tudo bem. Somos educados com desconhecidos, encontramos com eles pelas ruas, fazemos fila no supermercado e conseguimos ocultar a dor e o desespero. Trabalhamos duro, fazemos planos e, na maior parte das vezes, vai tudo por água abaixo.

– Sinto muito pelo seu marido – disse Myron.

– Eu não devia ter contado.

– Não tem problema nenhum.

– Sei que eu deveria me livrar das coisas dele. Vender tudo. Mas ainda não consigo.

Sem saber o que dizer, Myron optou por um clássico:

– Eu entendo.

Ela forçou um sorriso.

– Mas o senhor quer mesmo é saber sobre o símbolo.

– Se a senhora não se importar.

Evelyn Stackman atravessou a sala e puxou a gaveta de um arquivo.

– Horace tentou desvendar o significado desse símbolo. Pesquisou sânscrito, chinês, hieróglifos, essas coisas. Mas nunca descobriu.

– A senhora se lembra de onde o viu pela primeira vez?

– O símbolo?

Evelyn levou a mão dentro do arquivo e puxou de lá o que parecia ser a capa de um CD.

– O senhor conhece este álbum aqui?

Myron examinou o objeto. Era a arte – se é que essa é a palavra certa – de uma capa de CD. Ele nunca a tinha visto antes. Na parte superior estava escrito ALTA TENSÃO e sob o título, em letras menores, HORSEPOWER AO VIVO NO MADISON SQUARE GARDEN. Mas não era isso que atraía o olhar. Abaixo das letras havia uma estranha fotografia de Gabriel Wire e Lex Ryder. A foto os mostrava da cintura para cima, ambos sem camisa, de costas um para o outro e com os braços cruzados. Lex à esquerda, Gabriel à direita, os dois encarando com uma expressão penetrante o comprador em potencial de suas músicas.

– Pouco antes da tragédia com Alista Snow, eles iam gravar um álbum ao vivo – disse Evelyn. – O senhor trabalhava com eles nessa época?

Myron fez que não com a cabeça.

– Eu cheguei depois.

Myron não conseguia desgrudar os olhos da imagem. Gabriel e Lex tinham passado delineador nos olhos. Os dois tinham o mesmo espaço na foto – Lex na melhor posição, pois nosso olho naturalmente analisa primeiro o que está à esquerda. Ainda assim, ao olhar para aquela imagem, a pessoa era atraída quase que de maneira exclusiva para Gabriel Wire, como se houvesse um facho de luz iluminando sua parte da fotografia. Wire era lindo de morrer – e essa consideração Myron fazia com todo o respeito de um heterossexual. Seu olhar fazia mais do que arder: ele chamava, exigia atenção, insistia em ser encarado.

Músicos de sucesso têm vários pontos fortes, mas superastros do rock, assim como seus semelhantes no esporte ou no cinema e no teatro, têm também qualidades intangíveis. Era isso que havia transformado Gabriel de músico em lenda do rock. Ele era dono de um carisma quase sobrenatural. Causava uma reação arrebatadora no palco ou no dia a dia. Até mesmo ali, na foto da capa de um CD jamais lançado, era possível sentir sua força. Era mais do que mera beleza física. Aqueles olhos ardentes transmitiam sensibilidade, tragédia, raiva, inteligência. Você sentia vontade de escutá-lo. Sentia vontade de saber mais.

– Ele é um espetáculo, não é? – perguntou Evelyn.

– É.

– É verdade que o rosto dele ficou destruído?

– Não sei.

Ao lado de Gabriel, com a pose um pouco forçada demais, estava Lex. Seus braços cruzados estavam tensos, como se ele estivesse flexionando os bíceps. Tinha uma aparência mediana, com traços um tanto banais. Talvez, prestando alguma atenção, fosse possível perceber que Lex era o mais sensato dos dois, o mais consistente, o mais estável – resumindo, o mais entediante. Lex era o yin centrado em comparação com o hipnótico e volátil yang de Gabriel. Mas toda equipe duradoura precisa desse equilíbrio, não?

– Não estou vendo o tal símbolo aqui – disse Myron.

– Ele nunca chegou a entrar na capa.

Evelyn tornou a levar a mão dentro do arquivo, tirando de lá um envelope pardo fechado com um barbante. Segurou o barbante entre o polegar e o indicador, parou e ergueu os olhos.

– Ainda não tenho certeza de que deveria mostrar isto aqui ao senhor.

– Sra. Stackman?

– Pode me chamar de Evelyn.

– Evelyn. A senhora sabe que Lex é casado com Suzze T., não sabe?

– É claro que eu sei.

– Tem alguém tentando prejudicar Suzze. E Lex também, imagino. Estou tentando descobrir quem é.

– E o senhor acha que esse símbolo é uma pista?

– Sim, talvez seja.

– O senhor parece um homem de bem.

Myron aguardou.

– Eu já disse que Horace era um grande colecionador. Suas peças preferidas eram os objetos únicos. Alguns anos atrás, um fotógrafo, Curk Burgess, entrou em contato com ele. Burgess tirou a fotografia que o senhor está vendo agora uma semana antes de Alista Snow morrer.

– Certo.

– Mas ele tirou várias nesse mesmo dia, claro. A sessão foi longa. Acho que Gabriel queria alguma coisa mais ousada, então em algumas das fotos eles estavam nus. O senhor se lembra, alguns anos atrás, de um colecionador que comprou um filme pornô com Marilyn Monroe para ninguém mais poder assistir?

– Lembro.

– Bom, foi mais ou menos isso que Horace fez. Ele comprou os negativos. Na verdade, não podíamos gastar dinheiro nisso, mas era esse o nível de dedicação que ele tinha à HorsePower.

Ela apontou para a capa que Myron estava segurando.

– A foto que usaram aí era de corpo inteiro, mas foi cortada.

Ela desenrolou o barbante e abriu o envelope pardo. Puxou uma fotografia e mostrou-a para Myron. Ele olhou. Lex e Gabriel tinham sido clicados nus, mas as sombras eram, hã, de bom gosto e funcionavam como folhas de parreira.

– Continuo sem entender.

– Está vendo a marca na, hã, na parte superior da coxa de Gabriel?

Evelyn lhe passou outra foto, uma ampliação bem aproximada. E ali estava, bem perto da virilha de certa forma lendária de Gabriel Wire: uma tatuagem.

Uma tatuagem exatamente igual ao símbolo no *post* "não é dele" no Facebook de Suzze.

14

Aɪɴᴅᴀ ꜰᴀʟᴛᴀᴠᴀᴍ ᴅᴜᴀs ʜᴏʀᴀs para seu encontro com Kitty no shopping Garden State Plaza. A caminho do ponto de ônibus perto da ponte George Washington, Myron pôs Big Cyndi a par do que Evelyn Stackman havia lhe contado.

– Que estranho – comentou Big Cyndi.

– Estranho por quê?

Big Cyndi tentou mudar de posição no banco do carona até ficar de frente para ele.

– O senhor sabe que fui supertiete de bandas de rock durante muitos anos.

Ele não sabia. Nos dias de glória da Associação Nossas Incríveis Lutadoras, quando as lutas eram transmitidas pela rede WPIX, canal 11 da região de Nova York, Big Cyndi era conhecida como Grande Chefe-mãe e formava dupla com Esperanza, que lutava como Pequena Pocahontas. Juntas, as duas haviam conquistado o Campeonato Intercontinental, o que quer que "intercontinental" significasse.

Nas lutas, elas eram as moças do bem. Pequena Pocahontas em geral já estava ganhando quando sua adversária má desferia algum golpe ilegal – jogava areia nos seus olhos, usava algum objeto para bater nela, atacava-a em dupla – que o juiz nunca percebia. Então, com o público já descontrolado, protestando aparentemente em vão contra a terrível injustiça que estava sendo cometida contra aquela gata, Grande Chefe-mãe soltava seu rugido, pulava da corda de cima e libertava sua linda e flexível amiga das garras da adversária. Juntas, com a multidão vibrando a seus pés, Pequena Pocahontas e Grande Chefe-mãe restabeleciam a ordem mundial e, naturalmente, defendiam seu título de campeãs intercontinentais.

Muitíssimo divertido.

– Você era fã de bandas de rock?

– Ah, era sim, Sr. Bolitar. Muito.

Ela bateu os cílios. Myron balançou a cabeça.

– Eu não sabia.

– Já transei com vários astros do rock.

– Sei.

Ela arqueou a sobrancelha direita.

– *Vários*, Sr. Bolitar.

– Entendi.

– Até alguns dos seus preferidos.

– A-hã.

– Mas eu seria incapaz de abrir minha boca. Sou a discrição em pessoa.

– Que ótimo.

– Mas sabe aquele seu guitarrista preferido dos Doobie Brothers?

– Discrição, Big Cyndi.

– Certo. Desculpe. Só estava indo direto ao ponto. Eu seguia os passos de Pamela des Barres, Sweet Connie... sabe, daquela música do Grand Funk? Seguia Bebe Buell e a minha mentora, Fê Magalhães. Sabe quem é?

– Não.

– Fê Magalhães se considerava uma cartógrafa de astros do rock. Sabe o que é isso?

Ele tentou não revirar os olhos.

– Sei que um cartógrafo é alguém que desenha mapas.

– Isso mesmo, Sr. Bolitar. Fê Magalhães desenhava mapas topográficos e topológicos dos corpos de astros do rock.

– Fê Magalhães – disse Myron, começando a entender. Ele quase soltou um gemido. – Como Fernão de Magalhães?

– Que inteligência, Sr. Bolitar.

Todo mundo se acha tão esperto.

– Os mapas dela são maravilhosos... – continuou Big Cyndi. – Muito detalhados e precisos. Mostram cicatrizes, piercings, anomalias, pelos e até regiões em que alguns desses astros são extremamente bem ou mal equipados.

– Sério?

– Claro. Já ouviu falar em Cynthia do Gesso? Ela fazia moldes em gesso dos pênis dos músicos. Falando nisso, é verdade o que dizem em relação aos líderes de bandas. Eles são sempre bem-dotados. Ah, exceto pelo líder de uma banda britânica muito famosa. Não vou dizer quem é, mas o dele parece o de um filhote de gato.

– Essa conversa vai chegar a algum lugar?

– A um lugar importante, Sr. Bolitar. Fê Magalhães fez um mapa topográfico de Gabriel Wire. Ele era um homem lindo, de rosto e de corpo. Mas não tinha tatuagem. Seu corpo não tinha marca nenhuma.

Myron pensou um pouco sobre isso.

– A foto de Evelyn Stackman foi tirada poucas semanas antes de ele se tornar um recluso. Talvez ele tenha se tatuado depois de ela, ahn, fazer o estudo do corpo dele.

Eles chegaram ao ponto de ônibus.

– Pode ser – disse Big Cyndi. Quando ela desceu, o carro gemeu e balançou como nos créditos de abertura de *Os Flintstones*, quando Fred compra as costeletas de brontossauro.

– Quer que eu pergunte a Fê?

– Quero, por favor. Tem certeza de que não quer que eu chame um táxi para você voltar?

– Prefiro ir de ônibus, Sr. Bolitar.

E lá se foi ela, grande como um jogador de futebol americano e fantasiada de Batgirl. Ninguém sequer lhe deu atenção. Bem-vindos à tríplice fronteira entre Nova York, Nova Jersey e Connecticut. Os visitantes muitas vezes acham que os moradores da região são indiferentes, frios e grosseiros. Mas a verdade é que eles são extremamente educados. Quando você mora em uma região congestionada, aprende a respeitar o espaço dos outros, a lhes dar privacidade. Ali você podia ficar cercado de gente e mesmo assim aproveitar o fato de estar sozinho.

O shopping Garden State Plaza era uma área de mais de 185 mil metros quadrados situada no epicentro do mundo varejista: Paramus, Nova Jersey. A palavra "Paramus" vem do idioma dos índios lenape e significa "lugar de solo fértil", ou seja, "abram espaço para mais uma megastore". Paramus tem mais lojas do que qualquer outra região dos Estados Unidos e Myron desconfiava de que o segundo lugar nesse ranking nem mesmo se aproximasse do vencedor.

Ele entrou no estacionamento e olhou para o relógio. Ainda faltava uma hora para o que fora combinado com Kitty. Sua barriga roncou. Ele deu uma olhada nas alternativas que o shopping oferecia e sentiu as artérias ficarem rígidas com a lista de fast-foods: Chili's, Johnny Rockets, Joe's American Bar & Grill, Nathan's Famous, KFC, McDonald's, Sbarro, Blimpie, Subway (Myron desconfiava de que as duas últimas, na verdade, fossem a mesma lanchonete).

Acabou escolhendo o California Pizza Kitchen. Ignorou a sugestão da garçonete, que tentou lhe empurrar uma entrada junto com um sorriso e, depois de passear os olhos por todas as coberturas de pizza imagináveis do mundo inteiro – carne-seca da Jamaica, frango tailandês, beringela japonesa –, escolheu uma boa e velha *pepperoni*. A moça pareceu desapontada.

Shopping é shopping. Aquele ali era gigantesco, mas, pensando bem, o que faz a maior parte dos shoppings se destacar é a deprimente semelhança no interior de todos eles. Gap, Old Navy, Banana Republic, JCPenney, Nordstrom, Macy's, Brookstone, cinemas da cadeia AMC, essas coisas. Havia estranhas lojas especializadas ultraespecíficas, como uma que vendia velas ou outra que ostentava o nome mais metido a besta e imbecil do mundo, Arte do Barbear – como uma loja dessas conseguia sobreviver?

Myron reparou nos quiosques repugnantes montados nos corredores. Pelo menos quatro deles vendiam brinquedos operados por controle remoto e tinham algum palhaço fazendo um helicóptero voar para cima das pessoas. Sim, quatro. Mas quem já viu alguma criança brincar com uma coisa dessas? Havia ainda quiosques do Palácio dos Perfumes e do Pagode dos Piercings.

Quando Myron estava se encaminhando para o carrossel, viu o quiosque mais detestável, desonesto e seboso de todos – os falsos "caçadores de talentos e modelos", que arregalavam os olhos e abordavam todos que podiam com frases como: "Nossa, você tem o visual que nós estamos procurando! Já pensou em ser modelo?" Myron ficou parado observando aqueles artistas da farsa ávidos por comissões – em sua maioria, mulheres bonitas de 20 e poucos anos – abordarem os passantes. Imaginou que aquilo que procuravam não era exatamente um look, mas alguma cicatriz indicativa de lobotomia. Só tendo passado por uma cirurgia dessas ou sendo ingênua demais uma pessoa "aceitaria" entrar para a "agência de talentos" e pagar 400 dólares por um book fotográfico para começar a posar para catálogos importantes e a estrelar comerciais de TV imediatamente.

Ah, tá bom. Esse comercial de TV por acaso vem num kit junto com um baú cheio de moedas de ouro?

Myron não sabia o que era mais deprimente: o fato de aquelas jovens traficantes de sonhos não se importarem em explorar o desejo por fama dos outros ou o fato de as vítimas serem tão carentes a ponto de caírem naquele golpe.

Chega. Myron sabia que estava apenas adiando um problema. Kitty chegaria dali a 15 minutos. Pensou em matar o tempo que faltava na Spencer's Gifts, a loja preferida dele e de Brad quando eram crianças. Ela era cheia de lembrancinhas que aludiam a cerveja, copinhos com desenhos indecorosos, mensagens pregando o sexo seguro e cartazes que brilhavam no escuro. Pensou de novo na última vez em que vira Brad e Kitty. Pensou no que tinha feito. Pensou na expressão confusa e magoada no rosto de Brad. Pensou na forma como o sangue havia escorrido por entre os dedos de Kitty.

Expulsou da mente essa lembrança e foi se posicionar onde Kitty não o visse. Pensou em comprar um jornal para esconder o rosto, mas nada chamaria mais a atenção em um shopping do que uma pessoa lendo.

Quinze minutos depois, enquanto Myron se escondia atrás de um manequim da Foot Locker para vigiar o carrossel, Kitty chegou.

15

O JATINHO PARTICULAR DE WIN aterrissou na única pista do aeroporto de Fox Hollow. Uma limusine preta o aguardava. Win deu um beijo suave em sua comissária de bordo, Mee, e desceu a escada do avião.

A limusine o levou até a penitenciária federal de Lewisburg, Pensilvânia, que abrigava "os piores dos piores" detentos federais. Um guarda cumprimentou Win e o fez passar pela ala de segurança máxima do presídio até o Bloco G ou, como era mais conhecido, o "corredor da máfia". John Gotti havia cumprido pena ali. Al Capone também.

Win entrou na sala de visitas do complexo.

– Sente-se, por favor – disse o guarda.

Win se sentou.

– As regras são as seguintes – disse o guarda. – Não é permitido apertar a mão. Não é permitido abraçar. Não é permitido nenhum contato físico de qualquer tipo.

– Beijo de língua pode? – perguntou Win.

O guarda franziu o cenho, mas foi sua única reação. Win tinha conseguido marcar aquela visita bem depressa. O guarda, sem dúvida, concluíra que se tratava de um homem importante. Os detentos enquadrados em Lewisburg como Fase 1 e Fase 2 só tinham direito a visitas por vídeo. Os detentos da Fase 3 podiam receber visitas sem contato físico. Só os da Fase 4 – e não estava claro como se chegava a ela – podiam ter o que se chamava de "visitas com contato" dos familiares. Frank Ache, ex-chefão da máfia em Manhattan, tinha sido promovido à Fase 3 especialmente para a visita de Win. Por Win, tudo bem. Ele não estava interessado em ter nenhuma intimidade com Frank.

A pesada porta foi aberta. Quando Frank Ache entrou na área de visitas arrastando as correntes que lhe prendiam os tornozelos e usando o macacão laranja do presídio, até Win ficou surpreso. Em seus dias de glória – que provavelmente haviam durado mais de duas décadas –, Frank tinha sido um chefão da máfia das antigas, decidido e mortal. Costumava ser um homem forte, de peito largo, que vestia ternos feitos de um misto de poliéster e veludo, tão cafonas que chamariam a atenção até se fossem usados durante uma feira de tratores. Seu nome causava medo. Ele tinha sido um assassino perigoso, com muitas mortes no currículo e nenhum arrependimento por elas. Havia boatos de que Scorsese pensava em fazer um filme sobre sua vida e de que Tony Soprano de certa forma fora inspirado em Frank – com a diferença de que Frank não amava a família nem tinha qualquer das características quase humanas do personagem.

Mas a prisão fazia um homem murchar. Ache devia ter perdido uns 20 ou 25 quilos. Parecia extenuado, seco como um graveto velho e frágil. Frank Ache estreitou os olhos para ver melhor seu visitante e tentou sorrir.

– Windsor Horne Lockwood III – disse ele. – O que está fazendo aqui?

– Tudo bem, Frank?

– Até parece que você quer saber.

– Não, não, eu sempre me preocupei com seu bem-estar.

Frank Ache deu uma risada um pouco forçada e longa demais.

– Sorte sua eu nunca ter pegado você. Meu irmão sempre me impediu, sabia?

Win sabia. Fitou os olhos escuros do prisioneiro e tudo o que viu foi um vazio.

– Agora estão me dando antidepressivos – disse Frank, como se tivesse lido os pensamentos de Win. – Dá para acreditar? Estou sendo controlado para não cometer suicídio. Não vejo de que isso adianta.

Win não sabia se ele estava se referindo a tomar o remédio ou a se matar, ou mesmo a tentar evitar o suicídio. Tampouco estava ligando para isso.

– Quero pedir um favor – disse Win.

– Nós algum dia fomos amigos?

– Não.

– Então.

– Um favor – repetiu Win. – Do tipo: você me faz um, eu lhe faço outro.

Isso pôs Frank Ache a refletir. Ele fungou e limpou o rosto com uma das mãos outrora gigantescas. Do cabelo, que antes tinha apenas entradas, havia restado grandes tufos nas laterais. Sua pele, que sempre fora bem morena, exibia agora o mesmo tom cinza de uma rua de calçamento depois da chuva.

– E o que faz você pensar que preciso de algum favor?

Win não respondeu a essa pergunta. Não havia motivo para rodeios.

– Como foi que o seu irmão conseguiu escapar de ser indiciado?

– É isso que você quer saber?

Win não disse nada.

– Que diferença faz?

– Faça essa gentileza, Frank. Como?

– Você conhece Herman. Ele tinha classe. Eu tinha cara de carcamano.

– Quem tinha classe era Gotti.

– Não tinha, nada. Gotti parecia um cogumelo vestido com ternos caros.

Frank Ache então virou o rosto para o outro lado. Os olhos estavam cheios d'água. Tornou a levar a mão ao rosto. Começou com outra fungada e então a expressão de homem assustador se desfez. Ele começou a chorar. Win esperou que ele se recompusesse. Ache chorou mais um pouco.

– Tem um lenço de papel ou algo assim? – perguntou ele, finalmente.

– Use sua manga laranja-fluorescente – disse Win.

– Você sabe como é estar aqui dentro?

Win não disse nada.

– Eu fico sentado sozinho em uma cela de cinco metros quadrados. Passo 23 horas por dia lá dentro. Sozinho. É lá que faço minhas refeições. É lá que eu cago. Quando saio para minha única hora no pátio, não tem ninguém lá. Passo dias sem ouvir a voz de qualquer pessoa. Às vezes tento conversar com os guardas. Eles não respondem. Um dia sim, o outro também. Fico sentado sozinho. Sem falar com ninguém. E é assim que vai ser até que eu morra.

Ele recomeçou a soluçar.

Win ficou tentado a sacar seu violino imaginário, mas se conteve. O cara estava falando – parecia que precisava falar. Isso era bom. Mesmo assim, perguntou:

– Quantas pessoas você matou, Frank?

Frank parou de chorar por alguns instantes.

– Eu mesmo ou quantas mandei matar?

– Você escolhe.

– Aí você me pegou. Pessoalmente, devem ter sido uns 20 ou 30 caras.

Parecia que ele estava falando da quantidade de multas de trânsito das quais tinha conseguido se livrar.

– A cada segundo que passa sinto mais pena de você – disse Win.

Se Frank ficou ofendido, não demonstrou nada.

– Sabe de uma coisa engraçada, Win?

Ele se inclinava para a frente ao falar, desesperado por qualquer tipo de conversa ou contato. Era incrível o que acontecia aos seres humanos – mesmo seres humanos tão desumanos quanto Frank Ache – quando ficavam sozinhos: desenvolviam uma carência por outros seres humanos.

– Tem toda a minha atenção, Frank.

– Você se lembra de um dos meus rapazes, Bobby Fern?

– Hum, talvez.

– Um gordo alto que caftinava menores de idade no Meat Packing District.

Win lembrou.

– O que tem ele?

– Você está me vendo chorar aqui dentro, não é? Não tento mais esconder.

Quer dizer, de que adianta? Você sabe do que eu estou falando. Eu choro. E daí? A verdade é que sempre chorei. Só que antes eu me escondia. Até mesmo quando ainda estava solto. Também não sei por quê. Eu gostava da sensação de poder machucar outras pessoas, então não era isso. Aí um dia eu estava assistindo àquele seriado *Caras & Caretas*, sabe qual? O do garoto que está com aquela doença que faz tremer.

– Michael J. Fox.

– Isso. Eu adorava esse seriado. A irmã dele, Mallory, era uma gostosa. Aí eu estava assistindo a *Caras & Caretas*, devia ser a última temporada, e o personagem do pai teve um enfarte. Fiquei meio triste, sabe? Meu pai morreu assim. Não era nada de mais. Quer dizer, era só um seriado, mas eu comecei a chorar feito um bebê. Isso acontecia o tempo todo. Aí eu inventava uma desculpa e saía. Nunca deixava ninguém ver. Você sabe como são as coisas no meu mundo.

– É, sei.

– Então um dia, quando eu saí desse jeito, Bobby me surpreendeu e me viu chorando.

Frank abriu um sorriso.

– Bobby e eu nos conhecíamos havia muito tempo. A irmã dele foi a primeira menina que me deixou avançar o sinal. Eu estava no oitavo ano da escola. Foi incrível.

Ele pareceu distante, perdido naquela lembrança.

– Enfim, Bobby apareceu e me viu chorando e, nossa, você precisava ter visto a cara dele. Ele não sabia o que fazer. Jurou várias vezes que não ia contar para ninguém, disse que eu não precisava me preocupar, que ele mesmo chorava o tempo todo. Eu amava o Bobby. Ele era um homem de bem. Ótima família. Então pensei em deixar passar, sabe?

– Você sempre foi um cavalheiro – disse Win.

– É, bom, eu tentava ser. Mas depois disso, sempre que me encontrava com Bobby, ficava, sei lá, envergonhado, entende? Ele não fazia nem dizia nada, mas dava para ver que ficava nervoso quando me via. Não queria me olhar nos olhos, esse tipo de coisa. E Bobby ria muito, sabe? Tinha um sorriso largo, uma risada alta. E aí, quando ele ria, eu achava que talvez estivesse gozando com a minha cara, entende o que estou dizendo?

– Então você o matou – disse Win.

Frank aquiesceu.

– É. Uma linha de pesca em volta do pescoço. Não uso muito isso. Quase arranquei a cabeça dele. Mas me diga, alguém pode me culpar?

Win abriu os braços com as mãos espalmadas.

– Como é que alguém poderia culpar você?

Frank tornou a dar outra sonora risada.

– Que prazer esta sua visita.

– Ah, sim. Muito divertida.

Frank riu um pouco mais.

Ele só queria conversar, Win pensou novamente. Na verdade, era uma situação patética. Aquele homem, que tempos atrás era uma verdadeira montanha, estava agora destruído, desesperado, e Win podia se aproveitar desse fato.

– Você disse que Herman tinha classe. Que aparentava estar mais dentro da lei do que você.

– É. E daí?

– Pode explicar melhor?

– Você viu, sabe como era. Herman queria toda essa coisa de legitimidade. Queria frequentar festas elegantes e jogar golfe em clubes tradicionais como o seu. Montou um escritório em um belo arranha-céu no centro de Manhattan. Investia dinheiro sujo em negócios de verdade, como se isso tornasse o dinheiro limpo ou algo assim. Depois, já mais perto do fim, Herman só queria administrar jogos de azar e agiotagem. Adivinhe por quê?

– Porque eram menos violentos? – arriscou Win.

– Não. Na verdade são até mais violentos, porque é preciso coletar o dinheiro e tal.

Frank Ache se inclinou para a frente e Win pôde sentir o fedor de seu hálito.

– Ele sentia que estava agindo dentro da legalidade com os jogos de azar e a agiotagem. Os cassinos trabalham com jogos de azar e estão dentro da lei. Os bancos emprestam dinheiro legalmente. Então por que Herman não podia fazer a mesma coisa?

– E você?

– Eu cuidava do resto. Putas, drogas, essas coisas, mas vou dizer uma coisa: dou meu rabo se esse antidepressivo que estão me dando aqui não for mais forte do que cocaína. E não vou nem comentar esse negócio de as putas serem ilegais. É a profissão mais antiga do mundo. E, se você pensar bem, qual é o homem que nunca pagou por sexo?

Win não discordou.

– Mas por que você veio até aqui? – perguntou Frank, com um sorriso, o que tornava a situação ainda mais sinistra.

Win se perguntou quantas pessoas tinham morrido logo depois de ver aqueles dentes.

– Ou talvez eu devesse perguntar: no calo de quem Myron foi pisar dessa vez?

Estava na hora de mostrar suas cartas.

– No de Evan Crisp.

A resposta fez Frank arregalar os olhos.

– Ui.

– Pois é.

– Myron encontrou Crisp?

– Foi.

– Crisp é quase tão mortífero quanto você – disse Frank.

– Obrigado pelo elogio.

– Cara, você contra Crisp. Deve ser divertido assistir.

– Posso lhe enviar o DVD.

Uma sombra percorreu o rosto de Frank.

– Evan Crisp é um dos motivos de eu estar aqui – disse ele devagar.

– Como assim?

– Um de nós tinha que dançar, Herman ou eu. Por causa da lei sobre crime organizado. Precisavam de um bode expiatório.

Bode expiatório, pensou Win. Aquele homem havia matado uma pessoa por tê-lo visto chorar e nem sabia ao certo quantas outras haviam morrido por suas mãos. E, ainda assim, se sentia um bode expiatório.

– Então era Herman ou eu. Crisp trabalhava para Herman. De repente, todas as testemunhas que iam depor contra Herman sumiram ou voltaram atrás no que tinham dito. As minhas, não. Fim de papo.

– E aí você foi condenado pelos crimes?

Frank tornou a se inclinar para a frente.

– Virei o bode expiatório.

– Enquanto isso, Herman segue tocando a vida, feliz e legitimamente – disse Win.

– É – concordou Frank.

Seus olhares se cruzaram por um instante. Frank meneou a cabeça bem de leve para Win.

– Evan Crisp hoje em dia trabalha para Gabriel Wire – disse Win. – Você sabe quem é?

– Wire? Sei, claro. A música dele é uma grandissíssima bosta. Myron é agente dele?

– Não, do cara que toca com ele.

– Lex não sei das quantas, não é? Outro sem o menor talento.

– Alguma ideia do motivo de Crisp estar trabalhando para Gabriel Wire?

Frank sorriu com uns dentinhos que pareciam balas Tic Tac.

– Gabriel Wire costumava estar em todas. Pó, putas... mas principalmente jogos de azar.

Win arqueou uma das sobrancelhas.

– Pode continuar.

– E o meu favor?

– Já está feito.

Nada mais foi dito em relação a isso. Nem era preciso.

– Wire devia muito dinheiro a Herman – disse Frank. – Em determinado momento... isso antes de ele começar a viver recluso feito Howard Hughes, uns 15 ou 20 anos atrás... ele ficou devendo mais de meio milhão de dólares.

Win passou alguns instantes refletindo sobre essa informação.

– Existem boatos de que alguém desfigurou o rosto de Wire.

– Herman é que não foi – disse Frank, sacudindo a cabeça. – Ele não é burro a esse ponto. Wire não sabe cantar, mas tem um sorriso que é capaz de abrir um sutiã a 10 metros de distância. Então não, Herman não iria estragar a mercadoria.

Um homem soltou um grito no corredor. O guarda junto à porta não se moveu. Frank tampouco. Os gritos continuaram, ficando mais altos e então foram interrompidos, como se alguém tivesse apertado um botão.

– Você tem alguma ideia de por que Crisp estaria trabalhando para Wire? – indagou Win.

– Ah, duvido que ele esteja trabalhando para Wire – disse Frank. – Sabe o que eu acho? Crisp está lá a mando de Herman. Provavelmente está por perto para garantir que o roqueiro vai pagar o que deve.

Win se recostou na cadeira e cruzou as pernas.

– Então você acha que seu irmão continua envolvido com Gabriel Wire?

– Por que outro motivo Crisp estaria vigiando Wire?

– Nós achamos que talvez Evan Crisp tivesse passado a viver dentro da lei. Que talvez tivesse se acomodado e aceitado um emprego como segurança na casa de um recluso.

Frank tornou a sorrir.

– É, posso entender por que vocês achariam isso.

– Mas estou errado?

– Nós nunca passamos a viver dentro da lei, Win. A única coisa que acontece é que ficamos mais hipócritas. O mundo é uma briga de cachorro grande. Alguns são devorados, outros não. Todos nós, incluindo o seu amiguinho Myron, seríamos capazes de matar um milhão de desconhecidos para proteger as poucas pessoas que amamos... e qualquer um que disser o contrário é um mentiroso. Nós fazemos isso diariamente, de uma forma ou de outra. Você pode comprar aquele belo par de sapatos ou então pode usar o mesmo dinheiro para salvar algumas crianças africanas que estão morrendo de fome, mas acaba sempre comprando os sapatos. A vida é assim. Nós todos matamos quando achamos que isso se justifica. A família de um homem está passando fome e ele sabe de outro que tem pão. Então ele vai lá, mata o cara e rouba a comida para salvar os filhos. E vai fazer de novo se precisar. Mas os ricos não precisam matar por causa de um pedaço de pão, entende? Então eles dizem "Ah, matar é errado" e inventam regras para que ninguém os machuque ou pegue os milhões de pães que eles estão guardando para si próprios e para sua família de balofos. Está me entendendo?

– A moral é um conceito subjetivo – disse Win, reprimindo um bocejo com um gesto exagerado. – Mas que sacada filosófica, hein, Frank?

Frank deu uma risadinha.

– Eu não recebo muitas visitas. Estou gostando.

– Maravilha. Então me diga: o que Crisp e seu irmão estão tramando?

– Verdade verdadeira? Não sei. Mas isso talvez explique de onde vem boa parte do dinheiro do Herman. Quando os caras da polícia caíram em cima de nós, eles congelaram todos os nossos bens. Herman tinha alguém com dinheiro suficiente para pagar o advogado e também para pagar Crisp, ora. Esse alguém poderia muito bem ser Gabriel Wire, por que não?

– Será que você poderia perguntar?

– Para Herman? – disse Frank, em seguida fazendo que não com a cabeça. – Ele não vem muito me visitar.

– Ah, que pena. Vocês eram tão próximos.

Foi nessa hora que Win sentiu a dupla vibração do celular. Era uma configuração de vibração específica para emergências. Tirou o aparelho do bolso, leu a mensagem de texto e fechou os olhos.

Frank Ache o encarou.

– Más notícias?

– É.

– Você vai ter que ir embora?

Win se levantou.

– Vou.

– Ei, Win. Volte outras vezes, tá? É bom conversar assim.

Mas ambos sabiam que Win não iria voltar. Lamentável. Vinte e três horas por dia sozinho dentro de uma cela. Não se devia fazer isso com um homem, pensou Win, nem mesmo com o pior dos homens. O que se devia fazer era levá-lo até os fundos, pôr uma arma em sua nuca e meter duas balas em sua cabeça.

Antes de você puxar o gatilho, o homem em questão iria implorar pela própria vida, mesmo que fosse tão mau quanto Frank. Era sempre assim, o instinto de sobrevivência vinha à tona. Quando viam a cara da morte, os homens imploravam pela própria vida – qualquer um. Apesar disso, abater o animal era mais barato, mais sensato e, no final das contas, mais humano.

Win meneou a cabeça para o guarda e voltou depressa para seu jatinho.

16

MYRON FICOU OBSERVANDO KITTY. Ela andava pelo shopping a passos hesitantes, como se tivesse medo de o chão ceder sob seus pés. Seu rosto estava pálido. As sardas que costumavam ser sua marca registrada haviam se apagado, mas não de uma forma saudável. Ela não parava de franzir a testa e piscar os olhos, como se alguém houvesse erguido a mão e ela se preparasse para o tapa.

Durante alguns instantes, Myron simplesmente ficou ali parado, a acústica metálica do shopping rugindo em seus ouvidos e fazendo-o lembrar a época em que Kitty jogava tênis e era tão confiante, tão segura de si que, só de olhar para ela, qualquer um teria certeza de seu futuro brilhante. Veio à sua mente a vez em que levara Suzze e Kitty a um shopping como aquele durante um tempo livre que as duas tiveram antes de um torneio em Albany. Os dois futuros prodígios do tênis tinham passeado como duas, bem, como duas adolescentes. Durante aquele curto período, elas deixaram de se fingir de adultas, começaram a usar "tipo" em todas as frases, a falar alto e a rir das coisas mais bobas do mundo, exatamente como qualquer outra garota da idade delas.

Seria banal demais ficar imaginando em que momento tudo havia saído tão errado?

Kitty começou a balançar a perna direita. Seus olhos chispavam de um lado para outro. Myron precisava decidir. Deveria se aproximar aos poucos ou simplesmente esperar e segui-la de volta até o carro? Seria melhor tentar um confronto direto ou algo mais sutil?

Quando ela lhe deu as costas, Myron começou a andar na sua direção. Apressou o passo com medo de que ela se virasse, o visse e saísse correndo. Tomou a direção de um canto entre a Macy's e a Wetzel's Pretzels, posicionando-se de modo a evitar qualquer fuga rápida. Estava a dois passos de Kitty quando sentiu a vibração do celular. Ela começou a se virar para ele, como se sentisse sua aproximação.

– Prazer em revê-la, Kitty.

– Myron? – disse ela, recuando como se tivesse levado um tapa. – O que está fazendo aqui?

– Precisamos conversar.

A boca da cunhada se escancarou.

– O quê... Como foi que você me achou?

– Onde está Brad?

– Espere um pouco, como sabia que eu iria estar aqui? Não consigo entender.

Ele falou depressa, querendo passar logo por essa parte.

– Encontrei Crush. Disse a ele para ligar e marcar com você. Onde está Brad?

– Preciso ir embora.

Kitty começou a passar por ele. Myron entrou no caminho. Ela tentou desviar para a direita. Myron a segurou.

– Largue o meu braço.

– Onde está meu irmão?

– Por que você quer saber?

A pergunta o fez hesitar. Não sabia direito o que responder.

– Só quero conversar com ele.

– Por quê?

– Como assim, por quê? Ele é meu irmão.

– E meu marido – disse ela, subitamente defendendo a própria posição. – O que você quer com ele?

– Já disse. Só quero conversar com ele.

– Para quê? Para poder inventar mais coisas sobre mim?

– Inventar, eu? Foi você quem disse que eu...

Aquilo não estava ajudando. Ele se obrigou a parar.

– Olha, sinto muito por tudo. Pelo que disse, pelo que fiz. Quero deixar tudo isso para trás. Quero me redimir.

Kitty balançou a cabeça. Atrás dela, o carrossel recomeçou a rodar. Havia umas 20 crianças no brinquedo. Alguns pais acompanhavam os filhos e ficavam em pé ao lado dos cavalinhos. A maioria, porém, olhava de longe, com a cabeça se movimentando em pequenos círculos para acompanhar as crianças. Sempre que o filho passava, o rosto do pai ou da mãe tornava a se iluminar.

– Por favor – pediu Myron.

– Brad não quer ver você.

Seu tom era o de uma adolescente petulante, mas mesmo assim as palavras o feriram.

– Ele disse isso?

Ela balançou a cabeça, confirmando. Ele tentou encará-la, mas o olhar de Kitty ia em todas as direções, menos na dele. Myron precisava dar um passo atrás e controlar as próprias emoções. Esqueça o passado. Esqueça o que aconteceu. Tente estabelecer contato com ela.

– Queria poder mudar o que aconteceu – disse Myron. – Você não imagina quanto me arrependo de tudo.

– Isso não tem mais importância. Eu preciso ir embora.

Estabelecer contato, pensou ele. Precisa estabelecer contato com ela.

– Você de vez em quando pensa em arrependimentos, Kitty? Quer dizer, às vezes deseja poder voltar atrás e fazer só uma coisinha de forma diferente para que tudo, todo o seu mundo fique de outro jeito? Como virar à direita em vez de à esquerda em uma estrada. Como seria se você não tivesse segurado aquela raquete de tênis quando tinha que idade, 3 anos? Se eu não tivesse lesionado o joelho, não tivesse virado agente e você não tivesse conhecido Brad? Você às vezes pensa nessas coisas?

Ele podia estar dizendo isso como um estratagema ou uma frase ensaiada, mas, ainda assim, era verdade. Falar aquilo o deixou exausto. Por alguns instantes, os dois simplesmente ficaram ali parados, sentindo que seu mundo havia silenciado enquanto o burburinho do shopping prosseguia ao redor.

Quando Kitty enfim falou, sua voz foi suave.

– Não é assim que funciona.

– Não é assim que funciona o quê?

– Arrependimentos todo mundo tem – disse ela, olhando para longe. – Mas ninguém iria querer voltar atrás. Se eu tivesse virado à direita em vez de à esquerda, ou se nunca tivesse segurado uma raquete, bom, não teria conhecido Brad. E nós nunca teríamos tido Mickey.

Ao pronunciar o nome do filho, seus olhos se encheram de lágrimas.

– Quaisquer que tenham sido as outras coisas que aconteceram, eu jamais voltaria atrás e poria isso em risco. Se eu mudasse uma coisinha sequer, talvez até se tirasse um 10 em matemática na quinta série em vez de um 8,5, talvez essa reação em cadeia mudasse um espermatozoide ou um óvulo e nesse caso Mickey não existiria. Entendeu?

Ouvir falar no sobrinho que ele não conhecia foi como ter o coração laçado. Ele tentou manter a voz sob controle.

– Como ele é?

Por alguns instantes, a viciada em drogas desapareceu, assim como a tenista – e o rosto de Kitty ganhou cor.

– Ele é o garoto mais incrível do mundo.

Ela sorriu, mas Myron pôde ver a devastação por trás do sorriso.

– É inteligente, é forte, é gentil. Ele me deixa maravilhada todos os dias. Adora jogar basquete – completou ela, deixando escapar uma risadinha. – Brad diz que talvez jogue melhor do que você.

– Eu adoraria vê-lo jogar.

As costas dela se retesaram e seu semblante se fechou como um portão que bate.

– Isso não vai acontecer.

Ele estava perdendo contato. Era hora de mudar novamente de estratégia.

– Por que você postou "não é dele" no Facebook de Suzze?

– Que história é essa? – reagiu ela, mas faltou convicção à sua voz.

Ela abriu a bolsa e começou a revirar seu conteúdo. Myron espiou por cima dela e viu dois maços de cigarro amassados. Ela pegou um cigarro e levou-o à boca, erguendo os olhos para ele como se o desafiasse a fazer algum comentário. Ele não fez.

Ela começou a se dirigir para a saída. Myron foi atrás.

– Pare com isso, Kitty. Já sei que foi você.

– Preciso fumar.

Os dois seguiram em frente, passando entre um McDonald's e um Ruby Tuesday. O McDonald's tinha uma estátua chamativa do Ronald McDonald sentado dentro de um dos cubículos das mesas. Pintado com tintas excessivamente brilhantes, Ronald estampava um largo sorriso e dava a impressão de que poderia piscar quando você passasse. Myron se perguntou se aquela estátua fazia as crianças terem pesadelos – porque, quando Myron não sabia o que fazer, ficava se perguntando coisas desse tipo.

Kitty já estava com o isqueiro a postos. Deu uma tragada funda, de olhos fechados, e soltou uma longa espiral de fumaça. Carros passavam devagar em busca de vagas. Ela deu outra tragada. Myron aguardou.

– Kitty?

– Eu não deveria ter postado aquilo – disse ela.

Pronto. Confirmado.

– E por que postou, então?

– A boa e velha vingança, acho. Quando eu estava grávida, ela disse para o meu marido que o filho não era dele.

– E você decidiu fazer a mesma coisa?

Uma tragada.

– Pareceu uma boa ideia na hora.

Às 3h17 da manhã. Não era de espantar.

– Você estava muito doida?

– O quê?

Errado.

– Nada.

– Não, eu escutei.

Kitty balançou a cabeça, jogou o resto do cigarro no chão e o esmagou com o pé.

– Isso não é da sua conta. Não quero que você faça parte da nossa vida. Brad também não quer.

Alguma coisa brilhou em seu olhar.

– Tenho que ir embora.

Ela se virou para voltar para dentro do shopping, mas Myron pôs a mão em seu ombro.

– O que mais está acontecendo, Kitty?

– Tire a mão de mim.

Ele não tirou. Olhou para ela e viu que, mesmo que tivesse conseguido estabelecer algum contato antes, ele já não existia. Ela agora parecia um animal acuado. Um animal acuado e agressivo.

– Tire. A. Mão. De. Mim.

– Não há a menor chance de Brad estar aceitando bem essa situação.

– Que situação? Nós não o queremos na nossa vida. Você pode até querer esquecer o que fez conosco...

– Escute, tá bom?

– Tire a mão de mim! Agora!

Não havia como conversar com ela. Sua irracionalidade o irritava. Myron sentiu o sangue ferver. Pensou em todas as coisas horríveis que ela havia feito – como havia mentido, como havia levado seu irmão para longe. Lembrou-se dela tomando um pico na veia na boate e depois pensou nela com Joel Fishman.

Quando falou, sua voz estava alterada.

– Será que você queimou tantos neurônios assim, Kitty?

– Do que você está falando?

Ele chegou mais perto, deixando o rosto a poucos centímetros do dela. Falou entre os dentes cerrados.

– Eu encontrei você pelo seu traficante. Você foi procurar Lex para arrumar droga.

– Foi isso que Lex disse a você?

– Pelo amor de Deus, vá se olhar no espelho – disse Myron, sem conseguir

130

mais conter a própria repulsa. – Vai mesmo tentar me dizer que não está usando drogas?

Os olhos dela se encheram de lágrimas.

– Quem é você, meu terapeuta de reabilitação?

– Pense em como consegui encontrá-la.

Os olhos de Kitty se estreitaram. Ela não estava entendendo. Myron aguardou. Então ela entendeu. Ele confirmou balançando a cabeça.

– Sei o que você fez na boate – disse ele, tentando não perder o controle. – Tenho tudo filmado, até.

Ela balançou a cabeça.

– Você não sabe de nada.

– Eu sei o que vi.

– Seu filho da puta. Agora entendi.

Ela enxugou as lágrimas dos olhos.

– Você quer mostrar para Brad, não é?

– O quê? Não.

– Não estou acreditando. Você me filmou?

– Eu, não. A boate. É um vídeo de segurança.

– E você correu atrás? Seu desgraçado!

– Olhe, não fui eu quem caiu de boca num cara na boate em troca de um pico – disparou Myron.

Ela deu um passo para trás como se ele a houvesse esbofeteado. Que idiota. Ele tinha se esquecido do próprio alerta. Com desconhecidos, sempre sabia o que dizer, o que perguntar. Mas quando se trata da própria família, as coisas sempre dão errado, não é?

– Eu não queria... Olhe, Kitty, eu quero ajudar, quero mesmo.

– Seu mentiroso. Diga a verdade, só desta vez.

– Estou dizendo a verdade. Eu quero ajudar.

– Não em relação a isso.

– Do que você está falando?

Kitty tinha o sorriso obscuro e nervoso de, bem, de uma viciada à procura de sua dose.

– O que você diria se visse Brad de novo? Diga a verdade.

Isso o fez hesitar. Afinal de contas, o que ele estava querendo ali? Win sempre o alertava para não tirar os olhos do prêmio, para se ater aos objetivos. Primeiro objetivo: Suzze havia lhe pedido para encontrar Lex. Cumprido. Segundo objetivo: Suzze queria saber quem tinha postado o "não é dele" no seu perfil. Cumprido.

Será que Kitty, por mais alterada pelas drogas que estivesse, não tinha certa razão? O que ele diria se visse Brad? Pediria desculpas e tentaria uma reconciliação, é claro. Mas e depois?

Será que guardaria segredo sobre o que tinha visto naquele vídeo?

– Foi o que pensei.

A expressão no rosto de Kitty era de tanto triunfo e superioridade que, mais do que qualquer outra coisa no mundo, ele teve vontade de lhe dar um tabefe no meio da cara.

– Você iria lhe dizer que sou uma vagabunda.

– Não acho que teria de dizer nada para ele, Kitty. O vídeo meio que fala por si, você não acha?

Então foi ela quem lhe deu um tapa na cara. As drogas não tinham prejudicado os reflexos de uma ex-grande atleta. O tapa ardeu e o som ecoou no ouvido de Myron. Kitty começou a tentar passar por ele outra vez. Com a bochecha já ficando avermelhada, Myron estendeu a mão e segurou seu cotovelo, talvez com uma força um pouco excessiva. Apertou mais um pouco até atingir um ponto de pressão. Ela fez uma careta e disse:

– Ai, está me machucando.

– Está tudo bem, senhora?

Myron se virou. Dois seguranças do shopping se aproximavam. Ele largou o cotovelo da cunhada. Ela correu para dentro do shopping. Myron ameaçou ir atrás, mas os seguranças ficaram no caminho.

– Não é o que parece – disse-lhes Myron.

Os seguranças eram jovens demais para revirar os olhos do jeito cansado que essa frase merecia, mas tentaram.

– Sinto muito, senhor, mas nós...

Não havia tempo para explicações. Myron lhes deu um drible pela direita e passou correndo.

– Ei! Alto lá!

Mas ele não parou. Saiu em disparada pelo corredor do shopping, com os seguranças atrás dele. Parou perto do carrossel. Olhou para a esquerda, em direção à Spencer's Gifts. Para a frente, em direção à Macy's. Para a direita, em direção à Starbucks.

Nada.

Kitty havia desaparecido. Outra vez. Mas quem sabe fosse melhor assim. Talvez fosse hora de reavaliar a situação, de entender o que ele deveria fazer. Os seguranças o alcançaram. Um deles parecia prestes a se jogar em cima dele para imobilizá-lo, mas Myron ergueu a mão em um gesto de quem se rende.

– Acabou, parceiros. Estou indo embora.

A essa altura mais oito seguranças haviam aparecido, mas ninguém quis criar confusão. Apenas o acompanharam até o lado de fora e esperaram que entrasse no carro. Parabéns, Myron, pensou ele, você realmente soube lidar com a situação. Mas, pensando bem, o que lhe restava fazer? Ele queria ver o irmão, mas seria certo forçar a barra? Já havia esperado 16 anos. Podia esperar um pouco mais. Era melhor deixar Kitty para lá e tentar entrar em contato com Brad por e-mail ou por intermédio do pai, algo assim.

O telefone de Myron emitiu um bipe. Ele deu um pequeno aceno para os seguranças e enfiou a mão no bolso para pegar o aparelho. O identificador de chamadas exibia LEX RYDER.

– Alô.

– Ai, meu Deus...

– Lex?

– Por favor... venha logo – ele pediu, chorando. – Eles estão saindo com a maca.

– Lex, calma.

– Foi culpa minha. Ai, meu Deus, Suzze...

– O que tem Suzze?

– Você deveria ter deixado isso quieto.

– Está tudo bem com Suzze?

– Por que você não deixou isso quieto?

Mais choro e soluços. Myron sentiu um medo gelado invadir seu peito.

– Lex, por favor, me escute. Preciso que você fique calmo para me dizer o que está acontecendo.

– Venha logo.

– Onde você está?

Lex recomeçou a soluçar.

– Lex? Eu preciso saber onde você está.

Ouviu-se um ruído de alguém engasgando, mais soluços e depois duas palavras:

– Na ambulância.

◆ ◆ ◆

Foi difícil fazer Lex falar mais.

Myron conseguiu saber que Suzze estava sendo levada às pressas para o centro médico St. Anne. E só. Ele mandou uma mensagem para Win e ligou para Esperanza.

– Já estou sabendo – disse Esperanza.

Myron tentou localizar o hospital no seu GPS, mas suas mãos não paravam de tremer para que ele digitasse. Depois o GPS demorou a conectar o satélite e, quando ele começou a dirigir, uma porcaria de dispositivo de segurança não o deixou baixar a atualização.

Ele ficou preso no trânsito na New Jersey Turnpike e começou a buzinar e acenar para as pessoas feito um louco. A maioria dos motoristas sequer lhe deu atenção. Alguns pegaram o celular, provavelmente para avisar a polícia que tinha um maluco surtando por causa do trânsito.

Myron ligou para Esperanza.

– Alguma notícia?

– O hospital não dá informações por telefone.

– Tá, me ligue se souber de alguma coisa. Devo chegar lá daqui a uns 10 ou 15 minutos.

Levou 15. Ele entrou no estacionamento lotado e confuso do hospital. Deu algumas voltas, depois resolveu mandar tudo às favas. Estacionou em fila dupla, prendendo outro carro, e deixou a chave na ignição. Correu até a entrada, passou por um grupo de fumantes com roupa hospitalar e entrou no pronto-socorro. Parou na recepção, atrás de três pessoas que aguardavam, e ficou passando o peso de um pé para o outro, como um menino de 6 anos apertado para fazer xixi.

Por fim chegou a sua vez. Ele disse por que estava ali. A mulher atrás do balcão o encarou com uma expressão implacável de "já vi antes".

– O senhor é parente? – perguntou ela, com um tom que só um computador poderia deixar mais inexpressivo.

– Sou agente e amigo íntimo dela.

Ela só deu um suspiro de quem ouvia isso todos os dias. Myron percebeu que aquilo seria perda de tempo. Seus olhos começaram a vasculhar o recinto à procura de Lex, da mãe de Suzze, de alguém. No canto mais afastado, ficou surpreso ao ver Loren Muse, chefe do departamento de investigação criminal do condado. Myron conhecera Muse alguns anos antes, quando uma adolescente chamada Aimee Biel tinha desaparecido. Muse já havia sacado seu bloquinho e fazia anotações enquanto conversava com alguém que permanecia oculto atrás da quina.

– Muse?

Ela se virou para ele. Myron deu um passo para a direita. Opa. Ela estava interrogando Lex, que parecia muito pior do que péssimo. O rosto completamente pálido, o olhar perdido, o corpo apoiado sem qualquer firmeza contra a parede. Muse fechou o bloquinho e andou na direção de Myron. Era uma mulher baixa, com pouco mais de 1,50 metro, enquanto Myron tinha 1,93 metro. Ela parou bem na sua frente, ergueu os olhos e o encarou. Myron não gostou do que viu.

– Como está Suzze? – perguntou ele.

– Está morta.

17

TINHA SIDO UMA OVERDOSE de heroína.

Muse explicou a situação para Myron, que permaneceu parado ao lado dela, com a visão embaçada, balançando a cabeça de um lado para o outro o tempo todo. Quando finalmente conseguiu falar, perguntou:

– E o bebê?

– O bebê está vivo – respondeu Muse. – Nasceu de cesariana. É um menino. Parece estar bem, mas foi internado na UTI neonatal.

Myron tentou sentir algum tipo de alívio com essa notícia, mas mesmo assim continuou apenas pasmo e entorpecido.

– Muse, Suzze não teria se matado.

– Pode ter sido um acidente.

– Ela não estava usando drogas.

Muse meneou a cabeça daquele jeito que os policiais fazem quando não querem discutir.

– Vamos investigar isso.

– Ela estava limpa.

Outro meneio de cabeça condescendente.

– Estou dizendo, Muse.

– O que você quer que eu diga, Myron? Vamos investigar, mas, neste momento, tudo aponta para uma overdose. Não houve arrombamento. Nenhum sinal de luta. Ela também tinha um histórico e tanto de uso de drogas.

– Um histórico. Ou seja, um passado. Ela ia ter um filho.

– São os hormônios – disse Muse. – Eles levam as mulheres à loucura.

– Por favor, Muse. Quantas mulheres se matam aos oito meses de gravidez?

– E quantos viciados ficam mesmo limpos para sempre?

Ele pensou na cunhada querida, outra viciada que não conseguia se manter limpa. Estava exausto. O corpo começava a pesar. Estranhamente – ou talvez não –, começou a pensar na noiva, a linda Terese. De repente, teve vontade de largar tudo aquilo, simplesmente desistir. Teve vontade de jogar tudo para o alto. Foda-se a verdade. Foda-se a justiça. Fodam-se Kitty, Brad, Lex e quem mais fosse, só queria pegar o primeiro avião para Angola e encontrar a única pessoa capaz de fazer toda aquela loucura sumir.

– Myron?

Ele se concentrou em Muse.

– Posso vê-la? – perguntou ele.

– Está falando de Suzze?

– Sim.

– Por quê?

Ele próprio não sabia ao certo. Talvez fosse um caso clássico de necessidade de confirmação de que aquilo era verdade, de necessidade de algum tipo de – Deus, como ele odiava essa palavra – fechamento. Pensou no rabo de cavalo de Suzze balançando quando ela jogava tênis. Pensou em Suzze posando para os hilariantes anúncios da La-La-Latte, em seu riso fácil, na forma como mascava chiclete na quadra e na expressão em seu rosto quando o convidou para ser padrinho do filho.

– Tenho uma dívida com ela – disse Myron.

– Você vai investigar a morte?

Ele fez que não com a cabeça.

– O caso é todo seu – disse ele.

– Por enquanto não existe um caso. Ela morreu de overdose.

Os dois tornaram a descer o corredor e pararam em frente a uma porta na ala da maternidade.

– Espere aqui – disse Muse.

Ela entrou. Quando tornou a sair, falou:

– O patologista do hospital está com ela. Ele, ahn, ele a limpou, sabe como é, depois da cesariana.

– Tudo bem.

– Estou fazendo isso porque ainda lhe devo um favor – disse Muse.

Ele aquiesceu.

– Pode considerar pago.

– Não quero acabar com a dívida, só quero que você seja honesto comigo.

– OK.

Ela abriu a porta e o conduziu para dentro da sala. Um homem com roupa de cirurgião – que Myron supôs ser o patologista – estava imóvel, em pé ao lado da maca em que Suzze fora deitada. A morte não faz a pessoa parecer mais nova, nem mais velha, tranquila ou agitada. A morte faz a pessoa parecer vazia, oca, como se tudo houvesse ido embora, como uma casa subitamente abandonada. A morte transforma o corpo em um objeto – uma cadeira, um arquivo de pastas, uma pedra. "Porque você é pó e ao pó voltará", certo? Myron queria acreditar em todas as racionalizações, em todas as teorias segundo as quais a vida continua. Queria acreditar que um pouquinho de Suzze continuaria vivendo em seu filho que estava no berçário no final do corredor, mas naquele momento não conseguia.

– Sabe de alguém que poderia desejar a morte dela? – perguntou Muse.

Ele deu a resposta mais fácil.

– Não.

– O marido parece bem abalado, mas já vi maridos capazes de fazerem cenas bastante convincentes depois de matarem as esposas. De qualquer forma, Lex disse que veio da ilha de Adiona num jatinho particular. Quando chegou em casa, Suzze já estava sendo posta na ambulância. Podemos verificar os horários dele.

Myron não disse nada.

– O prédio todo pertence a eles, Lex e Suzze – continuou Muse. – Não há relatos de ninguém entrando nem saindo, mas a segurança é bem frouxa. Podemos investigar mais a fundo se sentirmos necessidade.

Myron chegou perto do corpo e tocou a bochecha de Suzze. Nada. Era como tocar uma cadeira, um arquivo de pastas.

– Quem ligou para a emergência?

– Essa parte é meio estranha – respondeu Muse.

– Estranha como?

– Um homem com sotaque hispânico ligou do telefone da cobertura dela. Quando a ambulância chegou, ele não estava lá. Imaginamos que deva ter sido algum imigrante ilegal que estava trabalhando no prédio e não quis arrumar encrenca.

Não fazia sentido, mas Myron não queria entrar nesse mérito.

– Ou pode ter sido alguém que estava se picando junto com ela e não quis arrumar encrenca – Muse continuou a especular. – Ou até o traficante dela. Vamos averiguar isso também.

Myron virou-se para o patologista.

– Posso olhar os braços dela?

O patologista relanceou os olhos para Muse, que aquiesceu. O médico puxou o lençol. Myron verificou as veias de Suzze.

– Onde foi que ela se picou? – perguntou ele.

O patologista apontou para um hematoma na parte interna do braço, perto do cotovelo.

– O senhor detectou alguma marca antiga? – perguntou Myron.

– Detectei, sim – respondeu o patologista. – Bem antigas.

– E alguma mais recente?

– Nos braços, não.

Myron olhou para Muse.

– É porque fazia anos que ela já não usava.

– As pessoas se picam em diferentes lugares – disse Muse. – Dizem que, no auge da carreira, por causa das roupas de tênis, Suzze se picava em, ahn, em lugares menos visíveis.

– Então vamos verificar.

Muse balançou a cabeça.

– De que adianta?

– Quero que você veja que ela não estava se drogando.

O patologista pigarreou.

– Não há necessidade – disse ele. – Já realizei um exame superficial do corpo. De fato, encontrei algumas cicatrizes antigas perto da tatuagem na parte superior da coxa, mas nada recente.

– Nada recente – repetiu Myron.

– Mas isso não prova que não foi ela quem se picou – disse Muse. – Talvez ela tenha decidido tomar uma dose grande, Myron. Talvez de fato estivesse limpa e tenha errado no cálculo ou pode ter sido uma overdose intencional.

Myron abriu os braços em um gesto de incredulidade.

– Aos oito meses de gravidez?

– Tá, tá bom, então me diga: quem poderia querer matá-la? E, mais do que isso, como? Não havia nenhum sinal de luta. Nada que indicasse arrombamento. Mostre um indício, só um, de que isso possa não ter sido suicídio nem overdose acidental.

Myron não sabia ao certo quanto devia revelar.

– Ela recebeu um *post* no Facebook – começou ele.

Então parou de falar. Um calafrio percorreu sua espinha. Muse percebeu.

– Que *post*? – perguntou ela.

Myron se virou para o patologista.

– O senhor disse que ela se picava perto da tatuagem?

O patologista tornou a olhar para Muse.

– Espere um instante – disse Loren Muse. – O que você estava dizendo sobre um *post* no Facebook?

Myron não esperou. Tornou a lembrar a si mesmo que aquela ali já não era Suzze, mas dessa vez sentiu as lágrimas brotarem dos olhos. Suzze tinha passado por tanta coisa, tinha conseguido se manter do lado certo, e agora, justo quando parecia que Suzze tinha tudo a seu alcance, bom, ele se metera. Fodam-se as desculpas. Suzze era sua amiga. Tinha lhe pedido ajuda. Ele lhe devia isso.

Ele puxou o lençol antes que Muse tivesse chance de se opor. Seus olhos se dirigiram à parte superior da coxa. Sim, ali estava ela. A tatuagem. A mesma do *post* que dizia "não é dele". A mesma que Myron tinha acabado de ver na fotografia de Gabriel Wire.

◆ ◆ ◆

– O que foi? – perguntou Muse.

Myron tinha os olhos cravados na parte superior da coxa de Suzze. Gabriel Wire e ela tinham a mesma tatuagem. O significado disso era óbvio.

– Que tatuagem é essa? – perguntou Muse.

Myron tentou acalmar o turbilhão que girava em sua mente. A tatuagem estava no *post* da internet – mas como Kitty sabia sobre ela? Por que a havia incluído? E, é claro, será que Lex não saberia que sua esposa e seu parceiro de banda tinham a mesma tatuagem?

Bastava somar os indícios: as palavras "não é dele", um símbolo que enfeitava a parte superior da coxa tanto de Suzze quanto de Gabriel Wire. Não era de espantar que o *post* tivesse abalado Lex.

– Onde está Lex? – indagou Myron.

Muse cruzou os braços em frente ao peito.

– Você vai mesmo me negar essa informação?

– Provavelmente não é nada. Ele está com o bebê?

Ela franziu o cenho e continuou aguardando.

– Além disso, não posso dizer nada – prosseguiu Myron. – Pelo menos por enquanto.

– Do que você está falando?

– Sou advogado, Muse. Tanto Lex quanto Suzze são meus clientes.

– Você é agente.

– Sou advogado também.

– Ah, não. Você não vai jogar seu diploma de Harvard para cima de mim. Não agora. Não depois de eu ter deixado você entrar aqui e ver o corpo.

– Muse, estou de mãos atadas. Preciso falar com meus clientes.

– Clientes?

Muse chegou bem perto do rosto de Myron e apontou para o cadáver de Suzze.

– Pode falar, mas não tenho certeza se ela vai escutar.

– Deixe de ser engraçadinha. Onde está Lex?

– Está falando sério?

– Estou.

– Foi você quem sugeriu que isso talvez se tratasse de um homicídio – disse Muse. – Então me responda o seguinte: se Suzze foi mesmo assassinada, quem é meu suspeito número um?

Myron não respondeu. Muse levou a mão em concha até junto da orelha.

– Não estou escutando, garotão. Vamos lá, você sabe a resposta. Nesses casos ela é sempre a mesma: o marido. O suspeito número um é sempre o marido. Então, Myron? E se um dos seus clientes tiver matado o outro?

Myron olhou para Suzze outra vez. Morta. Sentia-se entorpecido, como se seu sangue tivesse parado de circular. Suzze morta. Isso ia além de tudo o que ele poderia compreender. Sua vontade era cair no chão, socá-lo e chorar. Ele saiu da sala e seguiu as placas que indicavam o berçário. Muse foi atrás.

– O que você estava dizendo sobre um *post* do Facebook?

– Agora não, Muse.

Ele seguiu a seta para a esquerda, fez a curva e olhou pela vidraça. Seis recém-nascidos dentro de berços de acrílico transparente, todos de gorro na cabeça e envoltos em um cobertor branco com listras cor-de-rosa e azul-claras. Todos tinham recebido um cartão de identificação azul ou rosa, com seus nomes e horários de nascimento. Estavam enfileirados na sequência de berços, como se prontos para uma inspeção.

Uma divisória de acrílico separava o berçário da UTI neonatal. Naquele momento havia apenas um pai lá dentro, junto ao filho. Lex estava sentado em uma cadeira de balanço, mas sem balançar. Estava usando um jaleco amarelo. Tinha o filho aninhado no braço direito e segurava sua cabecinha com a mão esquerda. Seu rosto estava riscado de lágrimas. Myron ficou um longo tempo apenas olhando para ele. Muse parou ao seu lado.

– Que merda é essa que está acontecendo, Myron?

– Ainda não sei.

– Você faz ideia de como a mídia vai cair em cima dessa história?

Ele não estava nem aí para isso. Começou a se dirigir para a porta. Uma enfermeira o deteve e o fez lavar as mãos e vestir um jaleco cirúrgico amarelo e uma máscara da mesma cor. Myron entrou na sala empurrando a porta com as costas. Lex não olhou para ele.

– Lex?

– Agora não.

– Acho que devíamos conversar.

Lex enfim ergueu os olhos. Estavam vermelhos. Quando ele falou, sua voz foi branda.

– Eu pedi para você deixar isso quieto, não pedi?

Silêncio. Myron tinha certeza de que essas palavras iriam feri-lo depois. Mais tarde, quando ele tivesse se acalmado e tentado dormir, a culpa iria entrar em seu peito e esmagar seu coração como se fosse um copinho plástico.

– Eu vi a tatuagem dela – disse Myron. – A mesma do *post*.

Lex fechou os olhos.

– Suzze foi a única mulher que amei na vida. E agora ela foi embora. Para sempre. Eu nunca mais vou ver Suzze. Nunca mais vou abraçá-la. Este menino... o seu afilhado... ele nunca vai conhecer a mãe.

Myron não disse nada. Sentiu um tremor começar dentro do peito.

– Lex, precisamos conversar.

– Hoje não – respondeu ele, a voz agora surpreendentemente suave. – Hoje eu só quero ficar aqui protegendo meu filho.

– Protegendo seu filho de quê?

Lex não respondeu.

Myron sentiu o celular vibrar. Deu uma olhada discreta na tela do aparelho e viu que era seu pai. Saiu da sala e levou o telefone à orelha.

– Pai?

– Ouvi no rádio a notícia sobre Suzze. É verdade?

– É. Estou no hospital.

– Sinto muito.

– Obrigado. Pai, estou meio ocupado aqui...

– Quando terminar, acha que pode dar uma passada aqui em casa?

– Hoje ainda?

– Se der.

– Aconteceu alguma coisa?

– Só preciso falar com você sobre um assunto – disse-lhe o pai. – Pode ser a qualquer hora. Vou estar acordado.

18

ANTES DE SAIR DO HOSPITAL, Myron sacou de novo seu diploma de Harvard e alertou Loren Muse para não falar com seu cliente sem a presença de um advogado. Ela o mandou crescer e se multiplicar, embora não exatamente nesses termos.

Win e Esperanza chegaram e Win contou o que descobrira na conversa com Frank Ache no presídio. Myron não sabia direito o que fazer com essas informações.

– Talvez devêssemos procurar Herman Ache – sugeriu Win.

– Talvez devêssemos procurar Gabriel Wire – disse Myron.

Ele se virou para Esperanza.

– Vamos também dar uma checada no nosso professor de francês preferido e ver onde Crush estava na hora da morte de Suzze.

– OK – disse Esperanza.

– Posso levar você para casa, se quiser – ofereceu Win.

Mas Myron recusou a carona. Precisava de um tempo sozinho. Tinha de avaliar a situação com calma. Quem sabe Muse estivesse certa. Talvez tivesse mesmo sido uma overdose. A conversa sobre segredos que tivera com Suzze na noite anterior, na varanda com vista para Manhattan, a culpa que ela demonstrara em relação a Kitty e ao passado... tudo isso podia ter despertado antigos demônios. Talvez a resposta fosse simples assim.

Myron entrou no carro e tomou novamente a direção de Livingston. Ligou para o pai avisando que estava a caminho. Torceu para que ele lhe desse alguma pista do assunto sobre o qual precisavam conversar, mas isso não aconteceu.

– Cuidado na estrada – recomendou Al Bolitar.

Uma estação de rádio AM já estava anunciando a morte da "problemática e ex-sensação do tênis Suzze T.". Myron não pôde deixar de pensar em como eram inadequadas as simplificações que a mídia fazia.

Já estava escuro quando chegou à casa de sua infância. A luz do quarto de cima – o mesmo que ele dividira com Brad quando os dois eram pequenos – estava acesa e Myron ergueu os olhos para ela. Pôde ver no vidro o contorno do adesivo distribuído pelo corpo de bombeiros de Livingston no início do governo Carter, para identificar os cômodos onde havia crianças. Era uma imagem exagerada: um bombeiro corajoso e de rosto erguido carregando para um lugar seguro uma criança desacordada. Depois da reforma, o quarto passara a servir de escritório.

Os faróis de seu carro iluminaram uma placa de VENDE-SE no gramado da casa dos Nussbaum. Myron tinha estudado com o filho do casal no ensino médio. Todos o chamavam de "Nuss" ou "Baum", nunca pelo nome, Steve. Era um rapaz simpático, de quem Myron realmente gostava, mas com quem, por algum motivo, nunca saíra. Os Nussbaum tinham sido uma das primeiras famílias a comprar imóveis ali, 40 anos antes, quando a área agrícola havia sido convertida em residencial. Eles amavam aquele bairro. Adoravam trabalhar no jardim e fazer pequenos serviços na casa ou no gazebo do quintal dos fundos e davam aos Bolitar tomates frescos de sua horta (quem nunca provou um tomate de Jersey colhido em agosto não sabe o que está perdendo). Agora, até os Nussbaum estavam se mudando dali.

Myron girou o volante para entrar no acesso de veículos em frente à casa. Viu um movimento na janela. O pai provavelmente estivera observando a rua à sua espera, a sentinela noturna sempre alerta. Quando Myron era adolescente, não tinha hora para chegar em casa porque, segundo o pai, havia provado ser responsável o bastante para não precisar disso. Al Bolitar dormia muito mal e Myron não conseguia se lembrar de nenhuma vez, por mais tarde que fosse, que seu pai não estivesse acordado esperando por ele. Para Al conseguir fechar os olhos, era preciso que tudo estivesse no lugar. Myron se perguntou se ainda seria assim e se o sono do pai teria mudado depois de o filho caçula fugir com Kitty.

Estacionou o carro. Suzze estava morta. Myron não era do tipo que se prendia à negação, mas ainda não havia conseguido aceitar isso. Ela estava prestes a iniciar uma nova e importante etapa da vida – a maternidade. Myron muitas vezes pensava no dia em que seus pais tinham encontrado aquela casa, o pai dando duro na fábrica de Newark, a mãe grávida. Imaginava o casal El-Al de mãos dadas, como era o seu costume, subindo o acesso cimentado, os olhos erguidos para a casa de dois andares, decidindo que, sim, aquele seria o lugar ideal para abrigar sua família, seus sonhos e esperanças. Imaginou se hoje os pais consideravam que haviam conseguido realizar esses sonhos ou se teriam algum arrependimento.

Em breve Myron também estaria casado. Terese não podia ter filhos, ele sabia. Havia passado a vida inteira desejando a família americana perfeita – casa, cerca de madeira branca, garagem para dois carros, churrasqueira no quintal, dois ou três filhos, aro de basquete pendurado na garagem –, em suma, a vida das pessoas daquele bairro, pessoas como as famílias Nussbaum, Brown, Lyon, Fontera, como o casal El-Al Bolitar. Mas, pelo jeito, não seria assim.

Com seu jeito direto, sua mãe tinha levantado uma questão importante ao falar da venda da casa. Não é bom ficar apegado demais às coisas. O que ele queria era Terese em casa, junto com ele, onde era seu lugar – porque, no final das contas, só mesmo a pessoa amada é capaz de fazer o mundo desaparecer (sim, ele sabia quanto isso era cafona).

Perdido em pensamentos, Myron foi andando pelo chão cimentado e talvez por isso não tenha percebido o perigo a tempo. Ou talvez seu agressor fosse hábil e paciente e tivesse ficado agachado no escuro esperando até que Myron estivesse distraído ou chegasse perto o suficiente.

Primeiro veio o clarão. Vinte anos antes, seu pai havia instalado refletores com sensor de movimento em frente à casa. Os sensores haviam deixado seus pais maravilhados, algo comparável à descoberta da eletricidade ou da TV a cabo. O casal El-Al passara várias semanas testando aquela nova tecnologia, aproximando-se da casa andando ou mesmo engatinhando, para ver se conseguiam enganar o sensor. A cada vez a mãe ou o pai vinham de uma direção diferente ou alterando a velocidade e riam a valer quando a luz se acendia, flagrando-os novamente. Os prazeres simples da vida.

Quem quer que tivesse saído dos arbustos havia sido detectado pelo sensor de movimento. Myron viu um clarão, ouviu um barulho, percebeu o deslocamento do ar e uma respiração forçada, talvez até algumas palavras. Quando virou-se na direção dos ruídos, o punho já vinha em cheio na direção de seu rosto.

Não houve tempo para desviar nem para bloquear o golpe. O agressor acertaria seu alvo. Então Myron jogou o corpo na direção do movimento do soco. Física básica. Acompanhar o sentido de um soco, nunca ir contra ele. Isso diminuiu o impacto. Ainda assim, foi uma pancada e tanto, sem dúvida desferida por um homem forte. Por alguns segundos, Myron viu estrelas. Balançou a cabeça para tentar clarear a visão.

– Deixe a gente em paz – rosnou uma voz, raivosa.

Outro soco já vinha na direção da cabeça de Myron. A única forma de evitá--lo, percebeu ele, seria cair de costas no chão, então foi o que fez. Os nós dos dedos do agressor roçaram seu cocuruto. Mesmo assim doeu. Myron se preparava para rolar e se afastar para um lugar seguro onde pudesse avaliar a situação quando escutou outro barulho. Alguém tinha aberto a porta da frente. Então ouviu uma voz cheia de pânico:

– Myron!

Droga. Era seu pai.

Myron estava prestes a gritar para o pai que ele estava bem, que permanecesse dentro de casa e chamasse a polícia, que não saísse em hipótese alguma.

Mas não havia a menor chance de isso acontecer.

Antes que Myron conseguisse abrir a boca, o pai já estava correndo.

– Seu filho da puta! – gritou Al.

Myron enfim conseguiu falar:

– Pai, não!

Foi inútil. Seu filho estava em apuros e, como sempre tinha feito, Al correu para ajudá-lo. Ainda caído de costas no chão, Myron ergueu os olhos para a silhueta de seu agressor. Era um homem alto, com os punhos cerrados, mas cometeu o erro de se virar ao ouvir Al Bolitar. Sua linguagem corporal se alterou de forma surpreendente, os punhos afrouxando de imediato.

Myron agiu depressa. Usando os pés, enganchou o tornozelo direito do agressor. Estava prestes a girar o corpo com força, o que poderia tanto quebrar o tornozelo como romper todos os ligamentos do desconhecido, quando viu seu pai voar – literalmente voar, aos 74 anos de idade – em direção ao outro homem. O agressor era alto. Seu pai não tinha nenhuma chance e provavelmente sabia disso. Mas não estava nem ligando.

Al Bolitar estendeu os braços como se fosse um jogador de futebol americano tentando bloquear o atacante. Myron apertou o gancho no tornozelo do homem, mas ele nem sequer ergueu a mão para se proteger. Apenas deixou aquele senhor derrubá-lo.

– Largue o meu filho! – gritou Al, envolvendo o invasor com os braços e caindo no chão junto com ele.

Myron então agiu depressa. Enquanto se apoiava nos joelhos, preparou-se para golpear o nariz ou a garganta do homem alto que o atacara. Seu pai agora estava envolvido na briga – não havia tempo a perder. Precisava nocautear aquele cara depressa. Agarrou os cabelos do desconhecido, puxando-o para fora das sombras e sentando-se sobre seu peito. Myron ergueu o punho. Estava prestes a dar um soco de direita no nariz dele quando a luz iluminou seu rosto. O que Myron viu o fez parar por uma fração de segundo. O homem olhava para a esquerda, fitando o pai de Myron com um ar de preocupação. Aquele rosto, aqueles traços... eram muito familiares.

Foi então que Myron ouviu a voz do homem debaixo dele – não, na verdade era apenas um garoto – dizer uma única palavra:

– Vô?

Era uma voz jovem. O rosnado inicial havia sumido.

Al sentou-se.

– Mickey?

Myron baixou a cabeça em direção ao sobrinho, que agora o encarava. Seus olhos se encontraram: os do sobrinho tinham uma cor tão parecida com a dos seus que Myron mais tarde juraria que o deixaram fisicamente abalado. Mickey Bolitar empurrou a mão do tio que segurava seus cabelos e rolou o corpo com força para o lado.

– Saia de cima de mim, droga.

◆ ◆ ◆

Seu pai estava ofegante.

Myron e Mickey conseguiram sair do estupor em que estavam e foram ajudar Al a se levantar. Seu rosto estava vermelho.

– Eu estou bem – disse Al Bolitar com uma careta. – Podem me soltar.

Mickey tornou a se virar para Myron. O garoto parecia ser mais ou menos da mesma altura que ele. Era musculoso e tinha ombros largos – todos os jovens malham hoje em dia –, mas ainda era um garoto. Espetou o peito de Myron com o indicador.

– Fique longe da minha família.

– Cadê seu pai, Mickey?

– Já falei para...

– Eu ouvi – interrompeu Myron. – Cadê seu pai?

Mickey deu um passo para trás e olhou na direção de Al Bolitar. Pareceu muito jovem quando disse:

– Desculpe, vô.

Al estava com as mãos apoiadas nos joelhos. Myron avançou para ajudá-lo, mas o pai não quis. Endireitou o corpo e, quando seu rosto surgiu, havia nele algo que parecia orgulho.

– Não faz mal, Mickey. Eu entendo.

– Como assim, entende? – disse Myron.

Ele se virou novamente para o sobrinho.

– Que merda foi essa?

– Fique longe da gente, só isso.

Ver Mickey pela primeira vez e daquela maneira era surreal e devastador.

– Olhe, por que não entramos em casa e conversamos sobre isso?

– Por que você não vai se ferrar?

Mickey lançou um último olhar de preocupação para o avô. Al Bolitar meneou a cabeça como quem diz que está tudo bem. Então Mickey encarou Myron com raiva e correu de volta para a escuridão. Myron estava prestes a partir atrás dele, mas o pai o deteve segurando seu braço.

– Deixe. – disse. Estava com o rosto vermelho e a respiração ofegante, mas também estava sorrindo. – Tudo bem com você, filho?

Myron levou a mão à boca. O lábio estava sangrando.

– Vou sobreviver. Por que o senhor está sorrindo?

Seu pai manteve os olhos na rua, onde Mickey havia sumido na escuridão.

– O garoto tem coragem.

– Está brincando, não está?

– Venha – disse Al. – Vamos entrar e conversar.

Eles foram até a sala de TV do térreo. Durante a maior parte da infância de Myron, seu pai tivera uma poltrona reclinável vermelho-escura reservada especialmente para ele, um móvel que ficara tão velho que acabara cheio de remendos feitos com fita adesiva prateada. Agora a sala tinha um sofá modulado de cinco peças, com *chaise* reclinável e apoio para copos. Myron o havia comprado na Bob's Discount Furniture, embora tivesse resistido inicialmente porque os anúncios da loja no rádio eram para lá de irritantes.

– Sinto muito mesmo por Suzze – falou seu pai.

– Obrigado.

– Você sabe o que aconteceu?

– Não, ainda não. Estou investigando.

O rosto de Al continuava afogueado devido ao esforço.

– O senhor tem certeza de que está bem?

– Tenho.

– Onde está mamãe?

– Saiu com tia Carol e Sadie.

– Preciso de um copo d'água – disse Myron. – Quer um também?

– É, quero. E ponha gelo nessa boca para não inchar.

Myron subiu os três degraus que separavam a sala da cozinha, pegou dois copos e os encheu com água no filtro caro. Pegou um saco de gelo no congelador e voltou para a sala. Entregou um dos copos ao pai e sentou-se na *chaise* da direita.

– Não estou acreditando no que aconteceu – disse Myron. – Na primeira vez em que vejo meu sobrinho, ele me ataca.

– E você lá pode culpá-lo? – perguntou seu pai.

Myron sentou-se mais ereto.

– Do que está falando?

– Kitty me ligou – disse Al. – Ela me contou que vocês se esbarraram no shopping.

Myron devia ter desconfiado.

– Foi mesmo?

– Foi.

– E foi por isso que Mickey me atacou?

– Você por acaso não sugeriu que a mãe dele era... – seu pai começou a dizer, mas fez uma pausa para procurar uma palavra melhor. Não encontrou: –... alguma coisa ruim?

– Ela é alguma coisa ruim, sim.

– E se alguém sugerisse isso sobre a sua mãe? Como você teria reagido?

Seu pai estava sorrindo de novo. Ou ainda era efeito da adrenalina da briga ou era orgulho do neto. Al Bolitar tinha nascido pobre em Newark e crescido nas ruas mais violentas da cidade. Começara a trabalhar em um açougue na Mulberry Street quando tinha apenas 11 anos. Passara a maior parte de sua vida adulta administrando sua fábrica de lingerie no distrito Norte de Newark, perto do rio Passaic. Seu escritório, se é que se podia chamar sua sala assim, tinha vista para a linha de montagem e era toda feito de vidro, de forma que o pai visse o lado de fora e os funcionários pudessem ver o lado de dentro. Ele tentou salvar a fábrica dos protestos de 1967, mas os saqueadores atearam fogo ao prédio. E, embora seu pai no fim tivesse conseguido reconstruí-la e voltar ao trabalho, nunca mais vira os funcionários ou a cidade com os mesmos olhos.

– Pense um pouco – disse Al. – Pense no que você disse para Kitty. Imagine se alguém tivesse dito isso para a sua mãe.

– Minha mãe não é Kitty.

– Você acha que para Mickey isso faz diferença?

Myron balançou a cabeça.

– Por que Kitty contou a ele o que eu falei?

– Você agora acha que uma mãe deveria mentir?

Quando Myron tinha 8 anos, saiu no braço com Kevin Werner em frente à escola. Seus pais foram chamados e tiveram de escutar um sermão severo do diretor sobre os males que a violência representava à sociedade. Ao chegarem em casa, sua mãe tinha ido direto para o andar de cima sem dizer uma palavra. Seu pai o havia chamado para conversar naquela mesma sala. Myron esperara um castigo bem rígido. Em vez disso, o pai havia se inclinado para a frente e olhado o filho bem nos olhos.

"Você nunca vai ter problemas comigo por brigar", disse ele. "Não vou questionar a sua decisão se algum dia você achar que o único jeito de resolver um assunto é saindo no braço. Se tiver que brigar, brigue. Não fuja, não recue."

E, por mais surpreendente e louco que esse conselho pudesse ter parecido na ocasião, ao longo dos anos Myron de fato havia recuado e optado por uma atitude de "prudência" – e descoberto uma verdade que provavelmente explicava o que seus amigos descreviam como seu complexo de herói: nenhuma surra doía mais do que fugir de uma briga.

– Era sobre isso que o senhor queria falar comigo? – quis saber Myron.

Seu pai aquiesceu.

– Você precisa me prometer que vai deixá-los em paz. E você já sabe, mas não deveria ter dito aquilo para a mulher do seu irmão.

– Eu só queria falar com Brad.

– Ele não está por aqui – falou seu pai.

– Onde ele está?

– Em algum tipo de missão beneficente na Bolívia. Kitty não quis me dar detalhes.

– Talvez estejam com problemas.

– Brad e Kitty? – perguntou Al, tomando um gole d'água. – Pode ser. Mas isso não é da nossa conta.

– Então, se Brad está na Bolívia, o que Kitty e Mickey estão fazendo aqui?

– Eles estão pensando em voltar a morar nos Estados Unidos. Estão divididos entre ficar aqui ou na Califórnia.

Myron teve certeza de que isso era outra mentira. Parabéns, Kitty, conseguiu manipular o velho. Se o senhor tirar Myron da minha cola, talvez nós queiramos morar perto de vocês. Se ele continuar importunando, nós vamos morar do outro lado do país.

– Por que agora? Por que voltar para cá depois de tantos anos?

– Não sei. Não perguntei.

– Pai, sei que o senhor gosta de respeitar a privacidade dos seus filhos, mas acho que está levando um pouco longe demais essa ideia de não interferência.

Isso fez seu pai rir.

– É preciso dar espaço aos filhos, Myron. Por exemplo, nunca disse a você o que pensava sobre Jessica.

Aquela mesma ex-namorada outra vez.

– Espere um pouco, achei que o senhor gostasse de Jessica.

– Ela era sinônimo de problema – disse Al.

– Mas o senhor nunca me disse nada.

– Não cabia a mim dizer.

– Talvez devesse ter dito – disse Myron. – Poderia ter me poupado muito sofrimento.

Seu pai balançou a cabeça.

– Eu faria qualquer coisa para proteger vocês – disse, olhando para o lado de fora. Fazia apenas alguns minutos que havia provado isso.– Mas a melhor forma de protegê-los é deixar vocês cometerem os próprios erros. Uma vida sem erros não vale a pena ser vivida.

– Então eu devo simplesmente esquecer essa história toda?

– Por enquanto, sim. Brad vai saber que você estendeu a mão e tentou encontrá-lo. Kitty vai dizer e eu também mandei um e-mail. Se ele quiser entrar em contato, vai entrar.

Uma lembrança surgiu na mente de Myron: seu irmão aos 7 anos de idade, sendo importunado por outros meninos em uma colônia de férias. Brad estava sentado perto do antigo campo de *softball*, sozinho. Ele tinha jogado mal e os outros meninos haviam se juntado para zombar dele. Myron tentara sentar-se ao seu lado, mas Brad só fazia chorar e dizer ao irmão para ir embora. Myron se sentiu tão impotente que teria sido capaz de matar alguém se isso acabasse com a dor do irmão.

Depois se lembrou de outra ocasião, quando toda a família Bolitar tinha ido passar as férias em Miami. Ele e Brad ficaram no mesmo quarto no hotel e, certa noite, depois de um dia inteiro de diversão, Myron lhe perguntara sobre a escola. Brad não se conteve e desatou a chorar dizendo que a odiava e que não tinha nenhum amigo lá. Isso deixara Myron com o coração partido. No dia seguinte, sentado com o pai à beira da piscina, ele lhe perguntou o que deveria fazer. O conselho do pai foi simples: "Não toque no assunto. Não o faça ficar triste agora. Deixe seu irmão aproveitar as férias."

Brad tinha sido um menino desengonçado, esquisito, nada precoce. Ou talvez fosse apenas o fato de ter crescido depois de Myron.

– Pensei que o senhor quisesse nos ver fazendo as pazes – disse Myron.

– E quero. Mas não dá para forçar isso. É preciso dar espaço aos filhos.

Seu pai ainda estava ofegante por causa da briga. Não havia motivo para deixá-lo ainda mais agitado agora. O assunto podia esperar até de manhã. Mas mesmo assim Myron falou:

– Kitty está usando drogas.

Seu pai arqueou uma das sobrancelhas.

– Tem certeza?

– Tenho.

Seu pai coçou o queixo e refletiu sobre essa nova informação. Então disse:

– Mesmo assim você precisa deixá-los em paz.

– Está falando sério?

– Sabia que em determinado momento sua mãe foi viciada em analgésicos?

Myron não disse nada, pasmo.

– Está ficando tarde – disse seu pai, começando a se levantar do sofá. – Você está bem?

– Espere aí, o senhor vai simplesmente jogar essa bomba no meu colo e depois ir embora?

– Não foi nada de mais. É isso que eu quero dizer. Nós demos um jeito.

Myron ficou sem resposta. Também se perguntou o que o pai diria caso lhe contasse sobre o ato sexual de Kitty na boate e, sério, torceu para que o pai não usasse a mesma analogia sua-mãe-também.

Deixe isso de lado por enquanto, pensou Myron. Não há por que se precipitar. Nada vai mudar até amanhã de manhã. Eles ouviram um veículo entrar no acesso da casa e depois o som de uma porta de carro fechando-se.

– Deve ser sua mãe.

Al Bolitar se levantou devagar. Myron o acompanhou.

– Não conte à sua mãe o que aconteceu hoje. Não quero que ela fique preocupada.

– Tudo bem. Pai?

– Sim?

– Derrubada bonita lá fora.

Seu pai tentou não sorrir. Myron olhou para seu rosto enrugado. Teve aquela sensação avassaladora, a melancolia que o tomava quando percebia que os pais estavam envelhecendo. Quis dizer mais, agradecer ao pai, mas tinha certeza de que Al Bolitar conhecia seus sentimentos e que era desnecessário e inconveniente prolongar o assunto. Era melhor deixar como estava. Deixar o assunto descansar.

19

ÀS DUAS E MEIA DA MANHÃ, Myron subiu a escada para seu antigo quarto de infância, aquele que ainda tinha o adesivo dos bombeiros colado na janela, e ligou o computador.

Entrou no Skype. Uma janela se abriu com o rosto de Terese. Como sempre, sentiu-se zonzo e com o peito leve.

– Meu Deus, como você é linda – disse ele.

Terese sorriu.

– Posso falar abertamente?

– Por favor.

– Você é o homem mais sexy que já conheci e o simples fato de olhar para você me dá vontade de subir pelas paredes.

Myron retesou um pouco mais o corpo. Aquilo é que era remédio perfeito.

– Estou me esforçando muito para não me envaidecer – disse ele.

– Posso continuar falando abertamente? – perguntou ela.

– Por favor.

– Eu estaria disposta a tentar, ahn, a tentar fazer alguma coisa por vídeo, mas não entendo muito qual é a graça, você entende?

– Confesso que não.

– Será que isso quer dizer que nós somos caretas? Eu não entendo sexo por computador, nem sexo pelo telefone, nem nada disso.

– Eu já tentei fazer sexo por telefone uma vez – disse Myron.

– E aí?

– Nunca me senti tão encabulado na vida. Comecei a rir em um momento particularmente inoportuno.

– Tá bom, então estamos conversados.

– Estamos.

– Você não está dizendo isso da boca pra fora? Porque sabe, quer dizer, eu sei que estamos longe um do outro e...

– Não é só da boca pra fora.

– Que bom – disse Terese. – Mas e aí, quais são as novidades?

– Quanto tempo você tem? – perguntou Myron.

– Talvez mais uns 20 minutos.

– Que tal passarmos 10 só conversando assim e depois eu conto o resto?

Mesmo através do monitor, Terese olhava para Myron como se ele fosse o único homem do mundo. Todo o resto sumia. Só existiam eles dois.

– É tão ruim assim? – indagou ela.

– É.

– OK, lindo. Você conduz, eu acompanho.

Mas ele não conseguiu. Contou sobre Suzze na mesma hora. Quando terminou de falar, Terese disse:

– E o que você vai fazer?

– Quero jogar tudo para o alto. Estou tão cansado...

Ela aquiesceu.

– Quero voltar para Angola. Quero me casar com você, ficar aí e pronto.

– Eu também quero isso – disse ela.

– Mas...

– Não tem "mas" nenhum – disse Terese. – Nada me faria mais feliz. Eu quero ficar com você mais do que pode imaginar.

– Mas?

– Mas você não pode sair daí. Não é assim que você é. Para começo de conversa, não pode abandonar Esperanza e o escritório.

– Eu poderia vender a minha parte para ela.

– Não, não poderia. E, mesmo que pudesse, você precisa descobrir o que aconteceu com Suzze. Precisa saber o que está havendo com seu irmão. Precisa cuidar dos seus pais. Não pode simplesmente jogar tudo para o alto e vir para cá.

– E você não pode voltar para cá? – perguntou Myron.

– Não, ainda não.

– Então o que isso quer dizer?

Terese deu de ombros.

– Que nós estamos ferrados. Mas só por algum tempo. Você vai descobrir o que aconteceu com Suzze e resolver as coisas.

– Você parece tão confiante nisso.

– Eu conheço você. É o que vai fazer. E depois, quando tudo estiver mais calmo, pode vir para cá e fazer uma longa visita, não é?

Ela arqueou uma das sobrancelhas e sorriu para ele. Ele sorriu de volta. Pôde sentir os músculos dos ombros relaxarem.

– É, sem dúvida.

– Myron?

– Sim?

– Resolva as coisas logo.

◆ ◆ ◆

Myron ligou para Lex de manhã. Ninguém atendeu. Então ligou para Buzz. De novo, nada. A chefe do departamento de investigação criminal da polícia do condado, Loren Muse, porém, atendeu o celular – Myron ainda tinha o número que pegara com ela da última vez. Ele a convenceu a ir encontrá-lo no apartamento de Suzze e Lex, onde havia acontecido a overdose.

– Se for ajudar a resolver essa história, tudo bem – disse Muse.

– Obrigado.

Muse o encontrou na portaria do prédio uma hora depois. Os dois entraram no elevador e começaram a subir para o último andar.

– Segundo o laudo preliminar da autópsia – disse Muse –, Suzze T. morreu de parada respiratória causada por overdose de heroína. Não sei quanto você sabe sobre overdoses de opiáceos. Em geral, a droga vai reduzindo a capacidade respiratória da pessoa, até que ela para de respirar. O coração continua batendo nesse período e a pessoa sobrevive por vários minutos sem ar. Acho que foi isso que ajudou a salvar o bebê, mas eu não sou médica. Não havia nenhuma outra droga no organismo dela. Ninguém a golpeou na cabeça nem nada do tipo... não há absolutamente nenhum sinal de qualquer confronto físico.

– Resumindo – disse Myron –, nenhuma novidade.

– Bom, tem uma coisa, sim. Encontrei aquele *post* sobre o qual você falou ontem à noite. No Facebook de Suzze. O tal que dizia "não é dele".

– E o que você acha?

– Acho – respondeu Muse – que talvez seja verdade.

– Suzze jurava que não.

Muse revirou os olhos.

– Ah, sim, e nenhuma mulher mentiria sobre a paternidade do filho. Pense

153

um pouco. Imagine que o pai do bebê não seja Lex Ryder. Talvez ela tenha se sentido culpada. Ou pode ter ficado com medo de ser descoberta.

– Você poderia fazer um exame de DNA no menino – disse Myron. – Para ter certeza.

– Eu *poderia*, claro, se estivesse investigando um assassinato. Se fosse esse o caso, eu poderia pedir um mandado judicial. Mas, como já disse, não estou investigando um assassinato. Estou lhe mostrando um motivo pelo qual uma mulher poderia ter tomado uma overdose. Ponto.

– Talvez Lex deixe você fazer o exame de DNA mesmo assim.

O elevador chegou enquanto Muse dizia:

– Ora, ora, ora.

– O que foi?

– Você não está sabendo.

– Não estou sabendo o quê?

– Pensei que você fosse o advogado de defesa bambambã.

– Do que você está falando?

– Estou dizendo que Lex já levou o bebê – disse Muse.

– Como assim "levou"?

– Por aqui.

Eles começaram a subir a escada em caracol que conduzia à cobertura.

– Muse?

– Como você, que é um cara formado em Harvard, já sabe, não tenho qualquer justificativa para restringir o direito de ir e vir de Lex Ryder. Hoje cedo, mesmo contra as orientações médicas, ele tirou o filho recém-nascido do hospital, o que é direito dele. Deixou o amigo Buzz para trás e contratou uma enfermeira pediátrica para acompanhá-lo.

– Para onde eles foram?

– Como não houve assassinato ou mesmo suspeita de assassinato, eu não tinha motivos para tentar descobrir para onde ele estava indo.

Muse chegou à cobertura. Myron foi atrás. Ela andou até a *chaise longue* em estilo Cleópatra junto ao arco da varanda. Então parou, olhou para baixo e apontou para a *chaise*.

– Aqui – disse, a voz séria.

Myron olhou para a espreguiçadeira marfim. Nenhuma gota de sangue, nenhuma ruga, nenhum sinal de morte. Seria de esperar que restasse alguma indicação do que havia acontecido.

– Foi aqui que a encontraram?

Muse fez que sim com a cabeça.

– A seringa estava no chão. Ela estava apagada, sem reação alguma. As únicas impressões digitais na seringa eram as dela.

Myron olhou pelo arco para a vista lá fora. A silhueta de Manhattan parecia acenar para ele ao longe. As águas do rio estavam calmas. O céu exibia tons de roxo e cinza. Ele fechou os olhos e voltou aos acontecimentos de duas noites antes. Quando o vento bateu no terraço, Myron quase pôde escutar a voz de Suzze: "Às vezes as pessoas precisam mesmo de ajuda... Talvez você não saiba, mas salvou minha vida umas 100 vezes."

Mas não daquela vez. Daquela vez, a pedido de Lex, ele tinha ficado de fora. Tinha feito os favores que ela pedira – eles sabiam quem havia postado o "não é dele", sabiam onde estava Lex – e depois saído de cena, deixando Suzze sozinha.

Myron não desgrudava os olhos do horizonte repleto de prédios.

– Você disse que um cara com sotaque hispânico chamou a ambulância?

– Foi. Ele usou um dos telefones sem fio da casa. O aparelho estava caído no chão no andar de baixo. Ele provavelmente deixou cair quando foi embora correndo. Verificamos as impressões digitais, mas estão todas bastante borradas. Encontramos as de Lex, as de Suzze, e foi mais ou menos isso. Quando os paramédicos chegaram, a porta ainda estava aberta. Eles entraram e a encontraram aqui.

Myron enfiou as mãos nos bolsos. A brisa bateu em seu rosto.

– Você sabe que a sua teoria sobre um imigrante ilegal ou um funcionário da manutenção do prédio não faz sentido, não sabe?

– Por que não?

– Um zelador ou qualquer coisa assim passa em frente ao apartamento por acaso e vê o quê, a porta entreaberta? Aí ele entra e sobe até o terraço?

Muse refletiu a respeito.

– É, não faz sentido.

– É muito mais provável que a pessoa que ligou já estivesse aqui com ela.

– E daí?

– Como assim e daí?

– Como eu já disse, estou aqui por causa de um crime, não por curiosidade. Não estou disposta a processar ninguém se ela estava se picando com um amigo ou amiga e essa pessoa fugiu. Se fosse o traficante dela, tudo bem, talvez até possa encontrar o sujeito e provar que ele vendeu a droga, mas, sério, não é isso que estou tentando descobrir.

– Eu estive com ela na noite anterior, Muse.

– Eu sei.

– Aqui mesmo, neste terraço. Ela estava abalada, mas não à beira do suicídio.

– Foi o que você me disse – falou Muse. – Mas pense um pouco... abalada, mas não à beira do suicídio. É uma distinção bem sutil. E, só para esclarecer as coisas, eu nunca disse que ela estava à beira do suicídio. Mas ela estava abalada, certo? Isso pode ter feito com que voltasse às drogas... e talvez a volta tenha sido dura demais.

O vento tornou a ganhar velocidade. A voz de Suzze veio junto com ele – qual tinha sido mesmo a última coisa que ela lhe dissera? "Todos nós temos segredos, Myron."

– E tem mais uma coisa – disse Muse. – Se isso foi mesmo assassinato, deve ter sido o crime mais idiota que já vi. Digamos que você quisesse ver Suzze morta. Digamos até que conseguisse fazê-la tomar a heroína sozinha sem usar a força física. Talvez pondo uma arma na cabeça dela, qualquer coisa. Até aqui está me entendendo?

– Continue.

– Bem, se você quisesse matá-la, por que não matá-la simplesmente? Por que ligar para a emergência e correr o risco de ela estar viva quando a ambulância chegasse? Inclusive, com a quantidade de droga que ela tomou, por que não levá-la até o arco da varanda e deixá-la cair do prédio? Seja como for, o que você *não* faz é ligar para os paramédicos e sair deixando a porta aberta para um zelador ou o que seja. Está me entendendo?

– Estou – disse Myron.

– Faz sentido?

– Faz.

– Você tem alguma objeção?

– Nenhuma – disse Myron, tentando organizar as ideias na mente. – Nesse caso, se você estiver certa, é provável que ela tenha ligado para o traficante ontem. Alguma ideia de quem era?

– Ainda não. Nós sabemos que ela saiu de carro ontem. O passe livre de pedágio do carro dela foi usado na Garden State Parkway, perto da Rota 280. Talvez ela estivesse indo para Newark.

Myron pensou um pouco sobre isso.

– Vocês verificaram o carro dela?

– O carro? Não. Por quê?

– Tem problema se eu der uma olhada?

– Você tem a chave?

– Tenho.

Ela balançou a cabeça.

– Agentes. Fique à vontade. Eu tenho que voltar para o trabalho.

– Só mais uma pergunta, Muse.

Muse aguardou.

– Por que está me mostrando tudo isso depois de eu ter bancado o advogado ontem à noite?

– Porque, de qualquer forma, neste momento eu não tenho caso nenhum – respondeu ela. – E porque, se por acaso eu estiver deixando passar alguma coisa, se por acaso isso for mesmo um homicídio, sei que você não deixaria o assassino dela se safar, não importa quem seja seu cliente. Você gostava de Suzze.

Os dois se encaminharam em silêncio para o elevador. Muse desceu no térreo. Myron continuou até a garagem. Apertou o controle remoto da chave e aguardou o bip. Suzze tinha um Mercedes S63 AMG. Ele abriu a porta do carro e se acomodou no banco do motorista. Sentiu um leve cheiro de perfume floral e isso o fez pensar na amiga. Abriu o porta-luvas e encontrou os documentos do carro, o cartão do seguro e o manual. Levou a mão até debaixo dos assentos à procura de... na verdade, não sabia muito bem de quê. Pistas, quaisquer que fossem. Tudo o que encontrou foram algumas moedas e duas canetas. Sherlock Holmes provavelmente poderia ter usado aquilo para descobrir com exatidão aonde Suzze tinha ido, mas Myron não.

Ele virou a chave do carro e ligou o GPS acoplado ao painel. Entrou em "destinos recentes" e viu uma lista de endereços que Suzze havia consultado. Sherlock Holmes, morra de inveja. O último ficava em Kasselton, Nova Jersey. Hum. Para chegar lá, era preciso pegar a Garden State Parkway até depois da saída 146, o que batia com o registro do passe de pedágio.

O penúltimo destino informado era um cruzamento em Edison, Nova Jersey. Myron sacou o BlackBerry e começou a anotar todos os endereços da lista, depois enviou-os por e-mail para Esperanza. Ela poderia pesquisar na internet e descobrir se algum deles era importante. Não havia datas associadas aos registros, de modo que Suzze poderia ter visitado esses lugares meses antes.

Ainda assim, tudo indicava que ela tivesse ido a Kasselton recentemente, quem sabe até mesmo no dia de sua morte. Talvez valesse a pena uma visita rápida.

20

O ENDEREÇO EM KASSELTON era um centro comercial a céu aberto com quatro lojas, a maior delas um supermercado. As outras três eram uma barbearia, uma pizzaria e uma sorveteria chamada SnowCap, onde você podia criar seu próprio sorvete.

Por que Suzze teria ido até ali? Havia supermercados, sorveterias e pizzarias bem mais perto da casa dela e Myron duvidava que Suzze cortasse o cabelo numa barbearia. Nesse caso, por que ir tão longe?

Myron ficou parado onde estava, esperando que uma resposta se materializasse. Dois minutos se passaram. A resposta não veio, então ele decidiu lhe dar um empurrãozinho.

Entrou no supermercado. Sem saber muito bem o que fazer, começou a mostrar a foto de Suzze T. aos clientes e funcionários, perguntando se a tinham visto. Um procedimento tradicional. Algumas pessoas reconheceram Suzze da época em que ela jogava tênis. Outras poucas tinham visto o noticiário da véspera e presumiram que Myron fosse da polícia, uma suposição que ele não fez muito esforço para corrigir. No final das contas, porém, ninguém a tinha visto lá.

Primeira tentativa.

Myron voltou para a rua. Olhou para o estacionamento. Havia uma chance de que Suzze tivesse ido até ali de carro para comprar droga. Era comum os traficantes usarem estacionamentos públicos, principalmente no subúrbio, para se encontrarem com os clientes. Os dois carros estacionavam lado a lado e cada um abria sua janela. Então alguém jogava o dinheiro de um carro para o outro e recebia em troca a droga.

Ele tentou imaginar a cena. Suzze, a mulher que havia entrado em sua sala dois dias antes dizendo "Estou tão feliz", a mesma que, na noite anterior, havia lhe falado sobre segredos e que se preocupava por ter sido competitiva demais – aquela Suzze teria ido até ali, com sua barriga de oito meses, comprar heroína suficiente para se matar?

Desculpem, mas não, Myron não conseguia engolir essa hipótese.

Talvez ela tivesse ido encontrar outra pessoa naquele estacionamento que não fosse um traficante. Podia ser que sim, podia ser que não. Ótimo trabalho, detetive. Mas ainda havia muito a fazer. A pizzaria estava fechada. A barbearia, porém, estava aberta. Pelo vidro da frente, Myron pôde ver senhores idosos conversando, gesticulando daquele jeito bem-humorado que os homens têm de conversar entre si e parecendo muito satisfeitos. Ele então se virou para a SnowCap. Alguém estava pendurando um cartaz de FELIZ ANIVERSÁRIO, LAUREN! e algumas meninas de uns 8 ou 9 anos entravam na sorveteria levando presentes. As mães seguravam suas mãos com um ar exausto, atarefado e feliz.

A voz de Suzze: "Eu estou tão feliz."

Aquela deveria ter sido a vida de Suzze, pensou ele olhando para as mães. Teria sido. Era o que Suzze queria. Mas as pessoas fazem coisas estúpidas. Jogam fora a felicidade como se fosse um guardanapo sujo. Talvez tivesse acontecido isso com Suzze: tão perto da verdadeira felicidade, tinha posto tudo a perder, como fizera tantas vezes.

Ele continuou olhando pela vitrine da sorveteria e viu as meninas se afastarem das mães e se cumprimentarem com gritinhos e abraços. A loja era uma profusão de cores e movimento. As mães se afastaram para um canto onde estava sendo servido café. Myron estava tentando, mais uma vez, imaginar Suzze ali, onde era seu lugar, quando reparou em um homem em pé atrás do balcão, a encará-lo.

Era um homem mais velho, 60 e poucos anos, com a barriga típica dos funcionários administrativos de médio escalão e um penteado que claramente tentava esconder a calvície. Estava encarando Myron através de óculos um pouco estilosos demais, do tipo que se esperaria que um arquiteto famoso da cidade usasse, e não parava de empurrá-los para cima.

Era o gerente, imaginou Myron. Devia passar a vida olhando pela vitrine daquele jeito, vigiando a loja, se intrometendo na vida dos outros. Myron se aproximou da porta com a foto de Suzze T. em punho. Quando a alcançou, o homem já estava lá, segurando-a para que ele entrasse.

– Posso ajudar? – perguntou ele.

Myron levantou a fotografia. O homem a fitou e fechou os olhos.

– O senhor já viu esta mulher? – perguntou Myron.

A voz do homem soou muito distante.

– Falei com ela ontem.

Aquele sujeito não parecia um traficante.

– Sobre o quê?

O homem engoliu em seco e começou a dar as costas a Myron.

– Sobre minha filha – respondeu ele. – Ela queria saber sobre a minha filha.

◆ ◆ ◆

– Venha comigo – disse o homem.

Os dois passaram pelo balcão de sorvetes. A mulher que trabalhava atrás dele estava em uma cadeira de rodas. Tinha um sorriso largo e conversava com um cliente sobre sabores com nomes estranhos e todos os ingredientes que era possível misturar. Myron olhou de relance para a esquerda. A festinha estava no auge. As meninas se revezavam misturando e triturando sorvete para criar sabores personalizados. Duas adolescentes as ajudavam a retirar as bolas, enquanto uma terceira adicionava M&Ms, *cookies*, granulado colorido, balinhas de gelatina, castanhas variadas, pedaços de chocolate e de biscoito recheado e até granola.

– O senhor gosta de sorvete? – quis saber o homem.

Myron abriu os braços.

– Quem não gosta?

– Pouca gente, ainda bem.

Enquanto passavam, o homem tamborilou com o nó dos dedos numa mesa de fórmica.

– Que sabor posso lhe oferecer?

– Não precisa, obrigado.

Mas o gerente não estava disposto a ouvir um não.

– Kimberly?

A mulher da cadeira de rodas ergueu os olhos.

– Prepare um SnowCap Melter para o nosso convidado.

– Claro.

A logomarca da SnowCap estava espalhada por toda a loja. Isso deveria ter lhe dado uma pista. SnowCap. Snow. Myron começava a entender. Deu mais uma olhada no rosto do homem. Os 15 anos que haviam se passado não lhe fizeram nem bem nem mal – ele havia apenas envelhecido normalmente.

– O senhor é Karl Snow – disse Myron. – Pai de Alista.

– O senhor é da polícia? – perguntou ele a Myron.

Myron hesitou.

– Não importa. Não tenho nada a dizer.

Myron decidiu fazer um pouco de pressão.

– Vai ajudar a acobertar outro assassinato?

Myron esperava uma reação de choque ou indignação, mas o que obteve foi um meneio firme de cabeça.

– Eu li os jornais. Suzze T. morreu de overdose.

Quem sabe um pouco mais de pressão.

– É, e a sua filha só caiu de uma janela.

Myron se arrependeu dessas palavras na mesma hora em que elas saíram de sua boca. Carga pesada e cedo demais. Esperou por uma reação de fúria, mas ela não veio. Em vez disso, a expressão de Karl murchou.

– Sente-se – disse ele. – Diga-me quem o senhor é.

Myron sentou-se de frente para Karl Snow e se apresentou. Atrás do dono da sorveteria, a festa de aniversário de Lauren ia ficando mais animada e ruidosa. Myron pensou no contraste evidente – o anfitrião da festa de aniversário de uma menina era um homem que havia perdido a própria filha –, mas logo afastou essa ideia da cabeça.

– O noticiário disse que ela morreu de overdose – começou Karl Snow. – É verdade?

– Não tenho certeza disso – respondeu Myron. – É por isso que estou investigando.

– Não entendo. Por que o senhor? Por que não a polícia?

– Será que poderia apenas me dizer o que ela veio fazer aqui?

Karl Snow se recostou na cadeira e empurrou os óculos mais para cima no nariz.

– Antes de começarmos a falar sobre isso, deixe eu lhe perguntar uma coisa. O senhor tem algum indício de que Suzze T. tenha sido assassinada? Tem ou não?

– Para começar, o fato de ela estar grávida de oito meses e ansiosa para formar uma família – disse Myron.

Snow não se convenceu.

– Não me parece grande coisa como indício.

– E não é mesmo – disse Myron. – Mas de uma coisa eu tenho certeza: Suzze veio de carro até aqui ontem e conversou com o senhor. Algumas horas depois, estava morta.

Ele olhou de relance para trás. A jovem de cadeira de rodas vinha em sua direção trazendo uma tonelada de sorvete. Myron ameaçou se levantar para ajudar, mas Karl Snow fez que não com a cabeça. Ele ficou onde estava.

– Um SnowCap Melter – disse a mulher, pondo o sorvete na frente de Myron. – Bom apetite.

O Melter mal caberia dentro da mala de um carro. Myron quase esperou ver a mesa tombar.

– Isso é para uma pessoa só? – indagou ele.

– É – respondeu ela.

Ele olhou para a jovem.

– Vem com uma angioplastia de brinde, ou talvez uma injeção de insulina?

Ela revirou os olhos.

– Essa eu nunca ouvi antes.

– Sr. Bolitar, esta é minha filha Kimberly – disse Karl Snow.

– Prazer – disse Kimberly, com um sorriso que faria um ateu acreditar na existência do Paraíso.

Os dois trocaram algumas palavras – a gerente da sorveteria era ela, Karl era só o dono – e então ela voltou com sua cadeira para trás do balcão.

Karl ainda estava olhando para a filha quando disse:

– Ela estava com 12 anos quando Alista...

Ele interrompeu a frase no meio, como se não soubesse muito bem que palavra deveria usar.

– A mãe delas tinha morrido dois anos antes, de câncer de mama. Eu não lidei muito bem com isso. Comecei a beber. Kimberly nasceu com paralisia cerebral. Precisava de cuidados constantes. Alista, bem, acho que não prestávamos muita atenção a ela.

Como se tivesse sido ensaiada, uma gargalhada sonora explodiu na festinha atrás deles. Myron relanceou os olhos para Lauren, a aniversariante. Ela também sorria, a boca toda suja de chocolate.

– Não tenho o menor interesse em fazer mal ao senhor ou à sua filha.

– Se eu conversar com o senhor agora, preciso que me prometa que não vou vê-lo nunca mais – disse Karl devagar. – Não quero que a mídia volte a se meter nas nossas vidas.

– Eu prometo.

Karl Snow esfregou o rosto com as duas mãos.

– Suzze queria saber sobre a morte de Alista.

Myron esperou que ele dissesse mais. Quando isso não aconteceu, perguntou:

– O que ela queria saber?

– Queria saber se Gabriel Wire tinha matado a minha filha.

– E o que o senhor respondeu?

– Que deixei de acreditar que o Sr. Wire fosse culpado quando me encontrei pessoalmente com ele. Disse a ela que, no final das contas, tudo tinha sido um trágico acidente e que essa conclusão me satisfazia. Também falei que nosso acordo era confidencial e eu não podia revelar mais que isso.

Myron simplesmente ficou encarando Karl. Suas palavras tinham saído com um tom neutro, como se fossem ensaiadas. Myron esperou que o homem o olhasse nos olhos, mas Karl não o fez. Em vez disso, balançou a cabeça e disse, com uma voz suave:

– Não consigo acreditar que ela morreu.

Myron não soube se ele estava falando de Suzze ou de Alista. Karl Snow piscou e olhou na direção de Kimberly. Ver a filha pareceu lhe dar forças.

– O senhor já perdeu um filho, Sr. Bolitar?

– Não.

– Vou poupá-lo dos clichês. Na verdade, vou poupá-lo de tudo. Sei como as pessoas me veem: o pai insensível que aceitou uma montanha de dinheiro para deixar o assassino da filha solto.

– Mas não foi o que aconteceu?

– Às vezes é preciso amar um filho em silêncio. E às vezes é preciso pranteá-lo em silêncio.

Myron não entendeu o que ele queria dizer, então aguardou.

– Tome um pouco do sorvete – disse Karl –, senão Kimberly vai reparar. Essa menina tem olhos nas costas.

Myron levou a mão até a colher e provou um pouco de chantilly com uma primeira camada do que parecia um sorvete de *cookie* com creme. Estava uma delícia.

– Está bom?

– Delicioso – respondeu Myron.

Karl tornou a sorrir, mas foi um sorriso triste.

– Foi Kimberly quem inventou o Melter.

– É genial.

– Ela é uma boa filha. E adora a sorveteria. Não fui um bom pai para Alista. Não vou cometer o mesmo erro outra vez.

– Foi isso que o senhor disse a Suzze?

– Em parte. Eu tentei fazê-la entender minha posição.

– Que é...?

– Alista amava a HorsePower e, como qualquer adolescente, era louca por Gabriel Wire.

Uma expressão estranha atravessou seu rosto. Ele desviou os olhos, perdido.

– O aniversário de 16 anos de Alista estava chegando. Eu não tinha dinheiro para fazer uma grande festa, mas sabia que a HorsePower ia fazer um show no Madison Square Garden. Acho que eles não faziam muitos shows... Na verdade, eu não acompanhava muito o que eles faziam, mas vi que estavam montando um guichê no subsolo de uma loja de departamentos na Rodovia 4 para vender ingressos. Então acordei às cinco da manhã e fui para a fila. O senhor precisava ter visto. Não tinha mais ninguém acima dos 30 e eu passei duas horas esperando em pé. Quando chegou a minha vez, a moça do guichê começou a digitar no computador e primeiro me disse que o show estava esgotado, mas depois, bem, depois ela disse: "Não, espere, ainda tenho dois ingressos" e eu nunca fiquei tão feliz em comprar alguma coisa na vida. Parecia que era o destino, sabe? Como se aquilo fosse um sinal.

Myron meneou a cabeça da maneira mais neutra que conseguiu.

– Ainda faltava uma semana para o aniversário de Alista, então resolvi esperar para entregar os ingressos a ela, mas contei a Kimberly quando cheguei em casa. Nós dois ficamos quicando de tanta ansiedade. Era como se aqueles ingressos estivessem querendo saltar do meu bolso. O senhor já sentiu isso? Já comprou alguma coisa tão especial para alguém que mal podia esperar para entregar?

– Já – respondeu Myron com uma voz branda.

– Kimberly e eu acabamos indo esperar Alista na saída da escola. Estacionamos o carro, eu a ajudei a descer e a coloquei na cadeira. Quando Alista saiu, nos encontrou ali, sorrindo como gatos que tivessem acabado de comer um passarinho. Ela fez uma careta para nós, daquele jeito das adolescentes, e perguntou o que estava havendo. Então eu mostrei os ingressos e...

Ele fez uma pausa e pareceu voltar no tempo.

– Ela deu um grito e se pendurou no meu pescoço e apertou tanto...

A voz dele sumiu. Ele puxou um guardanapo do suporte e começou a levá-lo aos olhos, mas mudou de ideia e passou a encarar o tampo da mesa.

– Enfim, Alista convidou a melhor amiga para ir ao show com ela e combinamos que ela dormiria na casa da amiga depois. Mas não foi isso que aconteceu. O resto da história o senhor já sabe.

– Eu sinto muito.

Karl Snow balançou a cabeça.

– Já faz muito tempo.

– E o senhor não culpa Gabriel Wire por isso?

– Culpar?

Ele se calou, refletindo por alguns instantes.

– A verdade é que, depois que minha esposa morreu, parei de prestar atenção em Alista como devia. Então, em parte... quer dizer, quando penso bem no assunto... Sabe o *roadie* que viu Alista na multidão? Eu não o conhecia. O segurança que a deixou entrar no camarim? Não conhecia também. Gabriel Wire... igualmente desconhecido. Eu era o pai e não cuidei direito da minha filha. Por que deveria esperar que eles fizessem isso?

Karl Snow piscou e relanceou os olhos para a direita.

– E foi isso que o senhor disse a Suzze?

– Eu disse a ela que não havia prova nenhuma de que Gabriel Wire tivesse feito qualquer coisa errada naquela noite. Pelo menos nada que a polícia tivesse encontrado. Eles deixaram isso bem claro para mim. Sim, Alista tinha ido ao quarto de hotel de Wire. Sim, tinha caído da varanda do quarto dele e, sim, eram 32 andares. Mas para ir de uma coisa a outra, para passar desses fatos ao indiciamento de uma celebridade, sem falar em conseguir uma condenação...

Ele deu de ombros.

– Eu tinha outra filha com que me preocupar. Não tinha dinheiro. O senhor sabe como é difícil criar um filho deficiente? Sabe como é caro? E a SnowCap hoje em dia é uma pequena rede. Onde o senhor acha que eu arrumei o capital inicial?

Myron estava se esforçando muito para entender, mas sua voz saiu mais incisiva do que ele queria.

– Com o assassino da sua filha?

– O senhor não entende. Alista estava morta. A morte não tem volta. Não havia mais nada que eu pudesse fazer por ela.

– Mas ainda havia algo que poderia fazer por Kimberly.

– Sim. Embora na verdade não seja assim tão simples. Suponhamos que eu não tivesse ficado com o dinheiro. Wire teria escapado e Kimberly continuaria em uma situação difícil. Do jeito que foi, pelo menos Kimberly pôde receber os cuidados de que precisava.

– Sem querer ofender, tudo isso está me soando de uma frieza fenomenal.

– Imagino que deva soar mesmo, para alguém de fora. Eu sou pai. E um pai na verdade só tem uma tarefa na vida: proteger o filho. Só isso. E eu fracassei nesse quesito, deixei minha filha ir àquele show e não controlei onde ela estava... Nada nunca vai poder compensar isso.

Ele parou e enxugou uma lágrima.

– Enfim, o senhor perguntou o que Suzze queria. Ela queria saber se eu achava que Gabriel Wire tinha matado Alista.

– Ela disse por quê? Quer dizer, por que vir atrás disso depois de tantos anos?

– Não.

Ele piscou os olhos e olhou para o outro lado.

– O que foi?

– Nada. Eu deveria ter dito a ela para não se meter nessa história. Alista foi se meter com Gabriel Wire... e olhe só o que aconteceu.

– O senhor está dizendo que...

– Não estou dizendo nada. O noticiário disse que ela morreu de overdose de heroína. Ela parecia abalada quando saiu daqui, então acho que isso não me surpreende muito.

Atrás dele, uma das amigas de Lauren começou a chorar – alguém tinha recebido o saquinho de brindes errado, algo assim. Karl Snow ouviu a confusão e foi depressa até junto das meninas. Todas eram filhas de alguém e logo iriam crescer e se apaixonar por astros do rock. Por enquanto, porém, ali estavam elas, na festa de aniversário da amiguinha, e tudo o que queriam na vida era sorvete e o saquinho de brindes certo.

21

WIN SABIA COMO CONSEGUIR se encontrar com Herman Ache imediatamente.

Windsor Horne Lockwood III, assim como Windsor Horne Lockwood II e Windsor Horne Lockwood, tinha nascido em berço de ouro, ou melhor, em um carrinho de golfe de ouro. Sua família estava entre os sócios fundadores do Merion Golf Club em Ardmore, na Filadélfia. Win também era sócio do Pine Valley, que volta e meia era eleito o melhor campo do mundo (embora ficasse perto de um parque aquático cafona no sul de Nova Jersey), e, para quando quisesse jogar em um campo sensacional perto de Nova York, havia se tornado sócio do Ridgewood Golf Club, um paraíso de 27 buracos projetado por A. W. Tillinghast que estava entre os melhores campos ao ar livre do planeta, sem dúvida.

Herman Ache – o "ex"-mafioso – gostava mais de golfe do que dos próprios filhos. Talvez isso fosse um exagero, mas, a julgar pela recente visita de Win a um presídio federal, Herman Ache com certeza gostava mais de golfe do que do irmão Frank. Então Win telefonara para o escritório dele naquela manhã e o convidara para jogar em Ridgewood no mesmo dia. Herman Ache aceitara sem hesitar.

Ache era desconfiado demais para não perceber que Win tinha segundas intenções ao lhe fazer aquele convite, mas estava pouco ligando. Aquela era a sua chance de jogar em Ridgewood – uma oportunidade rara, até mesmo para o mais rico e poderoso chefão da máfia. Herman seria capaz de se defender, de atacar e provavelmente até de aceitar ser grampeado pelo FBI se isso significasse que poderia jogar em um dos campos de golfe mais lendários de Tillinghast.

– Obrigado outra vez por me convidar – disse ele.

– O prazer é meu.

Os dois estavam no primeiro *tee*, conhecido como One East. Era proibido levar celulares para o campo, mas Win tinha falado com Myron antes de entrar. Já estava sabendo da conversa com Karl Snow. Não sabia ao certo de que aquelas informações lhes serviriam. Então esvaziou a mente e caminhou até a bola. Soltou o ar e lançou-a em linha reta pelo centro do gramado, com uma tacada que atingiu quase 270 metros.

Herman Ache, cuja tacada era mais feia que sovaco de macaco, jogou em seguida. Ele lançou a bola bem para a esquerda por cima das árvores, quase zunindo para a Rota 17.

Herman franziu o cenho e olhou com atenção para o taco, prestes a pôr a culpa nele.

– Sabe de uma coisa? Vi Tiger dar uma tacada igualzinha neste buraco durante o Barclays Open.

– É – respondeu Win. – Não há praticamente diferença nenhuma entre você e Tiger diante de um *tee*.

Herman Ache sorriu com dentes rigorosamente restaurados. Apesar de já ter quase 80 anos, estava usando uma camisa de golfe amarela de tecido *dri-fit* da Nike e, acompanhando uma moda recente porém infeliz do mundo do golfe, uma calça branca justa com a boca larga e cinto preto grosso com a fivela do tamanho de uma calota.

Ache pediu para repetir a tacada – algo que Win nunca, jamais, fazia quando era convidado de alguém – e pôs outra bola em cima do *tee*.

– Deixe eu lhe perguntar uma coisa, Win.

– Pode falar.

– Como você provavelmente já sabe, eu estou velho.

Ache tornou a sorrir. Sua intenção era parecer um vovô simpático mas, com as restaurações dentárias, o sorriso ficava mais parecido com o de um lêmure. Herman Ache tinha um bronzeado mais para o laranja do que para o marrom e cabelos grisalhos muito abundantes e distintos – do tipo que só o dinheiro pode comprar, ou seja, ele usava peruca. Seu rosto não tinha qualquer ruga – ou qualquer movimento. Botox, muito Botox. A pele oleosa e brilhante demais lhe conferia um leve ar de estátua de cera que não tinha dado certo. O que o denunciava era o pescoço: magro e flácido, a pele pendendo como um saco escrotal velho.

– Sim, eu sei – disse Win.

– E, como você deve saber, sou dono e presidente de um imenso e variado portfólio de empresas perfeitamente legais.

Se um homem sente necessidade de afirmar que suas empresas são "perfeitamente legais", bem, elas com certeza não o são.

Win fez um muxoxo de desinteresse.

– Estava me perguntando se você poderia pensar em apadrinhar minha candidatura a sócio deste clube – disse Herman Ache. – Com os seus contatos e o seu nome, quer dizer, se você me apoiasse, acho que isso poderia contribuir muito para que eu fosse aceito.

Win se esforçou muito para não empalidecer. Também conseguiu de alguma forma não levar a mão ao coração e cambalear para trás, embora não tenha sido fácil.

– Podemos conversar – disse Win.

Herman se posicionou atrás da bola, apertou os olhos e estudou o gramado como se estivesse em busca do Novo Mundo. Caminhou até a bola, ficou em pé junto a ela e ensaiou quatro tacadas extremamente lentas. Os *caddies* se entreolharam. Herman tornou a avaliar o gramado. Se aquilo fosse um filme, nesta cena os espectadores começariam a ver os ponteiros do relógio avançarem depressa. Os dias do calendário seriam varridos pelo vento, as folhas das árvores ficariam secas, a neve cairia e depois surgiria o sol, fazendo tudo voltar a ficar verdejante.

Preceito de Golfe Nº 12 de Win: Ser ruim é perfeitamente aceitável. Ser ruim e demorar a jogar, não.

Herman por fim fez sua jogada – outra péssima tacada para a esquerda. A bola foi bater em uma árvore e tornou a cair na área de jogo. Os *caddies* pareceram aliviados. Win e Ache passaram pelos primeiros dois buracos conversando sobre assuntos sem importância. O golfe é por natureza um jogo maravilhosamente egoísta. Você presta atenção nos pontos que está marcando e em quase nada mais. Isso, sob muitos aspectos, é bom, mas não é propício para conversas estimulantes.

No *tee* do terceiro buraco, o famoso buraco em desnível para ser cumprido em cinco tacadas, ambos se deixaram perder na vista, no silêncio, no verde, na calma. A paisagem era espetacular. Durante alguns instantes, ninguém se mexeu nem disse nada. Win respirava fundo, com calma, quase de olhos fechados. Um campo de golfe é um santuário. Era comum as pessoas zombarem daquele esporte, um dos mais difíceis de se aprender e que enganava até mesmo os adeptos mais experientes. Mas para Win, quando estava no campo em um dia como aquele e fitava a imensidão verde e tranquila, apesar de ser um agnóstico convicto, sentia-se quase abençoado.

– Win?

– Sim?

– Obrigado – disse Herman Ache. Havia uma lágrima em seu olho. – Obrigado por isso.

Win olhou para Herman. O encanto fora quebrado. Aquele não era o homem com quem ele queria compartilhar um momento assim. De qualquer forma, pensou, havia conseguido uma brecha.

– Sobre essa história de apadrinhar sua candidatura a sócio.

Herman Ache ergueu os olhos para Win com uma esperança de fanático.

– Sim?

– O que eu poderia dizer ao conselho de sócios sobre seus, ahn, interesses profissionais?

– Eu já disse. Estou totalmente dentro da lei agora.

– Ah, mas eles sabem sobre o seu passado.

– Em primeiro lugar, passado é passado. E, de toda forma, aquele não era eu. Deixe eu lhe perguntar uma coisa, Win: qual é a diferença entre o Herman Ache de agora e o Herman Ache de cinco anos atrás?

– Por que não me diz você mesmo?

– Ah, vou dizer, sim. A diferença é que agora não existe mais nenhum Frank Ache.

– Entendi.

– Todos os crimes, toda a violência... tudo isso não era eu. Era meu irmão Frank. Você conhece Frank, Win. Ele é um grosso. É mal-educado, violento. Eu fiz o que pude para contê-lo. Foi ele quem causou todos os problemas. Pode dizer isso ao conselho.

Entregar o próprio irmão em troca do título de um clube de golfe. Herman era mesmo um príncipe.

– Não creio que criticar seu irmão tampouco vá causar boa impressão no conselho – disse Win. – Eles prezam muito os valores familiares.

Mudança de olhar, mudança de estratégia.

– Ah, não estou criticando meu irmão. Veja bem, eu amo Frank. Ele é meu irmãozinho caçula. Sempre vai ser. Eu cuido bem dele. Você sabe que ele está cumprindo pena, não sabe?

– É, ouvi dizer – respondeu Win. – Você costuma visitá-lo?

– Claro, sempre. O mais engraçado é que Frank adora aquilo lá.

– A prisão?

– Você conhece Frank. Ele praticamente manda naquele troço. Vou ser honesto com você. Eu não queria que ele se desse mal sozinho, mas Frank, bem, ele insistiu. Ele quis se sacrificar pela família inteira, então, sério, o mínimo que posso fazer é garantir que cuidem bem dele.

Win estudou a expressão facial e a linguagem corporal do velho. Nada. A maioria das pessoas acredita que é possível perceber quando alguém está mentindo – que existem sinais claros de fingimento e que, conhecendo-os, é possível saber quando alguém mente ou diz a verdade. Quem acredita nessa bobagem está sendo duplamente enganado. Herman Ache era um sociopata. Devia ter assassinado – ou, para ser mais preciso, mandado assassinar – mais pessoas do que Frank seria capaz em toda a vida. Frank Ache era previsível: um ataque frontal, fácil de ver e fácil de evitar. Já Herman Ache era como uma serpente na grama, como um lobo em pele de cordeiro e, portanto, bem mais perigoso.

Os *tees* do sétimo buraco estavam mais próximos nesse dia, de modo que Win pegou um taco com cabeça de madeira.

– Posso fazer uma pergunta sobre seus interesses profissionais?

Herman Ache olhou de soslaio para Win e foi como se os dentes do lobo se mostrassem sob a pele de cordeiro.

– Fale-me da sua relação com Gabriel Wire.

Até mesmo um sociopata pode parecer surpreso.

– Por que diabos você iria querer saber sobre isso?

– Myron é agente do companheiro de banda dele.

– E daí?

– E daí que eu sei que você cuidava das dívidas de jogo dele.

– E você acha que isso deveria ser ilegal? Quando o governo vende bilhetes de loteria, tudo bem. Quando Las Vegas, Atlantic City ou um bando de indianos apostam, tudo bem, mas se um homem de negócios honesto faz a mesma coisa isso é crime?

Win se esforçou muito para não bocejar.

– Você ainda cuida das dívidas de jogo de Gabriel Wire?

– Não vejo em que isso seja da sua conta. Wire e eu temos um acerto profissional dentro da lei. Isso é tudo de que você precisa saber.

– Acerto profissional dentro da lei?

– Isso mesmo.

– Estou confuso – disse Win.

– Confuso em relação a quê?

– Que tipo de acerto profissional dentro da lei poderia envolver Evan Crisp vigiando a casa de Wire na ilha de Adiona?

Ainda com o taco na mão, Ache congelou. Devolveu o taco ao *caddie* e tirou a luva branca da mão esquerda. Então chegou mais perto de Win.

– Escute aqui – disse com uma voz suave. – Você e Myron não vão querer se meter nesse assunto. Confie em mim. Você conhece Crisp?

– Só a reputação dele.

Ache balançou a cabeça.

– Então sabe que não vale a pena.

Herman lançou mais um olhar irado na direção de Win e voltou para junto do *caddie*. Tornou a calçar a luva esquerda e pediu o taco de volta. O *caddie* lhe devolveu o taco e começou a se encaminhar na direção das árvores à esquerda, pois essa parecia ser a região preferida pelas bolas de golfe de Herman Ache.

– Não tenho interesse nenhum em prejudicar seus negócios – disse Win. – Aliás, não tenho interesse nenhum em Gabriel Wire.

– O que está querendo, então?

– Informações sobre Suzze T. Sobre Alista Snow. E sobre Kitty Bolitar.

– Não sei do que está falando.

– Quer ouvir a minha teoria?

– Sobre o quê?

– Vamos voltar no tempo 16 anos – disse Win. – Gabriel Wire lhe deve uma quantia significativa por causa de dívidas de jogo. Além de drogado, ele adora um rabo de saia plissada...

– Rabo de saia plissada?

– Só gosta de meninas novinhas – explicou Win.

– Ah, agora entendi. Saia plissada.

– Que bom. Além disso, e mais importante para você, Gabriel Wire é um apostador compulsivo. Resumindo: ele é um perdido, ainda que um perdido rentável. Tem dinheiro e um baita potencial para fazer mais dinheiro, de modo que os juros sobre a dívida dele não param de aumentar. Está acompanhando meu raciocínio?

Herman Ache não disse nada.

– Então Wire vai longe demais. Depois de um show no Madison Square Garden, ele convida Alista Snow, uma menina inocente de 16 anos, para ir com ele à sua suíte de hotel. Lá, dá a ela um coquetel de cocaína e sei lá mais que drogas tinha à mão e a menina acaba pulando de uma sacada. Ele entra em pânico e o chama. Ou talvez, levando em conta quanto dinheiro ele vale, já houvesse um homem seu por lá. Talvez até Crisp. Então você resolve a confusão toda. Intimida as testemunhas e chega até a subornar a família Snow. Faz tudo o que é preciso para proteger o seu garoto. Ele agora lhe deve ainda mais. Não sei que tipo de "acerto profissional dentro da lei" vocês dois fizeram, mas imagino que Wire deva dar a você o quê? Metade do que ganha? Isso deve representar no mínimo alguns milhões de dólares por ano.

Herman Ache só fez olhar para ele, esforçando-se muito para não soltar fumaça pelas ventas.

– Win?

– Pois não?

– Sei que você e Myron gostam de pensar que são durões – disse Ache –, mas nenhum dos dois é à prova de balas.

– Ora, ora – disse Win, abrindo os braços. – O que houve com o Sr. Dentro da Lei? Com o Sr. Homem de Negócios Legítimos?

– Esteja avisado.

– A propósito, fui visitar o seu irmão na cadeia.

O semblante de Herman se desfez.

– Ele mandou lembranças.

22

Big cyndi estava alvoroçada quando Myron voltou ao escritório.

– Sr. Bolitar, tenho informações sobre a tatuagem de Gabriel Wire.

– Pode falar.

Big Cyndi estava toda vestida de cor-de-rosa, com *blush* suficiente no rosto para pintar uma van.

– Segundo as extensas pesquisas de Fê Magalhães, Gabriel Wire tinha uma tatuagem. Ficava na coxa esquerda, não na direita. Isto talvez soe um pouco estranho, então por favor tenha paciência.

– Estou ouvindo.

– Era um coração. A tatuagem em si era permanente. O que Gabriel Wire fazia era preenchê-lo temporariamente com um nome.

– Acho que não entendi.

– O senhor sabe que a aparência de Gabriel Wire fazia sucesso, não sabe?

– Sei.

– Ele era um roqueiro e um gostoso de marca maior, mas tinha uma preferência.

– Por...?

– Ele gostava de meninas menores de idade.

– Ele era pedófilo?

– Não, acho que não. Os alvos dele eram moças já desenvolvidas, mas todas jovens de uns 16 ou 17 anos.

Como Alista Snow. E, pensando bem, como Suzze T. na época.

– Então, mesmo sendo um roqueiro tudo de bom, Gabriel Wire muitas vezes precisava convencer alguma menina de que ela significava algo para ele.

– Não sei muito bem onde a tatuagem entra nessa história.

– A tatuagem era um coração vermelho.

– E daí?

– E daí que não tinha nada escrito dentro. Só um coração vermelho. Então Gabriel Wire pegava uma caneta e escrevia o nome da garota que estava paquerando. E fingia que tinha feito uma tatuagem especialmente para a menina.

– Uau.

– Pois é.

– Diabólico mesmo.

Big Cyndi deu um suspiro.

– O senhor não acreditaria se eu contasse as coisas que os homens fazem para pegar uma gostosa como a gente.

Myron estava tentando processar a informação.

– Como é que isso funcionava exatamente?

– Depende. Se Gabriel quisesse acelerar o processo, levava a garota na mesma noite ao estúdio de um tatuador. Aí pedia a ela que esperasse enquanto ele era atendido e ia para outra sala escrever o nome dentro do coração. Às vezes ele fazia isso antes do segundo encontro.

– Como quem diz: "Olhe, eu gosto tanto de você que fiz uma tatuagem com seu nome."

– Exato.

Myron balançou a cabeça.

– É preciso admitir que a ideia é genial – disse Big Cyndi.

– Acho mais para doentia.

– Ah, mas acho que isso fazia parte – disse Big Cyndi. – Gabriel Wire podia ter qualquer garota que quisesse, até as mais novinhas. Então fiquei me perguntando: por que ele se dava todo esse trabalho? Por que simplesmente não escolhia outra menina?

– E?

– E eu acho que, como muitos homens, ele precisava que a menina se apaixonasse por ele de verdade. E gostava das mais novas. Então meu palpite é que ele estacionou naquele estágio de desenvolvimento em que o garoto sente prazer em partir o coração de uma menina. Como no ensino médio.

– Pode ser.

– É só uma teoria – disse Big Cyndi.

– OK. Tudo isso é muito interessante, mas o que tem a ver com a outra tatuagem, a que Suzze também tinha?

– Esse desenho parece ser algum tipo de símbolo exclusivo criado por alguém – disse Big Cyndi. – Então Fê Magalhães suspeita de que Suzze e Gabriel tenham sido amantes. Suzze fez a tatuagem e, para impressioná-la ou enganá-la, Gabriel também fez uma.

– Então era uma tatuagem temporária?

– Não há como saber ao certo – disse Big Cyndi –, mas com certeza, a julgar pelo passado dele, é uma forte possibilidade.

Esperanza estava em pé na soleira da porta. Myron olhou para ela.

– O que você acha?

– Só o óbvio – respondeu Esperanza. – Suzze e Gabriel foram amantes. Alguém postou uma mensagem sobre a paternidade do filho dela junto com uma tatuagem que os dois tinham.

– Kitty admitiu que foi ela – disse Myron.

– Talvez faça sentido – disse Esperanza.

– Como assim?

O telefone do escritório tocou. Big Cyndi voltou para sua mesa e adotou seu tom de voz mais doce.

– MB Representações.

Ela escutou durante alguns instantes e balançou a cabeça, apontando para si mesma para que os outros dois soubessem que ela poderia cuidar do assunto sozinha.

Esperanza sinalizou para Myron indicando que a seguisse até sua sala.

– Estou com o histórico de ligações do celular de Suzze.

Na televisão, parece que obter o histórico de ligações de um telefone é algo dificílimo, que – para o bem do roteiro – leva dias ou semanas. Na verdade, é algo que pode ser feito em minutos. No caso de Suzze, levou menos tempo ainda. Como muitos dos clientes da MB Representações, todos os pagamentos das contas de Suzze passavam pela agência. Isso significava que eles tinham o número de seu celular, seu endereço, todas as suas senhas e números de documentos. Esperanza puxara o histórico da internet como se fosse do próprio celular.

– Uma das últimas ligações que ela fez foi para o celular de Lex, mas ele não atendeu. Acho que talvez estivesse no avião voltando para cá. Mas Lex tinha telefonado para ela mais cedo. Logo depois, estou falando da manhã em que Suzze morreu, ela também ligou para um celular pré-pago impossível de rastrear. Na minha opinião, a polícia vai achar que ela estava ligando para combinar a compra com o traficante.

– Mas não foi isso?

Esperanza balançou a cabeça.

– O número bate com o celular de Kitty que Crush passou para você.

– Caramba.

– Pois é – disse Esperanza. – Talvez tenha sido assim que Suzze arrumou a droga.

– Com Kitty?

– É.

Myron balançou a cabeça.

– Ainda não consigo acreditar.

– Não consegue acreditar no quê?

– Suzze. Você a viu aqui na agência. Ela estava grávida. Estava feliz.

Esperanza se recostou na cadeira e passou vários segundos olhando para ele.

– Você se lembra de quando Suzze ganhou o US Open?

– Claro. O que isso tem a ver?

– Ela estava limpa. Começou a se concentrar só no tênis e, pronto, na mesma hora ganhou uma competição importante. Nunca vi alguém querer tanto alguma coisa. Ainda posso ver aquele último *forehand* que atravessou a quadra inteira para marcar o ponto da vitória, a expressão de felicidade no rosto dela, o jeito como jogou a raquete para cima, depois se virou e apontou para você.

– Para nós dois – disse Myron.

– Por favor, não me trate feito boba. Você sempre foi agente e amigo dela, mas não pode se fingir de cego numa hora como esta. Quero que pense no que aconteceu depois dessa vitória.

Myron tentou se lembrar.

– Nós demos um festão. Suzze levou a taça e nós bebemos nela.

– E depois?

Myron balançou a cabeça, entendendo aonde Esperanza queria chegar.

– Ela desmoronou.

– Desmoronou feio.

Quatro dias depois da maior vitória de sua carreira – depois de aparecer no *Today Show*, de ser entrevistada por David Letterman e aparecer em vários outros programas de televisão importantes –, Myron encontrou Suzze chorando e ainda na cama às duas da tarde. Dizem que nada é pior do que ver um sonho se realizar. Suzze pensava que ganhar o US Open fosse lhe trazer felicidade instantânea. Achava que seu café da manhã fosse ter um gosto especial, que o sol fosse aquecer sua pele de um jeito diferente, que ela fosse olhar no espelho e ver alguém mais bonito, mais inteligente, mais digno de amor.

Ela pensou que ganhar pudesse transformá-la.

– Justo quando as coisas estavam melhores, Suzze voltou a usar drogas – disse Esperanza.

– E você acha que aconteceu a mesma coisa agora?

Esperanza suspendeu uma das mãos, depois a outra, como uma balança.

– Felicidade, recaída. Felicidade, recaída.

– E o fato de ela ter ido visitar Karl Snow depois de tantos anos? Você acha que foi coincidência?

– Não. Mas acho que causou emoções fortes. Isso entra no prato que diz que ela se drogou, não no outro. Também verifiquei os endereços registrados no GPS de Suzze que você passou. O primeiro, bem, esse você já descobriu: era a sorveteria de Karl Snow. Os outros são todos fáceis de explicar, exceto o segundo. Esse eu não faço ideia do que seja.

– O cruzamento em Edison, Nova Jersey? Espere aí. Você não disse que o celular pré-pago de Kitty foi comprado em uma loja da T-Mobile em Edison?

– Foi – confirmou Esperanza, fazendo uma imagem surgir na tela do computador. – É do satélite do Google Earth.

Myron examinou a imagem. Havia um supermercado da rede ShopRite, uma loja de eletrônicos Best Buy, algumas outras lojas e um posto de gasolina.

– Não tem nenhuma T-Mobile – disse Esperanza.

Mas valia a pena uma passada por lá, pensou Myron.

23

O BLUETOOTH DO CARRO DE MYRON puxava as ligações de seu celular. Ele passou a primeira meia hora no telefone com clientes. A vida não para por causa da morte. Se algum dia você precisar de uma prova disso, volte ao trabalho.

Alguns minutos antes de ele chegar, Win ligou.

– Você está armado? – perguntou Win.

– Imagino que você tenha incomodado Herman Ache.

– Incomodei, sim.

– Então ele está metido com Gabriel Wire?

– Parece que sim, mas tem uma coisa.

– O quê? – indagou Myron.

– Eu apresentei nossa teoria sobre ele controlar Wire com chantagem e dívidas de jogo.

– Certo.

– Demorou alguns minutos, mas o Sr. Ache finalmente confessou que ela estava correta – disse Win.

– E isso quer dizer o quê?

– Herman Ache seria capaz de mentir sobre o que comeu no almoço – disse Win.

– Então nós estamos deixando passar alguma coisa.

– É. Enquanto isso, é melhor você andar armado.

– Vou pegar uma arma quando voltar – disse Myron.

– Não precisa esperar. Tem um 38 debaixo do seu banco.

Que ótimo. Myron levou a mão até debaixo do assento e sentiu a protuberância.

– Mais alguma coisa que eu deva saber?

– Acertei o último buraco uma tacada antes do que se calcula para ele e terminei o circuito com duas a menos do que o esperado naquele campo.

– Em suma, você ficou enrolando antes de chegar ao assunto.

– Eu estava tentando não chamar atenção.

– Acho que, em algum momento, vamos ter que falar com Gabriel Wire cara a cara – disse Myron.

– Isso talvez signifique invadir a fortaleza – disse Win. – Ou pelo menos a propriedade dele em Adiona.

– Acha que a gente consegue passar pela segurança?

– Vou fingir que você não fez essa pergunta.

Quando chegou ao cruzamento em Edison, Myron parou o carro no estacionamento de mais uma área comercial. Conferiu se ali também havia alguma sorveteria – se houvesse, começaria por lá –, mas não, aquela era uma área comercial mais genérica, tipicamente americana, com uma loja da Best Buy, uma papelaria Staples e uma sapataria chamada DSW que ocupava mais ou menos a mesma área de um pequeno principado europeu.

Por que Suzze fora ali, então?

Ele remontou a linha do tempo da véspera. Primeiro, Suzze recebia uma ligação do marido, Lex Ryder. A ligação durava 47 minutos. Meia hora depois de desligar, Suzze telefonava para o celular pré-pago de Kitty. Dessa vez passava menos tempo no telefone: quatro minutos. OK, ótimo, mas e depois? Só quatro horas após o telefonema Suzze ia visitar Karl Snow na sorveteria para fazer perguntas sobre a morte de Alista. Havia uma lacuna no tempo, de modo que ele agora precisava preencher aquelas quatro horas.

Seguindo a lógica do GPS, em algum momento entre a ligação de quatro minutos para Kitty e a visita a Karl Snow, Suzze tinha ido até ali, até aquele cruzamento em Edison, Nova Jersey. Não havia um endereço completo registrado no GPS, como no caso da área comercial onde ficava a sorveteria de Karl Snow, apenas a indicação daquele cruzamento. Em uma esquina dele ficava uma área comercial. Na outra, um posto de gasolina. Na terceira, uma concessionária da Audi. E na quarta apenas mato.

Então por quê? Por que não consultar um endereço completo?

Pista número 1: Suzze tinha ido até ali logo depois de falar com Kitty. Levando em conta a longa e complexa relação das duas, um telefonema de quatro minutos parecia excessivamente curto. Conclusão possível: Suzze e Kitty haviam conversado apenas o tempo suficiente para combinarem um encontro. Segunda conclusão possível: as duas haviam marcado de se encontrarem ali, naquele cruzamento.

Myron olhou em volta à procura de algum restaurante ou café, mas não viu nenhum. Parecia muito pouco provável que as duas ex-estrelas do tênis tivessem decidido comprar sapatos, material de escritório ou eletrônicos, de forma que o restante de uma das esquinas era carta fora do baralho. Ele olhou ao longo dos dois lados da rua. Então, depois da concessionária da Audi, Myron viu uma placa rebuscada que chamou sua atenção. O nome do estabelecimento, escrito em uma caligrafia inglesa antiquada, era IMÓVEIS TRANSPORTÁVEIS GLENDALE.

Myron atravessou a rua e viu que se tratava de um estacionamento de trailers. Agora até os estacionamentos de trailers investiam em relações públicas, como indicavam a placa estilosa e o uso da palavra "imóveis", como se aquela fosse uma região valorizada e abrigasse mansões. Os trailers estavam dispostos ao longo de uma sequência de ruas com nomes como Garden Mews e Old Oak Drive, embora não parecesse haver qualquer indicação de um jardim, como sugeria a palavra *garden,* ou de um carvalho, como sugeria a palavra *oak.* Myron não sabia direito o que significava *mews.*

Mesmo de onde estava, na rua, Myron pôde ver várias placas de ALUGA-SE. Nova conclusão: Kitty e Mickey estavam morando ali. Talvez Suzze não soubesse o endereço exato. Talvez o GPS não registrasse Garden Mews ou Old Oak Drive, de modo que Kitty havia informado a Suzze o cruzamento mais próximo.

Ele não tinha uma foto de Kitty para mostrar e, mesmo que tivesse, levantaria suspeitas. Tampouco podia parar e sair batendo à porta dos trailers. No final, Myron acabou optando por uma tocaia à moda antiga. Voltou para o carro e estacionou perto do escritório do gerente do estabelecimento, de onde tinha uma boa visão da maioria dos trailers. Por quanto tempo ele ainda podia ficar parado ali esperando? Uma hora, quem sabe duas. Ligou para seu velho amigo Zorra, ex-agente do Mossad sempre disposto a ajudar numa tocaia. Acertaram que Zorra viria assumir seu posto dentro de duas horas.

Myron se acomodou e usou o tempo de espera para ligar para clientes. Chaz Landreaux, seu jogador da NBA mais velho e no passado eleito um dos melhores do ano, estava louco para conseguir ficar mais um ano na divisão profissional. Myron não parava de ligar para dirigentes de times de basquete atrás de uma chance para seu veterano, mas ninguém estava interessado. Chaz não se conformava com isso.

– Ainda não consigo parar – disse ele a Myron. – Entende o que estou dizendo? Myron entendia.

– Continue treinando – disse ele. – Alguém vai lhe dar uma oportunidade.

– Valeu, cara. Eu sei que posso ajudar um time jovem.

– Também sei disso. Deixe eu lhe fazer mais uma pergunta. Caso o pior aconteça, se a NBA não rolar, o que você acharia de passar um ano jogando na China ou na Europa?

– Acho que não.

Olhando pelo para-brisa dianteiro, ele viu a porta de um trailer se abrir e seu sobrinho Mickey aparecer. Myron sentou-se mais ereto.

– Chaz, vou continuar tentando. Ligo para você amanhã.

Ele desligou. Mickey continuou segurando a porta do trailer aberta, olhando lá para dentro por alguns instantes antes de fechá-la. Como Myron havia reparado na véspera, ele era um rapaz grande. Devia ter a sua altura – 1,93 metro – e pesar uns 95 quilos. Mickey andava com os ombros jogados para trás e a cabeça erguida. O andar típico dos Bolitar, reparou Myron. Seu pai andava assim. Brad andava assim. E Myron também.

Os genes não perdoam, garoto.

E agora?

Ele supôs que houvesse uma pequena chance de Suzze ter falado ou se encontrado com Mickey. Mas era pouco provável. Melhor continuar ali. Melhor esperar Mickey ir embora para então chegar perto do trailer, torcendo para Kitty ainda estar lá dentro. Mas se Kitty não estivesse lá e ele precisasse rastrear Mickey, não seria difícil. O garoto estava usando uma polo vermelha que era uniforme dos funcionários da Staples. Era razoável supor que estivesse indo trabalhar.

Será que a Staples contratava funcionários tão jovens assim?

Myron não sabia. Ele abaixou o para-sol do motorista. Com aquilo e o reflexo no vidro, Mickey não poderia vê-lo. Quando o sobrinho se aproximou, Myron pôde ler o nome escrito em sua camisa. BOB.

Cada vez mais estranho.

Antes de sair do carro, esperou até que Mickey tivesse feito a curva em direção ao cruzamento. Então andou na direção da rua e deu uma olhada rápida. Mickey estava mesmo indo para a Staples. Myron deu meia-volta e começou a andar pela Garden Mews. O estacionamento era limpo e bem conservado. Havia espreguiçadeiras em frente a alguns dos trailers, margaridas de plástico ou cata-ventos espetados no chão diante de outros. Havia também uma vasta gama de enfeites de jardim, sendo Nossa Senhora de longe a imagem mais presente, e o tilintar de sinos de vento.

Myron chegou à porta do trailer e bateu. Ninguém respondeu. Bateu com mais força. Nada. Tentou espiar por uma das janelas, mas as persianas estavam fechadas. Deu a volta no trailer. As persianas de todas as janelas estavam fechadas em pleno dia. Voltou à porta e tentou a maçaneta. A porta estava trancada.

A fechadura era de mola e provavelmente não era nova. Myron não era especialista em arrombamento, mas a verdade é que abrir fechaduras de mola velhas usando um cartão de crédito é bem fácil. Ele se certificou de que ninguém estivesse olhando. Anos antes, Win havia lhe ensinado a arrombar fechaduras usando um cartão mais fino que o de crédito. Desde então, o cartãozinho ficara morando dentro da sua carteira, sem uso, como o preservativo que um adolescente carrega para cima e para baixo sem qualquer esperança de usar. Ele sacou o cartão, conferiu mais uma vez para ter certeza de que ninguém estava observando e o inseriu entre a porta e o batente até encontrar a lingueta, empurrá-la e destrancar a porta. Se houvesse também um trinco, uma corrente ou uma trava de segurança qualquer, seu esforço seria em vão. Por sorte, havia apenas a fechadura barata e frágil.

A porta se abriu.

Myron entrou depressa e a fechou atrás de si. As luzes estavam apagadas e, com todas as persianas baixadas, o recinto tinha uma aura assustadora.

– Olá?

Ninguém respondeu.

Ele acionou o interruptor. As lâmpadas piscaram e se acenderam. O cômodo era mais ou menos o que se poderia esperar de um trailer alugado. Havia um daqueles móveis baratos e difíceis de montar com alguns livros, uma pequena televisão e um laptop surrado. Em frente a um sofá-cama ficava uma mesa de centro que não via um descanso de copo desde que o homem pisara na lua. Myron soube que o sofá servia de cama por causa do travesseiro e do cobertor dobrado em cima dele. Mickey provavelmente dormia ali, enquanto a mãe ficava com o quarto.

Myron viu uma fotografia sobre a mesa de canto. Acendeu o abajur e ergueu a foto para ver melhor. Era Mickey usando um uniforme de basquete, os cabelos desgrenhados e os cachos da frente colados à testa por causa do suor. Brad estava ao seu lado, o braço em volta do pescoço do filho como se estivesse prestes a puxá-lo para um abraço. Pai e filho exibiam sorrisos imensos. Brad olhava para Mickey com um amor tão evidente e o momento era tão íntimo que Myron quase sentiu vontade de virar as costas e sair. Pôde ver que o nariz de Brad agora estava claramente torto. Mais do que isso, porém, seu irmão parecia mais velho, com a linha dos cabelos começando a recuar na testa. Alguma coisa nisso, alguma coisa na passagem do tempo e em tudo que os dois haviam perdido, fez o coração de Myron se despedaçar de novo.

Foi então que ele ouviu um barulho atrás de si. Virou-se depressa. O barulho tinha vindo do quarto. Ele foi até a porta e espiou lá dentro. A sala estava limpa e arrumada. O quarto, por sua vez, parecia ter sido atingido por um furacão e, bem ali, no olho do furacão, dormindo (ou coisa pior), estava Kitty.

– Oi?

Ela não se mexeu. Sua respiração estava curta, chiada. O quarto recendia a cigarro e algo que talvez fosse suor de cerveja. Ele chegou mais perto da cama. Decidiu investigar um pouco antes de acordá-la. O celular pré-pago estava em cima da mesa de cabeceira. Ele checou as ligações. Reconheceu as de Suzze e de Joel Fishman, também conhecido como Crush. Havia três ou quatro outras, algumas com um número que parecia de fora do país. Ele os copiou em seu BlackBerry e enviou por e-mail para Esperanza. Vasculhou a bolsa de Kitty e encontrou seu passaporte e o de Mickey. Havia dezenas de carimbos de países em todos os continentes. Myron os percorreu depressa, tentando estabelecer uma linha do tempo. Vários dos carimbos estavam borrados. Mesmo assim, parecia que Kitty havia entrado nos Estados Unidos havia oito meses, vindo do Peru.

Ele devolveu os passaportes à bolsa e verificou o restante de seu conteúdo. No início não teve nenhuma surpresa, mas então começou a tatear o forro e – opa –

sentiu uma protuberância. Pôs a mão lá dentro, abriu a costura com os dedos e retirou um saquinho plástico contendo uma pequena quantidade de pó marrom.

Heroína.

A raiva quase o dominou. Ele estava prestes a acordá-la com um chute na cama quando viu uma coisa no chão. Por alguns instantes, tudo o que conseguiu fazer foi piscar, incrédulo. Ela estava ali, no chão, junto à cabeça de Kitty, no mesmo lugar em que se poderia jogar um livro ou uma revista logo antes de pegar no sono. Myron se agachou para ver melhor. Não queria tocar nela para não deixar impressões digitais.

Era uma arma.

Ele olhou em volta, encontrou uma blusa no chão e a usou para erguer a arma até a altura dos olhos. Um 38. Igualzinho ao que Myron trazia preso no cós da calça graças a Win. Que diabos estava acontecendo ali? Sentiu-se tentado a denunciar Kitty ao serviço social do governo e deixar tudo por isso mesmo.

– Kitty?

Sua voz saiu mais alta, mais ríspida. Não houve nenhum movimento em resposta. Aquilo não era sono. Ela estava apagada. Ele deu um chute na cama. Nada. Pensou em jogar água no rosto dela. Em vez disso, tentou lhe dar um tapinha de leve na bochecha. Inclinou-se por cima dela e pôde sentir seu hálito rançoso. Mais uma vez sua mente voltou no tempo, fazendo-o se lembrar de quando ela era uma adolescente graciosa e dona da quadra. Não pôde deixar de pensar em seu ditado iídiche favorito: "O homem planeja e Deus ri."

Não era uma risada bondosa.

– Kitty? – repetiu ele, um pouco mais ríspido agora.

Os olhos dela se arregalaram de repente. Ela rolou o corpo depressa, assustando Myron, e ele então percebeu o que ela estava fazendo.

Tentando pegar a arma.

– Está procurando isto aqui?

Ele ergueu o 38. Ela protegeu os olhos com as mãos apesar de o ambiente estar quase totalmente escuro e piscou.

– Myron?

24

– O QUE VOCÊ ESTÁ FAZENDO com uma arma carregada?

Kitty pulou da cama e espiou por baixo de uma persiana fechada.

– Como foi que você me achou?

Seus olhos estavam saltados das órbitas.

– Meu Deus, alguém seguiu você? – perguntou ela.

– O quê? Não.

– Tem certeza?

Seu pânico era total. Ela correu para conferir outra janela.

– Como foi que você me encontrou?

– Calma.

– Não vou me acalmar. Onde está Mickey?

– Eu o vi sair para o trabalho.

– Já? Que horas são?

– Uma da tarde.

Myron tentou ir direto ao assunto.

– Você esteve com Suzze ontem?

– Foi assim que me encontrou? Ela prometeu não dizer nada.

– Nada o quê?

– Nada. Mas principalmente onde eu estava. Eu expliquei tudo a ela.

Siga o fluxo, pensou Myron.

– Tudo o quê?

– O perigo. Mas ela já tinha entendido.

– Kitty, explique essa história direito. Que perigo é esse que você está correndo?

Ela balançou a cabeça.

– Não acredito que Suzze me entregou.

– Ela não entregou. Eu encontrei você pelo GPS e pelo registro de chamadas do celular dela.

– O quê? Como?

Ele não estava disposto a deixar a conversa tomar aquele rumo.

– Há quanto tempo você está dormindo?

– Sei lá. Eu saí ontem à noite.

– Saiu para onde?

– Não é da sua conta.

– Para fazer a cabeça?

– Vá embora daqui!

Myron deu um passo para trás e ergueu as mãos para mostrar que não iria machucá-la. Precisava parar de atacar. Por que é que sempre fazia a coisa errada quando estava lidando com a própria família?

– Você está sabendo sobre Suzze?

– Ela me contou tudo.

– Tudo o quê?

– É segredo. Eu prometi a ela. E ela prometeu a mim.

– Kitty, Suzze morreu.

Por alguns instantes, Myron pensou que talvez ela não tivesse escutado. Kitty apenas encarou um ponto à sua frente e seu olhar clareou pela primeira vez. Ela então começou a balançar a cabeça.

– De overdose – disse Myron. – Ontem à noite.

Ela continuou balançando a cabeça.

– Não.

– Onde você acha que ela arrumou a droga, Kitty?

– Ela não faria isso. Estava grávida.

– Foi você quem deu a droga a ela?

– Eu? Meu Deus, que tipo de pessoa você acha que eu sou?

Uma pessoa que tem uma arma ao lado da cama. Uma pessoa que tem heroína escondida na bolsa. Uma pessoa que cai de boca em um desconhecido dentro de uma boate em troca de droga.

Mas ele disse apenas:

– Ela veio aqui ontem, não foi?

Kitty não respondeu.

– Por quê?

– Ela me ligou – disse Kitty.

– Como foi que ela arrumou seu telefone?

– Ela me mandou uma mensagem pelo Facebook. Igualzinho a você. Disse que era urgente, que precisava me contar umas coisas.

– E aí você mandou seu celular para ela?

Kitty confirmou com a cabeça.

– E Suzze ligou. Você marcou com ela aqui.

– Aqui não – disse Kitty. – Eu ainda não tinha certeza. Não sabia se podia confiar nela. Fiquei com medo.

Foi então que Myron entendeu.

– Então, em vez de dar este endereço, você só disse a ela onde ficava o cruzamento.

– Foi. Falei para ela estacionar ao lado da Staples. Assim eu podia vigiá-la para ter certeza de que estaria sozinha, de que ninguém a estava seguindo.

– Quem você achou que poderia estar?

Mas Kitty apenas meneou a cabeça com firmeza, obviamente morrendo de medo de responder. Aquela não era uma boa estratégia se quisesse mantê-la falando. Myron voltou para o caminho mais fértil.

– Então você e Suzze conversaram?

– Conversamos.

– Sobre o quê?

– Eu já disse. É segredo.

Myron chegou mais perto. Tentou fingir que não odiava cada célula do corpo daquela mulher. Pôs a mão em seu ombro com delicadeza e a encarou nos olhos.

– Por favor, me escute, está bem?

Kitty estava com os olhos vidrados.

– Suzze veio visitar você aqui ontem – disse Myron, como se estivesse falando com uma criança do jardim de infância de raciocínio um pouco lento. – Depois disso, ela foi a Kasselton falar com Karl Snow. Sabe quem ele é?

Kitty fechou os olhos e aquiesceu.

– Aí ela foi para casa e injetou uma dose suficiente para se matar.

– Ela não faria isso – disse Kitty. – Não com o bebê. Eu a conheço. Ela foi morta. Eles a mataram.

– Eles quem?

Outro meneio de cabeça que significava "não vou falar".

– Kitty, você tem que me ajudar a entender o que aconteceu. Sobre o que vocês conversaram?

– Nós duas prometemos.

– Ela está morta. Isso anula qualquer promessa. Você não vai trair a confiança dela. O que Suzze disse?

Kitty levou a mão à bolsa e tirou um maço de cigarros lá de dentro. Passou alguns instantes apenas olhando para ele.

– Ela sabia que fui eu quem postou o "não é dele".

– Ela estava brava?

– Pelo contrário. Queria que eu a perdoasse.

Myron refletiu sobre essa frase.

– Por causa dos boatos que ela espalhou quando você estava grávida?

– Foi o que eu pensei. Achei que ela quisesse se desculpar por ter dito para todo mundo que eu era uma vadia e que Brad não era pai do meu filho.

Kitty encarou Myron nos olhos.

– Suzze disse isso a você, não disse?

– Disse.

– Foi por isso que você pensou que eu era uma vagabunda? Foi por isso que disse a Brad que o filho provavelmente não era dele?

– Não só por isso.

– Mas isso contribuiu?

– Acho que sim – respondeu Myron, contendo a raiva. – Não vai me dizer que Brad era o único homem com quem você estava transando na época, vai?

Um erro. Myron viu que isso tinha sido um erro.

– E por acaso o que eu disser vai fazer alguma diferença? – perguntou ela. – Você vai acreditar no pior. Sempre acreditou.

– Eu só queria que Brad tivesse certeza, só isso. Sou o irmão mais velho dele. Só estava tentando protegê-lo.

A voz dela saiu cheia de amargura.

– Quanta nobreza.

Ele estava perdendo contato com ela outra vez. Estava saindo do rumo.

– Então Suzze veio aqui pedir desculpas por ter espalhado os boatos?

– Não.

– Mas você acabou de dizer que...

– Eu disse que foi isso que eu pensei. No início. E ela pediu mesmo desculpas. Reconheceu que estava dominada por seu lado competitivo. Eu disse a ela: não foi o seu lado competitivo, foi aquela vaca da sua mãe. Era o primeiro lugar ou nada. Sem perdão. Aquela mulher era uma louca. Você se lembra dela?

– Sim.

– Mas eu não fazia ideia de quão louca aquela vaca era. Lembra-se daquela patinadora artística bem bonita dos anos 1990, qual era mesmo o nome dela, a que foi atacada pelo ex-namorado da rival?

– Nancy Kerrigan.

– Isso. Eu podia ver perfeitamente a mãe de Suzze fazendo isso: contratando alguém para esmagar minha perna com uma chave de roda, algo assim. Mas Suzze disse que não foi a mãe dela. Disse que talvez a mãe a tivesse pressionado e que ela cedeu, mas que a culpa era dela, não da mãe.

– A culpa de quê?

Kitty olhou para cima, para a direita. Um pequeno sorriso aflorou em seus lábios.

– Quer ouvir uma coisa engraçada, Myron?

Ele aguardou.

– Eu amava o tênis. Amava aquele jogo.

Seu olhar estava perdido e Myron se lembrou de como ela era naquela época, do jeito como costumava cruzar a quadra feito uma pantera.

– Não era tão competitiva assim em comparação com as outras meninas. É claro que eu queria ganhar. Mas amava jogar tênis desde criança, só isso. Não entendo essas pessoas que querem vencer mais do que tudo. Já pensei muitas vezes que elas são horríveis, principalmente no tênis. Sabe por quê?

Myron fez que não com a cabeça.

– Porque no tênis são sempre dois jogadores. Um ganha e o outro perde. E acho que o prazer dessas pessoas não vem do fato de ganhar. Acho que vem de derrotar o outro.

Ela franziu o rosto, como uma criança muito intrigada. Ele esperou.

– Por que será que nós admiramos isso? Nós chamamos essas pessoas de vencedoras mas, pensando bem, na verdade o que elas gostam é de fazer o outro perder. Por que admiramos isso tanto assim?

– Boa pergunta – disse Myron.

– Eu queria ser tenista profissional por um motivo simples: dá para imaginar algo mais maravilhoso do que ganhar a vida fazendo o que você ama?

Ele se lembrou do que Suzze dissera: "Kitty era uma ótima tenista, não era?"

– Não, não dá.

– Mas, quando você é mesmo bom, quando é realmente talentoso, todo mundo tenta fazer o jogo deixar de ser divertido. Por que isso?

– Não sei.

– Por que é que, assim que alguém nos considera promissores, tira de nós a beleza do jogo e tudo o que passa a importar é a vitória? Vamos para essas escolas ridiculamente competitivas e nos fazem jogar contra nossos amigos. Não basta você vencer, é preciso também que seus amigos fracassem. Quem me explicou isso foi Suzze, como se eu já não tivesse entendido. Eu, que perdi minha carreira. Ela, mais do que ninguém, sabia o que o tênis significava para mim.

Myron ficou totalmente imóvel, com medo de quebrar o encanto. Esperou Kitty dizer alguma outra coisa, mas ela não disse mais nada.

– Então Suzze veio aqui se desculpar?

– Foi.

– E o que ela disse?

– Disse que sentia muito por ter acabado com a minha carreira – falou Kitty, o olhar afastando-se do cunhado e perdendo-se na direção da persiana.

Myron tentou manter a expressão neutra.

– Como foi que ela acabou com sua carreira?

– Você não acreditou em mim, Myron.

Ele não respondeu.

– Você achou que eu tivesse engravidado de propósito. para fisgar seu irmão – disse ela, um sorriso estranho formando-se em seu rosto. – Parando para pensar, isso é uma estupidez. Por que eu faria isso? Eu tinha 17 anos. Queria ser tenista profissional, não mãe. Por que eu iria engravidar de propósito?

O próprio Myron não tinha pensado algo parecido recentemente?

– Eu sinto muito – disse ele. – Deveria ter entendido. A pílula anticoncepcional não é 100% confiável. Quer dizer, nós aprendemos isso na primeira semana da aula no sétimo ano, não é?

– Mas você não acreditou em mim, não foi?

– Na época, não. E peço desculpas por isso.

– Mais desculpas – disse ela, balançando a cabeça. – Além do mais, agora é tarde. Mas você está errado.

– Errado em relação a quê?

– Em relação à pílula não ter funcionado. Foi isso que Suzze veio me contar, sabe? Ela disse que no início foi quase uma brincadeira. Mas pense bem. Suzze sabia que eu era religiosa, que jamais faria um aborto. Então qual seria o melhor jeito de me eliminar, eu, sua adversária mais forte?

A voz de Suzze duas noites antes: "Meus pais diziam que valia tudo numa competição. Que as pessoas faziam o que fosse preciso para vencer..."

– Meu Deus.

Kitty meneou a cabeça, como para confirmar.

– Foi isso que Suzze veio me dizer. Que trocou minhas pílulas. Foi assim que eu engravidei.

Fazia sentido. Era espantoso, mas tudo se encaixava. Myron aguardou um segundo para absorver todas aquelas informações. Duas noites antes, quando eles haviam se encontrado na cobertura, Suzze estava atormentada. Agora ele entendia por quê – toda aquela conversa sobre culpa, sobre os perigos de ser competitiva demais, sobre os arrependimentos do passado. Agora tudo estava um pouco mais claro.

– Eu não fazia a menor ideia – disse Myron.

– Eu sei que não. Mas isso não muda nada, muda?

– Imagino que não. Você a perdoou?

– Deixei que ela dissesse o que precisava dizer – continuou Kitty. – Deixei que falasse e explicasse tudo nos mínimos detalhes. Não a interrompi. Não fiz nenhuma pergunta. Quando ela terminou, eu me levantei, atravessei este mesmo quarto e lhe dei um abraço. Um abraço apertado. Passei um tempão abraçada a ela. E então lhe agradeci.

– Agradeceu pelo quê?

– Ela me fez a mesma pergunta. E, para quem olha de fora, entendo por que perguntam. Veja em que eu me transformei. Não é possível deixar de imaginar como seria a minha vida agora se ela não tivesse trocado minhas pílulas. Talvez eu tivesse continuado a carreira e me transformado na campeã de tênis que todos previam, tivesse ganhado campeonatos importantes e viajado o mundo em grande estilo, essas coisas. Talvez Brad e eu tivéssemos ficado juntos e tido filhos depois de eu me aposentar, quem sabe agora, e vivido felizes para sempre. Talvez. Mas o que eu sei com certeza, minha única certeza absoluta, é que, se Suzze não tivesse trocado as minhas pílulas, Mickey não existiria.

Os olhos dela ficaram marejados.

– Quaisquer que tenham sido os outros acontecimentos, quaisquer que tenham sido as tragédias que vieram depois, Mickey vale 10 vezes mais. O fato é que, independentemente da motivação de Suzze, Mickey só existe graças a ela. O melhor presente que Deus me deu veio por causa do que ela fez. Então eu não apenas a perdoei, mas também agradeci, porque todos os dias, por mais perdida que esteja, eu me ajoelho e agradeço a Deus por esse menino lindo e perfeito.

Myron ficou parado, pasmo. Kitty passou por ele, entrou na sala e foi até a área da cozinha. Abriu a geladeira. Não havia muita coisa lá dentro, mas estava tudo arrumado.

– Mickey foi comprar comida – disse ela. – Quer beber alguma coisa?

– Não – disse apenas. – E o que foi que você confessou a Suzze?

– Nada.

Kitty estava mentindo. Ela recomeçou a olhar em volta.

– Então por que ela foi daqui direto para a sorveteria de Karl Snow?

– Não sei – respondeu Kitty.

O barulho de um carro a fez se sobressaltar.

– Ai, meu Deus.

Ela bateu a porta da geladeira e espiou por baixo de uma persiana fechada. O carro passou, mas Kitty não relaxou. Seus olhos estavam mais uma vez arregalados, paranoicos. Ela recuou até um canto, olhando em volta como se os móveis fossem pular e atacá-la.

– Temos que arrumar as malas.

– E ir para onde?

Ela abriu o armário de Mickey. As roupas estavam todas penduradas em cabides, com as camisas dobradas na prateleira de cima. Nossa, que menino organizado.

– Quero minha arma de volta.

– Kitty, o que está havendo?

– Se você nos encontrou... Não é seguro.

– O que não é seguro? Onde está Brad?

Kitty balançou a cabeça enquanto puxava uma mala de baixo do sofá. Começou a jogar as roupas de Mickey lá dentro. Ao ver aquela viciada em heroína totalmente louca – não havia um jeito mais brando de descrevê-la –, um pensamento estranho, porém óbvio, ocorreu a Myron.

– Brad não faria isso com a própria família – disse ele.

Isso a fez diminuir o ritmo.

– Não sei o que mais está acontecendo aqui. Nem sei se você está de fato correndo perigo, Kitty, ou se fritou tanto seu cérebro que ficou paranoica e irracional, mas conheço o meu irmão. Ele não deixaria você e o filho sozinhos desse jeito, com você drogada e temendo pela própria vida, mesmo que o perigo fosse imaginário.

A expressão de Kitty foi se desfazendo aos poucos. Quando ela falou, sua voz soou como um choramingo infantil.

– Não é culpa dele.

Opa. Myron entendeu que precisava ir devagar agora. Deu meio passo mais para perto dela e falou com a voz mais branda possível.

– Eu sei que não.

– Estou com tanto medo.

Myron assentiu com a cabeça.

– Mas Brad não pode nos ajudar.

– Onde ele está?

Ela balançou a cabeça e seu corpo se retesou.

– Não posso dizer. Por favor. Eu não posso dizer.

– Tudo bem – disse ele, erguendo as mãos.

Calma, Myron. Não force a barra.

– Mas talvez você possa me deixar ajudá-la.

Ela olhou para ele com uma expressão desconfiada.

– Como?

Finalmente uma brecha, ainda que pequena. Ele queria sugerir uma clínica de desintoxicação. Conhecia um bom lugar não muito longe da casa de Livingston. Era para lá que ele queria levá-la, para tentar fazê-la largar as drogas. Ela se internaria na clínica. Ele entraria em contato com Brad e Mickey ficaria com ele enquanto o pai não chegasse.

Mas as próprias palavras agora o assombravam: Brad não deixaria a mulher e o filho naquela situação. Portanto, das duas, uma: ou Brad não tinha consciência do estado da mulher ou, por algum motivo, não podia ajudá-los.

– Kitty – ele começou a dizer devagar –, Brad está correndo perigo? É por causa dele que você está com tanto medo?

– Ele vai voltar logo.

Ela começou a coçar os braços com força, como se houvesse insetos sob sua pele. Seus olhos recomeçaram a olhar de um lado para o outro. Ah, não, pensou Myron.

– Você está bem? – perguntou ele.

– Só preciso ir ao banheiro. Onde está minha bolsa?

Ah, claro.

Ela foi correndo até o quarto, agarrou a bolsa e fechou a porta do banheiro. Myron apalpou o bolso traseiro da calça. A droga continuava ali. Pôde ouvir ruídos de uma busca frenética vindos do banheiro.

– Kitty? – chamou ele.

Passos no degrau que conduzia à porta da frente. Myron ficou alerta. Moveu a cabeça na direção do som. Kitty gritou através da porta do banheiro:

– Quem é?

Respondendo ao pânico dela, Myron sacou a arma e a apontou para a porta. A maçaneta girou.

Mickey entrou no trailer. Myron abaixou a arma depressa. O rapaz olhou para o tio.

– Que porcaria...

– Oi, Mickey – disse Myron e, apontando para o nome gravado na camisa: – Ou seria Bob?

– Como foi que encontrou a gente?

Mickey também estava com medo. Myron pôde ouvir isso em sua voz. Raiva, sim, mas sobretudo medo.

– Cadê minha mãe? – quis saber o garoto.

– No banheiro.

Mickey correu até o banheiro e encostou a mão na porta.

– Mãe?

– Eu estou bem, Mickey.

Mickey apoiou a cabeça na porta e fechou os olhos. Falou com uma voz insuportavelmente branda.

– Mãe, por favor, saia daí.

– Ela vai ficar bem – disse Myron.

Mickey se virou para ele, os punhos cerrados. Quinze anos e pronto para conquistar o mundo. Ou pelo menos o tio. Mickey tinha cabelos escuros, ombros largos e aquele jeitão mal-encarado que fazia os joelhos das meninas tremerem. Myron se perguntou de onde vinha o jeito mal-encarado e então, olhando para a porta do banheiro, pensou que já sabia a resposta.

– Como você encontrou a gente? – tornou a perguntar Mickey.

– Não se preocupe com isso. Eu tinha que fazer algumas perguntas para a sua mãe.

– Sobre o quê?

– Onde está seu pai?

– Não diga a ele! – gritou Kitty do banheiro.

Mickey tornou a se virar para a porta.

– Mãe? Saia daí, tá?

Mais ruídos de uma busca frenética que Myron sabia ser inútil. Kitty começou a soltar palavrões. Mickey se virou de novo para Myron.

– Vá embora daqui.

– Não.

– O quê?

– Você é um garoto de 15 anos. O adulto aqui sou eu. A resposta é não.

Kitty agora estava chorando. Os dois podiam escutá-la.

– Mickey?

– O que foi, mãe?

– Como eu cheguei em casa ontem à noite?

Mickey olhou de relance para Myron.

– Eu trouxe você.

– Você me colocou na cama?

Era óbvio que Mickey não estava gostando de ter aquela conversa na frente do tio. Ele tentou sussurrar através da porta, como se Myron não fosse escutar.

– Coloquei.

Myron apenas balançou a cabeça.

Com a voz agora quase histérica, Kitty então perguntou:

– Você mexeu na minha bolsa?

Quem respondeu foi Myron.

– Não, Kitty. Fui eu que mexi.

Mickey se virou e encarou o tio bem de frente. Myron levou a mão ao bolso de trás e pegou o saquinho de heroína. A porta do banheiro se abriu. Kitty saiu batendo o pé e gritando:

– Devolva isso.

– Nem pensar.

– Não sei quem você acha que é...

– Agora chega – disse Myron. – Você é uma viciada. Ele é uma criança. Vocês dois vão vir comigo.

– Você não manda na gente – disse Mickey.

– Mando sim, Mickey. Eu sou seu tio. Você pode até não gostar, mas não vou deixar você aqui com uma mãe maluca disposta a se drogar na frente do filho.

Mickey se pôs entre a mãe e o tio.

– Nós estamos bem.

– Não estão, não. Tenho certeza de que você está trabalhando ilegalmente usando um nome falso. É você quem resgata sua mãe em bares, ou então ela chega em casa cambaleando e você a põe na cama. É você quem mantém este trailer com um aspecto humano. É você quem põe comida na geladeira, enquanto ela se droga e dorme o dia inteiro.

– Você não pode provar nada disso.

– É claro que posso, mas isso não tem importância. O que vai acontecer é o seguinte e, se você não gostar, lamento: Kitty, vou colocá-la em uma clínica de desintoxicação. É um lugar legal. Não sei se vão poder ajudar você, não sei se alguém pode, mas vale a pena tentar. Mickey, você vai vir comigo.

– Não vou porra nenhuma.

– Vai, sim. Se não quiser ficar comigo, pode ir morar em Livingston com os seus avós. Sua mãe vai para a reabilitação. Vamos entrar em contato com seu pai e contar a ele o que está acontecendo.

Mickey continuava mantendo seu corpo entre o tio e a mãe abatida.

– Você não pode nos obrigar a sair daqui.

– Posso, sim.

– Acha que eu tenho medo de você? Se vovô não tivesse entrado na briga...

– Desta vez não vai me pegar de surpresa no escuro – disse Myron.

Mickey tentou esboçar um sorriso.

– Posso ganhar de você mesmo assim.

– Não, Mickey, não pode. Você é forte, é corajoso, mas não teria a menor chance. De toda forma, não importa: ou vocês fazem o que eu estou sugerindo ou eu chamo a polícia. Na melhor das hipóteses, sua mãe está pondo em risco o bem-estar de um menor. Ela poderia ir presa.

– Não! – gritou Kitty.

– Vocês não têm mais escolha. Onde está Brad?

Kitty saiu de trás do filho. Tentou aprumar o corpo e, por um instante, Myron viu a antiga atleta.

– Mãe? – disse Mickey.

– Ele tem razão – disse Kitty.

– Não...

– Nós precisamos de ajuda. Precisamos de proteção.

– A gente pode se virar sozinho – disse Mickey.

Ela segurou o rosto do filho entre suas mãos.

– Vai ficar tudo bem – disse-lhe ela. – Seu tio tem razão. Vou receber a ajuda de que preciso. E você vai ficar protegido.

– Protegido de quê? – tornou a perguntar Myron. – E, falando sério, agora chega. Quero saber onde meu irmão está.

– Nós também – disse Kitty.

– Mãe?

Myron se aproximou mais um passo.

– Que história é essa?

– Brad sumiu faz três meses – disse Kitty. – É por isso que estamos fugindo. Nenhum de nós está seguro.

25

ENQUANTO KITTY E MICKEY arrumavam seus poucos pertences, Myron ligou para Esperanza e lhe pediu para acertar a internação de Kitty no Instituto Coddington de Reabilitação. Depois disso ligou para o pai.

– Tudo bem se Mickey passar um tempo com vocês aí em casa?

– É claro que sim – respondeu seu pai. – O que está acontecendo?

– Muita coisa.

O pai escutou sem interromper. Myron falou sobre os problemas de Kitty com drogas, sobre o fato de ela estar sozinha com Mickey, sobre o sumiço de Brad. Quando terminou, seu pai disse:

– Seu irmão jamais abandonaria a própria família desse jeito.

A mesma coisa que Myron tinha pensado.

– Eu sei.

– Isso quer dizer que ele está encrencado – disse Al Bolitar. – Sei que vocês dois tiveram problemas, mas...

Ele não terminou o raciocínio. Era assim que fazia. Quando Myron era jovem, seu pai dera um jeito de incentivá-lo sem pressioná-lo demais. Deixava claro que sentia orgulho do sucesso do filho sem nunca fazer isso parecer uma pré-condição para seu orgulho. Então, mais uma vez, o pai não fez o pedido – nem precisava.

– Eu vou encontrá-lo – disse Myron.

◆ ◆ ◆

Durante o trajeto de carro, Myron pediu mais detalhes.

Kitty estava sentada na frente com ele. No banco de trás, Mickey os ignorava, mantendo os olhos pregados na janela e os fones brancos do iPod enfiados nas orelhas – comportando-se, supôs Myron, como o adolescente malcriado que devia ser.

Quando chegaram ao Instituto Coddington de Reabilitação, Myron sabia o seguinte: oito meses antes, conforme indicava o carimbo no passaporte, Brad, Kitty e Mickey Bolitar tinham se mudado para Los Angeles. Três meses antes, Brad tinha saído de casa para uma "missão secreta de emergência" (palavras de Kitty) no Peru, dizendo à mulher e ao filho que não comentassem nada com ninguém.

– O que Brad quis dizer com isso, não comentar nada?

Kitty respondeu que não sabia.

– Ele só falou para não nos preocuparmos com ele e não dizermos nada a ninguém. Também disse para tomarmos cuidado.

– Com o quê?

Kitty deu de ombros.

– Alguma ideia, Mickey? – perguntou Myron.

O rapaz não se mexeu. Myron repetiu a pergunta, gritando para se fazer ouvir. Das duas, uma: ou Mickey não escutou ou estava decidido a ignorá-lo.

– Pensei que vocês trabalhassem para uma organização beneficente – prosseguiu Myron, virando-se de volta para Kitty.

– E trabalhávamos mesmo.

– E?

Ela tornou a dar de ombros. Myron fez mais algumas perguntas, mas obteve poucas informações. Kitty ficara semanas sem qualquer notícia de Brad. Depois, começara a ter a impressão de que ela e o filho estavam sendo vigiados. Pessoas telefonavam e desligavam sem dizer nada. Certa noite, alguém a surpreendeu em um estacionamento, mas ela conseguiu escapar. Então decidiu sair da cidade com Mickey e tentar sumir do mapa.

– Por que você não me falou sobre nada disso antes? – perguntou Myron.

Kitty o fitou com raiva, como se ele houvesse acabado de sugerir casualmente que fizessem sexo com animais.

– Falar para você? Está de brincadeira comigo, não está?

Myron não queria desenterrar sua briga antiga naquele momento.

– Ou com qualquer outra pessoa – disse ele. – Brad está sumido há três meses. Quanto tempo você planejava esperar?

– Eu já disse. Brad falou para não comentarmos com ninguém. Ele disse que seria perigoso para todos nós.

Myron ainda não estava engolindo aquela história toda: algo nela simplesmente não fazia sentido. No entanto, quando tentou pressionar a cunhada, ela se calou e começou a chorar. Então, quando achou que o filho não estava escutando (Myron tinha certeza de que estava), Kitty implorou para ele lhe devolver a droga, "só uma última dose, por favor", alegando que estava a caminho de uma clínica de reabilitação, então que mal poderia fazer?

A placa da clínica era pequena e dizia INSTITUTO CODDINGTON DE REABILI-TAÇÃO. Depois do portão de entrada, seguiram subindo por uma estradinha particular. Visto de fora, o lugar parecia uma pousada imitando estilo vitoriano, com paredes revestidas de réguas de vinil. Por dentro, pelo menos na área de recepção, era um misto interessante de hotel de luxo e prisão. Uma música clássica suave saía dos alto-falantes. Um candelabro pendia do teto. As janelas em arco ornamentadas ostentavam barras de ferro.

O crachá da recepcionista dizia CHRISTINE SHIPPEE, mas Myron sabia que ela era muito mais do que recepcionista. Na verdade, Christine era a fundadora da clínica. Seu rosto tinha um formato triangular e os óculos de leitura pendiam em uma corrente no pescoço. Ela os cumprimentou por trás de um vidro que provavelmente era blindado, embora "cumprimentou" talvez não fosse o termo mais adequado. Ela olhou para eles, decifrando o que queriam, e deu um suspiro. Deslizou os formulários na direção deles pelo mesmo tipo de bandeja que se vê nas casas de câmbio.

– Preencham estes papéis e depois voltem – disse ela.

Myron foi até o canto. Começou a escrever o nome de Kitty, mas ela o deteve.

– Ponha Lisa Gallagher. É minha outra identidade. Não quero que eles me encontrem.

Myron perguntou de novo quem eram "eles". Mais uma vez Kitty respondeu que não sabia. Não havia por que discutir àquela altura. Ele preencheu os papéis e os levou de volta para a recepcionista, que pegou os formulários, pôs os óculos de leitura e começou a conferir os campos em busca de erros. Os tremores de Kitty aumentaram. Mickey colocou o braço em volta da mãe para tentar acalmá-la. Não funcionou. Kitty agora parecia menor, mais frágil.

– Trouxe alguma bagagem? – perguntou-lhe Christine.

Mickey ergueu a mala da mãe.

– Pode deixar aí mesmo. Verificaremos o conteúdo antes de mandar entregar no quarto dela – avisou. Depois Christine voltou sua atenção para Kitty: – Pode se despedir agora. Depois siga por aquela porta ali. Vou abri-la para a senhora.

– Espere – disse Mickey.

Christine Shippee olhou para ele.

– Posso entrar com ela?

– Não.

– Mas eu quero ver o quarto dela – disse Mickey.

– E eu quero lutar na lama com Hugh Jackman. Nenhuma dessas duas coisas vai acontecer. Pode se despedir e ir embora.

Mickey não desistiu.

– Quando é que eu posso vir visitá-la?

– Veremos depois. Sua mãe precisa se desintoxicar.

– E quanto tempo isso vai levar? – perguntou Mickey.

Christine olhou para Myron.

– Por que eu estou discutindo com uma criança?

Kitty continuava tremendo muito.

– Não tenho certeza se quero entrar – disse Kitty.

– Se não quiser... – Mickey começou a dizer.

– Mickey – disse Myron, interrompendo. – Você não está ajudando.

– Não está vendo que ela está com medo? – perguntou o rapaz com uma voz baixa e zangada.

– Sei que ela está com medo – respondeu Myron. – Mas você não está ajudando. Deixe as pessoas aqui fazerem o trabalho delas.

Kitty se agarrou ao filho:

– Mickey?

Parte de Myron compreendeu o que Kitty sentia. Uma parte ainda maior teve vontade de arrancar aquela egoísta do filho e arremessá-la para o outro lado daquela porta.

Mickey chegou mais perto de Myron.

– Tem que haver outro jeito.

– Mas não há.

– Não vou deixar minha mãe aqui.

– Vai, sim, Mickey. Ou isso ou então vou chamar a polícia, o serviço social ou o que for.

Mas nessa hora Myron viu que não era apenas Kitty quem estava com medo. Mickey também estava. Lembrou a si mesmo que o sobrinho não passava de um garoto. Lembrou-se das fotografias de família feliz – papai, mamãe, filho único. Depois daquelas fotos, o pai de Mickey tinha sumido em algum lugar da América do Sul. Sua mãe estava prestes a passar por uma porta de segurança reforçada e mergulhar no mundo duro e solitário da desintoxicação e da reabilitação por uso de drogas.

– Não se preocupe – disse Myron da forma mais delicada que pôde. – Nós vamos cuidar de você.

Mickey fez uma careta.

– Está falando sério? Acha que eu quero a sua ajuda?

– Mickey?

Era Kitty. O rapaz se virou para ela e de repente as coisas voltaram ao lugar em que deveriam estar: Kitty era a mãe e Mickey era o filho.

– Eu vou ficar bem – disse ela, usando o tom mais firme que conseguiu. – Vá ficar com seus avós. Vai poder me visitar assim que for possível.

– Mas...

Ela tornou a segurar o rosto do filho entre suas mãos.

– Está tudo bem. Eu prometo. Você logo vai vir me visitar.

Mickey apoiou o rosto no ombro da mãe. Kitty ficou abraçada a ele por alguns instantes, encarando Myron por cima de sua cabeça. Myron aquiesceu, confirmando que o menino ficaria bem, mas o gesto não a consolou. Kitty por fim se afastou e se encaminhou para a porta sem dizer mais nada. Esperou a recepcionista acionar o botão que abria a porta e então desapareceu lá dentro.

– Ela vai ficar bem – disse Christine Shippee para Mickey, a voz por fim deixando transparecer alguma ternura.

Mickey deu meia-volta e saiu batendo os pés. Myron foi atrás. Apertou o controle do alarme para destrancar a porta do carro. Mickey estendeu a mão para abrir a porta traseira. Myron tornou a acionar o botão, trancando o carro.

– O que é que foi agora?

– Vá na frente – disse Myron. – Não sou seu motorista.

Mickey se sentou no banco do carona. Myron ligou o motor. Virou-se para o sobrinho, mas o menino já estava com o iPod enfiado de novo nas orelhas. Myron deu um tapinha em seu ombro.

– Tire isso.

– Sério mesmo, Myron? É assim que você acha que vai ser?

Alguns minutos depois, porém, Mickey fez o que ele havia pedido. O rapaz ficou olhando pela janela, com a nuca virada para o tio. Faltavam apenas uns 10 minutos para chegarem à casa de Livingston. Myron queria fazer mais perguntas a Mickey, queria que o sobrinho se abrisse com ele, mas talvez a cota daquele dia já estivesse esgotada.

Ainda olhando pela janela, Mickey falou:

– Não se atreva a julgar minha mãe.

Myron não tirou as mãos do volante.

– Eu só quero ajudar.

– Ela nem sempre foi assim.

Myron tinha mil perguntas a fazer, mas achou que seria melhor dar espaço ao sobrinho. Quando Mickey voltou a falar, o tom defensivo havia retornado.

– Ela é uma ótima mãe.

– Tenho certeza de que é mesmo.

– Não banque o superior comigo, Myron.

O menino tinha razão.

– Então o que aconteceu?

– Como assim?

– Você disse que ela nem sempre foi assim. Drogada, você quer dizer?

– Pare de chamá-la desse jeito.

– Pode escolher a palavra, então.

Mickey não disse nada.

– Então me explique o que quis dizer com "ela nem sempre foi assim" – pediu Myron. – O que houve?

– Como assim, o que houve?

O garoto desviou o olhar para o para-brisa dianteiro e fitou a rua de uma forma um pouco intensa demais.

– O que houve foi papai. Não foi culpa dela.

– Não estou culpando ninguém.

– Ela era muito feliz antes. Você não faz ideia. Vivia rindo. Aí papai foi embora e ela... – ele parou de falar. Então se controlou, piscou, engoliu em seco. – Ela perdeu o controle. Você não sabe o que eles significam um para o outro. Acha que vovó e vovô são um casal bacana, mas eles sempre tiveram amigos, vizinhos, outros parentes. Minha mãe e meu pai só tinham um ao outro.

– E você.

Ele franziu o cenho.

– Lá vem você bancando o superior outra vez.

– Desculpe.

– Você não entende, mas se um dia tivesse visto os dois juntos iria entender. Quando se é apaixonado desse jeito...

Mickey ficou um instante em silêncio, sem saber como prosseguir. Depois continuou:

– Alguns casais não foram feitos para ficar separados. Eles parecem uma pessoa só. Se você levar um dos dois embora...

– Quando ela começou a se drogar?

– Já faz alguns meses.

– Depois que o seu pai sumiu?

– É. Antes disso, ela estava limpa desde que nasci... Então, antes que você diga alguma coisa, sim, eu sabia que ela usou drogas quando era jovem.

– Como você soube?

– Eu sei muitas coisas – respondeu Mickey e um sorriso astuto e triste surgiu em seu rosto. – Sei o que você fez. Sei que você tentou separar os dois. Que disse para meu pai que minha mãe estava grávida de outro cara, falou que ela transava com todo mundo e ele não deveria largar a faculdade para ficar com ela.

– Como é que você sabe disso tudo?

– Mamãe me contou.

– Sua mãe falou isso tudo para você?

Mickey aquiesceu.

– Ela não mente para mim.

Uau.

– E o que mais ela disse?

Ele cruzou os braços.

– Não vou narrar os últimos 15 anos para você.

– Kitty disse que eu passei uma cantada nela?

– O quê? Não. Que horror. Você fez isso?

– Não. Mas foi o que ela disse ao seu pai para nos fazer brigar.

– Ai, cara, que coisa horrível.

– E o seu pai? O que foi que ele disse?

– Ele disse que você os fez ir embora.

– Não foi minha intenção.

– E quem liga para qual foi a sua intenção? Você os fez sair daqui e pronto.

Mickey respirou fundo e soltou o ar.

– Você os afastou de todo mundo, e agora aqui estamos nós.

– O que isso quer dizer?

– O que você acha que isso quer dizer?

Ele queria dizer que o pai estava sumido. Que sua mãe era uma drogada. Queria dizer que culpava Myron, que imaginava como teria sido a vida de sua família caso Myron tivesse sido mais compreensivo antes.

– Ela é uma boa mãe – tornou a dizer Mickey. – A melhor do mundo.

Ah, claro, a viciada em heroína é candidata a mãe do ano. Como o pai do próprio Myron tinha dito poucos dias antes, as crianças têm o dom de bloquear as coisas ruins. Nesse caso, porém, parecia quase uma alucinação. Mas como se mede a competência de um pai ou de mãe? Se fosse julgar Kitty pelo, digamos, resultado final, bem, era só olhar para aquele menino. Ele era incrível. Era corajoso, forte, inteligente e estava disposto a brigar pela família.

Então talvez, por mais que Kitty fosse uma drogada louca e mentirosa, de fato tivesse feito alguma coisa certa.

Depois de mais um minuto de silêncio, Myron decidiu dar uma animada na conversa com um comentário casual:

– Mas ouvi dizer que você é fera no basquete.

Fera no basquete? Putz.

– Myron?

– Oi?

– Nós não vamos ficar amiguinhos.

Mickey tornou a enfiar os fones nos ouvidos, aumentou o volume para uma altura decerto prejudicial à audição e ficou olhando pela janela do carona. Eles passaram o restante do trajeto em silêncio. Quando estacionaram em Livingston, Mickey desligou o iPod e olhou para a casa.

– Está vendo aquela janela ali? – perguntou Myron. – Aquela com o adesivo?

Mickey olhou para fora sem dizer nada.

– Era o quarto que eu dividia com o seu pai quando éramos pequenos. Nós ficávamos jogando basquete com uma bola de espuma e trocando figurinhas de beisebol. Jogávamos hóquei com uma bola de tênis. A trave era a ponta do armário.

Mickey aguardou alguns instantes. Então virou-se para o tio e falou:

– É, parece que vocês eram jogadores de ponta.

Todo mundo adora uma piada.

Apesar de todos os horrores das últimas 24 horas – ou talvez justamente por causa deles –, Myron não conseguiu conter uma risadinha. Mickey desceu do carro e subiu o mesmo acesso à casa no qual havia atacado o tio na noite anterior. Myron foi atrás e, por um instante, sentiu-se tentado a tentar derrubar o sobrinho de brincadeira. Engraçado o que passa pela nossa cabeça nos momentos mais estranhos.

Sua mãe estava esperando na porta. Primeiro, abraçou o neto de um jeito que só ela sabia fazer. Quando sua mãe dava um abraço, ela dava tudo de si – entregava-se por inteiro. Mickey fechou os olhos e se deixou envolver por aquele abraço. Myron pensou que o garoto fosse chorar, mas o sobrinho não era disso. Sua mãe finalmente o soltou e abraçou o filho. Então recuou alguns passos, impedindo-os de entrar, e encarou ambos com um olhar fulminante.

– O que está acontecendo com vocês dois? – perguntou.

– Como assim? – rebateu Myron.

– Não me venha com esse papo de "como assim". Seu pai acabou de me dizer que Mickey vai passar um tempo aqui. Só isso. Não me leve a mal, Mickey, estou adorando a ideia de você ficar aqui conosco. Já não era sem tempo, na minha opinião. Chega dessa bobagem de morar no exterior. O seu lugar é aqui. Conosco. Com a sua família.

Mickey não disse nada.

– Onde está papai? – perguntou Myron.

– No porão, preparando seu antigo quarto para Mickey. Então, o que está acontecendo?

– Por que não vai chamar papai para podermos conversar?

– Por mim, tudo bem, mas nada de truques – disse a mãe, sacudindo o dedo na direção dele como, bem, como uma mãe.

Truques?

– Al? Os meninos chegaram.

Eles entraram na casa. Sua mãe fechou a porta atrás deles.

– Al?

Nenhuma resposta.

Os três trocaram olhares, mas ninguém se mexeu. Então Myron partiu rumo ao subsolo. A porta que conduzia ao seu antigo quarto – que em breve seria de Mickey – estava escancarada. Ele chamou lá para baixo.

– Pai?

Nada.

Myron tornou a olhar para a mãe. Ela parecia mais intrigada do que ele. O pânico começou a se instalar no peito de Myron. Ele se esforçou para afastá-lo e meio que pulou, meio que correu escada abaixo até o porão. Mickey foi logo atrás.

Quando chegou ao pé da escada, Myron estacou. Mickey trombou nele, fazendo-o cambalear um pouco para a frente. Mas Myron não sentiu nada. Com os olhos fixos à frente, viu seu mundo inteiro começar a desabar.

26

QUANDO MYRON TINHA 10 anos e Brad, 5, seu pai os levara ao estádio dos Yankees em uma partida contra o Red Sox. A maioria dos meninos tem uma lembrança assim – uma partida de beisebol da divisão profissional na companhia do pai em um dia perfeito de verão. Aquele momento de cair o queixo quando você emerge do túnel e vê o campo pela primeira vez, a grama tão verde que parece pintada, o sol brilhando como se fosse o primeiro dia da criação e todos os seus heróis de uniforme se aquecendo com a desenvoltura dos atletas natos.

Mas o jogo desse dia seria diferente.

Seu pai havia comprado entradas para a tribuna superior, mas, no último minuto, um de seus colegas de trabalho havia lhe cedido dois lugares três fileiras atrás do banco dos jogadores do Red Sox. Por algum motivo estranho – e para horror do restante da família –, Brad torcia pelo Red Sox. Na verdade, o motivo não era tão estranho assim. Carl Yastrzemski, mais conhecido como Yaz, tinha sido a primeira figurinha de beisebol da vida de Brad. Isso podia não parecer grande coisa, mas Brad era uma daquelas crianças que se tornava profundamente leal a suas estreias.

Depois que os três já estavam sentados na tribuna superior, seu pai sacou os ingressos melhores com o mesmo floreio de um mágico, mostrando-os para Brad. "Surpresa!"

Ele então entregou os ingressos a Myron. Al continuaria onde estava e mandaria os dois filhos para os lugares mais perto do campo. Myron segurou a mão do irmão caçula, que estava muito animado, e desceu. Quando chegaram aos novos lugares, Myron não conseguiu acreditar em como haviam ficado perto do campo. Resumindo: os lugares eram espetaculares.

Quando Brad viu Yaz a poucos metros de distância, seu rosto se abriu com um sorriso que até hoje, fechando os olhos, Myron era capaz de ver e sentir. Brad então começou a torcer como um louco. Quando Yaz assumiu o lugar do rebatedor, Brad se empolgou de vez: "Yaz! Yaz! Yaz!"

O cara sentado na sua frente se virou para trás com uma cara feia. Devia ter uns 25 anos e usava uma barba meio suja. Isso era outra coisa de que Myron nunca iria se esquecer. Aquela barba.

"Chega", disse o cara barbado para Brad. "Fique quieto."

O barbado tornou a se virar para o campo. Brad parecia ter levado um tapa.

"Não dê ouvidos a ele", disse Myron. "Pode gritar quanto quiser."

Foi então que tudo começou a dar errado. O barbado tornou a se virar e agarrou Myron pela camisa – Myron era alto para a sua idade, mas mesmo assim tinha apenas 10 anos. O homem fechou o escudo dos Yankees da camisa de Myron em seu punho de adulto, puxando o menino para tão perto que ele pôde sentir o hálito rançoso de cerveja. "Ele está deixando minha namorada com dor de cabeça. É melhor ele calar a boca."

Myron ficou assustado. Lágrimas começaram a querer brotar de seus olhos, mas ele não as deixou sair. Sentiu o peito arfar de medo e, coisa estranha, de vergonha. O homem ainda passou mais um ou dois segundos segurando a camisa de Myron antes de empurrá-lo de volta para sua cadeira, então tornou a se virar para o campo e passou o braço em volta da namorada. Com medo de que o irmão começasse a chorar, Myron pegou Brad pela mão e voltou correndo para a tribuna superior.

Não disse nada, não de cara, mas seu pai era observador e meninos de 10 anos não são os melhores atores do mundo. "O que houve?", perguntou seu pai.

Com o peito arfando por causa do misto de medo e vergonha, Myron conseguiu contar ao pai sobre o homem barbado. Al Bolitar tentou manter a calma enquanto escutava. Pôs a mão no ombro do filho e meneou a cabeça enquanto ele contava a história, mas seu corpo na verdade estava tremendo. Seu rosto foi ficando vermelho. Quando Myron chegou à parte em que o homem o agarrava pela camisa, os olhos de Al Bolitar pareceram explodir nas órbitas.

Com um tom monocórdico, excessivamente controlado, seu pai disse: "Fiquem aqui que eu já volto."

O restante Myron viu pelo binóculo.

O pai desceu correndo os degraus do estádio e se esgueirou até a terceira fila, para trás do homem barbado. Levou as mãos em concha à boca e começou a gritar o mais alto que conseguia. Seu rosto, que já estava vermelho, ficou escarlate. Al continuou a gritar. O barbado não se virou. Seu pai se inclinou para a frente, deixando a boca a, no máximo, cinco centímetros do homem.

Então gritou mais um pouco.

Por fim, o homem se virou e foi então que seu pai fez uma coisa que levou Myron a soltar um arquejo: empurrou o barbado, que abriu os braços como quem pergunta: o que está acontecendo? Al ainda lhe deu mais dois empurrões, depois fez um gesto com o polegar em direção à saída do estádio, convidando o homem a ir até lá fora com ele. Quando o barbado recusou, seu pai tornou a empurrá-lo.

A essa altura, os outros espectadores já tinham reparado na confusão. As pessoas começavam a se levantar. Dois seguranças usando viseiras amarelas chegaram correndo. Agora os jogadores também estavam prestando atenção, inclusive Yaz. Os seguranças apartaram a briga. Seu pai foi escoltado escada acima. Os fãs o ovacionaram. Seu pai chegou a acenar para a multidão enquanto ia embora.

Dez minutos depois, seu pai apareceu de volta na tribuna superior. "Podem voltar para lá", falou. "Ele não vai mais incomodar vocês."

Mas Myron e Brad balançaram a cabeça fazendo que não. De toda forma, preferiam os lugares ali em cima, ao lado de seu verdadeiro herói.

Agora, mais de 30 anos depois, seu herói estava caído no chão do subsolo, agonizando.

◆ ◆ ◆

Horas se passaram.

Na sala de espera do hospital Saint Barnabas, Myron tentava se controlar, sentado ao lado da mãe, que não parava de balançar o corpo para a frente e para trás, enquanto Mickey andava de um lado para o outro.

Sua mãe começou a contar como o pai havia passado o dia inteiro meio sem fôlego – "Na verdade, desde ontem à noite", dissera, depois de se lembrar que havia feito uma piada a respeito: "Al, por que você não para de ofegar como um tarado?" – e como ele tinha dito que não era nada e que ela devia tê-lo feito telefonar para o médico, mas você sabe como seu pai é teimoso, nada nunca está errado, e por que, ah, por que ela simplesmente não o havia obrigado a ligar?

Quando a avó disse que o marido estava sem ar desde a noite anterior, Mickey fez cara de quem havia acabado de levar um soco no estômago. Myron tentou lhe lançar um olhar reconfortante, mas o garoto virou as costas depressa e saiu correndo pelo corredor.

Myron se levantou para ir atrás dele, mas o médico finalmente apareceu. Seu crachá dizia MARK Q. ELLIS e ele usava um jaleco azul. A máscara cirúrgica fora puxada para baixo e estava embolada sob o queixo. Ellis tinha os olhos avermelhados e cansados e uma barba de dois dias que cobria seu rosto. Tudo nele exalava exaustão. Ele também parecia ter a mesma idade de Myron, o que o tornava jovem demais para ser um cardiologista de primeiro escalão. Myron tinha ligado para Win pedindo-lhe para arrumar o melhor cardiologista possível e arrastar o cara até lá sob a mira de uma arma se fosse necessário.

– Seu pai teve um enfarte grave do miocárdio – disse o Dr. Ellis.

Um ataque do coração. Myron sentiu os joelhos fraquejarem. Sua mãe deixou escapar um gemido. Mickey voltou para junto deles.

– Nós conseguimos fazê-lo voltar a respirar, mas ele não está fora de perigo. Há veias importantes entupidas. Vou saber mais em breve.

Quando ele se virou para ir embora, Myron chamou:

– Doutor?

– Sim?

– Eu acho que sei como meu pai pode ter se esforçado além da conta. – *Eu acho que sei*, não *eu acho* nem *eu sei*, em suma, um estilo infantil e nervoso de falar. – Ontem à noite...

Myron não sabia como contar aquilo.

– Ontem à noite meu sobrinho e eu tivemos um desentendimento.

Ele explicou como o pai tinha corrido para fora de casa e apartado a briga. Enquanto falava, Myron sentiu os olhos se encherem de lágrimas. A culpa e a vergonha o sufocaram – sim, vergonha, como quando tinha 10 anos. Olhou de soslaio para a mãe. Ela o encarava de um jeito que ele nunca tinha visto antes. O médico escutou e aquiesceu.

– Obrigado pela informação – disse, depois desapareceu corredor abaixo.

Sua mãe continuava com o olhar fixo. Virou para Mickey seus olhos que pareciam ter raio laser, depois tornou a olhar para o filho.

– Vocês dois brigaram?

Myron quase apontou para Mickey e gritou: "Foi ele quem começou!" Em vez disso, porém, abaixou a cabeça e assentiu. Mickey manteve os olhos erguidos – o garoto era mesmo firme –, mas seu rosto perdeu toda a cor. Sua mãe continuou olhando para Myron.

– Não entendo. Você deixou seu pai se meter na briga de vocês?

– A culpa foi minha – disse Mickey.

Sua mãe se virou e olhou para o neto. Myron quis dizer alguma coisa para defender o garoto, mas ao mesmo tempo não queria mentir.

– Ele estava reagindo a uma coisa que eu fiz – disse Myron. – A culpa é minha também.

Ambos esperaram sua mãe dizer alguma coisa. Ela não disse nada, o que foi bem pior. Virou as costas e tornou a se sentar na cadeira. Levou ao rosto a mão trêmula – seria por causa do Parkinson ou da aflição? – e se esforçou muito para não chorar. Myron começou a andar na sua direção, mas parou. Não era o momento. Tornou a ver a cena que sempre imaginava, o pai e a mãe chegando de carro pela primeira vez à casa de Livingston, um bebê a caminho, para começar a jornada da família El-Al. Não pôde deixar de pensar se aquele seria o último capítulo.

Mickey foi até o outro lado da sala de espera e sentou-se em frente a uma televisão presa na parede. Myron andou mais um pouco de um lado para o outro. Estava com frio, com muito frio. Fechou os olhos e começou a tentar negociar com alguma força superior, qualquer que fosse. Disse o que seria capaz de fazer, ceder e sacrificar só para que o pai fosse poupado. Vinte minutos depois, Win, Esperanza e Big Cyndi chegaram. Win informou a Myron que o Dr. Mark Ellis tinha uma excelente reputação, mas que o lendário cardiologista Dennis Callahan, do New York-Presbyterian, estava a caminho. Foram todos para uma sala de espera particular, menos Mickey, que não queria papo com ninguém do grupo. Big Cyndi ficou segurando a mão da mãe de Myron e chorou copiosamente. Isso pareceu ajudar sua mãe.

A hora passou em uma câmera lenta torturante. Durante esse tempo, você cogita todas as possibilidades. Aceita, rejeita, reclama, chora. Uma verdadeira montanha-russa de emoções. Uma enfermeira entrou na sala várias vezes para lhes dizer que ainda não havia nenhuma notícia.

Um silêncio exausto tomou conta de todos. Myron estava andando pelos corredores quando Mickey veio correndo até ele.

– O que houve?

– Suzze T. morreu? – perguntou Mickey.

– Você não sabia?

– Não – disse Mickey. – Acabei de ver no noticiário.

– Foi por isso que fui procurar a sua mãe – disse Myron.

– Peraí, o que minha mãe tem a ver com isso?

– Suzze visitou o seu trailer poucas horas antes de morrer.

Isso fez Mickey recuar um passo.

– Você acha que mamãe deu a droga a ela?

– Não. Quer dizer, não sei. Ela disse que não. Disse que ela e Suzze tiveram uma conversa bem franca.

– Que tipo de conversa franca?

Foi então que Myron se lembrou de outra coisa que Kitty tinha dito sobre a overdose de Suzze: "Ela não faria isso. Não com o bebê. Eu a conheço. Ela foi morta. Eles a mataram." Myron teve um estalo.

– Sua mãe parecia ter certeza de que alguém matou Suzze.

Mickey não disse nada.

– E pareceu ficar com mais medo ainda quando falei sobre a overdose.

– E daí?

– E daí que... e se tudo isso estiver ligado, Mickey? Você e sua mãe fugindo. A morte de Suzze. O sumiço de seu pai.

Mickey deu de ombros com certo exagero.

– Não vejo como é possível.

– Meninos?

Os dois se viraram. Era a mãe de Myron. Havia lágrimas em suas faces. Ela estava segurando um lenço de papel embolado. Usou-o para enxugar os olhos.

– Quero saber o que está acontecendo.

– Em relação a quê?

– Nem me venha com essa – disse ela, com uma voz que só a mãe tem o direito de usar com o filho. – Você e Mickey brigam, aí de repente ele vem morar conosco. Onde estão os pais dele? Quero saber o que está acontecendo. Quero saber tudo. Agora.

Então Myron lhe contou. Ela escutou, tremeu, chorou. Ele não lhe poupou nada. Contou que Kitty estava na clínica de desintoxicação e contou até sobre o sumiço de Brad. Quando terminou, sua mãe se aproximou dos dois. Virou-se primeiro para Mickey, que a encarou nos olhos. Ela segurou a mão do neto.

– Não é culpa sua – disse-lhe. – Está me ouvindo?

Mickey assentiu, fechando os olhos.

– Seu avô jamais colocaria a culpa em você. Nem eu. Do jeito que as artérias dele estavam entupidas, você talvez tenha até salvado a vida dele. Quanto a você... – continuou ela, virando-se para Myron. – Pare de andar por aí cabisbaixo e vá embora deste hospital. Eu ligo se tiver alguma novidade.

– Não posso ir embora.

– É claro que pode.

– E se papai acordar?

Ela chegou mais perto do filho e esticou o pescoço para olhar para ele.

– Seu pai disse para você encontrar seu irmão. Pouco importa quanto ele está doente. Vá fazer o que ele mandou.

27

E AGORA?

Myron puxou Mickey de lado.

– Vi que havia um laptop no seu trailer. Faz muito tempo que vocês o compraram?

– Uns dois anos. Por quê?

– É o único computador que vocês tinham?

– É. Vou perguntar de novo: por quê?

– Se o seu pai usou esse laptop, pode ser que tenha alguma coisa lá dentro.

– Papai não era muito bom com tecnologia.

– Eu sei que ele tinha e-mail. Ele escrevia para os seus avós, não é?

Mickey deu de ombros.

– Acho que sim.

– Você sabe a senha dele?

– Não.

– OK. O que mais vocês ainda têm do seu pai?

O menino piscou e mordeu o lábio inferior. Myron lembrou novamente a si mesmo a atual situação da vida de Mickey: pai desaparecido, mãe internada em uma clínica de desintoxicação, avô enfartado talvez por sua culpa. E o garoto tinha só 15 anos. Myron começou a estender a mão, mas Mickey retesou o corpo.

– Não temos nada.

– Tudo bem.

– Não vemos vantagem em ter muitos objetos – disse Mickey, na defensiva. – Vivemos viajando sem muita bagagem. O que a gente poderia ter?

Myron ergueu as mãos.

– Só estou perguntando.

– Papai disse para não procurar por ele.

– Isso faz muito tempo, Mickey.

O garoto balançou a cabeça.

– Você deveria deixar isso quieto.

Não havia necessidade nem tempo de se explicar para um menino de 15 anos.

– Você me faria um favor?

– O quê?

– Preciso que cuide da sua avó por algumas horas, tudo bem?

Mickey não se deu o trabalho de responder. Foi direto para a sala de espera e sentou-se na cadeira em frente à avó. Com um aceno, Myron chamou Win, Esperanza e Big Cyndi ao corredor. Havia muito o que fazer: entrar em contato com a embaixada americana no Peru e ver se havia qualquer rumor relacionado ao seu irmão. Ligar para seus informantes no Departamento de Estado e pedir que começassem a investigar o caso de Brad Bolitar. Arrumar alguém para descobrir a senha ou qualquer outra forma de entrar no e-mail de Brad.

Esperanza voltou para Nova York. Big Cyndi ficaria para ajudar com a mãe de Myron e quem sabe extrair mais alguma informação de Mickey.

– Eu sei ser bastante encantadora – observou Big Cyndi.

Quando Myron ficou sozinho com Win, ligou outra vez para o celular de Lex. De novo, ninguém atendeu.

– Isso tudo está ligado de alguma forma – disse Myron. – Primeiro meu irmão some. Depois Kitty se apavora, foge e acaba vindo parar aqui. Aí posta o "não é dele" com uma tatuagem que tanto Suzze quanto Gabriel Wire tinham. Encontra-se com Lex. Suzze vai visitá-la, depois procura o pai de Alista Snow. Todas essas coisas têm que estar relacionadas.

– Eu não diria "têm que" – acrescentou Win –, mas tudo parece apontar para Gabriel Wire, não? Ele estava presente quando Alista Snow morreu. Sem dúvida teve um caso com Suzze T. Até hoje trabalha com Lex Ryder.

– Precisamos encontrá-lo – disse Myron.

Win uniu as pontas dos dedos em pirâmide.

– Está sugerindo irmos atrás de um astro do rock recluso, bem protegido e financeiramente favorecido que mora em uma ilha minúscula?

– Parece que é lá que estão as respostas.

– Que maravilha – comentou Win.

– Então, como é que nós vamos fazer?

– Vai requerer algum planejamento – disse Win. – Precisarei de umas duas horas.

Myron verificou o relógio.

– Ótimo. Quero voltar ao trailer para dar uma olhada no laptop. Pode ser que haja alguma coisa lá.

Win ofereceu um carro com motorista ao amigo, mas Myron esperava que dirigir o ajudasse a espairecer. Não tinha dormido muito nas últimas noites, de modo que colocou a música bem alta. Plugou seu iPod no som do carro e começou a escutar canções melosas no volume máximo. A The Weepies dizia "o mundo gira loucamente". Os caras da Keane queriam sumir com aquela pessoa especial para "algum lugar que só nós dois conhecemos".

Perfeito para a situação.

Quando Myron era criança, seu pai só dirigia escutando estações AM. Ele ia assobiando, girando o volante com o pulso. De manhã, escutava uma estação só de notícias enquanto fazia a barba.

Myron esperava o telefone tocar a qualquer momento. Antes de sair do hospital, quase havia mudado de ideia. E se o pai só acordasse mais uma vez? E se Myron perdesse a última chance de falar com ele? – perguntara à mãe. "O que você poderia dizer que ele já não saiba?", respondera ela, direta.

Bom argumento. No final das contas, o que importava era o pedido que o pai fizera. O que ele preferiria que Myron fizesse: ficasse sentado aos prantos em uma sala de espera ou saísse para tentar encontrar o irmão? Pondo a questão assim, a resposta ficava bem simples.

Myron chegou ao estacionamento de trailers e desligou o motor. O cansaço fazia seus ossos pesarem. Desceu do carro meio cambaleante, esfregando os olhos. Nossa, precisava de um café. Um café ou qualquer outra coisa. A adrenalina tinha começado a perder o efeito. Ele levou a mão à maçaneta da porta do trailer. Trancada. Como podia ter esquecido de pegar a chave com Mickey? Balançou a cabeça, levou a mão à carteira e puxou o mesmo cartão que usara antes.

Assim como algumas horas atrás, a porta se abriu com facilidade. O laptop continuava na sala, perto do sofá-cama de Mickey. Myron ligou o computador e, enquanto esperava a inicialização, deu uma geral no trailer. Mickey tinha razão. Havia muito pouca coisa. As roupas já tinham sido postas nas malas. A televisão provavelmente era do trailer. Myron encontrou uma gaveta cheia de papéis velhos e fotografias. Havia acabado de despejá-las sobre o sofá quando o som do computador avisou que estava inicializado.

Myron sentou-se ao lado da pilha de papéis, puxou o laptop na sua direção e acessou o histórico da internet. O Facebook estava entre os sites acessados. As buscas do Google mostravam que alguém tinha pesquisado a boate Three Downing, em Manhattan, e o shopping Garden State Plaza. Outro site tinha sido usado para obter os trajetos por transporte público até os dois locais. Nada de novo ali. De qualquer maneira, já fazia três meses que Brad tinha voltado para o Peru. O histórico só registrava a atividade de uns poucos dias.

Seu celular tocou. Era Win.

– Já organizei tudo. Partimos para Adiona de Teterboro daqui a duas horas.

Teterboro era um aeroporto particular no norte de Nova Jersey.

– Tudo bem. Encontro você lá.

Myron desligou o telefone e tornou a olhar para o computador. O histórico da internet não tinha rendido pista nenhuma. E agora?

Vou tentar alguns outros aplicativos, pensou ele. Começou a abrir os programas, um de cada vez. Ninguém usava o Calendário ou a Agenda de Endereços – ambos estavam vazios. No PowerPoint havia alguns trabalhos escolares de Mickey, o mais recente sobre a história dos maias. O *slideshow* estava em espanhol. Impressionante, mas sem relevância. Myron abriu o Word. Ali também havia vários arquivos que deviam ser trabalhos de escola. Estava prestes a desistir quando viu um arquivo criado oito meses antes chamado "Carta de Demissão". Clicou no ícone e leu:

Para: Abrigo Abeona

Caro Juan,

Velho amigo, é com o coração pesado que renuncio ao meu cargo em sua maravilhosa organização. Kitty e eu sempre seremos seus leais defensores. Acreditamos muito nessa causa e nos dedicamos muito a ela. Na verdade, ganhamos mais do que oferecemos aos jovens que ajudamos. Seremos para sempre gratos.

Mas chegou a hora de a itinerante família Bolitar sossegar. Arrumei um emprego em Los Angeles. Kitty e eu gostamos de ser nômades, mas já faz muito tempo que não paramos em um lugar por um período suficiente para criar raízes. Acho que nosso filho Mickey precisa disso. Ele não pediu para viver assim. Passou a vida inteira viajando, fazendo amigos para em seguida perdê-los, e nunca teve um lar de verdade. Ele agora precisa de normalidade e de uma chance para se dedicar a suas paixões, sobretudo o basquete. Então, depois de muito conversar, Kitty e eu decidimos ter um endereço fixo pelos próximos três anos, até que Mickey termine o ensino médio, de forma que ele possa tentar uma faculdade.

Depois disso, quem sabe? Nunca imaginei esta vida para mim. Meu pai costumava citar um provérbio iídiche: o homem planeja e Deus ri. Kitty e eu esperamos um dia poder voltar. Sei que ninguém realmente abandona o Abrigo Abeona. Sei que estou fazendo um pedido e tanto, mas espero que você entenda. Enquanto isso, faremos tudo o que pudermos para facilitar a transição.

Seu irmão,
Brad

Abrigo Abeona. Kitty havia postado o "não é dele" usando o nome de perfil "A. Abeona". Myron pesquisou depressa "Abrigo Abeona" no Google. Nenhum resultado. Hum. Então pesquisou apenas Abeona e descobriu que era o nome de uma deusa romana meio desconhecida que protegia as crianças quando estas saíam pela primeira vez de baixo da asa dos pais. Myron não sabia ao certo o que significava tudo isso, caso de fato significasse alguma coisa. Pelo que sabia, Brad sempre havia trabalhado para organizações sem fins lucrativos. Seria o Abrigo Abeona uma delas?

Então ligou para Esperanza. Deu a ela o endereço de Juan e o nome do Abrigo Abeona.

– Fale com ele. Veja se ele sabe alguma coisa.

– Tudo bem. Myron?

– O quê?

– Eu amo muito o seu pai.

Ele sorriu.

– É, eu sei.

Silêncio.

– Já ouviu dizer que não há hora certa para dar má notícia? – perguntou Esperanza.

Ah, não.

– O que houve?

– Estou dividida – disse ela. – Posso esperar as coisas melhorarem antes de contar isso a você. Ou posso simplesmente pôr mais isso na pilha com todo o resto e talvez você mal perceba.

– Pode pôr na pilha.

– Thomas e eu vamos nos separar.

– Ah, que droga – disse ele. Pensou nas fotos na sala dela, nas imagens felizes de Esperanza, Thomas e o pequeno Hector. Seu coração se partiu mais uma vez. – Que pena.

– Estou torcendo para que seja de forma amigável. Mas acho que não vai dar. Thomas está alegando que eu sou uma mãe ruim por causa do meu passado e da quantidade de horas que trabalho. Ele vai pedir a guarda do Hector.

– E nunca vai conseguir – disse Myron.

– Como se você pudesse controlar essa parte – desabafou ela, emitindo um ruído que poderia ter sido uma semirrisada. – Mas adoro quando você faz esses pronunciamentos categóricos.

Myron se lembrou de outro pronunciamento categórico que havia feito pouco tempo antes, para Suzze:

"Estou com uma sensação ruim. Acho que vou fazer uma grande besteira."

"Não vai, não."

"É isso que eu sempre faço, Myron."

"Não desta vez. Seu agente não vai deixar."

Não ia deixar que ela fizesse nenhuma besteira. E agora ela estava morta.

Myron Bolitar: o grande homem dos grandes pronunciamentos categóricos.

Antes de ele poder retirar o que tinha dito, a voz de Esperanza voltou:

– Vou cuidar disso – disse ela, e desligou.

Ele ficou apenas encarando o telefone por alguns instantes. As muitas horas sem dormir começavam a afetá-lo. Sua cabeça latejava tanto que ele se perguntou se Kitty teria algum analgésico. Estava prestes a se levantar para ver quando algo chamou sua atenção.

Estava no meio dos papéis e fotografias, na ponta do sofá. Mais para baixo da pilha, à direita. Só uma pontinha à vista. Uma pontinha azul-real. Myron estreitou os olhos. Estendeu a mão e puxou o objeto.

Era um passaporte.

Na última visita, ele havia encontrado os passaportes de Mickey e Kitty na bolsa dela. De acordo com a cunhada, da última vez que vira Brad ele estava indo viajar para o Peru, então era lá que seu passaporte deveria se encontrar. Isso levava a uma pergunta óbvia: de quem era aquele passaporte?

Myron abriu o documento na página de identificação. Ali, a olhá-lo de frente, estava uma foto de Brad. Ele se sentiu outra vez perdido e sua cabeça latejante começou a girar.

Myron estava pensando em qual seria sua próxima ação quando ouviu os sussurros.

Há ocasiões em que estar com os nervos em frangalhos é útil. Aquela ocasião se encaixava nesse grupo. Em vez de esperar para ver de onde estavam vindo os sussurros ou quem estava falando, Myron apenas reagiu. Levantou-se num pulo, derrubando os papéis e as fotografias, se jogou no chão e rolou para trás do sofá.

A porta do trailer foi aberta com violência. Dois homens surgiram com armas na mão.

Eram ambos jovens, ambos pálidos, ambos magros e com olheiras fundas – e ambos estavam sob o efeito de alguma droga. O da direita tinha uma tatuagem imensa e complexa saindo pela gola da camiseta e subindo pelo pescoço como se fosse uma chama. O outro usava o cavanhaque de praxe dos valentões.

– Mas... nós vimos o cara entrar – falou o do cavanhaque.

– Deve estar no outro quarto. Eu dou cobertura.

Ainda no chão atrás do sofá, Myron agradeceu a Win em silêncio por tê-lo feito pegar uma arma. Não havia muito tempo. O trailer era pequeno. Eles levariam apenas alguns segundos para encontrá-lo. Pensou em sair do chão e gritar "Parados!", mas eles estavam armados e não havia como saber qual seria sua reação. Nenhum dos dois parecia particularmente confiável, portanto as chances de entrarem em pânico e começarem a atirar eram grandes.

Não, melhor seria confundi-los e fazê-los se separarem.

Myron tomou uma decisão e torceu para que fosse a certa, racional, não apenas um reflexo de suas emoções, um anseio por bater e agredir porque seu pai talvez estivesse morrendo e seu irmão... Lembrou-se do passaporte de Brad e percebeu que não fazia a menor ideia de onde o irmão estava, do que estaria fazendo, de quanto perigo corria.

Esvazie a mente. Aja de forma racional.

Cavanhaque deu dois passos em direção à porta do quarto. Mantendo-se abaixado, Myron mudou de posição e foi até a ponta do sofá. Esperou mais um segundo, mirou no joelho de Cavanhaque e, sem qualquer aviso, puxou o gatilho.

O joelho do homem explodiu.

Cavanhaque soltou um grito e desabou no chão. Sua arma saiu voando para o outro lado da sala. Mas Myron não prestou atenção nisso. Abaixou-se bem rente ao piso, manteve-se escondido e ficou esperando a reação de Pescoço Tatuado. Caso ele começasse a atirar, Myron teria uma vantagem. Mas Pescoço Tatuado não começou a atirar. Em vez disso, também soltou um grito e, como Myron esperava, saiu correndo do quarto.

Quando Pescoço Tatuado mergulhou para fora do trailer, Myron se moveu depressa. Com um pulo, saiu de trás do sofá e parou ao lado de Cavanhaque, que se contorcia de dor. Myron se agachou, segurou o rosto dele e o fez encará-lo. Então encostou a arma na cabeça de Cavanhaque.

– Pare de gritar, senão eu mato você.

Os gritos de Cavanhaque se tornaram pequenos choramingos que pareciam os de um animal.

Myron recolheu depressa a arma do sujeito e então correu até a janela. Olhou para fora. Pescoço Tatuado estava entrando em um carro. Myron conferiu a placa. Nova York. Digitou rapidamente no BlackBerry a combinação de letras e números e mandou-a para Esperanza. Não restava muito tempo. Voltou para junto de Cavanhaque.

– Para quem você trabalha?

Ainda choramingando, o homem respondeu com uma voz infantil:

– Você atirou em mim!

– É, eu sei. Para quem você trabalha?

– Vá para o inferno.

Myron se agachou ao seu lado. Pressionou o cano da arma contra o outro joelho do homem.

– Não tenho muito tempo.

– Por favor – disse ele, a voz estridente.– Eu não sei.

– Qual é o seu nome?

– O quê?

– Seu nome. Tanto faz. Vou chamá-lo de Cavanhaque. O que vai acontecer é o seguinte, Cavanhaque. Eu agora vou dar um tiro no seu outro joelho. Aí vou passar para os cotovelos.

Cavanhaque estava aos prantos.

– Por favor.

– Você vai acabar me dizendo.

– Eu não sei! Juro.

Provavelmente alguém no estacionamento de trailers tinha escutado o tiro. Talvez Pescoço Tatuado voltasse com reforços. Não importava: Myron tinha muito pouco tempo. Precisava mostrar que não estava de brincadeira. Com um leve suspiro, começou a puxar o gatilho – era esse o nível da sua falta de discernimento – quando teve um lampejo de bom senso. Mesmo que conseguisse fazer aquilo, ainda que conseguisse atirar em um homem desarmado e indefeso, havia muitas chances de o efeito ser o inverso do desejado. Em vez de falar, era mais provável que Cavanhaque perdesse os sentidos ou entrasse em estado de choque por causa da dor.

Mas Myron ainda não tinha certeza do que iria fazer quando disse:

– Última chance...

Cavanhaque o salvou da dúvida.

– O nome dele é Bert! É só isso que eu sei. Bert!

– E o sobrenome?

– Não sei! Quem acertou tudo foi Kevin.

– Quem é Kevin?

– O cara que acabou de me abandonar aqui.

– E o que Bert mandou vocês fazerem?

– Nós seguimos você, cara. Lá do hospital. Ele disse que você iria nos levar até Kitty Bolitar.

Nessa hora Myron percebeu claramente que estava fora do seu estado normal. Aqueles dois imbecis o haviam seguido por todo aquele tempo e ele não tinha percebido nada? Ridículo.

– E o que vocês deveriam fazer quando encontrassem Kitty?

Cavanhaque recomeçou a chorar.

– Por favor.

Myron encostou a arma na cabeça dele.

– Olhe nos meus olhos.

– Por favor.

– Pare de chorar e olhe nos meus olhos.

O homem enfim obedeceu. Ele fungava, tentando se controlar. Seu joelho estava em frangalhos. Myron sabia que ele provavelmente nunca mais andaria sem mancar. Talvez algum dia pensar nisso fosse incomodar Myron, mas ele duvidava.

– Basta me dizer a verdade para tudo terminar. É possível que nem para a prisão você vá. Mas se mentir para mim, eu dou um tiro na sua cabeça para não haver nenhuma testemunha. Entendeu?

O homem manteve o olhar surpreendentemente firme.

– Você vai me matar de todo jeito.

– Não vou, não. Sabe por quê? Porque ainda sou o mocinho desta história. E quero continuar assim. Então me diga a verdade e salve a nós dois: o que era para vocês fazerem quando encontrassem Kitty?

E assim, com sirenes anunciando a chegada dos carros de polícia, Cavanhaque deu a Myron a resposta que ele esperava:

– Era para matar vocês dois.

◆ ◆ ◆

Myron abriu a porta do trailer. As sirenes agora estavam mais altas.

Não havia tempo para chegar até o carro. Ele correu para a esquerda, para longe da entrada da Imóveis Transportáveis Glendale, na mesma hora em que duas viaturas entraram no estacionamento de trailers. O potente farol de um dos carros o encontrou.

– Parado! Polícia!

Myron não lhes deu ouvidos. Os policiais começaram a persegui-lo – ou pelo menos Myron imaginou que tivessem começado. Não se virou para conferir: só continuou correndo. As pessoas saíam de seus trailers para ver que confusão era aquela, mas ninguém o interceptou. Myron havia guardado a arma no cós da calça. Não havia a menor possibilidade de sacá-la e dar à polícia uma desculpa para abrir fogo. Contanto que ele não fosse uma ameaça física, os policiais não iriam atirar.

Certo?

O alto-falante da viatura anunciou com um chiado:

– Aqui é a polícia. Pare e ponha as mãos para o alto.

Por um instante, ele quase obedeceu. Podia explicar tudo. Mas explicar levaria horas, dias talvez, e ele simplesmente não tinha tempo. Win havia encontrado um jeito de fazê-los entrar na ilha de Adiona. Myron não sabia muito bem por quê, mas tinha certeza de que tudo iria acabar conduzindo àquele lugar, ao recluso Gabriel Wire, e não estava disposto a lhe dar a chance de fugir.

O estacionamento de trailers terminava em um matagal baixo. Myron encontrou uma trilha e entrou nela. A polícia tornou a mandá-lo parar. Ele virou à esquerda depressa e seguiu em frente. Podia ouvir movimentos no mato atrás de si. Estava sendo perseguido. Ele aumentou a velocidade para tentar abrir alguma distância. Pensou em se esconder junto a uma rocha ou árvore e deixá-los passar, mas de que isso iria adiantar? Precisava sair dali, se livrar da polícia e chegar ao aeroporto de Teterboro.

Ouviu novos gritos, agora mais distantes. Arriscou-se a olhar para trás. Alguém segurava uma lanterna, mas todos estavam bem longe. Ótimo. Sem parar de correr, Myron deu um jeito de pescar o fone do celular no bolso e enfiá-lo na orelha.

Apertou a tecla de discagem rápida e ligou para Win.

– Articule.

– Preciso de uma carona – disse Myron.

Explicou rapidamente a situação. Win escutou sem interromper. Myron não precisou informar sua localização. O GPS do BlackBerry ajudaria Win a encontrá-lo. Só tinha de ficar escondido até lá. Quando terminou de falar, Win disse:

– Você está uns 100 metros a oeste da Rodovia 1. Siga para o norte por ela e vai encontrar uma porção de lojas. Arrume um lugar para se esconder ou se camuflar. Vou chamar uma limusine para buscá-lo e levá-lo até o aeroporto.

28

MYRON ENTROU EM UMA CAFETERIA. O cheiro de pães e doces lembrou-lhe que não comia havia séculos. Ele comprou um café e um pão recheado com amêndoas. Sentou-se junto à janela perto de uma porta lateral, para o caso de precisar sair às pressas. Dali podia ver qualquer carro que entrasse no estacionamento. Se alguma viatura da polícia aparecesse, ele poderia sair do café rapidamente e correr na direção da mata. Tomou um gole de café e sentiu o cheiro de amêndoas do pão. Lembrou-se do pai. Al Bolitar sempre comia depressa demais. Em outros tenpos, nas manhãs de sábado, costumava levar Brad e Myron à lanchonete Seymour's, na Livingston Avenue, para tomar milk-shake, comer batata frita e quem sabe ganhar um pacote de figurinhas de beisebol. Os dois irmãos se sentavam nos banquinhos da lanchonete e ficavam girando. O pai sempre ficava em pé ao lado deles, como se fosse seu dever de adulto. Quando as batatas fritas chegavam, ele se inclinava sobre o balcão da lanchonete e as devorava. Al nunca tinha sido gordo, mas vivia sempre um pouco além do "peso ideal".

Será que isso era parte do problema? E se o seu pai tivesse se alimentado melhor? E se tivesse feito mais exercícios, se estressado menos com o trabalho e tido um filho que não entrasse em encrencas que o faziam perder o sono? E se o seu pai não tivesse saído correndo de dentro de casa para defender esse mesmo filho?

Chega.

Myron tornou a enfiar na orelha o fone de ouvido do celular e ligou para Loren Muse, chefe do departamento de investigação criminal do condado. Quando ela atendeu, disse:

– Estou com um problema.

– Que problema?

– Você tem algum contato em Edison, Nova Jersey?

– Isso fica no condado de Middlesex. Eu cuido dos condados de Essex e Hudson. Mas sim, tenho.

– Alguém usou uma arma de fogo lá agora à noite.

– Isso que você está me dizendo é um fato?

– E teoricamente talvez tenha sido eu, em legítima defesa.

– Teoricamente talvez?

– Não quero que isso seja usado contra mim.

– Advogados... todos iguais. Continue.

Enquanto Myron lhe contava o que havia acontecido, uma limusine preta passou pela rua devagar. O cartaz pregado no parabrisa dizia DOM DELUISE. Coisa de Win. Myron saiu depressa do café, ainda falando no celular, e abaixou-se para entrar no banco traseiro. O motorista o cumprimentou. Myron articulou um "olá" mudo e apontou para o microfone, indicando ao mesmo tempo que estava no telefone e que era um babaca metido.

Loren Muse não ficou contente.

– E o que você quer que eu faça com essa informação?

– Que a repasse a seu contato.

– E falar o quê? Que o atirador me ligou e disse que não queria se entregar ainda?

– Alguma coisa nessa linha.

– E quando você imagina que vai ter tempo de nos prestigiar com sua presença? – indagou Muse.

– Em breve.

– Bom, isso deve bastar para ele, é claro.

– Muse, só estou tentando poupar uma dor de cabeça a eles.

– Você pode fazer isso se entregando agora.

– Não vai dar.

Silêncio. Então Muse perguntou:

– Isso tem alguma coisa a ver com a overdose de Suzze?

– Acredito que sim.

– Acha que os caras do trailer eram traficantes?

– Pode ser.

– Ainda acha que a morte de Suzze foi assassinato?

– É possível.

– E, para concluir, acha que poderia me torturar mais um pouco com todas essas respostas evasivas?

Myron pensou em oferecer um tira-gosto a Muse falando sobre a visita de Suzze a Kitty e dizendo que o celular pré-pago para o qual Suzze tinha telefonado pouco antes de morrer pertencia à sua cunhada. Mas então percebeu aonde isso iria levar – mais perguntas e, quem sabe, uma visita ao Instituto Coddington de Reabilitação – e decidiu não dizer nada.

Em vez disso, tentou responder com outra pergunta.

– Conseguiram algum indício novo sugerindo que não foi overdose?

– Ah, entendi – disse Muse. – Eu lhe revelo alguma coisa e você continua sem me revelar nada. Um equilíbrio perfeito.

– Eu realmente não sei nada ainda.

– Pare de tentar me enrolar, Myron. Mas, a esta altura, que diferença isso faz para mim? Para responder à sua pergunta, não, não há nenhum indício que aponte para uma morte criminosa no caso de Suzze T. Ajudei?

Na verdade, não.

– Mas onde você está agora? – perguntou Muse.

Myron franziu o cenho.

– Está falando sério?

– Não vai me dizer, não é?

– Não.

– Então você só confia em mim por 10 minutos?

– Como agente da lei, você é obrigada a revelar tudo o que eu disser – falou Myron. – Mas não pode dizer o que não sabe.

– Que tal me dizer quem morava no tal trailer? Eu vou descobrir de qualquer forma.

– Não, mas...

Havia um tira-gosto que ele realmente queria oferecer a Muse.

– Mas?

– Arrume um mandado de prisão para um professor do ensino médio de Ridgewood chamado Joel Fishman. Ele é traficante de drogas.

Myron havia prometido ao velho Crush não delatá-lo, mas quando alguém saca uma arma para outra pessoa dentro de uma escola, bem... Joel nunca chegou a perguntar se ele estava com os dedos cruzados ou não.

Myron desligou depois de fornecer detalhes suficientes para que ela pudesse pegar Fishman. O uso de celulares era proibido dentro do hospital, então ele ligou para a recepção. De lá foi transferido de um setor para outro até que encontrou uma enfermeira disposta a conferir os prontuários e lhe dizer oficialmente que não havia nenhuma novidade quanto ao estado de saúde do seu pai. Ah, que ótimo.

A limusine avançou pela pista de pouso até bem perto do avião. Nada de despachar bagagem, nada de cartão de embarque, nada de fila de raio x em que o sujeito na sua frente se esquece de tirar as moedas do bolso – apesar dos 47 avisos – e dispara o alarme do detector de metais. Quando você voa de avião particular, vai de carro até a pista, sobe a escada e pronto, é só decolar.

Como Win gostava de dizer: é bom ser rico.

Win já estava a bordo com um casal que apresentou como "Sassy e Sinclair Finthorpe" e seus filhos gêmeos adolescentes, "Billings e Blakely".

Myron franziu o cenho. E os ricos ainda tinham coragem de fazer piada com os nomes afro-americanos.

Sassy e Sinclair estavam os dois de casaco de tweed. Sassy também usava uma calça de montaria e luvas de couro. Tinha cabelos louros presos em um rabo de cavalo apertado. Devia estar na casa dos 50 e exibia várias rugas fundas devido ao excesso de sol. Sinclair era careca, barrigudo e usava uma gravata de bordas tão largas que parecia um lenço. Ria muito de qualquer coisa e respondia "De fato, de fato" a quase tudo que lhe dissessem.

– Que emoção – comentou Sassy, quase sem mexer o maxilar. – Não é, Sinclair?

– De fato, de fato.

– É como se estivéssemos ajudando James Bond em uma missão secreta.

– De fato, de fato.

– Não é emocionante, meninos?

Billings e Blakely olharam para a mãe com a repulsa típica dos adolescentes.

– Isso merece um drinque! – disse Sassy.

O casal ofereceu uma bebida a Myron. Ele recusou. Billings e Blakely continuaram a observar os adultos com um desprezo esnobe, ou talvez aquela fosse a sua expressão facial genética padrão. Os gêmeos tinham cabelo ondulado *à la* Kennedy e usavam roupa de tênis branca com suéter amarrado em volta do pescoço. O mundo de Win.

Todos se acomodaram e, cinco minutos depois de Myron embarcar, o avião recolheu o trem de pouso. Win foi se sentar ao lado do amigo.

– Sinclair é meu primo – explicou Win. – Eles têm casa em Adiona e iam para lá amanhã. Eu só pedi para adiantarem a viagem.

– Para que Crisp não saiba da nossa chegada?

– Exatamente. Daríamos muita bandeira se viéssemos no meu avião ou de barco. Mas pode ser que haja alguém vigiando o aeroporto. Vamos deixar meus primos descerem e depois nós saímos de fininho.

– Você tem algum plano para entrarmos na propriedade de Wire?

– Tenho. Mas vamos precisar de ajuda local.

– De quem?

– Estou cuidando disso – respondeu Win com um pequeno sorriso. – A propósito, não há sinal de celular na ilha, mas tenho um telefone que funciona por satélite caso o hospital precise se comunicar conosco.

Myron aquiesceu. Recostando-se na cadeira, fechou os olhos.

– E tem mais uma coisa importante – retomou Win.

– Sou todo ouvidos.

– Esperanza rastreou a placa do carro que você viu no estacionamento de trailers. Foi cedido em leasing para uma empresa chamada Regent Locações e Associados. Então ela pesquisou a empresa. Adivinha quem é o dono da Regent Locações?

Myron ainda estava de olhos fechados.

– Herman Ache.

– Essa foi para me impressionar?

– Acertei?

– Acertou. Como você sabia?

– Foi um chute fundamentado. Há uma ligação entre tudo isso.

– E você tem alguma teoria?

– Só parcial.

– Pode me dizer?

– Acho que é aquilo que já falamos. Frank Ache disse a você que Wire tinha dívidas de jogo muito altas, certo?

– Correto.

– Então é por aí que nós vamos começar... Gabriel Wire, e quem sabe Lex também, devia dinheiro a Herman Ache. Mas acho que Herman começou a controlar Wire de verdade depois do incidente com Alista Snow.

– Impedindo que Wire fosse indiciado pelo crime?

– Isso, fazendo as acusações desaparecerem, criminais ou não. O que quer que esteja acontecendo agora, tudo começou na noite em que Alista Snow morreu.

Win aquiesceu, pensativo.

– E isso explicaria por que Suzze foi visitar Karl Snow ontem.

– É, mais uma conexão – disse Myron. – De alguma forma, Suzze também estava envolvida no que aconteceu naquela noite. Talvez por causa de Lex. Ou talvez por causa de Gabriel Wire, seu amante. Não tenho certeza. Qualquer que seja o motivo, porém, ela sentiu necessidade de dizer a verdade agora. Foi encontrar Kitty e admitiu ter trocado suas pílulas anticoncepcionais. Depois foi procurar Karl Snow. Talvez tenha lhe contado o que aconteceu de verdade com a filha dele, não sei.

Myron se calou. Mais uma vez, algo naquela conta não estava fechando. Foi Win quem o formulou.

– E aí, depois de aliviar a consciência pesada, Suzze T., grávida de oito meses, saiu para comprar heroína, voltou para sua bela cobertura e se matou?

Myron balançou a cabeça.

– Pouco me importa para onde os indícios estejam apontando. Isso não faz sentido.

– Você tem alguma outra teoria?

– Tenho – respondeu Myron. – Herman Ache mandou matar Suzze. O crime foi totalmente profissional, então meu palpite é que o responsável tenha sido Crisp. Ele é bom em fazer assassinatos parecerem mortes naturais.

– E o motivo?

Myron ainda não tinha certeza.

– Suzze sabia alguma coisa... na certa alguma coisa capaz de prejudicar Wire, quem sabe de ressuscitar o caso Alista Snow. Então Ache mandou matá-la. E depois mandou dois homens atrás de Kitty para matá-la também.

– Por que Kitty?

– Não sei. Devia fazer parte da faxina dele. Herman percebeu que ela sabia alguma coisa, ou talvez tenha ficado com medo de Suzze ter falado com ela. Seja como for, Herman decidiu não correr riscos. Política de terra arrasada. Suzze e Kitty, ambas mortas.

– E você também – concluiu Win.

– É.

– E seu irmão? Onde ele se encaixa nisso?

– Não sei.

– Tem muita coisa que não sabemos.

– Quase tudo – concordou Myron. – Mas tem também o seguinte: se Brad voltou para o Peru, o que o passaporte dele estava fazendo no trailer?

– A resposta mais provável? Ele não voltou para lá. E, se for isso mesmo, o que podemos concluir com relativa certeza?

– Que Kitty mentiu – disse Myron.

– Kitty mentiu – repetiu Win. – Não tinha uma música do Steely Dan que dizia isso?

– Era Katy quem mentia, não Kitty. *Katy Lied*. E era o nome do álbum, não de uma música.

– Ah, isso mesmo. Eu adorava esse disco.

Myron tentou desligar a mente só por um instante, para descansar antes da invasão da fortaleza. Havia acabado de fechar os olhos e recostar a cabeça quando o avião começou a descer. Cinco minutos depois, já haviam pousado. Myron olhou para o relógio. Fazia 45 minutos que tinha chegado ao aeroporto de Teterboro.

É. Ser rico era bom mesmo.

29

As JANELAS DO AVIÃO ESTAVAM fechadas, portanto ninguém conseguia ver lá dentro. A família Finthorpe desembarcou. Os pilotos estacionaram a aeronave, apagaram as luzes e desembarcaram também. Myron e Win ficaram onde estavam. A noite havia caído.

Usando o telefone via satélite, Myron ligou para o hospital. Dessa vez o Dr. Ellis veio falar com ele pessoalmente.

– Seu pai saiu da sala de cirurgia, mas foi complicado. O coração dele parou duas vezes durante o procedimento.

As lágrimas recomeçaram a brotar. Myron se esforçou para contê-las.

– Posso falar com minha mãe?

– Nós lhe demos um sedativo e ela está dormindo em uma sala aqui perto. Seu sobrinho também está dormindo, em uma cadeira. A noite foi longa.

– Obrigado.

Win saiu do banheiro vestido de preto da cabeça aos pés.

– Tem uma roupa para você lá dentro – disse ele. – E tem também um chuveiro. Talvez um banho o revigore. Nossos reforços chegarão em 10 minutos.

O chuveiro do avião não tinha sido feito para gente alta, mas a pressão da água era surpreendentemente forte. Myron curvou as costas e passou 9 dos 10 minutos de que dispunha sob o jato, depois mais um minuto se secando e vestindo a roupa preta. Win tinha razão: sentiu-se revigorado.

– Nossa carona está esperando – disse Win. – Mas antes...

Ele entregou duas armas a Myron. A maior tinha um coldre de ombro. A menor, um para prender em volta do tornozelo. Myron pôs as armas no lugar. Win foi na frente. Chovia forte e os degraus do avião estavam escorregadios. Win se encolheu debaixo da aeronave para se proteger. Tirou óculos de visão noturna de um estojo e os colocou no rosto como se fossem uma máscara de mergulho. Então girou o corpo devagar, perfazendo um círculo.

– Barra limpa – disse Win.

Ele tornou a guardar os óculos no estojo. Então ergueu o celular e apertou uma tecla. A tela se acendeu. Ao longe, Myron viu alguém piscar o farol de um carro para eles. Win começou a andar naquela direção. Myron foi atrás. O aeroporto, se é que se podia chamá-lo assim, era apenas uma pista de pouso com uma construção de concreto, nada mais. Havia uma estrada em frente à pista, sem qualquer sinal, ou mesmo um portão, para impedir a passagem dos carros. Myron supôs que fosse preciso adivinhar quando um avião estivesse pousando. Ou talvez aquilo fizesse parte da aura de Adiona. Você simplesmente *sabia* quando alguém estava chegando.

A chuva continuava forte. Um raio riscou o céu. Win chegou ao carro primeiro e abriu a porta traseira. Myron entrou e deslizou até atrás do banco do carona. Olhou para os bancos da frente e ficou surpreso ao ver os gêmeos Billings e Blakely.

– É essa a nossa ajuda?

Win sorriu.

– Melhor, impossível.

O carro tinha cheiro de cânhamo velho.

– O primo Win falou que você quer entrar na casa de Gabriel Wire – disse o gêmeo que estava ao volante.

– Qual dos dois é você? – perguntou Myron.

O rapaz pareceu ofendido.

– Billings.

– E eu sou Blakely.

– OK, desculpem.

– Blakely e eu passamos o verão nesta ilha desde que nos conhecemos por gente. Isto aqui pode ser um tédio.

– Aqui tem pouca mulher – acrescentou Blakely.

– Nem me fale – disse Billings.

Ele começou a dirigir. Não havia nenhum outro carro na estrada.

– No ano passado, nós inventamos umas histórias sobre as *au pairs* mais feinhas.

– Para que elas fossem demitidas – completou Blakely.

– Exato.

– E nenhuma das mães quer cuidar dos próprios filhos.

– De jeito nenhum.

– Então elas tiveram que substituir as *au pairs*.

– Geralmente por outras mais bonitas.

– Sacou o golpe de mestre?

Myron olhou para Win. Este só fez sorrir.

– Finjam que saquei – disse Myron.

– Enfim, esta ilha pode ser um tédio – disse Blakely.

– Uma verdadeira Tediópolis – acrescentou Billings.

– Um saco.

– Insuportável.

– De fato, daria até para morrer de tanto tédio. E na verdade ninguém sequer tem certeza de que Gabriel Wire more naquela casa.

– Nós nunca o vimos.

– Mas já chegamos perto da casa.

– Já tocamos nela.

Blakely se virou para trás e exibiu os dentes para Myron em um sorriso.

– É para lá que nós levamos as gatas, sacou? Dizemos a elas que a casa pertence a Gabriel Wire e que é muito bem vigiada.

– Porque o perigo é afrodisíaco.

– Se você fala em perigo com uma garota, a calcinha dela praticamente derrete, sacou?

Myron tornou a olhar para Win. Este continuava sorrindo.

– Finjam que saquei – repetiu Myron.

Billings prosseguiu:

– Nós levamos um tempinho, sabe como é, tentativa e erro, mas acabamos encontrando um caminho seguro para chegar à praia ao lado da casa de Wire.

– E nunca mais fomos pegos.

– Pelo menos não nos dois últimos verões.

– Então nós vamos até a praia. Às vezes levamos garotas.

– Na sua época – disse Billings, olhando para Myron –, acho que chamavam isso de corrida de submarino ou algo assim.

– Como nos filmes antigos.

– Isso. Tipo vocês levavam a garota para tomar um milk-shake e depois para ver a corrida de submarino, não era?

– Era – confirmou Myron. – Logo depois do passeio de charrete.

– Então. Sabe a praia ao lado da casa de Wire? É lá que a gente assiste à corrida de submarinos.

– Billings leva muito jeito com as garotas – disse Blakely.

– Blakely está sendo modesto.

Os dois deram uma risadinha sem mexer o maxilar. Blakely sacou um cigarro de maconha e o acendeu. Deu um tapa e passou-o para o irmão.

– Nós também vamos lá fumar uma erva – disse Billings.

– Apertar unzinho.

– Dar um dois.

– Queimar um fumo.

– Um capim seco.

– Um beque.

– Um bagulho.

– Maconha – disse Myron, interrompendo os dois. – Já entendi.

Os rapazes começaram a rir. Aquele com certeza não era o primeiro baseado da noite.

– Blakely e Billings vão nos mostrar seu caminho secreto – disse Win.

– Por onde levamos as garotas.

– Nossas gatas.

– Nossas gostosas.

– Nossas princesas.

– Nossas beldades.

– Pedaços de mau caminho.

Myron olhou para Win.

– Eles parecem meio, ahn, meio jovens para se meterem nessa história.

– Que nada, está tudo certo – disse Billings. – Ninguém vai nos machucar.

– Além disso, somos corajosos.

– Principalmente depois de enrolar um fininho.

– De puxar um fumo.

– Queimar uma bomba.

– Dar uns tapas.

– Chapar.

Os dois agora riam histericamente. Tão histericamente quanto era possível sem mover o maxilar. Myron tornou a olhar para Win, com dúvidas se deveriam confiar em dois playboizinhos maconheiros. Ao mesmo tempo, arrumar um jeito de entrar até mesmo nos locais mais bem vigiados era um dos pontos fortes de Win. Ele tinha um plano. Myron precisaria apenas segui-lo.

Eles passaram por duas guaritas de segurança no meio da estrada praticamente sem chamar atenção. Estava claro que os gêmeos e seu carro fedendo a maconha eram conhecidos na ilha. Ninguém os incomodou. Billings ou Blakely – Myron já havia esquecido qual deles era – não conseguia dirigir em linha reta. Myron pôs o cinto. Durante o dia, a ilha parecia isolada. À noite, sobretudo debaixo de chuva, parecia total e completamente abandonada.

Billings – Myron se lembrou – tirou o carro do asfalto e enveredou por uma estrada de terra batida. A estrada era um teste para amortecedores – e os daquele carro foram reprovados. Myron foi sacudido no banco de trás enquanto passavam por um bosque denso até chegarem a uma clareira. Então o veículo parou junto à praia.

Blakely tornou a se virar para trás. Ofereceu o baseado a Myron. Ele acenou um não, obrigado.

– Tem certeza? É da melhor qualidade.

– De primeira.

– Top de linha.

– Já entendi – disse Myron. – É da boa mesmo.

Os gêmeos se recostaram em seus assentos e por alguns instantes ninguém falou nada.

– Sempre que estou na praia – disse Billings –, eu cato um grão de areia.

– Ai, não – disse Blakely. – Lá vamos nós outra vez.

– Não, estou falando sério. Pense um pouco. Um grão de areia. Eu cato um minúsculo grão de areia e penso em quantos outros existem nesta praia. Então calculo quantos existem nesta ilha inteira. Aí começo a imaginar quantos grãos de areia existem no mundo. Aí eu penso putz...

Myron tornou a olhar para Win.

– E o mais incrível, o mais incrível de tudo, é que a Terra é menor do que esse grão de areia comparado a todos os outros grãos de areia que existem. Vocês têm noção disso? Comparado ao restante do Universo, o nosso sistema solar é menor do que esse grão de areia.

– Quanto desse troço você já fumou hoje? – perguntou Myron.

Billings deu uma risadinha.

– Venham. Vamos levar vocês até o Sr. Astro do Rock.

– Eu detesto a música dele – acrescentou Blakely.

– É uma merda.

– Uma bosta feita por um cara que se ama.

– Uma barulhada pretensiosa.

Os gêmeos desceram do carro. Myron estava prestes a abrir a porta quando Win o impediu, tocando seu joelho.

– Espere. Vamos deixá-los ir na frente. Temos que ficar escondidos.

– Você confia mesmo nesses moleques?

– Eles têm sua utilidade. Não se preocupe.

Dali a um minuto, Win meneou a cabeça avisando que podiam descer do carro. A chuva continuava a cair. Os gêmeos haviam pegado uma trilha que saía da praia. Myron e Win foram atrás, mantendo uma distância de pelo menos 50 metros. A chuva prejudicava a visibilidade. Foram seguindo um caminho em zigue-zague por uma região acidentada e coberta de vegetação. A trilha havia sumido, então agora eles tinham de passar por cima de pedras e se abaixar para evitar bater em galhos. De vez em quando, pelas brechas entre as árvores, Myron podia ver a praia à sua esquerda. Por fim, Win estendeu o braço na frente de Myron, como se fosse uma cancela. Ambos pararam.

Os gêmeos haviam sumido.

– Eles entraram no terreno de Wire – disse Win. – Temos que tomar mais cuidado agora.

Myron deixou Win seguir na frente. Eles diminuíram o passo. A abertura por onde os gêmeos haviam passado parecia um buraco negro. Myron enxugou a chuva do rosto. Win se abaixou até junto ao chão, sacou os óculos de visão noturna e os colocou diante do rosto. Fez sinal para Myron aguardar e então desapareceu no escuro. Alguns instantes depois, tornou a surgir no meio das árvores e sinalizou a Myron que avançasse.

Myron saiu numa clareira. À luz da lua, viu que era uma praia. Cerca de 50 metros adiante, à esquerda, Billings e Blakely estavam deitados sobre as rochas, compartilhando seu baseado, sem se importarem com a chuva. Ondas batiam nas rochas. Win tinha os olhos voltados para a direita. Myron seguiu seu olhar colina acima e viu o que havia atraído a atenção do amigo.

Nossa mãe!

Encarapitada sozinha no alto da colina, a casa de Gabriel Wire encarava o oceano Atlântico. Em estilo neogótico vitoriano, feita de tijolos vermelhos e pedra, com um telhado de terracota e pináculos de catedral dignos de sede de Parlamento, era perfeita para um ego de astro do rock: gigantesca, sensual e absolutamente diferente das discretas mansões dos ricaços que ocupavam o restante da ilha. A frente da casa dava a impressão de se tratar de uma fortaleza, ostentando uma entrada em arco fechada por um portão que parecia uma reprodução em tamanho gigante da que havia na cobertura de Lex e Suzze.

Billings e Blakely ficaram de lado para olhar para os outros dois. Por alguns instantes, os quatro ficaram apenas fitando a casa.

– Não falamos? – disse Billings.

– Pessoalmente, eu acho cafona – afirmou Blakely.

– Ostentatória.

– Anabolizada ao último grau.

– Chamativa.

– Pretensiosa.

– *Over*.

Esse último adjetivo fez os dois rapazes rirem. Então, ficando mais sério, Blakely falou:

– Mas cara, vou dizer uma coisa: essa casa é um antro de gostosas.

– Um ninho de amor.

– O paraíso do herpes.

– O palácio do pênis.

– Uma arapuca de perereca.

Myron reprimiu um suspiro. Aquilo era como estar acompanhado de um dicionário de gírias chatas. Ele se virou para Win e perguntou qual era o plano.

– Venha comigo – disse Win.

Enquanto voltavam na direção das árvores e começavam a tomar o rumo da casa, Win explicou que Billings e Blakely iriam chegar pela frente.

– Os gêmeos já chegaram à casa várias vezes – disse Win –, mas nunca entraram nela. Já tocaram a campainha. Já tentaram abrir as janelas. Um segurança sempre aparece para enxotá-los. Segundo eles, durante a noite só há um segurança na casa, enquanto outro fica vigiando o portão na estrada.

– Mas eles não podem ter certeza disso.

– Não, então nós também não podemos.

Myron pensou um pouco.

– Mas eles conseguem chegar até a casa antes que o segurança os veja. Isso significa que não deve haver sensores de movimento.

– É raro sensores de movimento funcionarem em grandes espaços abertos – disse Win –, porque os animais os disparam. Provavelmente existe algum tipo de alarme nas portas e janelas, mas não precisamos nos preocupar com isso.

Myron sabia que alarmes contra roubo podiam afastar ladrões amadores ou comuns, mas não eram páreo para Win e sua bolsa de apetrechos.

– Então o único risco verdadeiro é quanto à quantidade de seguranças que ficam dentro da casa – disse Myron.

Win sorriu e uma leve expressão bem-humorada marcou seu olhar.

– O que seria da vida sem alguns riscos?

Ainda no meio das árvores, Win e Myron chegaram a uns 20 metros da casa. Win sinalizou a Myron que se abaixasse. Apontou para a porta lateral e sussurrou:

– Entrada de serviço. É por lá que vamos passar.

Ele sacou o celular e o acendeu, dando o sinal que os gêmeos aguardavam. Ao longe, Billings e Blakely começaram a subir a colina em direção ao portão em arco. O vento aumentou, fustigando os rapazes durante a subida. Eles mantiveram a cabeça baixa e foram chegando mais perto.

Win meneou a cabeça para Myron. Ambos se puseram de bruços no solo e começaram a rastejar em direção à entrada de serviço. Myron podia ver que a porta conduzia a uma cozinha, despensa ou algo do gênero, mas as luzes lá dentro estavam apagadas. O chão estava encharcado por causa da chuva, o que os fazia deslizar como lesmas, a lama correndo sob eles sem qualquer atrito.

Quando chegaram à porta lateral, Win e Myron continuaram de bruços e aguardaram. Myron virou a cabeça para o lado e apoiou o queixo no chão. Dali podia ver o mar. Um raio rasgou o céu. Um trovão rugiu. Passaram um minuto assim, depois dois. Myron começou a ficar ansioso.

Alguns instantes depois, em meio ao vento e à chuva, ouviram um grito:

– Sua música é uma merda!

Era Billings, ou então Blakely. O outro – o que não tinha gritado primeiro – continuou:

– Um horror!

– Péssima!

– Nojenta!

– Horrorosa!

– Uma afronta auditiva!

– Um crime hediondo contra os ouvidos!

Win já tinha se levantado e estava tentando abrir a porta com uma fina chave de fenda. A fechadura não seria problema, mas ele havia notado um sensor magnético. Pegou uma pequena lâmina metálica e a inseriu entre os dois sensores para que agisse como eletrodo.

Através da chuva, Myron pôde distinguir a silhueta dos dois gêmeos correndo de volta em direção à água. Atrás deles vinha um homem, o segurança, que parou quando os gêmeos chegaram à praia. Ele levou algo à boca – algum tipo de walkie-talkie, supôs Myron – e disse:

– São só aqueles gêmeos doidões outra vez.

Win abriu a porta. Myron pulou para dentro da casa. Win o seguiu, fechando a porta atrás deles. Estavam agora dentro de uma cozinha ultramoderna. No centro dela havia um imenso fogão com forno duplo e oito bocas e, sobre ele, uma coifa prateada. Várias panelas e frigideiras pendiam do teto em uma confusão visualmente atraente. Myron se lembrou de ter lido que Gabriel Wire gostava de cozinhar e era ligado em gastronomia, então supôs que aquilo tudo fizesse sentido. As panelas e frigideiras pareciam imaculadas – novas, pouco usadas, ou apenas bem conservadas.

Myron e Win ficaram parados por um minuto. Não ouviram nenhum passo, nenhum chiado de walkie-talkie, nada. Então, vinda de longe – do andar de cima, ao que tudo indicava –, chegou uma música suave.

Win assentiu com a cabeça, autorizando Myron a avançar. Já tinham combinado sua estratégia para depois de entrarem na casa. Myron sairia em busca de Gabriel Wire. Win cuidaria de qualquer outra pessoa que aparecesse. Myron sintonizou o BlackBerry em uma frequência de rádio e enfiou o fone sem fio na orelha. Win fez o mesmo. Assim, poderia alertar Myron sobre qualquer problema que surgisse – e vice-versa.

Mantendo-se abaixado, Myron abriu a porta da cozinha e entrou no que devia ter sido um salão de baile. Não havia luz – a única iluminação vinha dos protetores de tela de dois computadores. Myron esperava alguma coisa mais elaborada, mas o cômodo lembrava uma sala de espera de consultório de dentista. As paredes eram pintadas de branco. Havia uma poltrona e um sofá de dois lugares que pareciam ter sido escolhidos mais pela utilidade que pelo estilo, como se houvessem sido comprados em alguma loja de beira de estrada. No canto ficavam um arquivo, uma impressora e um fax.

Havia ainda uma grande escadaria de madeira, com um corrimão ornamentado e uma passadeira vermelho-sangue nos degraus. Myron olhou lá para cima e começou a subir. A música continuava baixa ali, mas ele podia escutá-la melhor. Quando chegou ao alto da escada, descobriu um corredor comprido. A parede da direita era ocupada por vários discos de platina e álbuns da HorsePower emoldurados. A da esquerda estava tomada por fotografias da Índia e do Tibete

– locais frequentados por Gabriel Wire. Segundo os boatos, Wire tinha uma residência de luxo em um bairro elegante no sul de Mumbai e muitas vezes ficava hospedado sob uma falsa identidade em monastérios do Tibete. Myron pensou um pouco sobre isso. Aquela casa era muito deprimente. Sim, estava escuro lá fora e o tempo não era dos melhores, mas será que Gabriel Wire realmente havia passado a maior parte dos últimos 15 anos enfurnado ali dentro sozinho? Talvez. Ou quem sabe fosse isso que Wire quisesse que os outros pensassem. Talvez de fato fosse um maluco recluso de marca maior ou podia apenas ter se cansado de ser o famoso cantor Gabriel Wire e estar sempre sob a luz dos refletores. Talvez os outros boatos fossem verdadeiros e Wire saísse o tempo todo usando disfarces simples, para visitar museus em Manhattan ou assistir a uma partida de beisebol em Fenway Park. Talvez ele tivesse olhado para trás, visto quando e como sua vida tinha saído dos trilhos – drogas, dívidas de jogo, garotas jovens demais – e recordado o motivo que o fizera começar, aquilo que o movia no início e que o deixava feliz: a música.

Talvez o comportamento de Wire para evitar os refletores não fosse tão maluco assim. Podia ser o único jeito de ele conseguir sobreviver e seguir em frente. Talvez, como qualquer pessoa que faz uma mudança radical na própria vida, ele tivesse precisado chegar ao fundo do poço – e que poço seria mais fundo do que se sentir responsável pela morte de uma menina de 16 anos?

Myron passou pelo último disco de platina pendurado na parede – *Aspectos de Juno*, o primeiro da HorsePower. Assim como qualquer outro fã casual de música, Myron já tinha ouvido falar no lendário primeiro encontro entre Gabriel Wire e Lex Ryder. Era uma noite de sábado agitada e Lex estava se apresentando em um *pub* quase desconhecido chamado Espy, na região de St. Kilda, perto de Melbourne. Tocava uma música lenta e poética e a plateia arruaceira, movida a álcool, o vaiava. Uma das pessoas da plateia era um atraente jovem cantor chamado Gabriel Wire. Mais tarde, Wire afirmaria que, apesar da barulheira à sua volta, ficara ao mesmo tempo fascinado e inspirado pelas melodias e letras das canções. Por fim, quando as vaias atingiram um nível insuportável, Gabriel Wire subiu ao palco e, mais para salvar o pobre Lex do que qualquer outra coisa, começou a tocar com ele, modificando as letras de forma improvisada, acelerando a batida, pedindo a outros caras que assumissem o baixo e a bateria. Ryder começou a gostar daquilo. Puxou acordes novos, saiu dos teclados para assumir a guitarra, voltou aos teclados. Os dois foram alimentando um ao outro. Um silêncio respeitoso tomou conta da plateia, como se as pessoas houvessem percebido o que estavam presenciando.

O nascimento da HorsePower.

Qual fora mesmo a frase de Lex na Three Downing algumas noites antes? "As coisas fazem marola." Tudo havia começado ali, naquele bar de segunda categoria do outro lado do mundo, mais de 25 anos atrás.

Então, do nada, Myron teve um vislumbre do pai. Vinha tentando não pensar nele, concentrar-se apenas na tarefa que tinha pela frente, mas de repente viu o pai não como um homem forte e saudável, mas esparramado no chão do subsolo de casa. Quis sair correndo dali. Quis pegar um avião e voltar para o hospital, onde deveria estar, mas aí pensou em como seria melhor, quanto significaria para o pai se desse um jeito de voltar acompanhado do irmão caçula.

Como Brad teria se envolvido com Gabriel Wire e a morte de Alista Snow?

A resposta era óbvia e o atingiu como um balde de água fria: Kitty.

A já conhecida raiva – o marido estava desaparecido e Kitty ficava trocando favores sexuais por drogas – foi tomando conta dele enquanto seguia pelo corredor. Agora podia ouvir melhor a música. Uma guitarra acústica e uma voz suave cantando.

Era a voz de Gabriel Wire.

O som era de cortar o coração. Myron parou e passou alguns instantes prestando atenção na letra da música:

Meu único amor, nós nunca mais teremos ontem
E eu agora enfrento esta noite sem fim...

A música vinha do final do corredor. Da direção da escada que conduzia ao terceiro andar.

Olhos borrados de lágrimas.
Mal sinto o frio cortante,
Mal percebo a chuva em mim...

Ele passou por uma porta aberta e arriscou uma olhada rápida lá para dentro. O cômodo também estava decorado com móveis totalmente utilitários e um carpete cinza. Nada estiloso, afetado ou exagerado. Que esquisito. Enquanto a imensa fachada era majestosa a ponto de fazer o queixo cair, o interior parecia um escritório de executivos de médio escalão. Aquele devia ser um quarto de hóspedes ou quem sabe o quarto de um dos seguranças. Mas era estranho mesmo assim.

Ele seguiu em frente, para a escada estreita do fim do corredor. Agora estava chegando perto, cada vez mais perto daquele lamento:

Lembra da última vez,
das promessas de amor eterno
Olhos em transe e o mundo desaparecendo
quando seguramos aos mãos um do outro.
Mas agora você também se foi...

Havia uma última porta aberta antes da escada. Myron espiou lá para dentro e gelou.

Era um quarto de bebê.

Um móbile de bichinhos – patos, cavalos e girafas em cores vivas, berrantes – girava acima de um berço em estilo vitoriano. Um abajur em forma de borboleta iluminava o suficiente para que Myron pudesse distinguir um papel de parede do Ursinho Puff – as ilustrações originais, não aquelas mais modernas – e, em um dos cantos, uma mulher com roupa de enfermeira cochilava sentada. Myron entrou no quarto pé ante pé e espiou dentro do berço. Um recém-nascido. Imaginou que aquele fosse seu afilhado. Então era para lá que Lex tinha fugido – ou, pelo menos, era lá que estava o filho de Suzze. Mas por quê?

Myron queria avisar Win, mas não se atreveu a emitir sequer um sussurro. Com o teclado no silencioso, digitou uma mensagem de texto: BEBÊ NO SEGUNDO ANDAR.

Não havia mais nada a fazer ali. Então, com passos cautelosos, ele voltou ao corredor. A luz fraca lançava sombras compridas. A escada estreita à sua frente parecia do tipo que conduzia a uma ala de criados no sótão. Os degraus de madeira nua não tinham passadeira. Ele tentou pisar o mais leve possível. A canção estava ficando mais próxima:

Nessa hora meu sol sumiu,
E agora a chuva não para de cair
Em um intervalo infinito
No meio de um segundo
Que não passa...

Myron chegou ao patamar da escada. Em casas mais modestas, aquilo podia ser considerado um sótão. O andar inteiro havia sido liberado para formar um só cômodo amplo que ocupava toda a extensão da casa. As luzes ali também estavam baixas, mas três grandes televisores na outra extremidade do cômodo emitiam um brilho soturno. Todos os três estavam sintonizados em canais esportivos, mas sem som: um jogo de beisebol da divisão profissional, a ESPN e um jogo de basquete internacional. Aquilo era um quarto de brinquedos high-tech para adultos. À luz pálida, Myron viu uma máquina de fliperama da HorsePower. Um bar de mogno bem abastecido tinha seis bancos altos e um espelho fumê. O chão estava coalhado de silhuetas que pareciam ser de pufes chiques, imensos, grandes o suficiente para uma bacanal.

Um dos pufes estava posicionado de frente para os três televisores. Myron pôde ver o contorno de uma cabeça. No chão, ao lado, havia garrafas do que ele supôs ser bebida alcoólica.

> *Agora você também se foi,*
> *E na chuva lá fora o tempo parou,*
> *Sem você, o tempo...*

A música parou como se alguém a houvesse desligado. Myron pôde ver o homem que estava sentado no pufe se retesar — ou talvez tivesse sido sua imaginação. Não soube muito bem o que fazer – chamá-lo, chegar perto devagar ou simplesmente aguardar? –, mas foi o homem quem tomou a decisão.

Ele se levantou cambaleando do pufe e virou-se na direção de Myron. A luz dos televisores fazia dele uma silhueta escura. Mais como reação do que outra coisa, Myron levou a mão à arma que trazia no bolso.

– Oi, Myron – disse o homem.

Aquele não era Gabriel Wire.

– Lex?

Ele estava trôpego, decerto de tanto beber.

Se Lex ficou surpreso ao ver Myron ali, não o demonstrou. Seus reflexos provavelmente haviam sido amortecidos pelo álcool. Lex abriu os braços e se aproximou de seu agente. Myron chegou mais perto e quase teve de segurá-lo quando ele se jogou em seus braços.

Lex enterrou o rosto no ombro dele e, através das lágrimas, não parava de repetir:

– É culpa minha. É tudo culpa minha.

Myron deixou que ele chorasse. Tentou reconfortá-lo e fazê-lo se acalmar. Levou algum tempo.

Lex exalava uísque. Myron o conduziu até um dos bancos do bar e o fez se sentar. A voz de Win chegou ao fone sem fio:

– Tive que apagar o segurança. Não se preocupe, está tudo bem. Mas talvez você queira apressar as coisas por aí.

Myron aquiesceu, como se Win pudesse vê-lo. Lex estava totalmente bêbado, então Myron decidiu ir direto ao assunto.

– Por que você ligou para Suzze?

– Hã?

– Lex, não estou com tempo para isso, então escute bem. Suzze recebeu um telefonema seu ontem à noite. Depois disso, ela saiu correndo para encontrar Kitty e o pai de Alista Snow. Depois voltou para casa e tomou uma overdose. O que você disse a ela?

Ele recomeçou a soluçar.

– Foi culpa minha.

– O que você falou, Lex?

– Eu segui meu próprio conselho.

– Que conselho?

– Eu já disse. Na Three Downing, lembra?

Myron se lembrava.

– Sem segredos para a pessoa amada – disse Myron.

– Foi – confirmou ele, balançando-se de tão bêbado. – Eu disse a verdade ao meu verdadeiro amor. Depois de tantos anos. Deveria ter contado a ela anos atrás, mas imaginei que, de alguma forma, Suzze sempre tivesse sabido. Entende o que estou dizendo?

Myron não tinha a menor ideia.

– No fundo, acho que ela sempre soube a verdade. Como se não fosse tudo coincidência.

Nossa, como era difícil conversar com um bêbado.

– O que não foi coincidência, Lex?

– Nós termos nos apaixonado. Como se estivesse escrito. Como se ela sempre tivesse sabido a verdade. Bem lá no fundo, entende? E talvez... quem sabe... talvez soubesse mesmo. Ou talvez tenha se apaixonado pela música, não pelo homem. As duas coisas estão mesmo entrelaçadas. Como é que se pode separar o homem da música? Assim.

– O que você disse a ela?

– A verdade – repetiu Lex, voltando a chorar. – E agora ela está morta. Eu estava errado, Myron. A verdade não nos libertou. A verdade era pesada demais. Foi essa parte que eu esqueci. A verdade pode aproximar as pessoas, mas também pode ser mais do que elas podem suportar.

– Que verdade, Lex?

Ele começou a soluçar.

– Lex, o que você disse a Suzze?

– Não importa. Ela está morta. Que diferença faz agora?

Myron decidiu mudar de estratégia.

– Você se lembra do meu irmão, Brad?

Lex parou de chorar e fez uma cara de quem não estava entendendo.

– Acho que meu irmão pode estar encrencado por causa dessa história toda.

– Por causa do que eu disse a Suzze?

– É. Talvez. É por isso que estou aqui.

– Por causa do seu irmão?

Lex pensou um pouco.

– Não estou entendendo. Ah, espere aí – disse. Então suas palavras fizeram o sangue de Myron gelar. – É. Acho que, mesmo depois de todos esses anos, talvez as coisas apontassem para seu irmão.

– Como?

Lex balançou a cabeça.

– Minha Suzze...

– Lex, por favor, me diga o que falou para ela.

Mais soluços. Ele tornou a sacudir a cabeça. Myron precisava incentivá-lo a falar.

– Suzze foi apaixonada por Gabriel Wire, não foi?

Lex fungou mais um pouco e enxugou o nariz na manga da camisa.

– Como você soube?

– Pela tatuagem.

Ele aquiesceu.

– Foi Suzze quem fez aquele desenho, sabia?

– Eu sei.

– Eram letras hebraicas e gaélicas combinadas para formar um soneto de amor. Suzze era mesmo uma artista.

– Então os dois foram amantes?

Isso fez Lex franzir o cenho.

– Ela achava que eu não sabia. Era esse o segredo dela. Ela o amava – admitiu Lex, a voz amargurada. – Todo mundo ama Gabriel Wire. Sabe quantos anos Suzze tinha quando começou a ficar com ele?

– Dezesseis – disse Myron.

Lex aquiesceu.

– Wire sempre gostou de seduzir as mais novinhas. Não antes da puberdade. Disso ele não gostava. Só muito novinhas. Então ele deixava Suzze, Kitty e algumas outras tenistas jovens participarem das nossas festas. Famosos com famosos. Astros do rock com estrelas do tênis. Uma parceria consagrada pelos deuses da celebridade. Eu nunca prestava muita atenção nas meninas. Tinha mulher suficiente para não precisar ficar com alguém menor de idade, entende?

– Entendo – disse Myron. – Encontrei uma foto da sessão feita para a capa do álbum *Alta Tensão*. Gabriel tinha a mesma tatuagem que Suzze.

– Aquilo? – zombou Lex, dando uma risadinha sarcástica. – Era temporário. Ele só queria ficar com alguém famoso. Suzze estava tão louca por ele que o defendeu mesmo depois de ele matar Alista Snow.

O quê?

– Espere aí – disse Myron. – Você acabou de dizer que Gabriel matou Alista Snow?

– Você não sabia? É claro que matou. Ele drogou a garota, só que não deu o suficiente, aquele imbecil. Então ele a estuprou e ela surtou, disse que ia contar para todo mundo. Não é desculpa, mas Gabriel também estava chapado. Então empurrou a menina da varanda. Foi tudo filmado.

– Como?

– O quarto tinha câmera de segurança.

– E quem está com essa fita agora?

Ele balançou a cabeça.

– Isso eu não posso dizer.

Mas Myron já sabia, então disse apenas:

– Herman Ache.

Lex não reagiu. Nem precisava. Fazia sentido, claro. Era mais ou menos como Myron tinha imaginado.

– Nós dois devemos muito a Ache – disse Lex. – Gabriel mais do que eu... mas ele usou a HorsePower como garantia. Ache mantinha um de seus capangas conosco o tempo todo. Para proteger seu investimento.

– E é por isso que Evan Crisp está aqui até hoje?

Lex chegou a estremecer ao ouvir esse nome.

– Esse cara me dá medo – disse ele com um sussurro. – Pensei até que talvez ele tivesse matado Suzze. Quando ela descobriu a verdade. Quer dizer, Crisp tinha nos avisado. Havia muito dinheiro em jogo. Ele mataria qualquer pessoa que entrasse no caminho.

– E o que faz você ter tanta certeza de que não foi ele?

– Ele me jurou que não – respondeu Lex, inclinando o corpo para trás. – E como poderia ter matado? Suzze se drogou. Aquela investigadora, qual é mesmo o nome dela?

– Loren Muse.

– Isso. Ela disse que não havia indícios de assassinato. Disse que tudo apontava para uma overdose.

– Você algum dia já viu a fita que mostra Wire matando Alista Snow?

– Anos atrás. Ache e Crisp nos mandaram sentar e nos mostraram a fita. Wire não parava de chorar dizendo que tinha sido um acidente, que ele não tinha intenção de que ela caísse da varanda, mas, sério, que diferença faz? Ele matou aquela coitada. Duas noites depois disso, e não estou inventando, ele ligou para Suzze e pediu que ela fosse até a casa dele. E ela foi. Suzze achou que Gabriel estivesse sendo vítima da imprensa. Quanta cegueira... mas, afinal de contas, ela tinha apenas 16 anos. Qual é a desculpa do resto do mundo? Então ele a dispensou. Você sabe como nós acabamos juntos, Suzze e eu?

Myron fez que não com a cabeça.

– Foi 10 anos depois, em uma festa de gala do museu de História Natural. Suzze me tirou para dançar. Posso jurar que ela só me paquerou naquele dia porque esperava que eu a levasse até Wire. Ainda estava na dele.

– Mas se apaixonou por você.

Ao ouvir isso, ele conseguiu sorrir.

– É. Ela se apaixonou por mim. De verdade, para valer. Nós éramos almas gêmeas. Sei que Suzze me amava. E eu a amava também. Pensei que isso bastasse. Mas, parando para pensar, Suzze já tinha se apaixonado por mim. Foi isso que eu quis dizer antes. Quando falei que ela se apaixonou pela música. Ela se apaixonou pela aparência de Wire, sim, mas também pela música, pelas letras, pelo significado das canções. Como em *Cyrano de Bergerac*. Você se lembra dessa peça?

– Sim.

– Todas as mulheres se apaixonaram pela aparência. O mundo inteiro, na verdade... nós todos nos apaixonamos pela beleza exterior. Isso não chega a ser novidade, não é, Myron? Nós somos todos muito superficiais. Você algum dia já viu alguém, um cara por exemplo, e, só de olhar para o rosto dele, simplesmente teve *certeza* de que se tratava de um belo de um FDP? Gabriel Wire era justamente o contrário. Parecia tão emotivo, tão poético, tão lindo e sensível. Mas era tudo fachada. Por dentro, ele era podre.

– Lex?

– O quê?

– O que você disse a Suzze pelo telefone?

– A verdade.

– Que Gabriel Wire matou Alista Snow?

– Isso era parte da história, sim.

– E o restante da história?

Ele balançou a cabeça.

– Eu disse a verdade a Suzze e a verdade a matou. Agora tenho um filho e preciso protegê-lo.

– Qual é o restante da história, Lex?

– Eu disse a ela onde Gabriel Wire está.

Myron engoliu em seco.

– E onde ele está, Lex?

Foi então que algo muito estranho aconteceu. Lex parou de chorar. Depois sorriu e olhou na direção de um dos pufes em frente às TVs. Myron sentiu o sangue gelar.

Lex não disse nada. Simplesmente ficou olhando para o pufe. Myron se lembrou do que tinha escutado ao subir a escada. Alguém cantando.

Gabriel Wire cantando.

Myron desceu do banco e andou em direção ao pufe. Pôde distinguir um contorno estranho, talvez no chão. Chegou mais perto, voltou os olhos para o piso e então viu o que era.

Um violão.

Myron tornou a se virar para Lex Ryder. Ele continuava sorrindo.

– Eu o escutei – disse Myron.

– Escutou quem?

– Wire. Eu o escutei cantar enquanto subia a escada.

– Não – disse Lex. – Quem você escutou fui eu. Sou eu desde sempre. Foi isso que eu disse a Suzze. Gabriel Wire morreu faz 15 anos.

30

No ANDAR DE BAIXO DA CASA, Win acordou o segurança.

O homem arregalou os olhos. Estava amarrado e amordaçado. Win sorriu para ele.

– Boa noite – disse Win. – Vou tirar sua mordaça e você vai responder às minhas perguntas sem gritar por ajuda. Se não obedecer, eu o mato. Alguma dúvida?

O segurança fez que não com a cabeça.

– Vamos começar com uma pergunta fácil – disse Win. – Onde está Evan Crisp?

◆ ◆ ◆

– Nós nos conhecemos no Espy, em Melbourne. Mas essa é a única parte verdadeira da nossa história.

Os dois estavam mais uma vez sentados nos bancos do bar. De repente, até Myron precisava de uma bebida. Serviu dois copos com uísque Macallan. Lex encarou a bebida como se contivesse algum segredo.

– Eu já havia lançado meu disco solo, mas não tinha dado em nada. Então comecei a pensar em montar uma banda. Estava tocando no Espy quando Gabriel apareceu. Ele tinha 18 anos na época. Eu, 20. Gabriel tinha largado a escola e já havia sido preso duas vezes por porte de drogas e uma por agressão. Mas quando ele entrou no bar... O jeito como todas as cabeças se viraram na direção dele... Entende o que estou dizendo?

Myron só fez assentir, sem querer interromper.

– Ele não cantava nada. Não sabia tocar nenhum instrumento. Mas, se uma banda de rock é um filme, eu soube naquela hora que tinha de colocá-lo como protagonista. Nós inventamos uma história sobre eu estar tocando no bar e ele aparecer para me salvar. Na verdade, eu meio que roubei essa história de um filme. *Eddie, o ídolo pop*. Já assistiu?

Myron tornou a balançar a cabeça.

– Até hoje encontro gente que jura ter estado no Espy naquela noite. Não sei se estão mentindo para se sentirem importantes ou se estão apenas imaginando coisas. Provavelmente um pouco dos dois.

Myron se lembrou da própria adolescência. Todos os seus amigos afirmavam ter assistido a um show "surpresa" de Bruce Springsteen no clube Stone Pony, em Asbury Park. Myron não acreditava muito nisso. Tinha ido lá três vezes na época do ensino médio, depois de escutar os boatos, mas Bruce nunca aparecera.

– Enfim, nós viramos a HorsePower, mas quem escrevia tudo era eu... todas as músicas, todas as letras. No palco, usávamos playback. Eu ensinei Gabriel a cantar, mas na maioria das vezes dublava a voz dele ou a modificava em estúdio.

Lex parou de falar e tomou um grande gole do uísque, parecendo perdido. Para trazê-lo de volta, Myron perguntou:

– Por quê?

– Por que o quê?

– Por que você precisava dele como acessório?

– Deixe de ser bobo – disse Lex. – O cara era lindo. Como eu disse: Gabriel era a fachada bela, poética, cheia de emoção. Eu o considerava meu instrumento mais precioso. E deu certo. Ele adorava ser o astro, traçar qualquer menininha que cruzasse seu caminho, ganhar rios de dinheiro. E eu também estava feliz. Todo mundo estava escutando minha música. O mundo inteiro.

– Mas você nunca levava o crédito por isso.

– E daí? Isso nunca fez muita diferença para mim. O que importava era a música. Só isso. O fato de o mundo me considerar um subordinado... Bem, quem ri por último ri melhor, não é?

Myron achava que sim.

– Eu sabia – continuou Lex. – E isso bastava para mim. E, em certo sentido, nós éramos de fato uma verdadeira banda de rock. Eu precisava de Gabriel. A beleza também não é um talento, em certo sentido? Estilistas de sucesso vestem suas roupas em lindas modelos. As modelos também não têm seu papel? Grandes empresas têm porta-vozes atraentes. Eles também não têm a sua importância? Era isso que Gabriel Wire significava para a HorsePower. E a prova está lá para qualquer um que procure por ela. Basta escutar o trabalho solo que fiz antes de conhecer Wire. A qualidade da música é a mesma. Só que ninguém estava nem aí. Você se lembra de Milli Vanilli?

Myron lembrava. Era uma dupla formada por dois modelos que subiram ao topo das paradas fazendo playback de músicas de outras pessoas. Chegaram até a ganhar um Grammy de artista revelação.

– Você se lembra de como o mundo passou a odiar aqueles dois caras quando a verdade veio à tona?

– Eles passaram a ser tratados com desprezo – disse Myron, assentindo.

– Exato. As pessoas chegaram a queimar seus discos. Mas por quê? A música não era a mesma?

– Era.

Ele se inclinou mais para perto de Myron e disse, com um tom conspiratório:

– Sabe por que os fãs ficaram com tanta raiva daqueles caras?

Só para fazê-lo continuar falando, Myron balançou a cabeça na negativa.

– Porque aqueles dois rapazes bonitos esfregaram a verdade na nossa cara: nós somos todos muito superficiais. A música do Milli Vanilli era uma bosta... e eles ganharam um Grammy! As pessoas só os escutavam porque Rob e Fab eram bonitos e estilosos. Esse escândalo fez mais do que destruir uma fachada: ele pôs um espelho em frente ao rosto dos fãs e o que eles viram foi um bando de imbecis. Nós somos capazes de perdoar muitas coisas. Mas não aqueles que nos fazem ver nossa própria insensatez. Não gostamos de pensar que somos superficiais, mas somos. Gabriel Wire parecia um homem introspectivo e intenso, mas não era nada disso. As pessoas achavam que ele não dava entrevistas porque se achava importante demais, mas ele não dava entrevistas porque era burro demais. Eu sei que zombaram de mim durante anos. Parte de mim ficava magoada... Quem não ficaria? Mas uma parte bem maior de mim compreendia que esse era o único jeito. Depois que comecei, depois que criei Gabriel Wire, não podia destruí-lo sem destruir a mim mesmo.

Myron tentou absorver essa informação.

– Foi isso que você quis dizer com aquela conversa toda sobre Suzze se apaixonar por você ou pela música. Sobre ser igual a Cyrano.

– Isso.

– Mas uma coisa eu não entendo. Quando você disse que Gabriel Wire morreu...

– Foi no sentido literal. Alguém o matou. Provavelmente Crisp.

– Mas por que Crisp faria isso?

– Não estou bem certo, mas tenho as minhas suspeitas. Depois que Gabriel matou Alista Snow, Herman Ache viu uma oportunidade. Se conseguissem tirá-lo daquela enrascada, ele e seus comparsas não iriam apenas receber a dívida de jogo de Gabriel, que era alta. Eles o teriam nas mãos pelo resto da vida.

– Tudo bem, essa parte eu já entendi.

– Então eles o salvaram da fogueira. Intimidaram testemunhas. Deram dinheiro ao pai de Alista Snow. Não sei exatamente o que aconteceu depois. Acho que Wire ficou meio maluco. Começou a se comportar de forma estranha. Ou talvez eles tenham percebido que na verdade não precisávamos dele. Eu podia criar as músicas sozinho. Talvez eles tenham bolado um plano e concluído que seria melhor para nós se Wire morresse.

Myron pensou um pouco.

– Parece bem arriscado. Além do mais, vocês costumavam ganhar uma bolada a cada rara aparição no palco.

– Mas as turnês também eram um risco enorme. Gabriel queria fazer mais shows, mas, com o passar do tempo e com todos os escândalos por causa de artistas que só dublavam, foi ficando mais difícil usar playback. Não valia a pena.

– Mesmo assim ainda não entendo. Por que matar Wire? Aliás, quando isso aconteceu?

– Algumas semanas depois da morte de Alista Snow – respondeu Lex. – Primeiro ele saiu do país. Essa parte é verdade. Se não tivessem conseguido inocentá-lo, acho que Gabriel simplesmente teria ficado no exterior e virado algum outro Roman Polanski da vida. Quando ele voltou, a acusação contra ele já estava começando a ruir. As testemunhas começavam a fechar a boca. A fita de vídeo havia sumido. A última etapa foi Gabriel se encontrar com Karl Snow e lhe entregar um saco de dinheiro. No fim, a mídia e a polícia perderam o interesse.

– E aí, depois disso tudo, Crisp matou Gabriel Wire?

Lex deu de ombros. Não fazia sentido.

– Você contou tudo isso a Suzze pelo telefone?

– Não, tudo não. Eu queria contar. Sabia que tudo viria à tona agora, entende, com Kitty de volta à nossa vida. Pensei que deveria contar a ela primeiro. Já queria mesmo contar havia muitos anos e agora que íamos ter um filho... Tínhamos que nos livrar de todas as mentiras, de todos os segredos. Entende o que estou dizendo?

– Entendo. Mas, quando você viu o *post* que dizia "não é dele"... Quer dizer, você sabia que não era verdade.

– Sabia.

– Então por que fugiu?

– Já disse. Precisava de um tempo, só isso. Suzze não me falou sobre o *post*. E por que não? Eu soube na hora que tinha alguma coisa errada. Pense um pouco. Quando ela procurou você, não queria apenas que me encontrasse. Queria saber quem tinha postado a mensagem.

Ele inclinou a cabeça de lado.

– Por que você acha que ela fez isso?

– Você acha que ela ainda sentia alguma coisa por Gabriel – falei.

– Acho, não. Tenho certeza. Suzze nem contou a você porque... Bom, será que você teria saído por aí para ajudá-la a se reencontrar com outro homem?

– Você está errado. Ela amava você.

– É claro que amava – disse Lex, agora sorrindo. – Porque eu era Wire. Será que não entende? Então, quando vi aquele *post*... fiquei abalado. Só precisava de tempo para pensar no que fazer. Então vim para cá e escrevi umas músicas. E depois, como já disse, liguei para contar a verdade a Suzze. Comecei dizendo a ela que Wire estava morto... que está morto há mais de 15 anos. Mas ela não acreditou em mim. Queria provas.

– Você viu o corpo?

– Não.

Myron abriu os braços.

– Então, até onde você sabe, ele está vivo. Talvez esteja no exterior. Talvez esteja disfarçado ou morando em uma comunidade no Tibete.

Essa última possibilidade quase fez Lex cair na risada.

– Você acreditou nessa bobajada? Ah, por favor. Fomos nós que espalhamos esse boato. Em duas ocasiões, pedimos a atrizes em início de carreira para dizerem que haviam estado com ele. Elas aceitaram só para aumentar sua fama. Não, Gabriel morreu.

– Como você sabe?

Ele balançou a cabeça.

– Que engraçado.

– O quê?

– Suzze não parava de fazer a mesma pergunta. Como eu podia ter tanta certeza?

– E o que você respondeu a ela?

– Eu disse a ela que havia uma testemunha. Alguém que tinha visto Gabriel ser assassinado.

– Quem?

Antes mesmo de Lex responder, porém, Myron já sabia. Para quem Suzze ligara logo depois de falar com Lex ao telefone? Quem tinha escrito o *post* que fizera Lex temer que a verdade viesse à tona? E quem, para ir ainda um pouco mais longe, conectava tudo aquilo ao seu irmão?

– Kitty – respondeu Lex. – Kitty viu Gabriel Wire morrer.

◆ ◆ ◆

O segurança era um fortão sem cérebro, um velho colaborador de Ache. Sabia manter a boca fechada. Mas nem mesmo ele sabia ao certo o que acontecia naquela casa. Os seguranças eram trocados a cada poucos meses. Todos eram orientados a não ir ao andar de cima. Aquele ali nunca tinha visto Gabriel Wire na vida, mas não chegava a achar isso estranho. Imaginava que Wire viajasse muito, só isso. Diziam que o cantor era um recluso paranoico e ele tinha ordens para nunca se aproximar, então nunca o fizera.

Com o segurança ainda amarrado – e as vozes de Myron e Lex Ryder em seu ouvido –, Win se aproximou dos computadores na sala do térreo. A decoração austera agora fazia sentido. Lex visitava a casa para usar o estúdio de gravação. Crisp e outros seguranças pernoitavam ali. Mas na verdade ninguém morava naquela casa. O vazio que ela emanava era palpável.

Win tinha achado estranha a falta de segurança da casa, mas agora isso fazia todo o sentido. "Wire" morava em uma ilha com pouquíssimos habitantes, a maioria dos quais evitava a publicidade ou ansiava por privacidade. Mesmo que houvesse uma brecha, mesmo que alguém conseguisse arrombar a casa, e daí? Não iriam encontrar nenhum Gabriel Wire, mas o que isso iria significar? Ache, Crisp e Ryder haviam inventado histórias suficientes sobre viagens secretas e disfarces para explicar qualquer ausência.

Muito engenhoso.

Win não era muito bom com computadores, mas sabia o suficiente. E não precisou se esforçar muito para que o segurança o ajudasse com o resto. Win acessou as listas de passageiros. Verificou outros arquivos que Crisp havia consultado. Crisp não era nenhum bobo. Nunca deixaria qualquer indício que o incriminasse, nada que pudesse ser usado num tribunal, mas Win não estava preocupado com nenhum julgamento.

Ao terminar, Win deu três telefonemas. O primeiro foi para seu piloto.

– Está pronto?

– Estou – respondeu o piloto.

– Então decole. Eu aviso quando puder pousar.

O segundo telefonema de Win foi para Esperanza.

– Alguma novidade sobre o Sr. Bolitar?

O pai de Myron sempre havia insistido para que Win o chamasse de Al. Mas ele não conseguia.

– Acabou de ser levado de volta para o centro cirúrgico às pressas – respondeu Esperanza. – A situação não parece nada boa.

Win tornou a desligar. A terceira ligação foi para uma penitenciária federal em Lewisburg, na Pensilvânia.

Ao terminar, Win se recostou na cadeira e ficou escutando a conversa entre Myron e Lex Ryder. Ponderou suas alternativas, mas na verdade só havia uma. Desta vez eles tinham ido longe demais. Haviam chegado à beira do precipício e agora só havia um jeito de recuar.

O rádio do segurança emitiu um bipe. Em meio ao chiado da estática, uma voz falou:

– Billy?

Era Crisp.

Win sorriu. Isso significava que Crisp estava por perto. Agora faltavam poucos minutos para o grande confronto. Durante a visita que Win tinha lhe feito na prisão, Frank Ache havia previsto que isso acabaria acontecendo. Win brincara dizendo que filmaria a briga. Bem, Frank teria de se contentar com um relato oral.

Win se aproximou do segurança. Ele começou a choramingar. Win sabia por quê. Sacou a arma e a encostou na testa do segurança. Um exagero, na verdade. O homem já tinha tentado ser durão, mas isso não durara muito.

– Você provavelmente tem um código para avisar a Crisp quando está encrencado – disse Win. – Se o disser, vai me implorar para puxar o gatilho. Entendeu?

O segurança assentiu, ansioso para agradar.

Win levou o rádio à orelha de Billy e apertou o botão para falar. O segurança disse:

– Oi, é o Billy.

– Qual é a situação?

– Tudo normal.

– O problema anterior foi resolvido?

– Sim. Como eu disse, eram aqueles gêmeos. Eles saíram correndo quando eu cheguei.

– Tenho outras informações que confirmam que eles foram embora de carro – disse Crisp. – Como nosso hóspede está se comportando?

– Continua lá em cima trabalhando naquela música nova.

– Muito bem – disse Crisp. – Estou subindo para a casa. E Billy?

– Sim?

– Não precisa avisar a ele que estou subindo.

A conversa terminou. Crisp estava a caminho.

Era hora de Win se preparar.

◆ ◆ ◆

– Kitty? – indagou Myron.

Lex Ryder assentiu.

– Como ela sabia que Wire estava morto?

– Ela viu.

– Ela viu quando mataram Wire?

Lex balançou a cabeça novamente.

– Eu só soube disso alguns dias atrás. Ela me ligou já tentando me derrubar: "Eu sei o que você fez com Gabriel", ela disse. Pensei que ela estivesse só jogando um verde. Aí eu respondi: "Você não sabe de nada" e desliguei. Não comentei com ninguém. Imaginei que ela fosse sumir. No dia seguinte, ela postou a tatuagem e o "não é dele". Como se fosse um aviso. Então eu liguei e disse a ela para me encontrar na Three Downing. Quando a vi, putz... Quer dizer, ela estava muito mal, acabada mesmo. Acho que eu poderia ter dado um dinheiro para ela ir embora, mas ela agora é uma viciada de verdade. Não podia confiar nela. Buzz acabou ligando para Crisp e contando o que ela estava dizendo. Aí você apareceu na boate. Durante a confusão, eu avisei a Kitty para dar o fora de lá e não voltar. Ela respondeu que estava fazendo isso havia 16 anos... desde que tinha visto Wire levar um tiro.

Então Kitty não estava sendo paranoica, pensou Myron. Ela conhecia um segredo que podia custar milhões de dólares a Herman Ache e Evan Crisp. O que explicava o fato de Cavanhaque e Pescoço Tatuado terem-no seguido até o trailer. Ache havia entendido que Myron talvez pudesse conduzi-lo até Kitty. Havia mandado segui-lo e, depois de os seus homens os localizarem, as ordens eram claras: matar os dois.

Então por que não usar Crisp? A resposta óbvia era: Crisp estava ocupado fazendo outra coisa. Seguir Myron ainda era um tiro no escuro. Melhor contratar alguém mais barato.

Win tornou a falar em seu ouvido.

– Terminou aí?

– Praticamente.

– Crisp está subindo.

– Você tem algum plano?

– Tenho.

– Precisa da minha ajuda?

– Preciso que você fique onde está.

– Win?

– Oi?

– Crisp talvez saiba o que aconteceu com meu irmão.

– É, eu sei.

– Não o mate.

– Não vou – respondeu Win. – Pelo menos não de cara.

31

DUAS HORAS MAIS TARDE, os dois estavam de volta ao pequeno aeroporto da ilha de Adiona, embarcando no jatinho de Win. Mee os recebeu vestida com um uniforme de aeromoça vermelho de corte muito justo, arrematado por um chapeuzinho digno de Jackie O.

– Bem-vindo a bordo – disse Mee. – Cuidado onde pisa. Bem-vindo a bordo, cuidado onde pisa.

Lex foi o primeiro a subir. Estava finalmente ficando sóbrio e esse estado não lhe caía muito bem. Em seguida vieram a enfermeira com o filho de Lex no colo. Restavam na pista Myron, Win e um Evan Crisp ainda entorpecido. As mãos de Crisp estavam amarradas atrás das costas com várias algemas de plástico. Win sabia que algumas pessoas conseguiam se soltar de uma algema de plástico. Mas poucas ou nenhuma se soltariam de várias algemas, sobretudo se as maiores estivessem presas em volta dos antebraços e do peito. E, se não bastasse o fato de as mãos e os braços de Crisp estarem presos, Win ainda lhe apontava um arma. Crisp havia se exposto a riscos. Win não faria o mesmo.

Myron olhou para trás na direção do amigo.

– Esperem um instante – disse Win.

Mee voltou para a porta do jatinho e meneou a cabeça para Win.

– Tudo bem, vamos – ele anunciou então.

Myron seguiu na frente, arrastando Crisp, enquanto Win ficou atrás para empurrá-lo. Antes Myron o havia carregado nos ombros, como um bombeiro, mas agora Crisp começava a recobrar a consciência.

Win tinha comprado aquele avião de luxo de um rapper famoso que liderara as paradas de sucesso antes de, como muitos antes dele, cair no esquecimento e ter de se desfazer dos frutos de seu consumismo exagerado. A cabine principal tinha imensas poltronas de couro reclináveis, carpete felpudo, um televisor *wide screen* 3D e forração em madeira. O avião tinha ainda uma sala de jantar separada e um quarto na parte dos fundos. Lex, a enfermeira e o bebê foram postos na sala de jantar. Win e Myron não queriam que eles ficassem no mesmo ambiente que Crisp.

Eles empurraram Crisp até uma poltrona. Win o imobilizou com mais algemas. Crisp ainda piscava por causa do tranquilizante. Win havia usado uma solução diluída de etorfina, um sedativo usado em elefantes e potencialmente fatal em humanos. Nos filmes, os sedativos funcionam na hora. Na realidade, isso nem sempre acontece.

No final das contas, Crisp não havia se mostrado tão indestrutível assim. Ninguém era. Como Herman Ache tinha formulado de forma muito poética, ninguém – nem mesmo Myron ou Win – era à prova de balas. A verdade era que, quando os melhores caíam, em geral era com um só golpe. Se uma bomba for jogada em cima da sua casa, pouco importa que você tenha habilidades em combate corpo a corpo – você morre e pronto.

Graças ao segurança Billy, Win tinha descoberto o caminho que Crisp usava para chegar à casa de Wire. Então havia encontrado o lugar ideal. Usara duas armas – uma com balas de verdade, outra com etorfina. Não havia esperado. Enquanto mantinha a arma de verdade apontada para Crisp, havia atirado nele com a arma de etorfina e mantido distância enquanto ele perdia os sentidos.

Win e Myron recuaram duas fileiras e se sentaram lado a lado. Mee, como uma aeromoça profissional, fez uma preleção completa sobre segurança de voo, demonstrando como usar o cinto, como colocar a própria máscara de oxigênio antes de ajudar os outros, como inflar o colete salva-vidas. Win observou sua demonstração com o sorriso libertino que era sua marca registrada.

– Pode demonstrar de novo a parte de soprar no tubo? – pediu ele a Mee.

Win.

A decolagem foi tranquila e, assim que pôde, Myron ligou para Esperanza. Ao saber que seu pai tinha voltado à sala de cirurgia, fechou os olhos e tentou apenas respirar. Concentrou-se no que era possível. Seu pai estava sendo tratado pelos melhores médicos. Só havia uma coisa em que Myron poderia ajudar: encontrar Brad.

– Descobriu alguma coisa sobre o Abrigo Abeona? – perguntou ele a Esperanza.

– Nada. É como se não existisse.

Myron desligou. Ele e Win conversaram sobre o que já sabiam e o que significava.

– Lex me deu a resposta desde o início – disse Myron. – Todo mundo tem algum segredo para o parceiro.

– Isso não chega a ser uma revelação bombástica – comentou Win.

– Nós temos segredos um para o outro, Win?

– Não. Mas nós não transamos.

– Você acha que o sexo leva a segredos? – perguntou Myron.

– E você não?

– Sempre achei que sexo levasse a uma intimidade maior.

– Que nada – disse Win.

– Que nada?

– Como você é ingênuo.

– Como assim?

– Nós não acabamos de provar que é justamente o contrário? São os parceiros sexuais – como Lex e Suzze – que têm segredos um para o outro.

Ele tinha certa razão.

– E para onde nós estamos indo?

– Você vai ver.

– Achei que nós não tivéssemos segredos.

Crisp começou a se mexer. Abriu um olho, depois outro. Não reagiu. Deixou sua mente absorver a situação, tentando entender onde estava e o que deveria fazer. Olhou na direção de Myron e Win.

– Vocês sabem o que Herman Ache vai fazer com vocês? – perguntou. Então arrematou: – Não é possível que sejam tão burros.

Win arqueou uma das sobrancelhas.

– Ah, não?

– Vocês não são tão durões assim.

– As pessoas não cansam de nos dizer isso.

– Herman vai matar vocês. Vai matar sua família toda. Vai garantir que a última coisa que a pessoa que você mais ama faça na vida seja amaldiçoar seu nome e implorar pela morte.

– Ora, ora – disse Win –, como Herman é dramático, não? Por sorte, tenho uma espécie de plano. Um plano em que todos os envolvidos saem ganhando, até você.

Crisp não disse nada.

– Nós vamos fazer uma visita ao caro Herman – disse-lhe Win. – Vamos nos sentar os quatro, quem sabe tomando um bom café. Vamos todos cooperar e revelar tudo. E depois vamos fazer um acordo que beneficie todas as partes, de forma que ninguém saia prejudicado.

– Ou seja?

– Diplomacia. Já ouviu falar?

– Eu já – respondeu Crisp. – Mas não tenho certeza quanto a Herman.

Justamente como Myron pensava. Mas Win não pareceu se abalar.

– Herman é um doce de pessoa, você vai ver – disse Win. – Enquanto isso, o que aconteceu com o irmão de Myron?

Crisp franziu o cenho.

– O que é casado com Kitty?

– Isso.

– Como é que eu vou saber?

Win deu um suspiro.

– Cooperar. Revelar tudo. Lembra?

– Estou falando sério. Nós nem sabíamos que Kitty estava por aqui até ela entrar em contato com Lex. Não faço ideia de onde o marido dela esteja.

Myron pensou um pouco sobre isso. Sabia que Crisp podia estar mentindo – e provavelmente estaria –, mas o que ele estava dizendo batia com as informações de Lex.

Win desafivelou o cinto de segurança e se aproximou de Evan Crisp. Estendeu-lhe seu telefone por satélite.

– Preciso que ligue para Herman Ache. Diga a ele que vamos encontrá-lo em sua casa de Livingston daqui a menos de uma hora.

Crisp pareceu não acreditar.

– Você está de brincadeira, não é?

– Eu de fato sou um cara brincalhão. Mas a resposta é não.

– Ele não vai deixar vocês entrarem lá armados.

– Tudo bem. Não precisamos de armas. Se alguém tocar um fio de cabelo nosso, o mundo vai descobrir a verdade sobre Gabriel Wire. E aí, tchau, dinheiro. Nós também vamos levar Lex Ryder, sua galinha dos ovos de ouro, por assim dizer, para um lugar seguro. Entendeu?

– Cooperar – disse Crisp. – Revelar tudo.

– Adoro quando conseguimos chegar a um acordo.

Crisp deu o telefonema. Win passou o tempo todo em pé ao seu lado. Herman Ache não gostou do que estava escutando, pelo menos não no início, mas Crisp explicou o que Win queria fazer. Herman acabou aceitando o encontro.

– Maravilha – disse Win.

Myron olhou para o sorriso de Crisp, depois ergueu os olhos para Win.

– Acho que prefiro não ficar de fora de um segredo – disse Myron.

– Não confia em mim? – perguntou Win.

– Você sabe que confio.

– Sei, sim. E estou com a situação sob controle.

– Win, você não é infalível.

– Tem razão – disse Win. Então concluiu: – Mas nem sempre sou seu fiel coadjuvante.

– Você pode estar nos colocando em uma situação perigosa.

– Não, Myron, quem fez isso foi você. Quando aceitou ajudar Suzze e todas as outras pessoas que vieram antes dela, você nos trouxe ao ponto em que estamos agora. Eu só estou tentando encontrar uma saída.

– Nossa – disse Myron.

– A verdade dói, amigo.

É, doía mesmo.

– E, se não houver mais nada a ser feito... – disse Win, dando uma olhada no relógio e sorrindo para sua aeromoça preferida. – Ainda temos meia hora antes do pouso. Fique aqui de olho em nosso prisioneiro. Vou até o quarto *Mee* divertir.

32

Big Cyndi os esperava no aeroporto do condado de Essex, em Caldwell, Nova Jersey. Acomodou Lex, a enfermeira e o bebê em um utilitário. Big Cyndi iria levá-los até Zorra, o travesti e ex-agente do Mossad que era amigo de Myron. Zorra então os colocaria em um esconderijo e não diria sua localização a ninguém – nem mesmo a Myron ou Win. Assim, havia explicado Win, caso o plano desse errado e Herman Ache os capturasse e torturasse, eles não poderiam revelar onde Lex estava.

– Que reconfortante – fora o comentário de Myron.

Win tinha um carro à sua espera. Em circunstâncias normais, teria usado um motorista, mas por que colocaria mais uma pessoa em perigo? Crisp agora estava totalmente desperto. Eles o empurraram até o banco traseiro e reforçaram suas algemas, desta vez prendendo também as pernas. Myron se acomodou no banco do carona. Win assumiu o volante.

Herman Ache vivia em uma lendária mansão em Livingston, a poucos quilômetros da casa onde Myron tinha crescido. Quando Myron era criança, o lugar pertencia a um famoso chefão do crime. Os boatos sobre a casa corriam no parquinho. Uma das crianças uma vez dissera que, se alguém cruzasse o limite da propriedade, seria morto a tiros por gângsteres de verdade. Outro afirmara que havia um crematório nos fundos da casa, que o chefão da máfia usava para incinerar suas vítimas.

O segundo boato era verdade.

No alto de cada coluna do portão havia uma cabeça de leão feita de bronze. Win pegou o longo acesso que conduzia à casa e dirigiu até onde lhes seria permitido, então estacionou o carro. Myron viu três sujeitos grandes se aproximarem vestidos com ternos mal ajustados. O do meio, que parecia o líder, era particularmente parrudo.

Win pegou suas duas armas e as guardou no porta-luvas.

– Tire as armas – disse ele. – Seremos revistados.

Myron olhou para o amigo.

– Você tem certeza de que tem um plano?

– Tenho.

– Quer me contar?

– Já contei. Nós quatro vamos conversar racionalmente. Nós dois vamos descobrir o que queremos sobre seu irmão e prometer não prejudicar os interesses profissionais deles, contanto que não nos machuquem. Que parte você não entendeu?

– A parte em que você acha que um psicopata como Herman Ache vai agir de forma racional.

– Herman está muito interessado em manter seus negócios e uma aura de legitimidade. Matar nós dois atrapalharia isso.

O maior dos três fortões – que devia ter mais de 2 metros de altura e pesar uns 140 quilos – bateu com o anel na janela de Win.

– Pois não? – disse Win, baixando o vidro.

– Veja só – comentou Fortão, olhando para Win como se ele fosse um cocô de cachorro. – Então é você o famoso Win.

Win lhe deu um sorriso reluzente.

– Não parece grande coisa – comentou o Fortão.

– Eu poderia citar vários clichês: as aparências enganam, os melhores perfumes vêm nos menores frascos... mas, sério, será que você iria entender?

– Por acaso está sendo engraçado?

– Pelo visto, não.

O Fortão franziu o cenho com a sagacidade de um homem de Neandertal.

– Armado?

– Não – respondeu Win, batendo no peito. – Mim Win. Você armado?

– Ahn?

Um suspiro.

– Não, não estamos armados.

– Vamos revistar vocês. De alto a baixo.

Win piscou para ele.

– Eu estava contando com isso, garotão.

O Fortão deu um passo para trás.

– Desça desse carro antes que eu abra um buraco na sua cabeça. Agora.

Homofobia. Sempre funciona.

Em geral, Myron acompanhava Win nessas provocações destemidas, mas aquela situação parecia fora de controle. Win deixou a chave na ignição. Ele e Myron desceram do carro. O Fortão lhes disse onde ficar. Eles obedeceram. Os outros dois abriram a porta de trás e usaram estiletes para libertar Evan Crisp das algemas de plástico. Crisp esfregou as mãos para fazer a circulação voltar ao normal. Andou até Win e ficou em pé bem na sua frente. Os dois se encararam.

– Você não vai conseguir me pegar desprevenido outra vez – disse Crisp.

Win lhe deu aquele seu sorriso.

– Quer ir ali um instantinho, Crisp?

– Eu adoraria. Mas agora estou meio sem tempo, então vou só pedir para os meus rapazes apontarem uma arma para o seu amigo enquanto eu dou um tiro em você. Só para retribuir um pouco.

– O Sr. Ache deu instruções claras – anunciou o Fortão. – Disse para não estragar a mercadoria antes que ele falasse com os dois. Venham comigo.

Fortão foi na frente. Myron e Win o seguiram. Crisp e os outros dois capangas fecharam o grupo. Mais à frente, Myron pôde ver a escura e imponente mansão que um antigo mafioso havia descrito como "clássico da Transilvânia". O nome caía bem. Nossa, pensou Myron, aquela tinha sido uma noite e tanto para casas grandes e sinistras. Enquanto se aproximavam, ele jurou que podia ouvir os mortos-vivos entoando um alerta.

Fortão os conduziu pela entrada dos fundos até uma área de serviço. Depois de fazê-los passar por um detector de metais, tornou a revistá-los com um detector manual. Myron tentou manter a calma, perguntando-se onde Win teria escondido a arma. Não havia hipótese de ele enfrentar uma situação como aquela desarmado.

Depois de terminar a revista com o detector manual, Fortão revistou Myron outra vez usando as mãos, com violência. Então foi a vez de Win, a quem ele dedicou mais tempo.

– Muito eficiente, conforme o prometido. Posso deixar gorjeta? – perguntou Win.

– Que cara mais divertido – disse Fortão.

Depois de terminar a revista, deu um passo para trás e abriu a porta de um armário, de onde tirou dois conjuntos esportivos de calça e suéter.

– Tirem a roupa toda. Depois poderão vestir isto aqui.

– É 100% algodão? – perguntou Win. – Tenho a pele muito sensível, sem falar que sou conhecido por meu gosto por alta-costura.

– Que engraçadinho – comentou Fortão.

– E cinza não combina nada com meu tom de pele. Fico totalmente pálido.

Agora até mesmo a voz de Win parecia um pouco forçada. Seu tom parecia anunciar que ele esperava que algo desse certo depois de tantas coisas ruins. Os outros dois capangas deram risadinhas e sacaram as armas. Myron olhou na direção de Win, que deu de ombros. Não tinham escolha. Ambos tiraram a roupa e ficaram só de cueca. Fortão os obrigou a tirar a cueca também. A, ahn, revista íntima por sorte foi rápida. As brincadeiras homofóbicas de Win os haviam deixado preocupados a ponto de não se mostrarem tão cuidadosos.

Terminada a revista, ele entregou um dos conjuntos esportivos a Myron e o outro a Win.

– Vistam isto.

Os dois obedeceram em silêncio.

– O Sr. Ache está esperando na biblioteca.

Crisp foi na frente, não sem um esboço de sorriso no rosto. Fortão e seus colegas ficaram. Era de esperar. O assunto Gabriel Wire tinha de permanecer o mais confidencial possível. Myron imaginou que ninguém estivesse a par da verdade a não ser Ache, Crisp e talvez um advogado que estivesse em sua folha de pagamento. Nem mesmo os seguranças que trabalhavam na casa sabiam o que acontecia lá.

– Talvez seja melhor eu falar – disse Myron.

– Tudo bem.

– Você tem razão. Herman Ache vai querer fazer o que for melhor para ele. Nós estamos com a sua galinha dos ovos de ouro.

– Concordo.

Quando eles entraram na biblioteca, Herman Ache os aguardava com uma taça de conhaque na mão. Estava em pé ao lado de um daqueles bares portáteis em forma de globo terrestre. Win também tinha um assim. Na verdade, parecia que Win havia decorado aquela biblioteca inteira. As paredes, com quase 10 metros de altura, eram totalmente cobertas de livros e uma escada deslizante permitia alcançar as prateleiras mais altas. As poltronas de couro eram bordô, havia um tapete oriental e o teto era revestido de madeira.

A peruca grisalha de Herman Ache estava um pouco lustrosa demais nessa noite. Ele usava camisa polo e um suéter com gola em V com o logotipo de um clube de golfe no peito.

Herman apontou para Win.

– Eu lhe avisei para não se meter nessa história.

Win assentiu com a cabeça.

– É, avisou – disse Win.

Ele então levou a mão até o cós da calça, sacou uma arma e deu um tiro bem no meio da testa de Herman Ache. O homem desabou no chão, inerte. Myron soltou um arquejo e virou-se para Win, que já estava com a arma apontada para Evan Crisp.

– Nem pense em reagir – disse Win a Crisp. – Se eu quisesse matá-lo, você já estaria morto. Não me force a fazer o que não quero.

Crisp congelou.

Myron olhava sem dizer nada. Herman Ache estava morto. Disso não havia dúvida.

– Win? – indagou Myron.

Win manteve os olhos fixos em Crisp.

– Myron, reviste-o.

Em uma espécie de transe, Myron fez o que Win mandava, mas não encontrou arma nenhuma. Win ordenou a Crisp que ficasse de joelhos e pusesse as mãos na nuca. Crisp obedeceu. Win manteve a arma apontada para a cabeça dele.

– Win?

– Nós não tínhamos escolha, Myron. O Sr. Crisp estava certo. Herman teria mandado matar todas as pessoas que amamos.

– E aquele papo todo sobre os interesses profissionais dele? E a diplomacia?

– Herman teria concordado por algum tempo, mas não muito. Você sabe disso. Na hora em que descobrimos que Wire estava morto, a questão passou a ser nós ou ele. Tínhamos uma espada sobre a cabeça dele. Herman não nos deixaria sair daqui vivos.

– Mas matar Herman Ache?

Myron balançou a cabeça para tentar clarear as ideias.

– Nem você vai conseguir sair impune.

– Não precisa se preocupar com isso agora.

Crisp continuava imóvel e de joelhos, com as mãos na nuca.

– E agora? – perguntou Myron.

– Talvez eu mate nosso amigo, o Sr. Crisp – disse Win. – Já que comecei o serviço, não custa nada ir até o fim.

Crisp fechou os olhos.

– Ah, não se preocupe – disse Win, mantendo a arma apontada para a cabeça dele. – O Sr. Crisp é só um prestador de serviços. Você não tem nenhuma dívida de lealdade com Herman Ache, tem?

Crisp finalmente rompeu o silêncio.

– Não, não tenho.

– Viu? Então – disse Win, e olhou para Myron. – Vá lá. Pergunte a ele.

Myron passou para a frente de Evan Crisp, que ergueu o rosto e o encarou.

– Como você fez? – perguntou Myron.

– Como fiz o quê?

– Como matou Suzze?

– Eu não a matei.

– Bom – disse Win. – Agora nós dois estamos mentindo.

– O quê? – falou Crisp.

– Você está mentindo quando diz que não matou Suzze – respondeu Win. – E eu estava mentindo quando disse que não ia matar você.

Em algum lugar ao longe, um relógio de parede começou a bater as horas. Herman Ache continuava sangrando no chão e uma poça de sangue formava um círculo quase perfeito em volta de sua cabeça.

– Minha teoria – disse Win – é que você não era apenas um prestador de serviços nessa história, mas um sócio de verdade. Na realidade, pouco importa. Você é um homem muito perigoso. Não gostou de eu ter levado a melhor em cima de você. Se tivesse sido o contrário, eu também não teria gostado. Então você já sabe. Não posso deixá-lo sair vivo dessa.

Crisp virou a cabeça para olhar na direção de Win. Tentou encará-lo, como se isso fosse adiantar alguma coisa. Não ia. Mas Myron agora podia sentir o cheiro do medo em Crisp. Um homem podia ser durão. Podia ser o cara mais durão do pedaço. Mas, quando encarava a morte, apenas um pensamento lhe vinha à cabeça: eu não quero morrer. O mundo nessa hora fica muito simples. Sobreviver. Ninguém reza nas trincheiras porque está pronto para encontrar o Criador. As pessoas rezam porque não querem isso.

Crisp buscava uma saída. Win aguardou, parecendo saborear aquele instante. Havia encurralado sua presa e agora brincava com ela.

– Socorro! – gritou Crisp. – Eles mataram Herman!

– Por favor – disse Win, parecendo entediado. – Isso não vai adiantar.

Os olhos de Crisp se arregalaram, confusos. Mas Myron entendeu o que aquilo significava. Só havia um jeito de Win ter conseguido uma arma: ajuda interna.

Fortão.

Fortão tinha posto a arma dentro da roupa de Win.

Win ergueu o cano da pistola e apontou para a testa de Crisp.

– Alguma última palavra?

Os olhos de Crisp iam de um lado para o outro, como passarinhos assustados. Ele girou a cabeça, esperando encontrar algum alento em Myron. Então, erguendo os olhos para ele, fez uma última tentativa desesperada:

– Eu salvei a vida do seu afilhado.

Até mesmo Win pareceu perder o fôlego. Myron chegou mais perto de Crisp e se agachou para ficarem cara a cara.

– Que história é essa?

– Nós tínhamos um bom esquema – disse Crisp. – Estávamos todos ganhando muito dinheiro e, sério, quem estávamos prejudicando? Aí Lex resolveu confessar seus pecados e estragou tudo. Depois de todos esses anos, por que ele foi abrir a boca para Suzze, droga? Como achou que Herman fosse reagir?

– Então mandaram você calar a boca dela – disse Myron.

Crisp aquiesceu.

– Fui de avião até Jersey City. Fiquei esperando na garagem e a abordei quando ela estava estacionando. Apontei a arma para a barriga dela e a obriguei a ir pela escada. Não há câmeras lá. Levamos algum tempo para subir. Quando chegamos à cobertura, eu disse a ela para tomar uma overdose de heroína, ou então eu ia lhe dar um tiro na cabeça. Queria que a morte parecesse acidente ou suicídio. Isso seria possível com a arma, mas seria mais fácil com as drogas. Com o passado dela, a polícia na certa engoliria a história de overdose.

– Mas Suzze não quis se drogar – disse Myron.

– Não. Em vez disso, tentou fazer um acordo.

Myron já estava quase entendendo tudo. Suzze com a arma apontada para si, sem piscar. Ele estava certo o tempo todo. Ela não se mataria. Não obedeceria a uma ordem daquelas, nem mesmo sob a mira de um revólver.

– Que tipo de acordo?

Crisp arriscou um olhar de relance para Win. Sabia que Win não estava blefando e que havia concluído ser perigoso demais deixá-lo sair vivo dali. Ainda assim, por menores que sejam as chances, os homens ainda tentam qualquer coisa que esteja a seu alcance para sobreviver. Aquela revelação era a tentativa de Crisp de mostrar humanidade suficiente para que Myron convencesse Win a não puxar o gatilho.

Myron se lembrou da ligação de emergência do zelador com sotaque.

– Suzze concordou em tomar a overdose se você ligasse para a emergência – disse Myron.

Crisp assentiu.

Como ele não tinha entendido antes? Ninguém poderia simplesmente forçar Suzze a se drogar. Ela também tentaria salvar a própria vida. A não ser sob uma condição.

– Suzze fez o que você estava mandando sob a condição de que você desse ao seu filho uma chance de viver – prosseguiu Myron.

– Isso – concordou Crisp. – Nós fizemos um acordo. Prometi dar o telefonema assim que ela injetasse a droga.

O coração de Myron se partiu outra vez. Ele quase pôde ver Suzze entendendo que, se levasse um tiro na cabeça, seu filho que sequer havia nascido morreria junto com ela. Então, sim, ela havia tentado tudo o que estava a seu alcance, mas não para salvar a si mesma: para salvar o filho. E, de alguma forma, havia encontrado um jeito. Era arriscado. Se a overdose a matasse na hora, o bebê também poderia morrer. Mas pelo menos ele teria uma chance. Suzze provavelmente sabia como funciona uma overdose de heroína, como ela vai fazendo os órgãos da pessoa pararem aos poucos e como haveria uma chance.

– E você cumpriu sua promessa?

– Cumpri.

Myron fez a pergunta óbvia:

– Por quê?

Crisp deu de ombros e respondeu:

– Por que não? Não havia motivo para matar um bebê inocente se não precisava mesmo fazê-lo.

A moral de um assassino. Então agora Myron sabia. Eles tinham ido até ali em busca de respostas. Só faltava obter mais uma.

– Conte o que sabe sobre meu irmão.

– Eu já disse. Não sei nada sobre isso.

– Você foi atrás de Kitty.

– É claro. Nós tentamos encontrá-la depois que ela voltou e começou a fazer alarde. Mas não sei nada sobre seu irmão. Eu juro.

Com essas últimas palavras, Win puxou o gatilho e matou Evan Crisp com um tiro na cabeça. Myron deu um pulo para trás, espantado pelo barulho. O corpo desabou no chão e o sangue começou a manchar o tapete oriental. Win fez uma rápida verificação, mas não havia necessidade de um segundo tiro. Herman Ache e Evan Crisp estavam ambos mortos.

– Éramos nós ou eles – disse Win.

Myron só fez encará-lo.

– E agora?

– Agora você vai ficar com seu pai – disse Win.

– E você, vai fazer o quê?

– Não se preocupe com isso. Talvez você passe algum tempo sem me ver. Mas vou ficar bem.

– Como assim, algum tempo sem ver você? Não vai assumir isso sozinho.

– Vou, sim.

– Mas eu também estou aqui.

– Não está, não. Eu tomei esse cuidado. Pegue o meu carro. Vou dar um jeito de entrar em contato, mas você vai passar algum tempo sem me ver.

Myron quis argumentar, mas sabia que isso só faria atrasar e possivelmente comprometer o inevitável.

– Quanto tempo?

– Não sei. Nós não tínhamos escolha. Esses dois não nos deixariam sair vivos daqui de jeito nenhum. Você precisa entender isso.

Myron entendia. Também entendia agora por que Win não tinha lhe dito nada. Myron teria tentado encontrar outra saída, quando na verdade ela não existia. Quando Win visitara Frank Ache na prisão, eles tinham prometido trocar favores. Win havia cumprido a sua parte e, ao fazê-lo, salvado a si mesmo e a Myron.

– Vá embora daqui – disse Win. – Acabou.

Myron balançou a cabeça.

– Não, ainda não acabou – disse ele. – Só vai acabar quando eu encontrar Brad.

– Crisp estava dizendo a verdade – disse Win. – Qualquer que tenha sido o perigo que seu irmão estava correndo, não tinha nada a ver com esta história.

– Eu sei – disse Myron.

Os dois tinham ido até ali em busca de respostas e Myron pensou que talvez de fato já tivesse todas.

– Vá embora daqui – repetiu Win.

Myron lhe deu um abraço. Win retribuiu. Foi um abraço forte, apertado, que durou muito tempo. Não trocaram nenhuma palavra – não precisavam. Mas Myron se lembrou do que Win tinha dito depois de Suzze aparecer em seu escritório para pedir ajuda, sobre a nossa tendência de achar que as coisas boas vão durar para sempre. Não vão. Enquanto Myron abraçava o amigo, soube que as coisas nunca mais seriam as mesmas entre os dois. Algo em seu relacionamento havia mudado. Algo havia desaparecido para sempre.

◆ ◆ ◆

Quando se separaram, Myron tornou a descer o corredor e vestiu novamente as próprias roupas. Fortão estava lá. Nem sinal dos dois outros capangas. Myron não sabia o que havia acontecido com eles. Também não estava ligando muito para isso. Fortão acenou com a cabeça para Myron. Ele caminhou até Fortão e disse:

– Preciso de mais um favor.

Ele disse a Fortão o que queria. O homem fez cara de espanto, mas respondeu:

– Espere só um minuto.

Ele desapareceu no cômodo ao lado e, quando voltou, entregou a Myron o que ele havia pedido. Myron lhe agradeceu. Então saiu, entrou no carro de Win e deu a partida.

Tudo estava quase terminado.

Havia dirigido por menos de dois quilômetros quando Esperanza lhe telefonou.

– Seu pai está acordado – disse ela. – Ele quer ver você.

– Diga a ele que eu o amo.

– Está a caminho de lá?

– Não – disse ele. – Não posso ir para o hospital ainda. Não antes de fazer o que ele pediu.

Myron então desligou o celular e começou a chorar.

33

CHRISTINE SHIPPEE RECEBEU Myron na recepção do Instituto Coddington de Reabilitação.

– Você está com cara de doente – comentou Christine. – E, considerando o que vejo aqui todos os dias, isso significa alguma coisa.

– Preciso falar com Kitty.

– Eu já disse ao telefone. Isso não é possível. Você a confiou aos meus cuidados.

– Preciso de uma informação.

– Que chato.

– Correndo o risco de soar melodramático, talvez seja uma questão de vida ou morte.

– Corrija-me se estiver errada – disse Christine –, mas vocês pediram a minha ajuda, não foi?

– Foi.

– E você conhecia as regras quando a internou aqui, não conhecia?

– Conhecia. E quero que alguém a ajude. Nós dois sabemos que ela precisa disso. Mas agora meu pai pode estar morrendo e depende de mim para conseguir algumas respostas importantes.

– E você acha que Kitty tem essas respostas?

– Acho.

– Ela está em péssimo estado. Você sabe como eu trabalho. As primeiras 48 horas são um verdadeiro inferno. Ela não vai conseguir se concentrar. Tudo o que quer é uma dose.

– Eu sei disso.

Christine balançou a cabeça.

– Você tem 10 minutos.

Ela acionou a porta automática para liberar a entrada dele e foi guiando-o por um corredor. Não se ouvia qualquer ruído. Como se estivesse lendo seus pensamentos, Christine Shippee falou:

– Todos os quartos têm isolamento acústico.

Quando chegaram ao quarto de Kitty, Myron falou:

– Mais uma coisa.

Christine aguardou.

– Preciso falar com ela sozinho – disse Myron.

– Não.

– A conversa tem que ser confidencial.

– Não vou contar a ninguém.

– Por motivos jurídicos – disse Myron. – Se você ouvir alguma coisa e um dia for chamada a depor, não quero que minta sob juramento.

– Meu Deus. O que você vai perguntar a ela?

Myron não respondeu.

– Ela talvez surte – avisou Christine. – Talvez fique violenta.

– Eu já sou grandinho.

Ela pensou por mais alguns instantes. Então deu um suspiro, destrancou a porta e disse:

– Você está por sua conta.

Myron entrou. Kitty estava deitada na cama, talvez meio adormecida, choramingando. Ele fechou a porta e caminhou até a cama. Acendeu um abajur. Kitty estava suando muito. A luz a fez piscar.

– Myron?

– Chegou a hora de as mentiras terminarem – disse ele.

– Eu preciso de uma dose. Você não faz ideia do que é isso.

– Você viu quando eles mataram Gabriel Wire.

– Eles?

Ela primeiro pareceu confusa, mas então, como quem pensa melhor no assunto, cedeu e confirmou:

– É, eu vi. Fui dar um recado que Suzze tinha me pedido. Ela ainda o amava. Suzze tinha me dado a chave da casa dele. Entrei de fininho por uma porta lateral. Ouvi o disparo e me escondi.

– Foi por isso que você teve de ir embora com o meu irmão. Precisou fugir porque temia pela própria vida. Brad não conseguia se decidir. Então você acrescentou aquela mentira a meu respeito, para nos separar de vez. Disse a ele que eu tinha cantado você.

– Por favor – disse ela, agarrando-se a Myron com desespero. – Myron, estou precisando tanto de uma dose. Só mais umazinha, aí eu deixo eles me ajudarem. Eu juro.

Myron tentou não permitir que ela se desconcentrasse. Sabia que não tinha muito tempo.

– Também não estou ligando muito para o que você contou para Suzze, mas imagino que tenha apenas confirmado o que Lex dissera: que Wire estava morto havia muitos anos. Você postou o "não é dele" para se vingar e para mandar um recado para Lex de que era melhor ele ajudá-la.

– Eu só precisava de algum dinheiro. Estava desesperada.

– Ah, que ótimo. E isso custou a vida de Suzze.

Ela desatou a chorar.

– Mas nada disso tem mais importância – disse Myron. – Agora só estou preocupado com uma coisa.

Kitty fechou os olhos com força.

– Eu não vou falar.

– Abra os olhos, Kitty.

– Não.

– Abra os olhos.

Ela abriu só um, como uma criança – e então arregalou os dois de repente. Myron sacudia na frente dela o saquinho plástico transparente cheio de heroína que tinha pegado com Fortão. Kitty tentou arrancá-lo da sua mão, mas ele o puxou bem a tempo. Ela começou a arranhá-lo, aos gritos, pedindo a droga, mas ele a empurrou para trás.

– Se me disser a verdade, eu lhe dou o saquinho – disse Myron.

– Jura?

– Juro.

Ela começou a chorar.

– Sinto tanta falta dele.

– Eu sei. Foi por isso que você voltou a usar, não foi? Não conseguia encarar a vida sem ele. Como disse Mickey, alguns casais não foram feitos para ficar separados.

Então, com lágrimas escorrendo pelo rosto e pensando naquele menino de 5 anos que gritava a plenos pulmões no estádio dos Yankees, ele completou:

– Brad morreu, não é?

Ela não conseguiu se mexer. Tornou a desabar na cama e ali ficou com os olhos voltados para cima, sem ver nada.

– Como ele morreu, Kitty?

Kitty continuou deitada de costas com os olhos pregados no teto, como em um transe. Quando por fim falou, sua voz saiu distante e sem entonação.

– Ele e Mickey estavam na Interestadual 5 indo para um jogo da liga amadora em San Diego. Um utilitário perdeu o controle e atravessou o canteiro central. Brad morreu na hora, bem na frente do filho. Mickey passou três semanas no hospital.

Pronto. Era isso. Myron havia se preparado, já sabia que iria ouvir algo daquele tipo, mas mesmo assim a confirmação foi como um soco. Ele desabou em uma cadeira do outro lado do quarto. Seu irmão caçula estava morto. No final das contas, sua morte não tinha nada a ver com Herman Ache, Gabriel Wire ou mesmo Kitty. Fora apenas um acidente de carro.

Era quase mais do que ele podia suportar.

Myron olhou para o outro lado do quarto. Kitty agora estava imóvel, os tremores temporariamente domados.

– Por que você não nos contou?

– Você sabe por quê.

Ele sabia. Sabia porque fora assim que juntara as peças do quebra-cabeça. Kitty havia tido aquela ideia graças a Gabriel Wire. Ela o tinha visto ser assassinado mas, ainda mais importante, tinha visto como Lex e os outros fingiram que ele estava vivo. Havia aprendido com isso.

A farsa de que Wire estava vivo tinha lhe dado a ideia de fingir que Brad estava vivo também.

– Vocês teriam tentado tirar Mickey de mim – disse Kitty.

Myron fez que não com a cabeça.

– Quando seu irmão morreu – começou ela, então fez uma pausa e engoliu em seco –, foi como se eu fosse uma marionete. De repente alguém cortou todas as cordinhas e eu desmoronei.

– Você poderia ter me procurado.

– Não. Eu sabia exatamente o que iria acontecer se contasse a você sobre Brad. Você teria ido a Los Angeles. Teria me visto doidona, do mesmo jeito que viu ontem. Não minta, Myron. Não agora. Iria querer fazer o que achava certo. Teria pedido a guarda de Mickey. E teria dito, assim como disse ontem, que eu sou uma drogada irresponsável incapaz de criar meu filho. Teria tirado meu filho de mim. Não negue.

Ele não iria negar.

– Então a sua solução foi fingir que Brad estava vivo?

– Deu certo, não deu?

– E que se dane Mickey e tudo de que ele precisa?

– Ele precisa da mãe. Como você pode não entender isso?

Mas ele entendia. Lembrou-se de como Mickey não parava de lhe dizer que mãe incrível ela era.

– E nós? E a família de Brad?

– Que família? A família de Brad somos Mickey e eu. Há 15 anos nenhum de vocês fazia parte da vida dele.

– E por culpa de quem?

– Pois é, Myron. De quem?

Myron não disse nada. Ele achava que a culpa era dela. Ela achava que era dele. E seu pai... como era mesmo que ele tinha dito? Nós somos o que somos. Brad, tinha dito o pai, não fora feito para ficar em casa ou criar raízes.

Mas o seu pai havia fundamentado essa crença na mentira de Myron.

– Eu sei que você não acredita. Sei que acha que menti e obriguei Brad a fugir comigo. Pode até ser. Mas foi a escolha certa. Brad foi feliz. Nós dois fomos felizes.

Myron se lembrou das fotografias, dos sorrisos rasgados. Tinha pensado que elas fossem uma mentira, que a felicidade que tinha visto naquelas fotos fosse uma ilusão. Mas não era. Quanto a isso, Kitty estava certa.

– Então, sim, era esse o meu plano. Adiar o momento de contar a vocês até que eu saísse dessa, só isso.

Myron apenas balançou a cabeça.

– Você quer que eu peça desculpas, mas não vou pedir – disse Kitty. – Às vezes a pessoa faz a coisa certa e obtém o resultado errado. E às vezes, bem, veja Suzze. Ela tentou sabotar minha carreira trocando aquelas pílulas... e por causa disso hoje eu tenho Mickey. Será que você não entende? Tudo é caos. Não existe certo ou errado. Você se agarra àquilo que mais ama. Eu perdi o amor da minha vida em um acidente estúpido. Isso foi justo? Foi certo? E talvez, se você tivesse me tratado melhor, Myron, talvez, se tivesse nos aceitado, eu tivesse ido pedir a sua ajuda.

Mas Kitty não tinha ido pedir a sua ajuda – nem na época, nem agora. Marola, outra vez. Talvez ele pudesse tê-los ajudado 15 anos antes. Ou talvez eles tivessem fugido de qualquer maneira. Talvez, se Kitty houvesse confiado nele, se ele não tivesse perdido a cabeça quando ela engravidou, fosse em busca dele que ela tivesse ido alguns dias antes, não de Lex. Talvez Suzze ainda estivesse viva. Talvez Brad também.

Talvez, talvez.

– Tenho mais uma pergunta – disse ele. – Você algum dia contou a verdade a Brad?

– Sobre você ter me cantado? Contei. Disse a ele que era mentira. Ele entendeu.

Myron engoliu em seco. Seus nervos estavam sensíveis, à flor da pele. Ele ouviu a própria voz se embargar quando perguntou:

264

– E ele me perdoou?

– Sim, Myron. Ele perdoou você.

– Mas nunca me procurou.

– Você não entende a nossa vida – disse Kitty, com os olhos pregados no saquinho em sua mão. – Nós éramos nômades. Éramos felizes assim. Aquele era o trabalho da vida dele. Era o que ele amava. Ele tinha nascido para fazer aquilo. E, agora que estávamos de volta aos Estados Unidos, acho que ele teria ligado para você. Só que...

Ela se calou, balançou a cabeça e fechou os olhos.

Estava na hora de Myron ir ver o pai. Ele ainda estava segurando o saquinho de heroína. Olhou para a droga, sem saber muito bem o que fazer.

– Você não acredita em mim – disse Kitty. – Não acredita que Brad o perdoou.

Myron não disse nada.

– Você não encontrou o passaporte de Mickey? – indagou ela.

A pergunta deixou Myron confuso.

– Encontrei. No trailer.

– Leia com atenção – disse ela.

– O passaporte?

– É.

– Por quê?

Ela manteve os olhos fechados e não respondeu. Myron deu mais uma olhada no saquinho de heroína. Tinha jurado a ela algo que não queria cumprir. No entanto, quando ele tornou a suspender o saquinho, Kitty o salvou desse último dilema moral.

Fez que não com a cabeça e disse a ele para ir embora.

◆ ◆ ◆

Quando Myron voltou para o hospital Saint Barnabas, abriu devagar a porta do quarto do pai.

Estava escuro, mas ele pôde ver o pai dormindo. Sua mãe estava sentada ao lado da cama. Ela se virou, viu a expressão no rosto de Myron. E entendeu. Um grito começou a escapar de sua garganta, mas ela o abafou com a mão. Myron lhe fez um sinal com a cabeça. Ela se levantou e foi até o corredor.

– Pode contar – pediu.

E ele contou. Sua mãe aguentou firme. Cambaleou, chorou, depois conseguiu se controlar. Então voltou depressa para o quarto do marido. Myron foi atrás.

Os olhos de seu pai permaneciam fechados, a respiração pesada e irregular. Parecia haver tubos por toda parte. Sua mãe tornou a se sentar junto à cama. Com a mão trêmula por causa do Parkinson, segurou a de Al.

– Então, estamos combinados? – perguntou ela a Myron em voz baixa.

Myron não respondeu.

Alguns minutos depois, os olhos de seu pai se abriram com um tremor. Ao encarar aquele homem a quem amava mais do que a qualquer outro no mundo, Myron sentiu as lágrimas se formarem em seus olhos. Seu pai o encarou com um ar de confusão suplicante, quase infantil, e conseguiu articular uma palavra:

– Brad...

Myron reprimiu as lágrimas e se preparou para mentir, mas sua mãe levou uma das mãos ao braço do filho para impedi-lo. Seus olhares se cruzaram.

– Brad – repetiu seu pai, agora um pouco mais agitado.

Sem tirar os olhos de Myron, sua mãe fez que não com a cabeça. Ele entendeu. No final das contas, ela não queria que Myron mentisse para o pai. Seria uma grande traição. Então virou-se para o homem com quem era casada havia 43 anos e apertou sua mão com força.

O pai de Myron começou a chorar.

– Está tudo bem, Al – disse sua mãe com uma voz suave. – Está tudo bem.

Epílogo

Seis semanas depois
Los Angeles, Califórnia

O PAI DE MYRON SEGUIA na frente, apoiado na bengala.

Tinha perdido nove quilos desde a cirurgia no coração. Myron preferia que ele usasse uma cadeira de rodas para subir aquela encosta, mas Al Bolitar não queria nem ouvir falar no assunto. Iria a pé até onde seu filho estava enterrado.

Sua mãe estava com eles, é claro. E Mickey também. Estava usando um terno de Myron. O caimento estava longe do ideal. Myron era o último da fila, provavelmente para garantir que ninguém ficasse para trás.

O sol os castigava com fúria. Myron se virou para o céu e cerrou os olhos. Sentiu-os lacrimejar. Quanta coisa havia mudado desde que Suzze aparecera em sua sala para pedir socorro.

Socorro. Pensando bem, que ironia.

O marido de Esperanza não apenas tinha pedido o divórcio, mas também estava entrando com um processo para obter a guarda de Hector. Parte de sua alegação era que Esperanza trabalhava demais e negligenciava seus deveres de mãe. Ela havia ficado tão assustada com a ameaça que oferecera a Myron sua parte na MB Representações. Mas pensar em trabalhar sem Esperanza ou Win era desanimador demais. No final, após longas conversas, eles se decidiram pela venda da empresa, que foi comprada por uma mega-agência e, na fusão, deixou de se chamar MB.

Big Cyndi estava usando a sua multa rescisória para tirar um tempo de folga e escrever um livro de memórias. O mundo aguardava, ansioso.

Win continuava escondido. Nas últimas seis semanas, Myron só havia recebido um único recado seu, um e-mail com uma mensagem curta e simples: VOCÊ MORA NO MEU CORAÇÃO. MAS YU E MEE MORAM NO MEU CORPINHO.

Win.

Sua noiva, Terese, ainda não podia sair de Angola e agora, com todas aquelas súbitas mudanças em sua vida, Myron não podia ir para lá. Não ainda. Talvez só dali a muito tempo.

Quando estavam se aproximando do túmulo, Myron se aproximou de Mickey.

– Tudo bem?

– Tudo – respondeu Mickey, apressando o passo e abrindo alguma distância do tio. Ele fazia muito isso.

Instantes depois, todos pararam. Ainda não havia lápide no túmulo de Brad. Apenas uma placa.

Durante muito tempo, ninguém disse nada. Os quatro apenas ficaram ali, com os olhos perdidos. Os carros continuavam seu caminho na autoestrada próxima sem ligar para eles, totalmente alheios ao fato de que, a poucos metros, uma família em luto chorava sua perda. De repente, Al começou a recitar de cabeça o Cadish, a prece hebraica em homenagem aos mortos. Os Bolitar não eram uma família religiosa, longe disso, mas algumas coisas se fazem por tradição, para cumprir um ritual, para atender a uma necessidade.

– *Itgadal veyitcadash shemê rabá...*

Myron arriscou uma olhadela na direção de Mickey. O menino havia participado da mentira sobre a morte de Brad, tentando encontrar um jeito de manter unido o que restava de sua família. Até agora, em pé ali, junto ao túmulo do pai, permanecia firme. Tinha a cabeça erguida, os olhos secos. Talvez aquele fosse o único jeito de sobreviver quando a vida não parava de desferir seus golpes. Depois de finalmente sair da clínica de reabilitação, Kitty havia fugido de Mickey para ir atrás de uma dose. Eles a haviam encontrado desmaiada em um motel de quinta categoria e tornado a arrastá-la para o Instituto Coddington. Ela estava recebendo ajuda para ficar limpa de novo, mas a verdade era que a morte de

Brad tinha destruído alguma coisa dentro dela e Myron não estava certo de que isso algum dia pudesse ser consertado.

Mickey ficara revoltado quando Myron sugerira pedir sua guarda, o que não chegava a ser nenhuma surpresa. Jamais deixaria ninguém que não a mãe ficar com sua guarda, afirmara o rapaz. Ele havia garantido que, se Myron insistisse, abriria um processo pedindo para ser emancipado ou fugiria. Como os pais de Myron iriam voltar para a Flórida e o ano letivo começaria na segunda-feira seguinte, Myron e Mickey finalmente tinham chegado a algo parecido com um acordo. Mickey aceitava ficar morando na casa de Livingston, tendo Myron como seu responsável não oficial. Estudaria na Livingston High, que o tio e o pai também haviam frequentado, e Myron, por sua vez, se comprometia a não se meter na sua vida e a garantir que Kitty, apesar de tudo, mantivesse a guarda do filho.

Era uma trégua ainda frágil, mas um começo.

Com as mãos unidas e a cabeça baixa, o pai de Myron terminou a longa prece com as palavras:

– *Alênu, veal col Yisrael; ve 'imru amen.*

Myron e a mãe se juntaram a ele no "amém" final. Mickey não disse nada. Por vários instantes, ninguém se moveu. Myron baixou os olhos para a terra remexida e tentou imaginar o irmão caçula embaixo dela. Não conseguiu.

Em vez disso, pensou na última vez em que vira Brad, na noite de neve 16 anos antes quando Myron, o irmão mais velho que sempre havia tentado protegê-lo, havia quebrado seu nariz.

Kitty estava certa. Brad não conseguia tomar a decisão de desistir da faculdade e fugir não se sabia para onde. Quando seu pai descobriu, pediu a Myron para ir falar com o filho caçula.

"Vá você", dissera Al. "Peça desculpas pelo que falou sobre ela." Myron discutira, dizendo que Kitty estava mentindo sobre o anticoncepcional, que tinha má reputação e toda aquela história que Myron agora sabia não ser verdade. O pai, mesmo na época, entendera a situação. "Você quer afastá-lo para sempre? Vá lá, peça desculpas e traga os dois para casa."

Quando Myron chegou lá, porém, Kitty – desesperada para fugir – inventou a história de que Myron a tinha paquerado. Brad perdeu a cabeça. Quando viu o irmão gritar e esbravejar, Myron percebeu que sempre tivera razão em relação a Kitty. O irmão era um idiota por ter se envolvido com ela. Myron começou a gritar também, acusando Kitty de todo tipo de traição, e então esbravejou as últimas palavras que diria a Brad: "Você vai acreditar nessa piranha mentirosa em vez de no próprio irmão?"

Brad desferiu um soco. Myron se esquivou e, irado também, revidou com outro. Até hoje, em pé junto ao túmulo de Brad, ainda podia ouvir o barulho nauseante e úmido de algo sendo esmagado quando o nariz do seu irmão se partiu sob seu punho.

A última imagem que Myron tinha de Brad era o irmão caído no chão com os olhos erguidos para ele, chocado, e Kitty tentando estancar o sangue que escorria de seu nariz.

Quando Myron chegou em casa, não conseguiu dizer ao pai o que havia feito. O simples fato de repetir a mentira horrível de Kitty poderia lhe dar crédito. Em vez disso, Myron tinha mentido para o pai.

"Eu pedi desculpas, mas Brad não quis escutar. Você deveria ir falar com ele, pai. Ele vai ouvir você." Mas o pai fizera que não com a cabeça. "Se foi essa a atitude de Brad, talvez fosse o que devesse mesmo acontecer. Talvez tenhamos que deixá-lo ir e seguir seu caminho."

Foi o que fizeram. E agora estavam todos reunidos de novo, mas diante de um túmulo a 5 mil quilômetros de casa.

Todos permaneceram em silêncio por mais um minuto, então ouviram a voz de Al Bolitar:

– Isso não deveria acontecer nunca – começou a dizer, balançando a cabeça. Fez uma pausa e ergueu os olhos para o céu. – Um pai nunca deveria ter de recitar o Cadish para o filho.

E, com essas palavras, pôs-se a descer a encosta.

◆ ◆ ◆

Depois de colocarem o casal Bolitar em um avião para Miami, Myron e Mickey embarcaram em outro avião para o aeroporto de Newark. Passaram o voo inteiro em silêncio. Depois da aterrissagem, pegaram o carro de Myron no estacionamento e seguiram para a Garden State Parkway. Durante os primeiros 20 minutos do trajeto, nenhum dos dois disse nada. Quando Mickey viu que estavam passando direto pela saída para Livingston, finalmente abriu a boca.

– Para onde estamos indo?

– Você vai ver.

Dez minutos mais tarde, entraram no estacionamento do centro comercial. Myron estacionou e sorriu para Mickey. O rapaz olhou pelo para-brisa, depois tornou a olhar para o tio.

– Você está me levando para tomar sorvete?

– Vamos – disse Myron.

– Está de brincadeira, não é?

Quando os dois entraram na sorveteria SnowCap, Kimberly empurrou sua cadeira de rodas até eles com seu largo sorriso e disse:

– Oi, o senhor de novo! O que vai querer?

– Prepare, por favor, um SnowCap Melter para o meu sobrinho. Preciso falar com seu pai um minuto.

– Claro. Ele está na sala dos fundos.

Karl Snow estava conferindo notas fiscais quando Myron entrou na sala. Ergueu os olhos para ele por cima dos óculos de leitura.

– Você jurou que não voltaria.

– Sinto muito.

– Então o que está fazendo aqui?

– Estou aqui porque o senhor mentiu para mim. Ficou tentando me vender a história de que sua reação tinha sido pragmática. Sua filha estava morta, o senhor disse, e nada poderia trazê-la de volta. Não havia hipótese de Gabriel Wire ir preso. Então o senhor aceitou aquele dinheiro para ajudar Kimberly. Explicou tudo de forma muito bonita e racional... mas eu não acreditei em uma palavra sequer. Não depois que vi como o senhor se comportava com Kimberly. Foi aí que pensei na ordem.

– Que ordem?

– Lex Ryder liga para Suzze e conta a ela que Gabriel Wire morreu. Suzze fica chocada. Ela não acredita, então vai procurar Kitty para confirmar o que Lex disse. Tudo bem, até aí eu entendo.

Myron inclinou a cabeça e continuou:

– Mas então por que, logo depois de conversar com Kitty, a única testemunha do assassinato de Gabriel, Suzze viria falar com o senhor?

Karl Snow não disse nada. Nem precisava. Myron agora sabia. Lex achava que Ache e Crisp tivessem matado Wire, mas isso não fazia sentido. A HorsePower estava dando certo para eles.

– Gabriel Wire era rico e bem relacionado. Não seria condenado pela morte de Alista e o senhor entendeu isso. Entendeu que ele nunca teria de responder pelo que fez com sua filha. Então o senhor agiu. Não deixa de ser uma ironia.

– Como assim?

– O mundo inteiro pensa que o senhor vendeu sua filha.

– E daí? – retrucou Karl Snow. – Você por acaso acha que estou ligando para isso? Para o que o mundo pensa?

– Imagino que não.

– Eu já lhe disse. Às vezes é preciso amar um filho em silêncio. Às vezes é preciso pranteá-lo em silêncio.

E às vezes é preciso fazer justiça em silêncio.

– Você vai contar? – perguntou Snow.

– Não.

Ele não pareceu aliviado. Talvez estivesse pensando na mesma coisa que Myron. Na marola. Se Snow não tivesse feito justiça com as próprias mãos – se não tivesse matado Gabriel Wire –, Kitty não teria testemunhado o crime e fugido. Talvez o irmão de Myron ainda estivesse vivo. Talvez Suzze T. também. Mas esse tipo de lógica tinha um limite. Al Bolitar havia expressado sua indignação sobre um pai ter que sobreviver ao próprio filho. A filha de Karl Snow tinha sido assassinada. Quem podia dizer qual era o limite entre o certo e o errado?

Myron então se levantou e foi até a porta. Virou-se para se despedir, mas Karl Snow manteve a cabeça baixa, estudando as notas fiscais com uma concentração um pouco excessiva. Na sorveteria, Mickey devorava seu SnowCap Melter. Kimberly havia se aproximado na cadeira de rodas para incentivá-lo. Ela abaixou a voz e sussurrou alguma coisa que fez Mickey explodir numa gargalhada.

Myron teve novamente um vislumbre do próprio punho voando em direção ao rosto de Brad. Agora, apenas uma coisa o consolava. O passaporte. Seguindo as instruções de Kitty, ele havia examinado o documento com cuidado. Primeiro verificara os carimbos, os muitos países que a família havia visitado. Mas não era isso que Kitty queria que ele visse. Era a primeira página, a página de identificação. Ele a examinou outra vez e olhou com atenção para o nome de Mickey. Seu nome de verdade. Myron imaginara que "Mickey" fosse um apelido de "Michael". Mas não era.

O nome de Mickey na realidade era Myron.

Kimberly disse alguma outra coisa, algo tão engraçado que Mickey largou a colher, recostou-se na cadeira e gargalhou – simplesmente se soltou e gargalhou – pela primeira vez desde que Myron o conhecera. Aquele som fez seu coração se apertar. A risada era tão familiar, tão parecida com a de Brad, que foi como se houvesse nascido de alguma lembrança distante, algum momento maravilhoso compartilhado tempos atrás por dois irmãos, e houvesse ecoado pelos anos até chegar àquela sorveteria e ao peito do filho de Brad.

Myron ficou parado escutando e, embora soubesse que o eco tornaria a se calar, torceu para que não silenciasse nunca.

CONHEÇA OS LIVROS DE HARLAN COBEN

Até o fim
A grande ilusão
Não fale com estranhos
Que falta você me faz
O inocente
Fique comigo
Desaparecido para sempre
Cilada
Confie em mim
Seis anos depois
Não conte a ninguém
Apenas um olhar
Custe o que custar
O menino do bosque
Win
Silêncio na floresta

COLEÇÃO MYRON BOLITAR

Quebra de confiança
Jogada mortal
Sem deixar rastros
O preço da vitória
Um passo em falso
Detalhe final
O medo mais profundo
A promessa
Quando ela se foi
Alta tensão
Volta para casa

Para saber mais sobre os títulos e autores da Editora Arqueiro,
visite o nosso site e siga as nossas redes sociais.
Além de informações sobre os próximos lançamentos,
você terá acesso a conteúdos exclusivos
e poderá participar de promoções e sorteios.

editoraarqueiro.com.br